BASTEI LÜBBE

Taschenbücher von ORSON SCOTT CARD
im BASTEI-LÜBBE-Programm

24 115 Meistersänger
24 122 Die Stadt am Ende der Welt
24 140 Treason – der Spender-Planet
24 153 Xenozid
24 155 Ender
24 167 Die Verlorene Erde

ORSON SCOTT CARD

DER RUF DER ERDE

Science Fiction Roman

Ins Deutsche übertragen
von Uwe Antton

BASTEI
LÜBBE

BASTEI-LÜBBE-TASCHENBUCH
Band 24 179

Erste Auflage:
Dezember 1993

Deutsche Lizenzausgabe 1993
Bastei-Verlag
Gustav H. Lübbe GmbH & Co.,
Bergisch Gladbach
Originaltitel:
The Call of Earth
Lektorat: Reinhard Rohn
Titelillustration:
Keith Parkinson
Umschlaggestaltung:
Quadro Grafik, Bensberg
Satz: Fotosatz Schell, Bad Iburg
Druck und Verarbeitung:
Brodard & Taupin,
La Flèche, Frankreich
Printed in France

ISBN 3-404-24179-7

Für
Dave Dollahite
Lehrer und Träumer
Gatte und Vater
Freund und Mitbürger

Danksagung

Viele Personen haben mir das Schreiben dieses Buches erleichtert. Clark und Kathy Kidd boten mir in der letzten Woche, in der ich an diesem Roman arbeitete, Unterschlupf; die Hälfte des Manuskripts entstand unter ihrem Dach und in ihrer angenehmen Gesellschaft.

Das Leben eines Schriftstellers kann ganz leicht in undisziplinierte Faulheit abrutschen; mein Körper war lange ein Abbild der physischen Trägheit eines geistig anstrengenden Berufs. Dieses Buch verdankt viel der Tatsache, daß ich während des Schreibens meinen Körper wiedererweckte: Ich schulde Clark Kidd und Scott Allen Dank, weil sie mit mir geschwitzt haben, als ich unter Qualen auf den Straßen und Fahrradwegen des nördlichen Virginias und den Straßen und Stränden von North Myrtle Beach ein neues Fahrrad unterworfen habe.

Mehrere Leser haben mir geholfen, dieses Buch mit seinem Vorgänger in Einklang zu bringen, haben Teile des Manuskripts gelesen, als es frisch aus meinem Drucker kam; am meisten verdanke ich Kathy Kidd und Russell Card. Meine Lektorin dieser Serie ist Beth Meacham, mein Verleger ist Tom Doherty; es ist kein Zufall, daß ich für sie die bislang beste Arbeit meines Lebens geleistet habe. Und meine Agentin Barbara Bova war in einer schwierigen Zeit eine ständige Hilfe und kluge Ratgeberin.

Ich habe gedacht, es wäre ganz einfach, diesen Roman zu schreiben, doch das Gegenteil war der Fall. Muuzh ließ alles sehr kompliziert werden, doch es war der Mühe wert. Während des langen Kampfes, Muuzh und den Rest der Geschichte zusammenzubringen, war ich wohl ziemlich unerträglich, doch trotzdem ließen meine Frau Kristine und unsere Kinder Geoffrey, Emily und Charlie Ben mich nicht im Stich; es gerät mir zur größten Freude meines Lebens, sie immer um mich zu finden, wenn ich von meiner Arbeit an einem Buch auftauche. Und wie immer war Kristine meine erste und beste Lektorin und Leserin. Sie hat das Buch mit scharfem und vertrauenswürdigem Blick gelesen und mir dann gesagt, was ich geschrieben hatte, damit ich es je nach Bedarf beibehalten oder ändern konnte.

Die Bezirke Basilikas

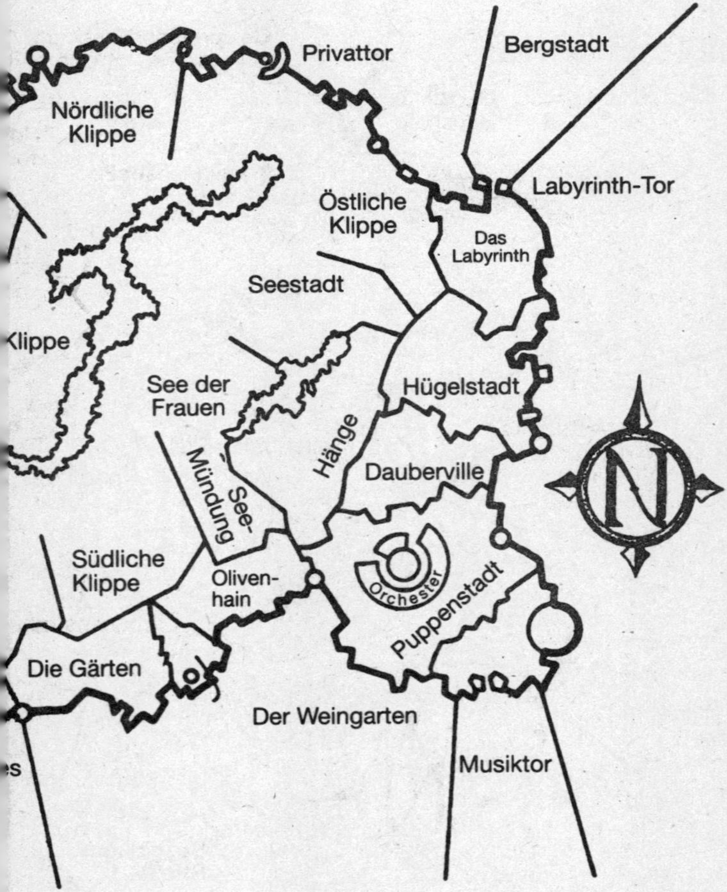
Privattor
Bergstadt
Nördliche
Klippe
Labyrinth-Tor
Östliche
Klippe
Das
Labyrinth
Seestadt
Klippe
See der
Frauen
Hügelstadt
Hänge
See-
Mündung
Dauberville
Südliche
Klippe
Oliven-
hain
Orchester
Puppenstadt
Die Gärten
Der Weingarten
Musiktor
N

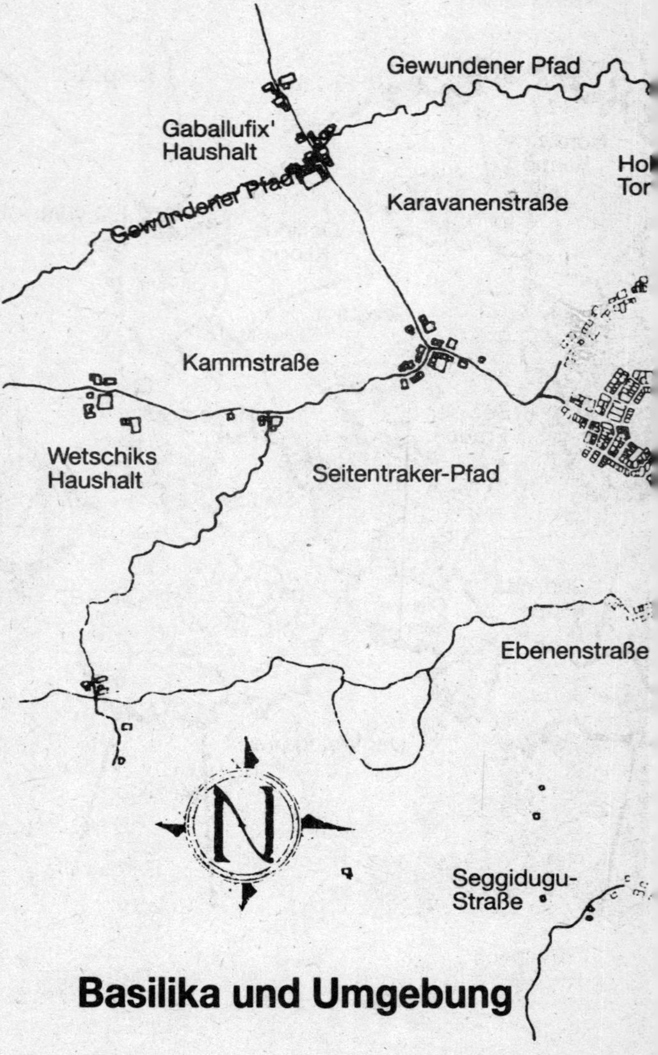

Basilika und Umgebung

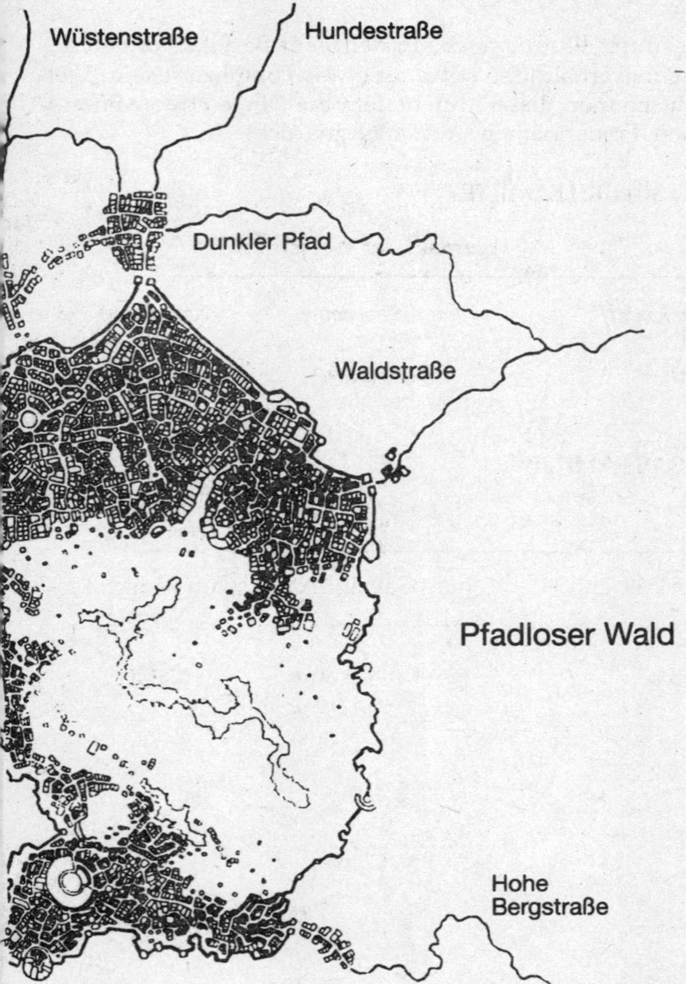
Wüstenstraße
Hundestraße
Dunkler Pfad
Waldstraße
Pfadloser Wald
Hohe
Bergstraße
Kühlhaus

Anmerkungen über die Abstammung

Wegen der Ehegebräuche in der Stadt Basilika können die Familienverhältnisse mitunter etwas kompliziert sein. Vielleicht können diese Ahnentafeln die Dinge etwas verdeutlichen. Frauennamen sind *kursiv* gedruckt.

WETSCHIKS FAMILIE

Volemak, der Wetschik

- *(von Hosni)*
  - Elemak
- *(von Kilvischevex)*
  - Mebbekew
- *(von Rasa)*
  - Issib
  - Nafai

RASAS FAMILIE

Rasa

- (von Wetschik)
  - Issib
- (von Gaballufix)
  - *Sevet*
  - *Kokor*
- (von Wetschik, 2. Vertrag)
  - Nafai

RASAS NICHTEN
(Ihre bevorzugten Schülerinnen, die ›adoptiert‹ wurden und fortwährend unterstützt werden)

Schedemei *Dol* *Eiadh* *Huschidh* und *Luet* (Schwestern)

HOSNIS FAMILIE

Hosni

(von Zdedhnoi) (verschiedene andere) (von Wetschik)

Gaballufix

Psugal *Ash* Okhai

Elemak

(von Rasa)

Sevet (verheiratet mit Vas)

Kokor (verheiratet mit Obring)

Spitznamen

Bei den meisten Namen sind Abkürzungen und Kosenamen gebräuchlich. Zum Beispiel könnten Gaballufix' nähere Verwandtschaft, seine engen Freunde, derzeitige Gattin und ehemalige Gattinnen ihn Gabja nennen. Weitere Spitznamen sind hier aufgeführt. (Da diese Namen so ungewohnt sind, werden weibliche Charaktere *kursiv* gesetzt.)

Dhelembuvex – Dhel
Dol – Dolja
Drotik – Dorja
Eiadh – Edhja
Elemak – Elja
Hosni – Hosja
Huschidh – Schuja
Issib – Issja
Kokor – Koja
Luet – Lutja
Mebbekew – Meb
Obring – Brija
Rasa – (keine Abkürzung)
Raschgallivak – Rasch
Roptat – Rop
Sevet – Sevja
Schedemei – Schedja
Truzhnischa – Truzhja
Vas – Vasja
Volemak – Volja
Wetschik (keine Abkürzung; Volemaks Familientitel)
Zdorab – Zodja

Die Aussprache der Namen

Wenn man diese Geschichte stumm liest, spielt es kaum eine Rolle, ob der Leser die Namen der Charaktere richtig ausspricht. Doch für die, die es vielleicht interessiert, folgen einige Informationen über die Aussprache der Namen.

Die Regeln der Vokalbildung in der Sprache Basilikas verlangen, daß bei den meisten Substantiven, einschließlich der Namen, zumindest ein Vokal mit einem betonten ›j‹ gesprochen wird. Bei Namen kann es sich dabei um fast jeden Vokal handeln, und es ist jedem Sprecher erlaubt, ihn nach seinem Gutdünken zu verändern. Daher könnte der Name Gaballufix durchaus Gjah-BAH-lu-fix oder Gah-BAH-*lju*-fix ausgesprochen werden; wie der Zufall es will, zieht Gaballufix selbst die Betonung Gah-BJAH-lu-fix vor, und natürlich folgen die meisten Leute dieser Aussprache.

Das ›dh‹ wird wie das englische ›th‹ ausgesprochen

Dhelembuvex [Thel-EM-bju-vex]
Dol [DJOHL]
Drotik [DROHT-jik]
Eiadh [AI-jahth]
Elemak [EL-jeh-mahk]
Hosni [HJOZ-ni]
Huschidh [HJU-schith]
Issib [IS-jib]
Kokor [KJOH-kor]
Luet [LJU-et]
Mebbekew [MEB-bek-kjef]
Nafai [NJA-fei]
Rasa [RAHZ-jah]
Raschgallivak [Rahsch-GJA-lih-wahk]
Roptat [ROP-taht]
Sevet [SEV-jet]
Schedemei [SCHJED-eh-mei]
Smelost [SMJE-lost]
Truzhnischa – [Truhs-NJI-schah]
Volemak – [WOHL-je-mak]
Wetschik – [WET-schjik]
Zdorab [ZDOR-jab]

Prolog

Der Hauptcomputer des Planeten Harmonie war nicht dazu bestimmt, sich so direkt in die Angelegenheiten der Menschen einzumischen. Er war zutiefst durch die Tatsache beunruhigt, daß er den jungen Nafai dazu provoziert hatte, Gaballufix zu ermorden. Doch wie hätte der Hauptcomputer ohne den Index zur Erde zurückkehren können? Und wie hätte Nafai den Index bekommen können, ohne Gaballufix zu töten? Es gab keine andere Möglichkeit.

Oder doch? Ich bin alt, sagte sich der Hauptcomputer. Vierzig Millionen Jahre alt, eine Maschine, die keineswegs dazu konstruiert wurde, einen so langen Zeitraum zu überdauern. Wie kann ich sicher sein, das richtige Urteil gefällt zu haben? Und doch habe ich wegen dieses Urteils den Tod eines Menschen verursacht, und der junge Nafai erleidet die Qualen der Schuld, weil er getan hat, wozu ich ihn gedrängt habe. Und all das, um den Index zurück nach Zvezdakruhg zu bringen, damit ich zur Erde zurückkehren kann.

Wenn ich doch nur mit dem Hüter der Erde sprechen könnte. Wenn der Hüter mir doch nur sagen könnte, was ich jetzt tun soll. Dann könnte ich mit Zuversicht handeln. Dann müßte ich nicht jede einzelne meiner Taten in Zweifel ziehen, mich nicht fragen, ob nicht alles, was ich tue, die Folge meines Verfalls ist.

Der Hauptcomputer mußte unbedingt mit dem Hüter sprechen; und doch konnte er nur mit ihm sprechen, indem er zur Erde zurückkehrte. Es war ein frustrierender Teufelskreis. Der Hauptcomputer konnte ohne die Hilfe des Hüters nicht klug vorgehen; er mußte klug vorgehen, um zum Hüter zu gelangen.

Was nun? Ich brauche Weisheit, doch wer kann mich führen? Mein Wissen ist viel, viel größer, als irgendein Mensch es jemals bewältigen könnte, und doch stehen zu meiner Beratung nur Menschen zur Verfügung.

War es möglich, daß ein menschlicher Geist ausreichte? Kein Computer konnte jemals so brillant disorganisiert sein wie das menschliche Gehirn. Menschen trafen die erstaunlichsten Entscheidungen lediglich auf der Grundlage von Datenbruchstücken, weil ihr Gehirn sie auf seltsame und wahrhaftige Weise neu zusammensetzte. Es war sicherlich möglich, gewisse kluge Ratschläge von ihnen zu bekommen.

Andererseits vielleicht aber auch nicht. Aber es war einen Versuch wert, oder?

Der Hauptcomputer griff durch seine Satelliten aus und schickte Bilder in den Geist jener Menschen, die für seine Übertragungen am empfänglichsten waren. Diese Bilder des Hauptcomputers bewegten sich durch die Erinnerungen der Menschen, zwangen sie, sich mit ihnen zu beschäftigen, sie zusammenzufügen, ihnen einen Sinn zu entnehmen. Aus ihnen die seltsamen und mächtigen Geschichten zu formen, die sie Träume nannten. Vielleicht würden ihre Träume in den nächsten paar Tagen, den nächsten paar Wochen einen gewissen Zusammenhang oder ein gewisses Verständnis an die Oberfläche bringen, das dem Hauptcomputer bei der Entscheidung helfen konnte, wie er die besten von ihnen vom Planeten Harmonie und zur Erde bringen konnte.

All diese Jahre habe ich gelehrt und sie geführt, geformt und sie beschützt. Doch sind sie nun, am Ende meines Lebens, bereit, mich zu lehren und führen, zu formen und schützen? Es ist unwahrscheinlich. Sehr unwahrscheinlich. Ich werde bestimmt gezwungen sein, alle Entscheidungen allein zu treffen. Und wenn ich dies tue, werde ich bestimmt Fehler machen. Vielleicht sollte ich überhaupt nichts unternehmen. Vielleicht sollte ich überhaupt nichts unternehmen. Ich sollte nichts unternehmen. Werde nichts unternehmen. Darf nichts unternehmen.

Ich muß warten.

Warten.

Erneut warten …

1

Betrug

DER TRAUM DES GENERALS

General Vozmuzhalnoi Vozmozhno erwachte schwitzend und stöhnend aus seinem Traum. Er öffnete die Augen, streckte die Hand aus und schloß die Finger. Eine andere Hand berührte die seine, hielt sie fest.

Die eines Mannes. Es war General Plodorodnui. Sein vertrauenswürdigster Leutnant. Sein bester Freund. Sein innigster Gefährte.

»Du hast geträumt, Muuzh.« Es war der Spitzname, mit dem nur Plod ihn anzusprechen wagte.

»Ja, allerdings.« Vozmuzhalnoi – Muuzh – erschauerte, als er daran dachte. »Ein eindringlicher Traum.«

»War er unheilvoll?«

»Auf jeden Fall entsetzlich.«

»Erzähle ihn mir. Ich kann mit Träumen etwas anfangen.«

»Ja, ich weiß genau, wie du mit Frauen etwas anfangen kannst. Wenn du mit ihnen fertig bist, sagen sie genau das, was du von ihnen hören willst!«

Plod lachte, wartete dann jedoch. Muuzh wußte nicht, warum er zögerte, Plod *diesen* Traum zu erzählen. Er hatte ihm so viele andere erzählt. »Na schön, das also war mein Traum. Ich sah einen Mann, der auf einer Lichtung stand, und überall um ihn herum waren schreckliche Flugwesen – keine Vögel, sie waren fellbesetzt, aber viel größer als Fledermäuse. Sie kreisten am Himmel, stießen nieder, berührten ihn. Er stand da und tat nichts. Und als ihn schließlich alle berührt hatten, flogen sie weg, bis auf ein Wesen, das sich auf seine Schulter niederließ.«

»Ah«, sagte Plod.

»Ich bin noch nicht fertig. Augenblicklich kamen riesige Ratten, die aus Erdhöhlen ausschwärmten. Sie waren mindestens einen Meter lang – halb so groß wie der Mann. Und erneut kamen sie, bis alle ihn berührt hatten ...«

»Womit? Den Zähnen? Den Pfoten?«

»Und den Nasen. Sie haben ihn *berührt*, mehr weiß ich nicht. Lenke mich nicht ab.«

»Verzeih mir.«

»Als alle ihn berührt hatten, gingen sie davon.«

»Bis auf eine.«

»Ja. Sie schmiegte sich an sein Bein. Du begreifst das Muster.«

»Was geschah dann?«

Muuzh erschauerte. Es war das Schrecklichste überhaupt gewesen, und doch begriff er nicht, wieso, als die Worte nun über seine Lippen kamen. »Menschen.«

»Menschen? Sie kamen und berührten ihn?«

»Sie ... haben ihn geküßt. Seine Hände, seine Füße. Sie haben ihn *angebetet*. Tausende. Aber sie haben nicht nur den Mann geküßt. Sie haben auch das ... Flugding geküßt. Und die Riesenratte, die sich an sein Bein schmiegte. Sie haben sie alle geküßt.«

»Ah«, sagte Plod. Er wirkte besorgt.

»Und? Was hat der Traum zu bedeuten? Was sagt er voraus?«

»Offensichtlich ist der Mann, den du gesehen hast, der Imperator.«

Manchmal klangen Plods Interpretationen wie die Wahrheit, doch diesmal rebellierte Muuzh' Herz bei der Vorstellung, den Imperator mit dem Mann in dem Traum in Verbindung zu bringen. »Warum ist das offensichtlich? Er sah gar nicht aus wie der Imperator.«

»Natürlich, weil die gesamte Natur und die Menschheit ihn verehrt hat.«

Muuzh zuckte mit den Schultern. Das war wohl kaum eine von Plods scharfsinnigsten Interpretationen. Und er hatte nie davon gehört, daß Tiere den Imperator mochten, der sich für einen großen Jäger hielt. Natürlich jagte er nur in einem seiner Parks, in denen alle Tiere gezähmt waren und die Furcht vor Menschen verloren hatten und in denen alle Raubtiere darauf dressiert waren, sich wild zu gebärden, aber niemals zuzuschlagen. Der Imperator bekam die Gelegenheit, seine Rolle in dem großen Schauspiel des Kampfes zwischen Mensch und Tier zu spielen, geriet aber niemals in Gefahr, da das Tier sich arglos seinem schnellen Pfeil, seinem sicheren Speerwurf, seiner gnadenlosen Klinge darbot. Falls dies Verehrung war, falls dies Natur war, ja, dann konnte man sagen, daß die gesamte Natur den Imperator verehrte und anbetete …

Plod wußte natürlich nichts von Muuzh' Gedanken in dieser Hinsicht; wenn man schon das Unglück hatte, ätzend scharfe Gedanken über den Imperator zu hegen, achtete man sorgsam darauf, seine Freunde nicht damit zu belasten.

Also fuhr Plod mit seiner Interpretation von Muuzh' Traum fort. »Was für ein Vorzeichen liegt in dieser Verehrung des Imperators? An sich gar keins. Aber die Tatsache, daß du dich *aufgelehnt* hast, daß du entsetzt zurückgeschreckt bist …«

»Sie haben eine Ratte geküßt, Plod! Sie haben dieses abscheuliche Fluggeschöpf geküßt …«

Doch Plod sagte nichts, als er mitten im Satz verstummte. Sagte nichts und beobachtete ihn.

»Mich entsetzt *keineswegs* der Gedanke, daß Menschen den Imperator verehren. Ich habe selbst vor dem Unsichtbaren Thron gekniet und die Ehrfurcht seiner Gegenwart verspürt. Es war nicht schrecklich, es war … adelnd.«

»Das sagst du«, erwiderte Plod. »Aber Träume lügen nicht. Vielleicht mußt du dich von etwas Bösem in deinem Herzen säubern.«

»Hör mal, *du* hast doch gesagt, ich hätte den Imperator in meinem Traum gesehen. Wieso kann dieser Mann nicht der … keine Ahnung … der Herrscher Basilikas gewesen sein?«

»Weil die elende Stadt Basilika von Frauen beherrscht wird.«

»Dann eben nicht Basilika. Aber ich glaube trotzdem, der Traum galt ...«

»Ja? Wem?«

»Woher soll *ich* das wissen? Ich *werde* mich reinigen, nur für den Fall, daß du recht haben solltest. Ich bin schließlich kein Traumdeuter.« Das bedeutete, daß er heute einige Stunden im Zelt des Fürsprechers verschwenden mußte. Es war so ermüdend, doch es war auch politisch notwendig, jeden Monat dort eine gewisse Zeit zu verbringen, oder Berichte über die Gottlosigkeit des Betreffenden gelangten schon bald nach Gollod, wo der Imperator von Zeit zu Zeit entschied, wer eines Kommandos und wer der Erniedrigung oder des Todes würdig war. Muuzh mußte sich sowieso bald im Tabernakel des Fürsprechers sehen lassen, doch er konnte den Gedanken daran nicht ausstehen, wie ein kleiner Junge den Gedanken an ein Bad nicht ausstehen konnte. »Laß mich allein, Plod. Du hast mich sehr unglücklich gemacht.«

Plod kniete vor ihm nieder und nahm Muuzh' rechte Hand zwischen die seinen. »Ach, verzeih mir.«

Muuzh verzieh ihm natürlich sofort, denn sie waren Freunde. Später an diesem Morgen brach er auf und tötete die Vorsteher eines Dutzends Khlami-Dörfer. Augenblicklich schworen die Dörfler dem Imperator ihre ewige Liebe und Hingabe, und als General Vozmuzhalnoi Vozmozhno an diesem Abend ins heilige Tabernakel ging, um sich zu reinigen, verzieh der Fürsprecher ihm recht bereitwillig, denn er hatte an diesem Tag viel dazu beigetragen, die Ehre und Erhabenheit des Imperators zu vergrößern.

IN BASILIKA UND NICHT IN EINEM TRAUM

Sie kamen, um Kokor singen zu hören, kamen aus ganz Basilika zusammen, und Kokor erfreute sich daran, wie ihre Gesichter sich aufhellten, als sie – endlich – auf die Bühne trat und die Musiker sanft an den Saiten zupften oder in der leisen Unterströmung der Töne, die stets ihre Begleitung darstellten, Atem durch ihre Instrumente streichen ließen. Kokor wird endlich für uns singen, sagten ihre Gesichter. Sie mochte diesen Ausdruck auf ihren Gesichtern mehr als jeden anderen, den sie je gesehen hatte, mehr als den Ausdruck eines Mannes, den in den letzten Augenblicken vor der Befriedigung die Lust überwältigte. Denn sie wußte sehr wohl, daß es einem Mann ziemlich gleichgültig war, wer ihm das Vergnügen der Liebe schenkte, während das Publikum unbedingt wollte, daß Kokor auf die Bühne trat und den Mund öffnete, damit es die hohen, immer höher steigenden Töne ihrer unglaublich süßen Gesangsstimme vernehmen konnte, die wie Blütenblätter auf einem Bach über die Musik trieben.

Zumindest wollte sie, daß es so war, und stellte es sich genauso vor, bis sie dann tatsächlich auf die Bühne trat und sah, wie das Publikum sie betrachtete. Heute bestand es hauptsächlich aus Männern. Männer, die sie mit den Blicken geradezu verschlangen. Ich sollte mich weigern, in Komödien zu singen, sagte sie sich wieder. Ich sollte darauf bestehen, genauso ernst genommen zu werden, wie sie meine geliebte Schwester Sevet mit ihrer männlich tiefen, froschartigen, gekünstelten Stimme ernst nehmen. Oh, sie betrachten sie mit Gesichtern der ästhetischen Ekstase. Männer genau wie Frauen. *Ihren* Körper verschlingen sie nicht mit den Blicken, um zu sehen, wie er sich unter dem Stoff ihres Gewandes bewegt. Was natürlich zum Teil auch daran liegen mochte, daß ihr Körper dermaßen schlaff und weich war, daß es kein Vergnügen war, ihn zu beobachten, und daß er sich wie Kies unter ihrem Kostüm bewegte. Das arme Ding. *Natürlich* schließen sie die Augen und lauschen ihrer Stimme – das ist doch viel, viel schöner, als ihren Körper zu betrachten.

Was für eine Lüge. Was für eine Lügnerin bin ich doch, sogar, wenn ich nur mit mir selbst spreche!

Ich darf nicht so ungeduldig sein. Es ist nur eine Frage der Zeit. Sevet ist älter – ich bin gerade mal achtzehn Jahre alt.

Auch *sie* mußte in Komödien auftreten, eine Zeitlang, bis sie bekannt war.

Kokor erinnerte sich daran, was ihre Schwester in jenen frühen Tagen gesagt hatte – vor über zwei Jahren, als Sevets siebzehnter Geburtstag nahte. Ständig hatte sie die Leidenschaft ihrer Bewunderer dämpfen müssen, die die unangenehme Eigenschaft hatten, in Erwartung augenblicklicher Liebe ihre Garderobe zu betreten, bis sie schließlich einen Leibwächter anheuern mußte, der die leidenschaftlichsten von ihnen entmutigen sollte. »Es geht nur um Sex«, hatte Sevet damals gesagt. »Die Lieder, die Aufführungen, alles dreht sich nur um Sex, und nur davon träumt das Publikum. Man muß nur darauf achten, daß man es nicht zu gut träumen läßt – oder zu spezifisch!«

Ein guter Rat? Wohl kaum. Je mehr das Publikum von dir träumt, desto größer ist der Wert deines Namens auf den Handzetteln, mit denen für das Stück geworben wird. Bis du schließlich, falls du Glück hast, *so gut* bist, daß auf den Flugblättern der Titel des Stücks gar nicht mehr erscheint. Sondern nur *dein* Name und der Ort und der Tag und die Stunde ... und wenn du auftrittst, sind sie alle da, Hunderte von ihnen, und wenn die Musik zu spielen beginnt, sehen sie dich nicht mehr an, als wärest du die letzte Hoffnung eines ausgehungerten Mannes, sondern der höchste Traum eines erhabenen Geistes.

Kokor schritt zu ihrem Platz auf der Bühne – und es *gab* Applaus, als sie auftrat. Sie drehte sich zum Publikum um und stieß einen hohen Triller aus.

»Was soll das?« fragte Gulja, der Schauspieler, der den Wüstling darstellte. »Schreist du schon? Ich habe dich doch noch nicht mal angefaßt.«

Das Publikum lachte – aber nicht laut genug. Dieses Stück steckte in Schwierigkeiten. Sie hatte genau gewußt, daß dieses Stück von Anfang an seine Schwächen gehabt hatte, aber bei einem so oberflächlichen Gelächter wie diesem war es nicht mehr zu retten. In ein paar Tagen würde sie also wieder mit neuen Proben anfangen müssen. Ein anderes Stück.

Andere dumme Texte und dumme Melodien, die sie sich einprägen mußte.

Sevet konnte selbst entscheiden, was sie sang. Die Komponisten kamen zu ihr und baten sie zu singen, was sie geschrieben hatten. *Sevet* mußte ihre Stimme nicht mißbrauchen, nur, um die Leute zum Lachen zu bringen.

»Ich habe nicht geschrien«, sang Kokor.

»Aber jetzt schreist du!« sang Gulja, während er sich an sie heranmachte und sie zu befummeln begann. Sein tiefer Baß war immer gut für einen Lacher, wenn er ihn auf diese Weise einsetzte, und er hatte das Publikum im Griff. Vielleicht konnten sie das Stück ja doch noch aus dem Dreck ziehen.

»Aber jetzt *faßt du mich an*!« Und ihre Stimme hob sich zu ihrem höchsten Ton und hing in der Luft ...

Wie ein Vogel, wie ein sich aufschwingender Vogel, falls sie die Schönheit des Tons nur zu schätzen wußten.

Gulja zog eine schreckliche Grimasse und nahm die Hand von ihrer Brust. Augenblicklich ließ sie den Ton um zwei Oktaven fallen. Sie bekam den Lacher. Den besten Lacher der Szene bis jetzt. Aber sie wußte, daß die Hälfte des Publikums lachte, weil Gulja so eine komische Miene zog, als er die Hand von ihrer Brust nahm. Er war ein Meister, ein wirklicher Meister des Fachs. Schade, daß seine Art der Komik in letzter Zeit etwas aus der Mode gekommen war. Er war mit dem Alter nur besser geworden, und doch entglitt ihm das Publikum. Es bevorzugte die verbitterteren, garstigeren, körperbezogenen Komödien der jungen Satiriker. Die brutalen, gewalttätigen Komödien, die zumindest immer die Illusion vermittelten, jemanden zu verletzen.

Die Szene ging weiter. Die Lacher kamen. Die Szene endete. Applaus. Kokor hastete erleichtert von der Bühne – und enttäuscht. Niemand im Publikum intonierte ihren Namen; noch nicht einmal einer hatte auch nur gepfiffen. Wie lange würde sie noch warten müssen?

»Zu nett«, sagte Tumannu, die Bühnenbesitzerin, mit verdrossenem Gesicht. »Der Ton soll klingen, als würdest du den sexuellen Höhepunkt erreichen. Und nicht wie ein Vogelschrei.«

»Ja, ja«, sagte Kokor. »Es tut mir leid.« Sie pflichtete immer allen bei und tat dann, was sie wollte. Diese Komödie war ihrer nicht würdig, wenn sie nicht zumindest dann und wann ihre Stimme in ihrem besten Licht präsentieren konnte. Und mit ihrem Triller hatte sie doch die Lacher bekommen, oder etwa nicht? Also konnte niemand behaupten, sie habe etwas *falsch* gemacht. Tumannu wollte nur, daß sie gehorsam war. Gehorsam war etwas für Kinder und Ehemänner und Haustiere.

»Nicht wie ein Vogel«, sagte Tumannu erneut.

»Wie wäre es denn mit einem Vogel, der den sexuellen Höhepunkt erreicht?« sagte Gulja, der direkt nach ihr die Bühne verlassen hatte.

Kokor kicherte, und sogar Tumannu zeigte ihr verdrossenes, verkniffenes Lächeln.

»Jemand wartet auf dich, Kjoka«, sagte Tumannu.

Es war ein Mann. Aber kein Liebhaber ihrer Kunst, oder er wäre im Publikum gewesen und hätte ihre Darstellung beobachtet. Sie hatte ihn schon einmal gesehen. Ja, genau – er ließ sich gelegentlich sehen, wenn Mutters ständiger Gatte, Wetschik, zu Besuch kam. Er war Wetschiks oberster Diener, nicht wahr? Verwalter der Gärtnerei für exotische Blumen, wenn Wetschik mit einer Karawane unterwegs war. Wie hieß er noch gleich?

»Ich bin Raschgallivak«, sagte er. Er wirkte sehr ernst.

»Ach?« sagte sie.

»Ich bedaure zutiefst, dir mitteilen zu müssen, daß deinen Vater durch brutale Gewalt sein Schicksal ereilt hat.«

Was für eine außergewöhnliche Mitteilung. Sie konnte ihr im ersten Augenblick kaum Sinn entnehmen. »Jemand hat ihn verletzt?«

»Letal, gnädiges Fräulein.«

»Oh«, sagte sie. Irgendeine Bedeutung lag dahinter, und sie würde sie finden. »Oh, das heißt also, er ist … tot?«

»Auf der Straße angesprochen und kaltblütig ermordet«, sagte Raschgallivak.

Es kam eigentlich gar nicht überraschend, wenn man darüber nachdachte. Vater hatte sich in letzter Zeit zu einem wahren Tyrannen entwickelt und all diese maskierten Soldaten auf die Straßen gebracht. Jeden in Angst und Schrecken versetzt. Andererseits war Vater so stark und mächtig, daß man sich kaum vorstellen konnte, jemand könne längerfristig seine Pläne durchkreuzen. Ganz bestimmt nicht *auf Dauer.* »Es besteht keine Hoffnung auf ... Genesung?«

Gulja stand ganz in ihrer Nähe, so daß er sich nun problemlos an dem Gespräch beteiligen konnte. »Es scheint sich um einen normalen Todesfall zu handeln, mein Fräulein, was bedeutet, daß die Prognose nicht gerade besonders gut ist.« Er kicherte.

Raschgallivak stieß ihn ziemlich kräftig an, und er taumelte zurück. »Das war nicht lustig«, sagte er.

»Läßt man die Kritiker jetzt hinter die Bühne?« sagte Gulja. »*Während* der Vorstellung?«

»Verschwinde, Gulja«, sagte Kokor. Es war ein Fehler gewesen, mit dem alten Mann zu schlafen. Seitdem glaubte er, irgendeinen Anspruch auf eine intime Beziehung mit ihr zu haben.

»Natürlich wäre es am besten, wenn du mich begleiten würdest«, sagte Raschgallivak.

»Aber nein«, sagte Kokor. »Nein, das wäre nicht am besten.« Wer war der Mann? Er war nicht mit ihr verwandt; zumindest nicht, daß sie wüßte. Sie mußte zu Mutter gehen. Wußte Mutter es schon? »Weiß Mutter ...«

»Natürlich habe ich es ihr als erste gesagt, und sie hat mir gesagt, wo ich *dich* finden kann. Wir haben sehr gefährliche Zeiten, und ich habe ihr versprochen, dich zu beschützen.«

Kokor wußte natürlich, daß er log. Warum sollte dieser Fremde sie beschützen? Wovor? Sie brauchte ihn doch überhaupt nicht. Aber die Männer waren immer so, beharrten darauf, daß eine Frau, die nicht das geringste zu befürchten hatte, behütet werden mußte. *Besitzrecht,* das meinten Männer immer, wenn sie von Schutz sprachen. Wenn sie wollte, daß ein Mann sie besaß, konnte sie auf ihren Gatten zurückgreifen. Es war wohl kaum nötig, daß dieser alte Graubart auf sie aufpaßte.

»Wo ist Sevet?«

»Wir haben sie noch nicht gefunden. Ich muß darauf bestehen, daß du mich begleitest.«

Jetzt mußte sich auch noch Tumannu einmischen. »Sie geht nirgendwohin. Sie hat noch drei Szenen, einschließlich des Höhepunkts.«

Raschgallivak drehte sich zu ihr um, und nun hatte er eine gewisse Erhabenheit an sich und nicht mehr nur diese verschwommene Verstörtheit. »Ihr Vater wurde getötet«, sagte er. »Und du gehst davon aus, sie wird hierbleiben, um ein *Stück* zu Ende zu spielen?« Oder war die Erhabenheit schon immer vorhanden gewesen, und sie hatte sie einfach nur nicht bemerkt?

»Sevet sollte es erfahren«, sagte Kokor.

»Wir werden es ihr sagen, sobald wir sie gefunden haben.«

Wer ist *wir*? Schon gut, dachte Kokor. *Ich* weiß, wo man sie finden kann. Ich kenne all ihre Treffpunkte, zu denen sie ihre Liebhaber bestellt, um ihren armen Gatten Vas in der Öffentlichkeit nicht bloßzustellen. Sevet und Vas führten genau wie Kokor und Obring eine anpassungsfähige Ehe, doch Vas schien nicht so zufrieden damit zu sein wie Obring. Manche Männer waren so ... besitzergreifend. Wahrscheinlich lag es daran, daß Vas Wissenschaftler und kein Künstler war. Obring hingegen verstand das Künstlerleben. Er würde niemals auf den Gedanken kommen, von Kokor zu verlangen, ihren Ehevertrag buchstabengetreu zu erfüllen. Manchmal machte er ziemlich fröhliche Witze über die Männer, mit denen sie sich traf.

Aber Kokor würde Obring natürlich niemals beleidigen, indem sie selbst sie erwähnte. Es war eine Sache, ein Gerücht über einen Liebhaber zu hören. Wenn er sie darauf ansprach, schüttelte sie einfach den Kopf und sagte: »Du Dummerchen. Du bist der einzige Mann, den ich liebe.«

Und auf eine seltsame Weise stimmte das auch. Obring

war so ein Schatz, auch wenn er nicht das geringste schauspielerische Talent hatte. Er bedachte sie immer mit Geschenken und erzählte ihr den wunderbarsten Klatsch. Kein Wunder, daß sie den Vertrag mit ihm schon zweimal erneuert hatte – die Leute ließen oft Bemerkungen darüber fallen, wie treu sie doch war, im dritten Jahr noch mit ihrem ersten Gatten verheiratet zu sein, wo sie doch jung und wunderschön war und jeden heiraten konnte. Fürwahr, sie hatte ihn eigentlich nur geheiratet, um seiner Mutter einen Gefallen zu tun, der alten Dhel, die als ihre Tante gedient hatte und Mutters beste Freundin war. Aber sie hatte Obring mögen gelernt, sie *mochte* ihn tatsächlich. Es war sehr angenehm und nett, mit ihm verheiratet zu sein. Solange sie mit jedem schlafen konnte, mit dem sie schlafen wollte.

Es würde Spaß machen, Sevet zu suchen und zu überraschen und herauszufinden, mit wem sie heute nacht schlief. Kokor hatte ihr schon seit Jahren keins mehr so richtig auswischen können. Sie mit irgendeinem nackten, schwitzenden Mann im Bett zu finden, ihr zu sagen, daß Vater tot war, und dann das Gesicht dieses armen Mannes zu beobachten, der allmählich begriff, daß es für diese Nacht mit der Liebe vorbei war!

»*Ich* werde es Sevet mitteilen«, sagte Kokor.

»Du wirst mit *mir* kommen«, beharrte Raschgallivak.

»Du bleibst und spielst das Stück zu Ende«, sagte Tumannu.

»Das Stück ist nur ein ... ein *Otsoss*«, sagte Kokor und benutzte das schlimmste Schimpfwort, das ihr einfiel.

Tumannu keuchte auf, und Raschgallivak errötete, und Gulja ließ sein leises, tiefes Kichern los. »*Das* ist ein Wort«, sagte er.

Kokor versetzte Tumannu einen Klaps auf den Arm. »Schon in Ordnung«, sagte sie. »Ich bin gefeuert.«

»Ja, allerdings!« schrie Tumannu. »Und wenn du jetzt nicht weiterspielst, ist deine Karriere *beendet*.«

Raschgallivak schnaubte. »Mit ihrem Anteil an der Hinterlassenschaft ihres Vaters kann sie deine kleine Bühne und deine Mutter noch dazu kaufen.«

Tumannu schaute trotzig drein. »Ach, wirklich? Wer war denn ihr Vater? *Gaballufix*?«

Raschgallivak schaute ehrlich überrascht drein. »Hast du das nicht gewußt?«

Tumannu hatte es eindeutig *nicht* gewußt. Kokor dachte kurz darüber nach und begriff, daß sie es Tumannu gegenüber nicht einmal erwähnt hatte. Und das bedeutete, daß Kokor nicht wegen des Namens und Ansehens ihres Vaters bevorzugt behandelt worden war, sondern diese Rolle aus eigener Kraft bekommen hatte. Wie wunderbar!

»Ich habe gewußt, daß sie die *Schwester* der großen Sevet ist«, sagte Tumannu. »Warum hätte ich sie sonst engagiert? Aber ich hätte mir nie träumen lassen, daß sie denselben *Vater* haben.«

Einen Augenblick lang blitzte in Kokor Wut auf, so heiß wie ein Schmelzofen. Doch sie hielt sie augenblicklich im Zaum, beherrschte sie perfekt. Sie durfte solch eine Flamme niemals offen brennen lassen. Man konnte unmöglich voraussagen, was sie tun oder sagen würde, wenn sie in solch einem Augenblick die Beherrschung verlor.

»Ich muß Sevet suchen«, sagte Kokor.

»Nein«, sagte Raschgallivak. Vielleicht hatte er mehr sagen wollen, doch in diesem Augenblick legte er eine Hand auf Kokors Arm, um sie zu mäßigen, und natürlich trat sie ihm kräftig zwischen die Beine, wie alle Komödiantinnen es lernen, um sich gegen unwillkommene Bewunderer zu schützen, die zu aufdringlich werden. Es war ein Reflex. Sie hatte es eigentlich gar nicht tun wollen. Und erst recht nicht mit solcher *Heftigkeit*. Er war nicht besonders stark gebaut, und der Tritt haute ihn glatt um.

»Ich muß Sevet suchen«, sagte Kokor wie zur Erklärung. Er hörte sie wahrscheinlich gar nicht. Er stöhnte viel zu laut, während er sich auf dem Holzboden hinter der Bühne wälzte.

»Wo ist die Zweitbesetzung?« sagte Tumannu. »Dem armen kleinen Ding bleiben nicht mal drei Minuten zur Vorbereitung.«

»Tut es weh?« fragte Gulja Raschgallivak. »Ich meine, was *ist* Schmerz, wenn man wirklich darüber nachdenkt?«

Kokor wanderte in die Dunkelheit davon, in Richtung Dauberville. Ihr Schenkel pochte dicht über dem Knie, wo sie es so kräftig in Raschgallivaks Schritt gestoßen hatte. Wahrscheinlich würde sie dort einen blauen Fleck bekommen, und dann mußte sie undurchsichtige Strümpfe tragen. So ein Ärgernis.

Vater ist tot. *Ich* muß es Sevet sagen. Hoffentlich findet niemand sie vor mir. Und er wurde *ermordet*. Die Leute werden jahrelang davon sprechen. Ich werde im Trauerweiß ziemlich gut aussehen. Arme Sevet – wenn sie Weiß trägt, sieht ihre Haut immer aus wie rote Bete. Aber sie wird es nicht wagen, die Trauerkleidung vor *mir* abzulegen. Und vielleicht trauere ich jahrelang um Papa.

Kokor lachte und lachte vor sich hin, während sie durch die Dunkelheit ging.

Und dann wurde ihr klar, daß sie gar nicht lachte, sondern weinte. Warum weine ich? fragte sie sich. Weil Vater tot ist. Das muß es sein, darum dreht sich dieser ganze Aufruhr. Vater, armer Vater. Ich muß ihn geliebt haben, denn ich weine jetzt, ohne es zu wollen, und dabei sieht überhaupt keiner zu. Wer hätte schon ahnen können, daß ich ihn geliebt habe?

»Wach auf.« Es war ein eindringliches Flüstern. »Tante Rasa will uns sprechen. Wach auf!«

Luet verstand nicht, warum Huschidh dies sagte. »Ich habe gar nicht geschlafen«, murmelte sie.

»O doch, du hast geschlafen«, sagte ihre Schwester Huschidh. »Du hast geschnarcht.«

Luet setzte sich auf. »Ich habe bestimmt gesägt wie ein Zimmermann.«

»Geblökt wie ein Esel«, sagte Huschidh, »doch meine Liebe für dich hat das Geräusch in Musik verwandelt.«

»Deshalb schnarche ich«, sagte Luet. »Damit du des

Nachts Musik hören kannst.« Sie griff nach ihrem Hauskleid und zog es über den Kopf.

»Tanta Rasa möchte uns sprechen«, drängte Huschidh. »Komm schnell.« Sie glitt aus dem Zimmer, bewegte sich in einer Art Tanz, und ihr Gewand schwebte hinter ihr her. In Schuhen oder Sandalen wirkte Huschidh immer schwerfällig, doch barfüßig bewegte sie sich wie eine Frau in einem Traum, wie eine Baumwoll-Flaumflocke im Wind.

Luet folgte ihrer Schwester auf den Gang; sie war noch damit beschäftigt, das Hauskleid zuzuknöpfen. Was konnte passiert sein, daß Rasa mit ihr und Huschidh sprechen wollte? Bei all den Scherereien, zu denen es in letzter Zeit gekommen war, befürchtete Luet das Schlimmste. War es möglich, daß Rasas Sohn Nafai doch nicht aus der Stadt entkommen war? Erst gestern hatte Luet ihn über verbotene Pfade geführt, zum See hinab, den nur Frauen sehen durften. Denn die Überseele hatte ihr gesagt, daß Nafai ihn sehen müsse, auf ihm treiben müsse wie eine Frau, wie eine Wasserseherin – wie Luet selbst. Also hatte sie ihn dorthin gebracht, und er war wegen seiner Blasphemie nicht erschlagen worden. Dann hatte sie ihn durch das Privattor und den Pfadlosen Wald aus der Stadt geführt. Sie hatte geglaubt, er sei in Sicherheit. Aber natürlich war er nicht in Sicherheit. Denn Nafai war wohl kaum einfach in die Wüste zurückgekehrt, zum Zelt seines Vaters – nicht ohne das Ding, das zu holen sein Vater ihn geschickt hatte.

Tante Rasa wartete in ihrem Zimmer, aber sie war nicht allein. Ein Soldat war bei ihn. Keiner von Gaballufix' Männern – von seinen Söldnern, seinen Schlägern, die vorgaben, die Miliz der Familie Palwaschantu zu sein. Nein, dieser Soldat war einer der Stadtwachen, ein Torwächter.

Sie sah ihn jedoch kaum an, warf nur einen kurzen Blick auf seine Insignien, denn Rasa wirkte so ... nein, eigentlich nicht erschreckt. So eine Regung hatte Luet bei ihr noch nie gesehen. Ihre Augen waren groß und trüb vor Tränen, ihr Gesicht war nicht fest, sondern schlaff, erschöpft, als geschähen in ihrem Herzen Dinge, die ihr Antlitz nicht ausdrücken konnte.

»Gaballufix ist tot«, sagte Rasa.

Das erklärte vieles. Gaballufix war seit einigen Monaten ihr Feind; seine bezahlten Tolschocks terrorisierten die Menschen auf den Straßen, und seine maskierten und anonymen Soldaten hatten sie noch mehr verängstigt, als sie angeblich die Straßen Basilikas für die Bürger der Stadt ›sicher‹ machten. Doch obwohl er ihr Feind war, war er auch Rasas Gatte gewesen und der Vater ihrer beiden Töchter Sevet und Kokor. Sie hatten sich einmal geliebt, und Familienbande waren nicht so leicht zu durchtrennen, nicht für eine so aufrichtige Frau wie Rasa. Luet war im Gegensatz zu ihrer Schwester Huschidh keine Entwirrerin, wußte jedoch, daß Rasa noch immer mit Gaballufix verbunden war, obwohl sie alles, was er in letzter Zeit getan hatte, verabscheute.

»Seine Witwe tut mir leid«, sagte Luet, »doch für die Stadt freue ich mich.«

Huschidh hingegen betrachtete nachdenklich den Soldaten. »Ich glaube, dieser Mann hat dir nicht *diese* Nachricht überbracht.«

»Nein«, sagte Rasa. »Nein, ich habe von Raschgallivak von Gaballufix' Tod erfahren. Anscheinend wurde Raschgallivak zum ... neuen Wetschik ernannt.«

Luet wußte, daß dies ein verheerender Schlag war. Es bedeutete, daß Rasas Gatte Volemak, der *früher* Wetschik gewesen war, nun keinen Besitz, keine Rechte, keinen Rang mehr im Klan der Palwaschantu hatte. Und Raschgallivak, der sein von ihm geschätzter Verwalter gewesen war, hatte nun seine Stellung übernommen. Gab es auf dieser Welt keine Ehre mehr? »Wann wurde Raschgallivak diese Ehre zuteil?«

»Vor Gaballufix' Tod – Gab hat ihn natürlich ernannt, und ich bin überzeugt, daß er es gern getan hat. Es liegt also eine gewisse Gerechtigkeit in der Tatsache, daß Rasch nun auch die Führung des Palwaschantu-Klans und damit Gabs Rang übernommen hat. Ja, du hast also recht damit, daß Rasch ziemlich schnell aufsteigt. Während andere fallen. Auch Roptat ist heute nacht umgekommen.«

»Nein«, flüsterte Huschidh.

Roptat war Anführer der Pro-Gorajni-Partei gewesen, der Gruppe, die versucht hatte, Basilika aus dem bevorstehenden Krieg zwischen Gorajni und Potokgavan herauszuhalten. Welche Chance blieb dem Frieden noch, nachdem er tot war?

»Ja, beide sind in dieser Nacht gestorben«, sagte Rasa. »Die Anführer der beiden Parteien, die unsere Stadt auseinandergerissen haben. Aber das Schlimmste kommt noch. Die Gerüchte besagen, daß mein Sohn Nafai sie beide getötet hat.«

»Das ist nicht wahr«, sagte Luet. »Unmöglich.«

»Das dachte ich auch«, sagte Rasa. »Wegen dieser Gerüchte habe ich euch nicht wecken lassen.«

Nun verstand Luet vollends den Aufruhr in Tanta Rasas Gesicht. Nafai war Tante Rasas ganzer Stolz, ein brillanter junger Mann. Und mehr noch – denn Luet wußte sehr genau, daß Nafai auch der Überseele nahe stand. Was mit ihm geschah, war nicht nur wichtig für die, die ihn liebten, sondern auch wichtig für die Stadt, vielleicht sogar für die ganze Welt. »Dann weiß dieser Soldat also etwas über Nafai?«

Rasa nickte dem Soldaten zu, der bis jetzt schweigend dort gesessen hatte.

»Mein Name ist Smelost«, sagte er und erhob sich, wie es sich geziemte, als er sie ansprach. »Ich habe das Tor bewacht. Ich sah zwei Männer kommen. Einer von ihnen hat den Daumen auf den Scanner gedrückt, und der Computer Basilikas erkannte ihn als Zdorab, den Schatzmeister von Gaballufix' Haus.«

»Und der andere?« fragte Huschidh.

»Maskiert, aber gekleidet wie Gaballufix, und Zdorab nannte ihn Gaballufix und versuchte mich zu überreden, ihm keinen Daumenabdruck abzunehmen. Aber er mußte den Daumen auf den Scanner legen, denn Roptat war ermordet worden, und wir wollten verhindern, daß dem Mörder die Flucht aus der Stadt gelang. Man hatte uns gesagt, Nafai, der jüngste Sohn der Herrin Rasa, sei der Mörder. Gaballufix hat dies gemeldet.«

»Also hast du darauf bestanden, daß Gaballufix den Daumen auf den Scanner legt?« sagte Luet.

»Er beugte sich zu mir vor und flüsterte mir ins Ohr: ›Und was, falls der Mann, der diese absurde Lüge verbreitet, selbst der Mörder war?‹ Na ja, das dachten einige von uns auch schon – daß Gaballufix Nafai des Mordes an Roptat beschuldigte, um seine eigene Schuld zu vertuschen. Und dann legte dieser Soldat – den Zdorab mit Gaballufix ansprach – den Daumen auf den Scanner, und der Stadtcomputer wies seinen Namen als Nafai aus.«

»Was hast du daraufhin getan?« fragte Luet.

»Ich habe gegen meinen Eid und gegen meine Befehle verstoßen. Ich löschte seinen Namen augenblicklich und ließ ihn passieren. Ich habe ihm geglaubt ... daß er unschuldig ist. Des Mordes an Roptat. Aber der Computer hat gespeichert, daß er die Stadt verließ, und daß ich ihn passieren ließ, obwohl ich wußte, wer er war. Ich habe mir nichts dabei gedacht – die Klage kam ja ursprünglich von Gaballufix, und Gaballufix' Schatzmeister hat den Jungen doch begleitet. Ich dachte, Gaballufix könne nichts dagegen haben, wenn sein eigener Mann ihn begleitete. Schlimmstenfalls würde ich meine Stellung verlieren.«

»Du hättest ihn sowieso passieren lassen«, sagte Huschidh. »Auch, wenn Gaballufix' Mann nicht bei ihm gewesen wäre.«

Smelost betrachtete sie einen Augenblick lang und setzte dann zu einem Lächeln an. »Ich war ein Gefolgsmann Roptats. Der Gedanke, Wetschiks Sohn könne ihn getötet haben, ist ein schlechter Witz.«

»Nafai ist erst vierzehn Jahre alt«, sagte Luet. »Schon der Gedanke, er könne überhaupt jemanden getötet haben, ist ein schlechter Witz.«

»Keineswegs«, sagte Smelost. »Denn wir bekamen die

Mitteilung, daß man Gaballufix' Leiche gefunden hat. Geköpft. Und seine Kleidung fehlte. Was sollte ich denn annehmen? Doch, daß Nafai Gaballufix' Leiche ausgezogen hatte. Daß Nafai und Zdorab ihn mit an Sicherheit grenzender Wahrscheinlichkeit getötet hatten. Nafai ist groß für einen Vierzehnjährigen, wenn er wirklich erst so alt ist. Ein Mann seiner Größe hätte es tun können. Zdorab – wohl kaum.« Smelost kicherte trocken. »Es spielt jetzt kaum noch eine Rolle, daß ich wegen dieser Sache meine Stellung verlieren werde. Ich befürchte vielmehr, daß man mich wegen Beihilfe zum Mord hängen wird, oder weil ich sie entkommen ließ. Deshalb kam ich her.«

»Zu der Witwe des Ermordeten?« fragte Luet.

»Zu der Mutter des angeblichen Mörders«, berichtigte Huschidh sie. »Dieser Mann liebt Basilika.«

»Allerdings«, sagte der Soldat, »und ich bin froh, daß du dies weißt. Ich habe nicht meine Pflicht getan, sondern das, was ich für richtig hielt.«

»Ich brauche Rat«, sagte Rasa und sah von Luet zu Huschidh und wieder zu Luet. »Dieser Mann, Smelost, hat mich um Schutz gebeten, weil er meinen Sohn gerettet hat. Mittlerweile wurde mein Sohn des Mordes bezichtigt, und ich bin nun der Ansicht, daß er tatsächlich schuldig sein könnte. Ich bin keine Wasserseherin. Ich bin keine Entwirrerin. Was ist richtig und gerecht? Was will die Überseele? Ihr müßt es mir sagen. Ihr müßt mir Rat geben!«

»Die Überseele hat mir nichts gesagt«, erwiderte Luet. »Ich weiß nur, was ich gerade hier erfahren habe.«

»Und was das Entwirren betrifft«, sagte Huschidh, »so sehe ich nur, daß dieser Mann Basilika liebt und du selbst in einem Netz der Liebe verstrickt bist, was bewirken könnte, daß du gegen deine eigenen Interessen verstoßen mußt. Der Vater deiner Töchter ist tot, und du liebst sie – und auch ihn, du liebst sogar *ihn*. Und doch glaubst du, daß Nafai ihn getötet hat, und deinen Sohn liebst du sogar noch mehr. Du ehrst auch diesen Soldaten, bist ihm mit einer Ehrenschuld verpflichtet. Am meisten jedoch liebst du Basilika. Doch du weißt nicht, was du zum Besten deiner Stadt tun sollst.«

»Mein Dilemma kenne ich, Schuja. Ich suche den Ausweg daraus.«

»Ich muß aus der Stadt fliehen«, sagte Smelost. »Ich dachte, du könntest mich schützen. Ich kenne dich als Nafais Mutter, aber ich hatte vergessen, daß du Gaballufix' Witwe bist.«

»Nicht seine Witwe«, sagte Rasa. »Ich habe unseren Vertrag schon vor Jahren nicht mehr erneuert. Ich glaube, er war seitdem ein dutzendmal verheiratet. Mein Gatte ist jetzt Wetschik. Oder besser gesagt der Mann, der Wetschik war und nun ein landloser Flüchtling ist, dessen Sohn ein Mörder sein könnte.« Sie lächelte verbittert. »Dagegen kann ich kaum etwas tun, aber ich kann *dich* schützen, und das werde ich auch.«

»Nein, das kannst du nicht«, sagte Huschidh. »Du stehst dem Mittelpunkt all dieser Geheimnisse zu nah, Tanta Rasa. Der Rat von Basilika wird immer auf dich hören, aber die Ratsfrauen werden lediglich auf deine Bitte hin nicht einen Soldaten schützen, der seine Pflicht verletzt hat. Damit werdet ihr beide nur um so schuldiger wirken.«

»Spricht jetzt die Entwirrerin?« fragte Rasa.

»Jetzt spricht deine Schülerin«, sagte Huschidh, »die dir sagt, was du auch selbst wissen würdest, wärest du nicht so verwirrt.«

Eine Träne quoll aus Rasas Auge und glitt ihre Wange hinab. »Was wird geschehen?« sagte Rasa. »Was wird jetzt aus meiner Stadt werden?«

Luet hatte sie niemals so verängstigt, so unsicher erlebt. Rasa war eine hervorragende Lehrerin, eine weise und ehrenhafte Frau; jede junge Frau Basilikas wäre sehr stolz darauf, eine ihrer Nichten zu sein, eine der Schülerinnen, die eigens auserwählt waren, in ihrem Haushalt zu leben; das hatte Luet zumindest immer geglaubt. Und doch sah sie Rasa nun voller Angst und Unsicherheit. Sie hätte niemals geglaubt, daß so etwas möglich war.

»Wetschik – mein Volemak – hat gesagt, die Überseele würde ihn führen«, sagte Rasa, spuckte die Worte verbittert aus. »Was für eine Führung ist das? Hat die Überseele ihm befohlen, meine Jungs zurück in die Stadt zu schicken, wo sie fast umgebracht worden wären? Hat die Überseele meinen Sohn zu einem Mörder und Flüchtling gemacht? Was tut die Überseele überhaupt? Wahrscheinlich ist es gar nicht die Überseele. Gaballufix hatte recht – mein geliebter Volemak hat den Verstand verloren, und unsere Söhne werden von seinem Wahnsinn verschluckt.«

Luet hatte genug davon gehört. »Schäm dich«, sagte sie.

»Sei still, Lutja!« rief Huschidh.

»*Schäm dich*, Tante Rasa«, beharrte Luet. »Nur, weil es dir erschreckend und verwirrend vorkommt, heißt das noch lange nicht, daß die Überseele es nicht versteht. Ich *weiß*, daß die Überseele Wetschik und auch Nafai lenkt. Das alles wird irgendwie zu Basilikas Bestem führen.«

»Da irrst du dich«, sagte Rasa. »Die besondere Liebe der Überseele gilt keineswegs Basilika. Sie hütet die ganze Welt. Was, wenn die ganze Welt irgendwie einen Vorteil daraus ziehen sollte, wenn Basilika zerstört wird? Wenn meine Jungen getötet werden? Für die Überseele haben kleine Städte und kleine Menschen keine Bedeutung – sie webt ein großes Muster.«

»Dann müssen wir uns ihr beugen«, sagte Luet.

»Beuge dich, wem immer du willst«, sagte Rasa. »Ich werde mich der Überseele nicht beugen, wenn sie meine Jungen in Mörder und meine Stadt in Staub verwandelt. Wenn die Überseele das beabsichtigt, sind die Überseele und ich Feinde. Hast du mich verstanden?«

»Sprich leiser, Tanta Rasa«, sagte Huschidh. »Sonst weckst du die anderen.«

Rasa verstummte kurz. »Ich habe gesagt, was ich zu sagen habe«, murmelte sie dann.

»Du bist nicht der Feind der Überseele«, sagte Luet. »Bitte warte eine Weile. Laß mich versuchen, den Willen der Überseele in diesem Plan herauszufinden. Deshalb hast du mich doch kommen lassen, nicht wahr? Damit ich dir sage, was die Überseele vorhat?«

»Ja«, sagte Rasa.

»Ich kann der Überseele keine Befehle erteilen«, sagte Luet. »Aber ich werde sie bitten. Warte hier, und ich ...«

»Nein«, sagte Rasa. »Du kannst nicht zum See hinabgehen. Dazu bleibt uns nicht die Zeit.«

»Nicht zum See hinab«, sagte Luet. »Auf mein Zimmer. Um zu schlafen. Zu träumen. Auf die Stimme zu hören, auf die Vision zu warten. Falls sie kommt.«

»Dann beeil dich«, sagte Rasa. »Uns bleibt nur noch vielleicht eine Stunde, dann werde ich etwas unternehmen müssen – immer mehr Leute werden hierher kommen, und ich *muß* etwas unternehmen.«

»Ich kann der Überseele keine Befehle erteilen«, wiederholte Luet. »Und die Überseele hat ihren eigenen Fahrplan. Sie folgt nicht dem deinen.«

Kokor ging zu Sevets Lieblingsversteck, wohin sie ihre Liebhaber mitnahm, damit Vas nichts von ihnen erfuhr, und Sevet war nicht dort. »Sie kommt nicht mehr hierher«, sagte Iliva, Sevets Freundin. »Und auch nicht mehr zu den anderen Verstecken in Dauberville. Vielleicht ist sie treu geworden!« Dann lachte Iliva und wünschte ihr eine gute Nacht.

Also konnte Kokor ihr doch keins auswischen. Das war sehr enttäuschend.

Warum hatte Sevet ein neues Versteck gewählt? Hatte sich ihr Gatte Vas auf die Suche nach ihr gemacht? Dafür war er doch viel zu würdevoll! Und doch blieb die Tatsache bestehen, daß Sevet ihre alten Verstecke aufgegeben hatten, obwohl Iliva und Sevets andere Freundinnen ihr liebend gern auch weiterhin Unterschlupf gewährt hätten.

Das konnte nur eins bedeuten. Sevet hatte einen neuen Liebhaber gefunden, war ein richtiges Verhältnis eingegangen, nicht nur eine schnelle Liebschaft, und dieser Mann hatte einen so bedeutenden Rang in der Stadt inne, daß sie für ihre Schäferstündchen neue Verstecke suchen mußten, weil der Skandal, wäre er bekannt geworden, sonst mit Sicherheit Vas zu Ohren gekommen wäre.

Wie köstlich, dachte Kokor. Sie versuchte sich vorzustellen, wer es sein könnte, wer von den bekanntesten Männern der Stadt Sevets Herz gewonnen haben könnte. Natürlich mußte es sich um einen verheirateten Mann handeln; wenn er nicht mit einer Frau Basilikas verheiratet war, hatte kein Mann das Recht, auch nur eine einzige Nacht in der Stadt zu verbringen. Wenn Kokor Sevets Geheimnis also schließlich herausfinden würde, würde es in der Tat einen wunderbaren Skandal geben, denn eine verletzte Ehefrau würde dazu beitragen, daß Sevet sich nur noch mehr wie eine Schlampe fühlen würde.

Und ich *werde* es erzählen, dachte Kokor. Denn da sie diese Liaison vor mir verborgen gehalten und mir nichts davon erzählt hat, bin ich nicht verpflichtet, ihr Geheimnis zu bewahren. Sie hat mir nicht vertraut; warum sollte ich mich also als vertrauenswürdig erweisen?

Kokor würde es natürlich nicht *selbst* von den Dächern pfeifen. Doch sie kannte viele Satiriker im Offenen Theater, die liebend gern davon erfahren würden; jeder von ihnen wollte der erste sein, der in einem Stück mit spitzen Pfeilen auf die süße Sevet und ihren Liebhaber schießen konnte. Und sie würde ihm keinen hohen Preis für die Geschichte abknöpfen – nur die Gelegenheit, Sevet zu spielen, wenn man mit Pfeilen auf sie schoß. Das würde Tumannus Drohung, sie auf die schwarze Liste zu setzen, schnell ein Ende bereiten.

Ich werde Sevets Stimme imitieren, dachte Kokor, und dabei ihren Gesang durch den Kakao ziehen. Niemand kann ihr so ähnlich klingen wie ich. Niemand kennt die Schwächen ihrer Stimme so genau wie ich. Sie wird es bedauern, mich nicht in ihr Geheimnis eingeweiht zu haben! Und doch werde ich maskiert sein, wenn ich sie verspotte, und ich werde alles abstreiten, alles abstreiten; und sogar, wenn Mutter mich bitten sollte, bei der Überseele darauf zu schwören, werde ich es abstreiten. Sevet ist nicht die einzige, die ein Geheimnis für sich behalten kann.

Es war spät, nur ein paar Stunden vor der Morgendämmerung, doch die letzten Komödien würden erst in einer Stunde enden. Wenn sie zum Theater zurückeilte, könnte sie wahrscheinlich wenigstens zum Finale wieder auf der Bühne stehen. Doch sie konnte sich nicht dazu bringen, die Szene zu spielen, die sie Tumannu vorspielen mußte – sie um Verzeihung bitten, etwas weinen und ihr schwören, nie wieder ein Stück im Stich zu lassen. Das wäre zu erniedrigend. Keine Tochter Gaballufix' sollte vor einer einfachen Bühnenbesitzerin kriechen müssen.

Aber was spielt es jetzt, wo er tot ist, noch für eine Rolle, ob ich seine Tochter bin oder nicht? Dieser Gedanke erfüllte sie mit Abscheu. Sie fragte sich, ob dieser Rasch vielleicht recht gehabt hatte, ob Vater ihr so viel Geld hinterlassen hatte, daß sie sehr reich war und ihr eigenes Theater kaufen konnte? Das wäre doch sehr schön, oder? Damit wären alle Probleme gelöst. Natürlich würde Sevet genausoviel Geld haben und sich wahrscheinlich ebenfalls ein Theater kaufen, nur, weil sie Kokor wie üblich übertreffen und ihr jede Gelegenheit nehmen mußte, Ruhm zu erlangen, doch Kokor würde sich einfach als die bessere Veranstalterin erweisen und Sevets elendiges Nachzieh-Theater in den Staub zwingen, und wenn Sevet schließlich scheiterte, würde sie ihr *gesamtes* Vermögen verloren haben, während Kokor die führende Gestalt in der Theaterwelt Basilikas war, und es würde der Tag kommen, da Sevet zu Kokor angekrochen kam und sie bat, ihr eine Hauptrolle in einem ihrer Stücke zu geben, und Kokor würde ihre Schwester umarmen und weinen und sagen: »Oh, meine liebe Schwester, ich würde dir liebend gern wieder auf die Beine helfen, aber ich habe eine Verpflichtung gegenüber meinen Finanziers, meine Liebe, und ich kann wohl schlecht das Risiko eingehen, ihr Geld bei einem Stück aufs Spiel zu setzen, dessen Hauptrolle eine Sängerin spielt, die ihre beste Zeit eindeutig *hinter sich hat*.«

Oh, war das ein köstlicher Traum! Einmal davon abgesehen, daß Sevet nur ein einziges Jahr älter war – für Kokor machte dieses eine Jahr den gesamten Unterschied aus. Sevet mochte ihr *jetzt* voraus sein, doch eines Tages in nicht allzu ferner Zukunft würde die Jugend ihnen kostbarer sein als das Alter, und dann hatte Kokor den Vorteil. Jugend und Schönheit – Kokor würde immer mehr von beidem haben als Sevet. Und sie war mindestens genauso talentiert wie Sevet.

Nun war sie zu Hause, stand vor dem kleinen Haus, das sie und Obring in der Hügelstadt gemietet hatten. Es war bescheiden, aber mit exquisitem Geschmack eingerichtet. Zumindest das hatte sie von ihrer Tante Dhelembuvex – Obrings Mutter – gelernt: es ist besser, ein kleines, aber perfekt eingerichtetes Heim zu haben als ein großes, schlecht gepflegtes. »Eine Frau muß sich als die Blüte der Perfektion präsentieren«, sagte Tantchen Dhel immer. Kokor hatte es viel besser ausgedrückt, in einem Aphorismus, den sie veröffentlicht hatte, als sie erst fünfzehn Jahre alt gewesen war, bevor sie Obring geheiratet und Mutters Haus verlassen hatte:

Eine perfekte Knospe
von sanfter Farbe
und feinem Geruch
ist willkommener als eine protzige Blüte,
die um Aufmerksamkeit heischt, aber nichts zu bieten hat,
was man nicht auf den erste Blick sieht
oder mit dem ersten Atemzug riecht.

Kokor war am stolzesten darauf gewesen, daß die Zeilen über die perfekte Knospe aus kurzen und einfachen Ausdrücken bestanden, während die Zeilen über die protzige Blüte lang und unbeholfen waren. Doch zu ihrer Enttäuschung hatte kein bekannter Komponist aus ihrem Aphorismus eine Arie gemacht, und die jungen, die mit ihren Melodien zu ihr kamen, waren alle talentlose Blender, die nicht die geringste Ahnung hatten, wie man eine Melodie zu schaffen hatte, die einer Stimme wie der Kokors gerecht wurde. Sie hatte nicht mal mit ihnen geschlafen, abgesehen von einem, dessen Gesicht so schüchtern und süß gewesen war. Ah, aber in der Dunkelheit war er wie ein Tiger gewesen. Sie hatte ihn drei Tage lang bei sich behalten, doch er *mußte* unbedingt darauf bestehen, ihr seine Melodien vorzusingen, und so hatte sie ihn schließlich wieder fortgeschickt.

Wie war noch gleich sein Name gewesen?

Er lag ihr auf der Zunge, als sie das Haus betrat und in den hinteren Räumen ein seltsames Johlen hörte. Wie von den Pavianen, die am kleinen See lebten, wie ihr Keuchen, wenn sie in ihrer Nicht-Sprache vor sich hinbrabbelten. »Oh. Huh. Oo-oh. Huuuh.«

Aber es waren keine Paviane, oder? Und das Geräusch kam aus dem Schlafzimmer, die Wendeltreppe hinauf. Mondlicht, das durch das Dachfenster fiel, erhellte Kokors Weg, als sie schnell die Treppe hinauflief, aber leise und auf Zehenspitzen, denn sie wußte, daß sie ihren Gatten Obring mit irgendeiner Hure *in Kokors Bett* finden würde, und das war entsetzlich, ein Verstoß gegen jede Anstandsregel, brachte er ihr denn nicht die geringste Rücksicht entgegen? Sie hatte *ihre* Liebhaber niemals mit nach Hause genommen, oder? Fair war fair, und es wäre doch eine prachtvolle Szene des verletzten Stolzes, wenn sie das kleine Flittchen *ohne Kleider* aus dem Haus werfen würde, damit es sich nackt nach Hause schleichen mußte, und dann würde Obring sich bei ihr entschuldigen, und Kokor würde ihn zappeln lassen und sich anhören, was er sich so alles ausdachte, all seine Schwüre und Entschuldigungen und sein Wimmern, aber es bestand nicht der geringste Zweifel, sie würde den Vertrag mit ihm *nicht* erneuern, und er würde herausfinden müssen, was einem Mann widerfuhr, der Kokor seine Treulosigkeit ins Gesicht schleuderte.

Im mondscheinerhellten Schlafzimmer fand Kokor Obring bei genau der Aktivität vor, die sie vermutet hatte. Sie konnte sein Gesicht nicht sehen oder das der Frau, der er ein leidenschaftlicher Gefährte aber, aber sie brauchte weder

Tageslicht noch ein Vergrößerungsglas, um zu wissen, was es zu bedeuten hatte.

»Widerlich«, sagte sie.

Es hatte genau die Wirkung, auf die sie gehofft hatte. Sie hatten sie offensichtlich nicht die Treppe hinaufkommen hören, und der Klang ihrer Stimme ließ Obring erstarren. Einen Augenblick lang bewegte er sich nicht. Dann wandte er ihr den Kopf zu und schaute ziemlich töricht drein, als er sie traurig über die Schulter ansah. »Kjoka«, sagte er. »Du bist früher nach Hause gekommen.«

»Ich hätte es wissen müssen«, sagte die Frau auf dem Bett. Ihr Gesicht war noch immer hinter Obrings nacktem Rücken verborgen, doch Kokor erkannte die Stimme sofort. »Dein Stück ist so schlecht, daß sie es mitten in der Vorstellung abgebrochen haben.«

Kokor bekam die Beleidigung kaum mit, bemerkte kaum die Tatsache, daß Sevets Stimme nicht im geringsten peinlich berührt klang. Sie konnte nur denken: Deshalb mußte sie sich ein neues Versteck suchen, nicht, weil ihr Liebhaber eine Berühmtheit ist, sondern, weil sie die Wahrheit vor *mir* verbergen mußte.

»Hunderte deiner Zuschauer wären jede Nacht gern mit dir ins Bett gestiegen«, flüsterte Kokor. »Aber du mußtest meinen Gatten haben.«

»Ach, nimm es doch nicht persönlich«, sagte Sevet und richtete sich auf die Ellbogen auf. Sevets Brüste sackten zu den Seiten. Kokor gefiel es, daß ihre Brüste an den Seiten hinabhingen, daß Sevet mit neunzehn Jahren entschieden älter und *dicker* war als Kokor. Doch Obring hatte *diesen* Körper gewollt, hatte diesen Körper auf demselben Bett benutzt, auf dem er so viele Nächte lang neben Kokors perfektem Körper geschlafen hatte. Wie konnte dieser Körper ihn überhaupt erregen, nachdem er Kokor an so vielen Morgen nach ihrem Bad gesehen hatte?

»Du hast nicht mit ihm geschlafen, und er ist sehr nett«, sagte Sevet. »Wenn du dir je die Mühe gemacht hättest, ihn zu befriedigen, hätte er *mich* nicht angesehen.«

»Es tut mir leid«, murmelte Obring. »Ich habe es nicht gewollt.«

Das war so ungeheuerlich, daß Kokor wie ein kleines Kind ihre Wut nicht im Zaum halten konnte. Und doch hielt sie sich zurück. Sie bewahrte ihren Zorn wie einen Wirbelsturm in einer Flasche. »Das war ein Unfall?« flüsterte Kokor. »Du bist ausgerutscht, gestolpert und gestürzt, hast dabei deine Kleider verloren und bist zufällig auf meiner Schwester zu liegen gekommen?«

»Ich meine ... ich wollte einen Schlußstrich ziehen, schon seit einigen Monaten ...«

»Monate«, flüsterte Kokor.

»Sag lieber nichts mehr, Kleiner«, sagte Sevet, »du machst alles nur noch schlimmer.«

»Du nennst ihn ›Kleiner‹?« fragte Kokor. Das war das Wort, das sie benutzt hatten, nachdem sie gerade zu Frauen geworden waren, um die halbwüchsigen Jungs zu bezeichnen, die hinter ihnen herhechelten.

»Er war so eifrig«, sagte Sevet und glitt unter Obring hervor. »Ich konnte nicht anders, ich mußte ihn einfach so nennen, und ihm gefällt der Name.«

Obring drehte sich um und saß wie ein Häufchen Elend auf dem Bett. Er machte keine Anstalten, sich zu bedecken; es war offensichtlich, daß er für diesen Abend jedes Interesse an der Liebe verloren hatte.

»Mach dir keine Sorgen, Obring«, sagte Sevet. Sie stand auf und bückte sich, um ihre Kleidung vom Boden aufzuheben. »Sie wird den Vertrag trotzdem erneuern. Sie wird nicht wollen, daß die Leute sich diese Geschichte erzählen, und deshalb wird sie erneuern, solange du willst, nur, damit du sie nicht erzählst.«

Kokor sah, wie Sevets Bauch vorstand, wie ihre Brüste schwangen, als sie sich bückte. Und doch hatte sie Kokor den Mann weggenommen. Nach allem anderen hatte sie auch das noch tun müssen. Es war nicht zu ertragen.

»Singe für mich«, flüsterte Kokor.

»Was?« fragte Sevet, drehte den Kopf und bedeckte sich mit ihrem Gewand.

»Sing mir mit deiner hübschen Stimme ein Lied, du Davalka.«

Sevet sah Kokor in die Augen, und der Ausdruck von gelangweilter Erheiterung wich von ihrem Gesicht. »Ich werde nicht singen, du kleine Närrin.«

»Nicht für mich«, sagte Kokor. »Für Vater.«

»Was ist mit Vater?« Sevets Gesichtsausdruck wandelte sich zu einem des spöttischen Mitgefühls. »Ach, wird die kleine Kjoka mich verpetzen?« Dann schnaubte sie. »Er wird dich auslachen. Und dann wird er mit Obring einen trinken gehen.«

»Ein Klagelied für Vater«, sagte Kokor.

»Ein Klagelied?« Sevet schaute jetzt verwirrt drein. Besorgt.

»Während du hier warst und es mit dem Mann deiner Schwester getrieben hast, hat jemand Vater umgebracht. Wenn du ein Mensch wärest, würde es dich betreffen. Sogar Paviane trauern um ihre Toten.«

»Ich habe es nicht gewußt«, sagte Sevet. »Wie hätte ich es wissen können?«

»Ich habe nach dir gesucht«, sagte Kokor. »Um es dir zu sagen. Aber du warst an keinem der Orte, die ich kenne. Ich habe mein Stück im Stich gelassen, *ich habe meine Anstellung verloren,* um dich zu suchen und es dir zu sagen, und hier warst du, und das hast du getan.«

»Du bist eine Lügnerin«, sagte Sevet. »Warum sollte ich dir das glauben?«

»Ich habe es nie mit Vas getrieben«, sagte Kokor. »Nicht einmal, als er mich angebettelt hat.«

»Er hat dich nie darum gebeten«, sagte Sevet. »Ich glaube deinen Lügen nicht.«

»Er hat mir gesagt, er möchte nur einmal im Leben eine wirklich wunderschöne Frau haben. Eine Frau, deren Körper jung und geschmeidig und fest ist. Aber ich habe mich geweigert, weil du meine Schwester bist.«

»Du lügst. Er hat dich nie darum gebeten.«

»Vielleicht lüge ich. Aber er *hat* gefragt.«

»Nicht *Vas*«, sagte Sevet.

»Vas, mit dem großen Muttermal auf der Innenseite seines Schenkels«, sagte Kokor. »Ich habe ihn zurückgewiesen, weil du meine Schwester bist.«

»Du lügst. Auch das mit Vater war gelogen.«

»Tot in seinem eigenen Blut. Auf der Straße ermordet. Das ist keine gute Nacht für unsere liebende Familie. Vater tot. Ich betrogen. Und du ...«

»Rühr mich nicht an.«

»Sing für ihn«, sagte Kokor.

»Bei der Beerdigung, *falls* du nicht gelogen hast.«

»Singe *jetzt*«, sagte Kokor.

»Kleine *Henne*, kleines *Entchen*, ich werde niemals auf deinen Befehl singen.«

Der Vorwurf, sie würde gackern und quaken, anstatt zu singen, war nur eine alte Stichelei zwischen ihnen, war gar nichts. Doch die Verachtung in Sevets Stimme, die Abneigung, drang zu ihr durch, füllte sie aus, bis zur Neige, war mehr, als sie ertragen konnte. Keinen Augenblick länger konnte sie den Sturm zurückhalten, der in ihr zerrte.

»Genau!« kreischte Kokor. »Auf meinen Befehl wirst du *niemals* singen!« Und sie holte aus wie eine Katze, doch es war keine Klaue, es war eine Faust. Sevet riß die Hände hoch, um ihr Gesicht zu schützen. Doch Kokor verspürte nicht den Drang, das Gesicht ihrer Schwester zu zeichnen. Nicht ihr Gesicht haßte sie. Nein, ihre Faust traf genau dort, wohin sie gezielt hatte, unter Sevets Kinn, traf ihre Kehle dort, wo verborgen unter dem üppigen Fleisch der Kehlkopf lag, wo die Stimme ihren Ursprung hatte.

Sevet gab kein Geräusch von sich, obwohl die Wucht des Schlages sie zurückwarf. Sie stürzte, griff sich an die Kehle; sie wand sich auf dem Boden, würgte und rang nach Atem. Obring schrie auf, sprang zu ihr und kniete neben ihr nieder. »Sevet?« rief er. »Sevet, bist du in Ordnung?«

Doch Sevets einzige Antwort bestand aus einem Gurgeln

und Spucken und dann aus einem Würgen und Husten. Sie hustete Blut. Ihr eigenes Blut. Kokor sah es an Sevets Händen, an Obrings Schenkeln, als er ihren Kopf auf den Schoß nahm, um sie zu stützen. Es schimmerte schwarz im Mondschein, das Blut aus Sevets Hals. Wie schmeckt es in deinem Mund, Sevet? Wie fühlt es sich auf deiner Haut an, Obring? Ihr Blut, wie das Geschenk einer Jungfrau, mein Geschenk an euch beide.

Sevet gab ein schreckliches, ersticktes Geräusch von sich. »Wasser«, sagte Obring. »Ein Glas Wasser, Kjoka – um ihren Mund auszuspülen. Siehst du nicht, daß sie blutet? Was hast du ihr angetan?«

Kokor trat zum Waschbecken – ihrem eigenen Waschbekken – und nahm eine Tasse – ihre eigene Tasse – und gab sie, mit Wasser gefüllt, Obring, der sie ihr aus der Hand nahm und versuchte, etwas von der Flüssigkeit in Sevets Mund zu gießen. Doch Sevet würgte es hoch und spuckte es aus, rang nach Atem, erstickte an dem Blut, das in ihren Hals floß.

»Einen Arzt!« rief Obring. »Rufe einen Arzt! Bustija nebenan ist Ärztin, sie wird kommen!«

»Hilfe«, murmelte Kokor. »Komm schnell. Hilfe.« Sie sprach so leise, daß sie selbst kaum etwas verstehen konnte.

Obring sprang auf und sah sie voller Wut an. »Rühr sie nicht an«, sagte er. »Ich hole die Ärztin selbst.« Er verließ den Raum schnellen Schrittes. Jetzt war er voller Kraft. Nackt wie ein mythischer Gott, wie die Bilder des Gorajni-Imperators – der Inbegriff der Männlichkeit –, so kam Obring ihr vor, als er in die Nacht hinausging, um die Ärztin zu holen, die seiner Geliebten vielleicht das Leben retten konnte.

Kokor sah zu, wie Sevets Finger über den Boden kratzten, die Haut an ihrem Hals aufrissen, als wolle sie dort ein Luftloch graben. Sevets Augen schienen aus den Höhlen zu quellen, und Blut tropfte von ihrem Mund auf den Boden.

»Du hattest alles andere«, sagte Kokor. »Alles andere. Aber du konntest nicht einmal *ihn* mir überlassen.«

Sevet gurgelte. Sie betrachtete Kokor gequält und voller Entsetzen.

»Du wirst nicht sterben«, sagte Kokor. »Ich bin keine Mörderin. Ich bin keine *Betrügerin*.«

Aber dann kam ihr in den Sinn, daß Sevet vielleicht doch sterben würde. Bei so viel Blut in der Kehle mochte sie darin ertrinken. Und dann würde man Kokor dafür zur Verantwortung ziehen. »Niemand kann mir die Schuld geben«, sagte Kokor. »Vater ist heute nacht gestorben, und ich kam nach Hause und fand dich mit meinem Mann, und dann hast du mich verspottet – niemand wird mir die Schuld geben. Ich bin erst achtzehn, ich bin noch ein *Mädchen*. Und es war sowieso ein Unfall. Ich wollte dir die Augen auskratzen, habe aber danebengegriffen, das ist alles.«

Sevet würgte. Sie übergab sich auf den Boden. Es stank fürchterlich. Sie machte eine furchtbare Schweinerei – alles war schmutzig, und der Gestank würde niemals wieder verschwinden. Und wenn Sevet starb, *würde* man Kokor die Schuld an ihrem Tod geben. Das würde Sevets Rache sein – dieser Makel würde niemals von ihr weichen. Sevets Vergeltung – sie würde sterben, und Kokor wäre auf ewig eine Mörderin.

Na warte, ich werde es dir zeigen, dachte Kokor. Ich werde dich nicht sterben lassen. Ich werde dir sogar das Leben retten.

Und so kam es, daß Obring, als er mit der Ärztin zurückkam, Kokor über Sevet kniend vorfand, wie sie in ihren Mund atmete. Obring zog sie zur Seite, damit die Ärztin an Sevet herankam. Und als Bustija die Röhre in Sevets Hals hinabstieß, als Sevets Gesicht zu einem stummen Schlund der Qual wurde, roch Obring das Blut und das Erbrochene und sah, daß Kokors Gesicht und Gewand mit beidem befleckt waren. »Du liebst sie«, flüsterte er ihr zu, als er sie in den Arm nahm. »Du konntest sie nicht sterben lassen.«

Da klammerte sie sich weinend an ihn.

»Ich kann nicht schlafen«, sagte Luet verdrossen. »Wie kann ich träumen, wenn ich nicht schlafen kann?«

»Schon gut«, sagte Rasa. »Ich weiß selbst, was wir tun müssen. Die Überseele muß es mir nicht sagen. Smelost muß Basilika verlassen, denn wenn Huschidh recht hat, kann ich ihn jetzt nicht schützen.«

»Ich werde nicht gehen«, sagte Smelost. »Ich habe einen Entschluß gefaßt. Das ist meine Stadt, und ich werde die Konsequenzen meiner Tat tragen.«

»Liebst du Basilika?« fragte Rasa. »Dann gib Gaballufix' Leuten nicht einen Sündenbock, auf den sie alle Schuld abwälzen können. Gib ihnen nicht die Gelegenheit, dich vor Gericht zu bringen und den Prozeß als Entschuldigung zu mißbrauchen, den Befehl über die Wächter zu übernehmen, so daß seine maskierten Soldaten die *einzige* Amtsgewalt in der Stadt haben.«

Smelost funkelte sie kurz an, nickte dann jedoch. »Ich verstehe«, sagte er. »Um Basilikas willen werde ich gehen.«

»Wohin?« fragte Huschidh. »Wohin kannst du ihn schikken?«

»Zu den Gorajni natürlich«, sagte Rasa. »Ich gebe dir genug Vorräte und Geld mit, daß du dich bis zu den Stellungen der Gorajni im Norden durchschlagen kannst. Und einen Brief, der erklärt, daß du den Mann gerettet hast, der ... den Mann, der Gaballufix getötet hat. Sie werden wissen, was das bedeutet – sie müssen Spione haben, die ihnen verraten haben, daß Gaballufix versucht hat, Basilika zu einer Allianz mit Potokgavan zu überreden. Vielleicht stand auch Roptat mit ihnen in Kontakt.«

»Niemals!« rief Smelos. »Roptat war kein Verräter!«

»Nein, natürlich nicht«, sagte Rasa besänftigend. »Es kommt doch nur darauf an, daß Gab ihr Feind war und du damit ihr Freund bist. Das ist das Mindeste, was sie tun können, dich aufzunehmen.«

»Wie lange werde ich fortbleiben müssen?« fragte Smelost. »Hier wohnt eine Frau, die ich liebe. Ich habe einen Sohn.«

»Nicht lange«, sagte Rasa. »Nachdem Gab tot ist, wird auch der Tumult bald ersterben. Er war die Ursache davon, und nun werden wir wieder Frieden bekommen. Möge die Überseele mir verzeihen, daß ich dies sage, doch falls Nafai ihn getötet hat, hat er damit vielleicht etwas Gutes getan, zumindest für Basilika.«

An der Tür klopfte es laut.

»Es geht schon los!« sagte Rasa.

»Sie können nicht wissen, daß ich hier bin«, sagte Smelost.

»Schuja, nimm ihn mit ihn die Küche und statte ihn mit Proviant aus. Ich werde sie an der Tür aufhalten, so lange ich kann. Luet, hilf deiner Schwester.«

Aber es waren nicht Palwaschantus Soldaten an der Tür oder Stadtwächter oder irgendwelche Amtsträger. Statt dessen war es Vas, Sevets Gatte.

»Es tut mir leid, dich zu dieser Stunde zu stören.«

»Mich und mein ganzes Haus«, sagte Rasa. »Ich weiß bereits, daß Sevets Vater tot ist, aber ich weiß auch, du hast es gut gemeint, zu mir zu kommen und ...«

»Er ist tot?« sagte Vas. »Gaballufix? Dann erklärt das vielleicht ... Nein, es erklärt nichts.« Er schaute verängstigt und wütend drein. Rasa hatte ihn noch nie so gesehen.

»Was ist denn los?« fragte Rasa. »Warum bist du hier, wenn du nicht weißt, daß Gab tot ist?«

»Eine von Kokors Nachbarinnen hat mich geholt. Es ist Sevet. Sie hat einen Schlag gegen den Hals abbekommen – sie wäre fast gestorben. Eine sehr schlimme Verletzung. Ich dachte, du wolltest mit mir kommen.«

»Du hast sie *allein gelassen*? Um zu mir zu kommen?«

»Ich war nicht bei ihr«, sagte Vas. »Sie ist in Kokors Haus.«

»Was hat Sevet denn dort zu suchen?« Einer der Diener half Rasa bereits, einen Mantel anzulegen, damit sie vor die Tür gehen konnte. »Kokor ist heute abend doch aufgetreten, oder? Ein neues Stück.«

»Sevja war bei Obring«, sagte Vas. Er führte sie hinaus auf

den Säulengang; der Diener schloß die Tür hinter ihnen. »Deshalb hat Kjoka sie geschlagen.«

»Kjoka hat sie auf den ... *Kjoka* war das?«

»Sie hat sie überrascht. So erzählt man sich die Geschichte zumindest in der Nachbarschaft. Obring war splitternackt, als er die Ärztin geholt hat, und als sie zurückkamen, war auch Sevja nackt. Kjoka hat sie beatmet, um sie zu retten. Sie haben ihr eine Röhre in den Hals geschoben, und sie atmet, sie wird nicht sterben. Das ist alles, was die Nachbarn mir erzählen konnten.«

»Daß Sevet lebt«, sagte Rasa verbittert, »und wer nackt war.«

»Ihr Hals«, sagte Vas. »Wenn der Schlag Sevet die Stimme kostet, wäre es vielleicht gnädiger von Kokor gewesen, sie einfach zu töten.«

»Arme Sevja«, sagte Rasa. Über die Straßen marschierten Soldaten, doch Rasa schenkte ihnen keine Beachtung, und sie – vielleicht, weil Vas und Rasa besorgt wirkten und es eilig hatten – machten keine Anstalten, sie aufzuhalten. »In derselben Nacht ihren Vater und ihre Stimme zu verlieren.«

»Wir alle haben heute nacht etwas verloren, nicht wahr?« sagte Vas verbittert.

»Es geht nicht um *dich*«, sagte Rasa. »Ich glaube, Sevet liebt dich wirklich, auf ihre Weise.«

»Ich weiß – sie hassen einander so sehr, daß sie alles tun würden, um einander zu verletzen. Aber ich dachte, es würde mit der Zeit besser werden.«

»Vielleicht wird es jetzt besser werden«, sagte Rasa. »Schlimmer kann es jedenfalls nicht mehr werden.«

»Kjoka hat es auch versucht«, sagte Vas. »Ich habe sie beide Male abgewiesen. Warum konnte Obring nicht genug Grips haben, auch Sevet zurückzuweisen?«

»Den Grips hat er«, sagte Rasa. »Es mangelt ihm nur an Stärke.«

Die Szene in Kokors Haus war sehr rührend. Jemand hatte aufgeräumt. Das Bett war nicht mehr von Liebesspielen zerwühlt; nun war es glatt, abgesehen von der Stelle, auf der

Sevet lag, prüde in einem von Kokors bescheidensten Nachthemden. Auch Obring war es gelungen, sich anzukleiden, und nun hockte er in der Ecke und tröstete eine weinende Kokor. Die Ärztin begrüßte Rasa an der Zimmertür.

»Ich habe das Blut aus den Lungen abgepumpt«, sagte sie. »Sie ist nicht mehr in Lebensgefahr, aber die Atemröhre darf noch nicht entfernt werden. Ein Halsspezialist wird bald hier sein. Vielleicht wird die Verletzung ohne Vernarbungen heilen. Ihre Karriere ist vielleicht noch nicht beendet.«

Rasa setzte sich neben ihre Tochter auf das Bett und nahm Sevjas Hand. Der Geruch nach Erbrochenem hing noch immer im Raum, obwohl der Boden noch naß vom Putzen war. »Nun, Sevja«, flüsterte Rasa, »hast du diese Runde gewonnen oder verloren?«

Eine Träne zwängte sich zwischen Sevets Lidern hinaus.

Auf der anderen Zimmerseite stand Vas vor Obring und Kokor. Sein Gesicht war rot vor – was, Wut? Oder war sein Gesicht lediglich von der Anstrengung ihres schnelles Marsches gerötet?

»Obring«, sagte Vas, »du elender kleiner Idiot. Nur ein Narr pißt in die Suppe seines Bruders.«

Obring sah mit verkniffenem Gesicht zu ihm auf und dann wieder zu seiner Frau, die um so heftiger schluchzte. Rasa kannte Kokor gut genug, um zu wissen, daß ihr Weinen zwar aufrichtig war, aber auch das größtmögliche Mitgefühl für sie hervorrufen sollte. Rasa konnte ihr fast keins geben. Sie wußte ganz genau, wie wenig ihre Töchter sich um die Exklusivklauseln ihrer Eheverträge geschert hatten, und sie hatte kein Mitgefühl für treulose Menschen, die verletzt waren, nachdem sie herausgefunden hatten, daß auch ihre Lebensgefährten untreu waren.

Es war Sevet, die wirklich litt, nicht Kokor. Rasa konnte sich von Sevets Bedürfnissen nicht ablenken lassen, nur weil Kokor so laut und Sevet leise war.

»Ich bin bei dir, meine Tochter«, sagte Rasa. »Das ist nicht das Ende der Welt. Du lebst, und dein Gatte liebt dich. Laß das für eine Weile deine Musik sein.«

Sevet hielt ihre Hand fest. Ihr Atem ging flach und keuchend.

Rasa drehte sich zu der Ärztin um. »Weiß sie, was mit ihrem Vater geschehen ist?«

»Sie weiß es«, sagte Obring. »Kjoka hat es uns gesagt.«

»Der Überseele sei Dank, daß wir nur einer Beerdigung beiwohnen müssen«, sagte Rasa.

»Kjoka hat ihrer Schwester das Leben gerettet«, sagte Obring. »Sie hat ihr Atem geschenkt.«

Nein, *ich* habe ihr den Atem eingegeben, dachte Rasa. Ich habe ihr den Atem geschenkt, doch leider konnte ich ihr keinen Anstand geben oder Vernunft. Ich konnte sie nicht aus dem Bett ihrer Schwester fernhalten oder von dem Mann ihrer Schwester. Aber ich habe ihr den Atem eingegeben, und vielleicht wird dieser Schmerz sie etwas lehren. Mitgefühl vielleicht. Oder zumindest etwas Selbstbeherrschung. Damit etwas Gutes aus dieser Sache erwächst. Etwas, das sie zu *meiner* Tochter werden läßt, und nicht zu Gaballufix'; beide waren sie bislang in erster Linie Gaballufix' Töchter.

Hoffentlich wendet sich alles zum Guten, betete Rasa stumm vor sich hin. Doch dann fragte sie sich, zu wem sie betete. Zu der Überseele, deren Einmischung so viele andere Probleme ausgelöst hatte? Von *ihr* werde ich keine Hilfe bekommen, dachte Rasa. Ich bin jetzt auf mich allein gestellt, muß versuchen, meine Familie und meine Stadt über die schrecklichen Tage zu bringen, die uns bevorstehen. Ich habe keine Macht oder Befugnis, über keins der beiden, abgesehen von der Kraft, die aus Liebe und Klugheit erwächst. Die Liebe habe ich. Wenn ich nur sicher sein könnte, auch die Klugheit zu haben.

2
Gelegenheit

DER TRAUM DER WASSERSEHERIN

Luet hatte noch nie versucht, einen Traum absichtlich, unter Zwang, herbeizuführen, und so war ihr noch nie in den Sinn gekommen, daß sie sich nicht einfach schlafenlegen und träumen konnte, nur weil sie es wollte. Ganz im Gegenteil – zweifellos hatte das Gefühl der Dringlichkeit sie wachgehalten und ihr zu träumen unmöglich gemacht. Sie war wütend und beschämt, daß sie von der Überseele nichts hatte erfahren können, bevor Tante Rasa eine Entscheidung treffen mußte, was mit diesem Soldaten, Smelost, zu tun sei. Um so schlimmer wurde alles noch, weil sie überzeugt war, obwohl die Überseele ihr nichts gesagt hatte, daß es ein Fehler war, Smelost zu den Gorajni zu schicken. Der Gedanke, weil Gaballufix ein Feind der Gorajni gewesen war, würden die Gorajni Gaballufix' Feind automatisch willkommen heißen und ihm Schutz gewähren, kam ihr zu einfach vor.

Luet hatte das Wort ergreifen und ihr sagen wollen: »Tanta Rasa, die Gorajni sind nicht unbedingt unsere Freunde.« Sie hätte es vielleicht sogar gesagt, doch Rasa war mit Vas aus dem Haus gestürmt, und so blieb ihr nichts anderes übrig, als zuzusehen, wie Semlost die Vorräte einpackte, die die Dienstboten ihm brachten, und dann durch die Hintertür hinausschlüpfte.

Warum hatte Rasa nicht nur einen Augenblick länger nachgedacht? Wäre es nicht besser gewesen, Smelost zu Wetschik in die Wüste zu schicken? Aber er war nicht mehr der Wetschik, oder? Er war jetzt nur noch Volemak, der Mann, der Wetschik *gewesen* war, bis Gaballufix ihm den Titel genommen hatte. Wann war das gewesen? Erst gestern? Nur noch Volemak – doch Luet wußte, daß Volemak von allen großen Männern Basilikas der einzige war, der Teil der Pläne der Überseele war.

Die Überseele hatte all diese Probleme ausgelöst, indem sie Volemak eine Vision gegeben hatte, in der er ein brennendes Basilika gesehen hatte. Sie hatte ihn gewarnt, daß ein Bündnis mit Potokgavan zur Vernichtung Basilikas führen würde. Sie hatte nicht verkündet, daß Basilika die Gorajni unbesehen für *Freunde* halten durfte. Und nach allem, was Luet über die Gorajni wußte – die Naßköpfe, wie sie genannt wurden, weil sie ihr Haar einölten –, war es eine schlechte Idee, Smelost zu ihnen zu schicken, damit er um ihren Schutz bat. Das würde bei den Gorajni den falschen Eindruck erwecken. Es würde sie zu der Annahme führen, daß ihre Verbündeten in Basilika nicht sicher waren. Konnte sie das vielleicht nicht dazu verleiten, genau das zu tun, wovon alle sie abhalten wollten – die Stadt zu überfallen und zu erobern?

Nein, es war ein Fehler, Smelost zu ihnen zu schicken. Doch da Luet nicht als Wasserseherin zu dieser Schlußfolgerung gelangt war, sondern sie statt dessen aufgrund eigener Überlegungen erreicht hatte, würde niemand auf sie hören. Sie war ein Kind, abgesehen von den Gelegenheiten, wenn die Überseele in ihr war, und so brachte man ihr nur Respekt entgegen, wenn sie nicht sie selbst war. Es machte sie wütend, doch was konnte sie schon dagegen tun, abgesehen zu hoffen, daß sie sich irrte, was Smelost und die Gorajni betraf, und dann ungeduldig zu warten, bis sie endgültig zu einer Frau wurde?

Vielleicht noch größere Sorgen bereitete ihr die Tatsache, daß es Rasa gar nicht ähnlich sah, so falsche Schlüsse zu ziehen. Rasa schien aus Furcht zu handeln, ohne richtig nachzudenken. Und worauf konnte Luet sich überhaupt noch verlassen, wenn Rasas Urteilsfähigkeit getrübt war?

Ich will mit jemandem sprechen, dachte sie. Nicht mit ihrer Schwester Huschidh – die liebe Schuja war sehr klug und freundlich und würde ihr zuhören, doch alles, was außerhalb von Basilika vor sich ging, war ihr einfach gleichgültig. Das war das Problem mit den Entwirrerinnen. Huschidh lebte im ständigen Bewußtsein aller Verbindungen und Beziehungen zwischen den Menschen in ihrer Nähe. Dieser Netz-Sinn war natürlich das Wichtigste in ihrem Leben; sie beobachtete, wie Menschen sich zusammentaten und wieder voneinander trennten, Gemeinschaften bildeten und wieder auflösten. Und dem allem lag Schujas starkes Verständnis von der Struktur Basilikas selbst zugrunde. Sie liebte die Stadt – aber sie kannte sie so gut, hatte sich so sehr darauf konzentriert, daß sie einfach keine Vorstellung davon hatte, in welchem Verhältnis Basilika zur Außenwelt stand. Solche Beziehungen waren zu groß und unpersönlich.

Luet hatte sogar versucht, diese Angelegenheit mit ihr zu besprechen, doch Huschidh war fast sofort eingeschlafen. Luet konnte ihr keine Vorwürfe machen. Schließlich dämmerte es fast schon, und sie hatten die Nacht über kaum geschlafen. Luet war ebenfalls sehr müde.

Wenn ich doch nur mit Nafai oder Issib sprechen könnte. Besonders mit Nafai – *er* kann mit der Überseele sprechen, wenn er wach ist. Vielleicht stellen sich bei ihm nicht die Visionen ein, die ich habe, vielleicht sieht er nicht mit der Tiefe und Klarheit einer Wasserseherin, doch er kann *Antworten* bekommen. Praktische, einfache Antworten. Und er muß nicht schlafen, um sie zu erhalten. Wäre er doch nur hier! Und doch hat die Überseele ihn und seinen Vater und all seine Brüder fortgeschickt, hinaus in die Wüste. Dorthin hätte auch Smelost gehen sollen. Zu Nafai. Wenn nur jemand wüßte, wo er ist.

Schließlich, endlich sanken Luets aufgebrachte Gedanken in den chaotischen Geisteszustand des Schlafes, und aus ihrem unsteten Schlummer kam ein Traum, ein Traum, an den sie sich erinnern würde, denn er kam nicht aus ihr, sondern von außen, und hatte eine Bedeutung, die über die zufälligen Zündungen ihres Gehirns während des Schlafs hinausging.

»Wach auf«, sagte Huschidh.

»Ich *bin* wach«, sagte Luet.

»Diese Antwort hast du mir schon zweimal gegeben, Lutja, und jedesmal hast du weitergeschlafen. Es ist Morgen, und die Dinge stehen noch schlimmer, als wir gedacht haben.«

»Wenn du das jedesmal gesagt hast, als ich aufgewacht bin«, sagte Luet, »ist es kein Wunder, daß ich weitergeschlafen habe.«

»Du hast lange genug geschlafen«, sagte Huschidh und schickte sich dann an, ihr alles zu erzählen, was sich in der vergangenen Nacht in Kokors Haus zugetragen hatte.

Luet konnte kaum begreifen, daß so etwas tatsächlich geschehen war – nicht bei jemandem, der mit Rasas Haus in Verbindung stand. Und doch war es mehr als nur ein Gerücht. »Deshalb hat Vas Tante Rasa mitgenommen«, sagte Luet.

»Du hast des Morgens einen so wachen Verstand.«

Ihre Gedanken waren so schwerfällig, daß Luet einen Augenblick lang brauchte, um zu begreifen, daß Huschidh ironisch war. »Ich habe geträumt«, sagte sie, um ihre Dummheit zu erklären.

Aber Huschidh war nicht an ihrem Traum interessiert. »Für die arme Tanta Rasa fängt der Alptraum an, wenn sie aufwacht.«

Luet versuchte, etwas Positives zu sehen. »Zumindest kann sie sich damit trösten, daß Kokor und Sevet die Nichten von Dhelembuvex waren – es wird nicht auf ihr Haus zurückfallen ...«

»Nicht zurückfallen ... Sie sind ihre *Töchter,* Lutja. Und Tantchen Dhel war ständig mit ihnen hier in diesem Haus, als sie aufwuchsen. Das hat nichts mit ihrer Erziehung zu tun. Das kommt davon, wenn man Gaballufix' Tochter ist. Wie feinsinnig ironisch, daß in derselben Nacht, in der er stirbt, eine seiner Töchter der anderen mit einem Schlag gegen den Hals die Stimme nimmt.«

»Mit jedem Wort strömt süße Freundlichkeit von deinen Lippen, Schuja.«

Huschidh funkelte sie an. »Du hast Tanta Rasas Töchter genausowenig ausstehen können wie ich. Komm mir jetzt also nicht auf die Tour.«

In Wirklichkeit interessierte Luet sich nicht besonders für Rasas Töchter. Sie war zu jung gewesen, als sie zum letzten Mal in Rasas Haus waren, um sich mit ihnen anzufreunden. Doch die ältere Huschidh konnte sich genau daran erinnern, wie es gewesen war, sie ständig im Haus zu haben, während Kokor tatsächlich am Unterricht teilnahm und beide von Freiern umgeben waren. Huschidh hatte oft den Witz gerissen, daß in einem Bordell auch nicht mehr Pheromone herumschwirren konnten, doch Huschidhs Abscheu für Kokor und Sevet hatte nichts damit zu tun, daß die Männer sie so attraktiv fanden. Er hatte vielmehr etwas mit ihrer heftigen Eifersucht auf jedes Mädchen zu tun, das sich Rasas Liebe und Respekt verdient hatte. Huschidh war keine Rivalin für sie, und doch hatten sie beide ihr gnadenlos nachgesetzt und sie verspottet, wenn die Lehrerinnen es nicht hören konnten, bis sie gewissermaßen zu einem Geist in Rasas Haus geworden war, sich bis zum Unterrichtsbeginn versteckt hatte und danach davongelaufen war, die gemeinsamen Mahlzeiten gemieden hatte, vor Parties und Feiern zurückgeschreckt war, bis Kokor und Sevet in gnädig jungen Jahren geheiratet hatten – mit vierzehn beziehungsweise fünfzehn Jahren – und ausgezogen waren. Sevet war damals schon eine bekannte Sängerin gewesen, und ihr Üben – und auch Kokors – hatte das Haus wie mit Vogelgesang erfüllt. Doch weder sie noch Kokor hatten wahre Musik in Rasas Haus gebracht. Im Gegenteil, die Musik kehrte zurück, nachdem sie endlich gegangen waren. Und Huschidh war allen außer Luet gegenüber still und schüchtern geblieben. So interessierte sich Huschidh natürlich mehr für die bittere Tragödie, die Rasas Töchter inszeniert hatten. Luet war nur betroffen darüber, weil es Tanta Rasa traurig machen würde.

»Schuja, das ist doch nur ein Skandal. Was sagt man über diesen Soldaten? Und über Gaballufix' Tod?«

Huschidh blickte auf ihren Schoß hinab. Sie wußte, daß Luet sie in Wirklichkeit tadelte, weil sie trivialen Angelegenheiten eine falsche Priorität gegeben hatte; doch sie akzeptierte den Tadel und verteidigte sich nicht. »Es heißt, Smelost sei von Anfang an Nafais Mitverschwörer gewesen. Raschgallivak verlangt, daß der Rat feststellt, wer Smelost die Flucht aus der Stadt ermöglicht hat, obwohl kein Haftbefehl oder so gegen ihn ausgestellt war, als er Basilika verließ. Rasa versucht, die Stadtwache unter die Kontrolle der Palwaschantu zu bringen. Eine sehr häßliche Lage.«

»Und was, wenn Tante Rasa als Smelosts Komplizin verhaftet wird?«

»Komplizin wobei?« fragte Huschidh. Nun war sie Huschidh die Entwirrerin, die über die Stadt Basilika sprach, und nicht die Schülerin Schuja, die eine häßliche Geschichte über ihre Peinigerinnen erzählte. Luet hieß die Veränderung willkommen, wenngleich sie mit sich brachte, daß Huschidh sich so offen erstaunt über Luets Mangel an Verständnis zeigte. »Was glaubst du, wie verrückt können die Leute überhaupt werden? Raschgallivak kann versuchen, sie aufzuhetzen, aber er ist kein Gaballufix – er hat nicht die magnetische Persönlichkeit, die man braucht, sollen die Leute einem über einen langen Zeitraum folgen. Tante Rasa wird sich im Rat gegen ihn durchsetzen, und dann ist er erledigt.«

»Ja, ich glaube schon«, sagte Luet. »Aber Gaballufix hatte so viele Soldaten, und jetzt verfügt Raschgallivak über sie ...«

»Rasch hat keine guten Beziehungen«, sagte Huschidh. »Die Leute haben ihn immer gemocht und respektiert, aber nur als Verwalter – insbesonders als Wetschiks Verwalter -, und sie werden ihm wohl kaum von Anfang an die volle Ehre erweisen, die dem Wetschik gebührt, ganz zu schweigend von dem Respekt, den Gaballufix als Kopf der Palwaschantu bekam. Er hat nicht halb soviel Macht, wie er sich vorstellt – aber genug, um Ärger zu machen, und das ist sehr beunruhigend.«

Luet war endlich völlig wach und kroch zum Rand ihres Bettes. Ihr fiel ein, daß sie noch etwas erzählen mußte. »Ich habe geträumt«, sagte sie.

»Das hast du schon gesagt.« Dann begriff Huschidh, was sie meinte. »Oh. Etwas spät, meinst du nicht auch?«

»Nicht von Smelost. Über etwas ... sehr Seltsames. Und doch kam es mir wichtiger vor als alles, was zur Zeit um uns herum geschieht.«

»Ein Wahrtraum?« fragte Huschidh.

»Ich bin mir nie *sicher*, aber ich glaube schon. Ich erinnere mich so deutlich daran, daß die Überseele ihn mir geschickt haben muß.«

»Dann erzähle ihn mir, während wir zum Frühstück gehen. Es ist schon fast Mittag, aber Tante Rasa hat die Köchin angewiesen, uns trotzdem etwas zuzubereiten, weil wir die halbe Nacht aufgewesen sind.«

Luet zog ein Gewand über den Kopf, schlüpfte in Sandalen und folgte Huschidh die Treppe hinab in die Küche. »Ich habe von fliegenden Engeln geträumt.«

»Engel! Und was hat das zu bedeuten, abgesehen davon, daß du im Schlaf abergläubisch bist?«

»Sie sahen nicht aus wie auf den Bildern in den Kinderbüchern, falls du das meinst. Nein, sie ähnelten eher großen, grazilen Vögeln. Eigentlich Fledermäusen, denn sie hatten ein Fell. Aber mit sehr intelligenten und ausdrucksstarken Gesichtern, und irgendwie habe ich in dem Traum gewußt, daß sie Engel waren.«

»Die Überseele bedarf keiner Engel. Die Überseele spricht direkt zum Verstand einer jeden Frau.«

»Und eines jeden Mannes, obwohl kaum noch jemand zuhört, genau, wie du *mir* nicht zuhörst, Schuja. Soll ich dir den Traum erzählen oder nur Brot und Honig und Rahm essen und mir dabei denken, daß die Überseele nichts zu sagen hat, das dich interessieren könnte?«

»Sei nicht so abscheulich zu mir, Luet. Du magst ja diese wunderbare Wasserseherin oder sonstwer sein, aber wenn du so schnippisch zu mir bist, bist du nur meine dumme, kleine Schwester.«

Die Köchin funkelte sie an. »Ich versuche, in einer Küche voller Licht und *Harmonie* zu wirtschaften«, sagte sie.

Verlegen nahmen sie das heiße Brot, das sie ihnen reichte, und setzten sich an den Tisch, wo bereits ein Krug mit Rahm und einer mit Honig warteten. Huschidh brach, wie immer, ihr Brot in eine Schüssel und goß den Rahm und den Honig darüber; Luet strich, wie immer, den Honig auf das Brot und trank den Rahm getrennt davon aus der Schüssel. Beide gaben vor, die Eßgewohnheiten der jeweils anderen zu verabscheuen. »Trocken wie Staub«, flüsterte Huschidh. »Feucht und schleimig«, erwiderte Luet. Dann lachten beide laut auf.

»Schon besser«, sagte die Köchin. »Ihr solltet es doch besser wissen, als euch ständig zu streiten.«

»Der Traum«, sagte Huschidh mit vollem Mund.

»Engel«, sagte Luet.

»Ja, und sie flogen. Haarige Engel, wie fette Fledermäuse. Das habe ich schon mitbekommen.«

»Nicht fett.«

»Aber auf jeden Fall Fledermäuse.«

»Grazil«, sagte Luet. »In die Lüfte aufstrebend, so waren sie. Und ich war einer davon und flog und flog. Es war so schön und friedlich. Und dann sah ich den Fluß, und ich flog zu ihm hinab und nahm am Ufer den Lehm und machte eine Statue daraus.«

»Engel, die im Dreck spielen?«

»Nicht seltsamer als Fledermäuse, die Statuen machen«, gab Luet zurück. »Und dein Kinn läuft Milch hinab.«

»Na ja, dafür klebt an deiner Nase Honig.«

»Und auf deinem Kopf ist ein großes, häßliches Geschwür ... oh, nein, das ist dein ...«

»Mein Gesicht, ich weiß. Erzähl mir den Traum zu Ende.«

»Ich machte den Lehm weich, indem ich ihn in den Mund nahm, so daß ich, als ich – als Engel, versteh mich nicht falsch – die Statue machte, etwas von mir in ihr war. Ich glaube, das ist sehr bedeutungsvoll.«

»Ah, *ziemlich* symbolisch, ja.« Huschidhs Stimme klang scherzhaft, aber Luet wußte, daß sie genau zuhörte.

»Und es waren keine Statuen von Menschen oder Engeln oder so. Manche von ihnen hatten Gesichter, aber es waren keine Porträts, nicht mal *Gegenstände*. Die Statuen sahen genauso aus, wie sie aussehen sollten ... aussehen mußten. Keine zwei von ihnen waren gleich, und doch wußte ich in diesem Augenblick, daß die Statue, die ich machte, die einzig mögliche war, die ich machen konnte. Ergibt das Sinn?«

»Es ist ein Traum, es muß keinen Sinn ergeben.«

»Aber wenn es ein *Wahrtraum* ist, muß er *doch* Sinn ergeben.«

»Irgendwann einmal«, sagte Huschidh. Dann führte sie einen weiteren Löffel voll schlabbrigem Honig und Milch zum Mund.

»Als wir fertig waren«, sagte Luet, »brachten wir sie auf einen hohen Felsen und stellten sie zum Trocknen in die Sonne, und dann flogen wir unentwegt herum, und jeder betrachtete die Statuen der anderen. Dann flogen die Engel davon, und jetzt war ich nicht mehr bei ihnen. Ich war kein Engel mehr, ich war einfach da, beobachtete die Felsen, auf denen die Statuen standen, und die Sonne ging unter, und in der Dunkelheit ...«

»Du konntest im Dunkeln sehen?«

»Ich konnte in meinem *Traum* sehen«, sagte Luet. »Auf jeden Fall kamen des Nachts diese riesigen Ratten, und eine nahm jeweils eine Statue und trug sie hinab, in Löcher in der Erde, ganz tief hinab zu Gehegen und Höhlen, und jede Ratte, die eine Statue gestohlen hatte, gab sie einer anderen, und gemeinsam nagten sie daran, durchnäßten sie mit ihrem Speichel und rieben sie über ihre Felle. Bedeckten sich mit dem Ton. Ich war so wütend, Huschidh. Diese wunderschönen Statuen, und sie machten sie kaputt, verwandelten sie wieder in Lehm und rieben sich damit ein – selbst ihre Geschlechtsteile, *überall*.«

»Sie wissen Schönheit eben zu schätzen«, sagte Huschidh.

»Es ist mir ernst. Es hat mir das Herz gebrochen.«

»Aber was hat der Traum zu bedeuten?« fragte Huschidh. »Wen stellen die Engel dar und wen die Ratten?«

»Ich weiß es nicht. Wenn die Überseele einen Traum schickt, ist die Bedeutung für gewöhnlich offensichtlich.«

»Dann war es vielleicht einfach nur ein Traum.«

»Das glaube ich nicht. Er war so anders und so klar, und ich erinnere mich so deutlich daran. Schuja, ich glaube, das ist vielleicht der wichtigste Traum, den ich je hatte.«

»Zu schade, daß niemand ihn begreifen kann. Vielleicht ist es eine dieser Prophezeiungen, von der alle sagen werden, ah, ja, das war damit gemeint, aber erst, nachdem sie eingetreten ist und es zu spät ist, noch etwas zu ändern.«

»Vielleicht kann Tante Rasa ihn deuten.«

Huschidh zog ein skeptisches Gesicht. »Sie ist im Augenblick nicht besonders gut drauf.«

Insgeheim war Luet erleichtert, daß ihr nicht als einziger aufgefallen war, daß Rasa im Augenblick nicht die besten Entscheidungen ihres Lebens traf. »Dann sollte ich ihn ihr vielleicht *nicht* erzählen.«

Plötzlich setzte Huschidh ihr verkniffenes, kleines Lächeln auf, das andeutete, daß sie wirklich mit sich zufrieden war. »Willst du eine weit hergeholte Vermutung hören?« fragte sie.

Luet nickte und biß dann, als sie zuhörte, kräftig von ihrem lange ignorierten Brot ab.

»Die Engel sind die Frauen Basilikas«, sagte Huschidh. »All diese Jahrtausende hier in dieser Stadt haben wir eine Gesellschaft geschaffen, die sehr feinfühlig und empfindlich ist, und wir haben sie aus einem Teil unserer selbst geschaffen, genau, wie die Fledermäuse in deinem Traum ihre Statuen aus Speichel gemacht haben. Und jetzt stellen wir unser Werk zum Trocknen auf, und in der Dunkelheit werden unsere Feinde kommen und stehlen, was wir geschaffen haben. Aber sie sind so dumm, daß sie nicht einmal begreifen, daß es sich um Statuen handelt. Sie betrachten sie und sehen nur Brocken aus getrocknetem Lehm. Also machen sie sie naß und wälzen sich darin und sind so stolz, weil sie alles bekommen haben, was Basilika geschaffen hat, aber in Wirklichkeit haben sie *überhaupt nichts* von Basilika bekommen.«

»Das ist sehr gut«, sagte Luet ehrfürchtig.

»Das glaube ich auch«, sagte Huschidh.

»Aber wer sind unsere Feinde?«

»Ganz einfach«, sagte Huschidh. »Die Männer.«

»Nein, das ist zu einfach«, sagte Luet. »Obwohl Basilika eine Stadt der Frauen ist, tragen die Männer, die sie betreten, genausoviel zu der Schönheit hinzu, die wir erschaffen, wie die Frauen. Sie sind Teil der Gemeinschaft, auch wenn sie kein Land besitzen oder nicht innerhalb der Stadtmauern bleiben dürfen, wenn sie nicht mit einer Frau verheiratet sind.«

»In dem Augenblick, da du von riesigen Ratten gesprochen hast, war ich mir sicher, daß du Männer meinst.«

Die Köchin machte sich an dem Fleischeintopf zu schaffen, den sie für das Mittagessen vorbereitete.

»Es muß etwas anderes damit gemeint sein«, beharrte Luet. »Vielleicht Potokgavan.«

»Vielleicht nur Gaballufix' Männer«, sagte Huschidh. »Die Tolschocks und dann seine Soldaten in diesen schrecklichen Masken.«

»Oder vielleicht jemand, der noch nicht hier ist«, sagte Luet. Und dann, voller Verzweiflung: »Oder der Traum hat vielleicht gar nichts mit Basilika zu tun. Wer kann das schon sagen? Aber das war mein Traum.«

»Er verrät uns nicht gerade, wohin wir Smelost hätten schicken sollen.«

Luet zuckte mit den Schultern. »Vielleicht ist die Überseele der Ansicht, daß wir genug Grips haben, es selbst herauszufinden.«

»Ob sie damit recht hat?« fragte Huschidh.

»Ich bezweifle es«, sagte Luet. »Es war ein Fehler, ihn zu den Gorajni zu schicken.«

»Das weiß ich nicht unbedingt«, sagte Huschidh. »Dein Brot trocken zu essen – *das* ist ein Fehler.«

»Nicht für uns, die wir Zähne haben«, sagte Luet. »Wir müssen unser Brot nicht aufweichen, um es essen zu können.«

Was zu einer spöttischen Streiterei führte, die so kindisch und laut wurde, daß die Köchin sie aus der Küche warf, was aber nicht weiter schlimm war, da sie mit dem Frühstück ohnehin fertig waren. Es war wunderschön, sich auch nur ein paar Minuten lang wie die Kinder benehmen zu können. Denn sie wußten, daß sie, ob nun zum Guten oder Schlechten, beide in die Ereignisse verwickelt werden würden, die nun über Basilika hineinbrechen würden. Nicht, daß sie unbedingt darin verwickelt werden wollten. Aber ihre Begabungen machten sie wichtig für die Stadt, und deshalb würden sie ihr Bestes geben, um Basilika zu dienen.

Luet ging pflichtgemäß zur Ratsversammlung und erzählte ihren Traum, der sorgfältig niedergeschrieben und dann den weisen Frauen ausgehändigt wurde, damit sie ihn auf seine Bedeutung und auf Vorzeichen untersuchten. Luet erzählte ihnen, wie Huschidh ihn interpretiert hatte, und sie dankten ihr freundlich und verrieten ihr damit, daß es in Ordnung war, Träume zu haben – jedes idiotische Kind konnte *träumen* –, aber wirkliche Expertinnen nötig waren, um ihre Bedeutung zu entschlüsseln.

IN KHLAM UND NICHT IN EINEM TRAUM

Ein heißer, trockener Sturm wehte aus dem Nordwesten, was bedeutete, daß er durch die Wüste kam, ohne ein Tröpfchen Feuchtigkeit darin, nur Sand und Kies und, so hieß es, die ausgegrabenen Knochen von Menschen und Tieren, die tausend Kilometer entfernt von dem Staub überrascht worden waren, der Staub ihres Fleisches und, wenn man genau zuhörte, das Heulen ihrer Seelen, als der Wind sie immer weiter trug und keine einzige von ihnen losließ. Die Berge hielten das Schlimmste des Sturms ab, aber dennoch erzitterten und schwankten die Zelte von Muuzh' Heer, die Laschen der Zelte knallten, die Fahnen tanzten wie verrückt, und dann und wann wurde eins vom Boden hochgepeitscht und taumelte durch eine staubige, ausgetretene

Gasse zwischen den Zelten, während oftmals arme Soldaten versuchten, es einzuholen und festzuhalten.

Muuzh' großes Zelt erzitterte auch im Wind, obwohl es vom Imperator gesegnet worden war. Natürlich war dieser Segen völlig ausreichend ... doch Muuzh vergewisserte sich auch, daß die Pfosten tief und fest eingeschlagen waren. Er saß im Kerzenlicht am Tisch und betrachtete sehnsüchtig die Karte, die vor ihm ausgebreitet war. Sie zeigte alle Länder am Westufer der Erdgebundenen See. Im Norden waren die Länder der Gorajni rot umrissen, die Länder des Imperators, der natürlich die Inkarnation Gottes auf Erden und daher berechtigt war, die gesamte Menschheit zu beherrschen, etc. pp. Vor seinem geistigen Auge zog Muuzh die nicht markierten Grenzen der Nationen, die zumindest so alt waren wie die der Gorajni, und einige von ihnen waren noch viel älter und konnten auf eine stolze Geschichte zurückblicken – Nationen, die es nun nicht mehr gab, an die man sich nicht einmal mehr erinnerte, weil es Verrat war, ihren Namen auszusprechen, und es einem Todesurteil gleichkam, ihre alten Grenzen auf dieser Karte mit dem Finger nachzuziehen.

Doch Muuzh mußte die Grenzen nicht nachziehen. Er kannte die Grenzen seines Heimatlandes Pravo Gollossa, des Landes der Sotschitsija, seines Stammes. Sie waren tausend Jahre vor den Gorajni aus dem Norden durch die Wüste gekommen, doch einst waren sie von derselben Herkunft, derselben Sprache gewesen. Doch die Sotschitsija hatten sich in den saftigen, gut bewässerten Tälern des Skrezhet-Gebirges niedergelassen, hatten sowohl das Nomadendasein als auch die Kriegszüge aufgegeben und waren zu einer Nation freier Menschen geworden. Sie lernten von dem Volk, das in ihrer Nachbarschaft lebte. Nicht von den Ploschudu oder den Khlami oder den Izmennikoj, denn das waren zähe Bergvölker ohne Kultur, aber voller Hunger und Stärke und dem Willen, trotz allem zu überleben. Nein, die Sotschitsija, das Volk von Pravo Gollossa, hatte von den Händlern gelernt, die von Seggidugu, von Ulje, von den

Städten der Ebene zu ihnen kamen. Und vor allem von den Karawanen aus Basilika mit ihren seltsamen Liedern und ihrem genauso seltsamen Saatgut, mit den Bildern in Glas und den ausgeklügelten Werkzeugen, unmöglichen Stoffen, die mit der jeweiligen Tagesstunde die Farben änderten, und ihren Gedichten und Geschichten, die die Sotschitsija lehrten, wie klug und gebildet Männer und Frauen sprachen und dachten und träumten und lebten.

Das war die Glanzzeit der Pravo Gollossa, denn von diesen Karawanengängern übernahmen sie die Vorstellung eines Rates, der die Entscheidungen mit den Stimmen von Ratsmitgliedern traf, die wiederum von den Bürgern gewählt worden waren. Aber von diesen Karawanen aus Basilika erfuhren sie auch von einer Stadt, die von Frauen beherrscht wurde, in der Männer nicht einmal Land besitzen durften ... und doch war die Stadt nicht zusammengebrochen, weil die Frauen unfähig waren zu herrschen, und doch hatten die Männer nicht rebelliert und die Stadt erobert, und die Frauen hatten nicht nur ein politisches Wahlrecht, sondern auch das, sich am Ende eines jeden Jahres von ihren Männern scheiden zu lassen und einen anderen zu heiraten, wenn sie es so wollten. Der ständige Druck dieser neuen Vorstellungen schwächte die Sotschitsija und verwandelte die einst starken Krieger und Herrscher des Stammes in Narren mit den Herzen von Frauen, und zu den Zeiten von Muuzh' Urgroßvatern verliehen sie den Frauen schließlich das Wahlrecht und wählten Frauen, die über sie herrschen sollten.

Dann kamen die Gorajni, denn sie wußten nun, daß die Sotschitsija in ihren Herzen endlich Frauen geworden und daher der Freiheit nicht mehr würdig waren. Die Gorajni ließen ein großes Heer an der Grenze aufmarschieren, und die Frauen des Rates – genau so viele Männer wie Frauen, doch nichtsdestotrotz alles Weiber – entschieden sich dafür, nicht zu kämpfen, sondern die Oberhoheit der Gorajni zu akzeptieren, wenn diese ihnen in allen bis auf militärische Belange die Selbstverwaltung zubilligten. Es war eine schändliche

Kapitulation, die endgültige Kastration der Sotschitsija, ihre Erniedrigung vor der gesamten Welt, und Muuzh' eigener Urgroßvater war der Delegierte, der die Bedingungen ihrer Kapitulation mit den Gorajni aushandelte.

Fünfzig Jahre lang hatte die Vereinbarung Bestand – die Sotschitsija bestimmten über sich selbst. Doch mit der Zeit erklärten die Gorajni immer mehr Belange der Sotschitsija zu militärischen Angelegenheiten, bis der Rat schließlich nur noch ein Haufer alter, verängstigter Männer und Frauen war, die die Erlaubnis des Imperators einholen mußten, wenn sie pinkeln gehen wollten. Erst dann erinnerten sich einige Sotschitsija an ihre Männlichkeit. Sie warfen die Frauen hinaus, die sie beherrschten, und erklärten sich wieder zu einem Stamm, zu Wüstenwanderern, und schworen, die Gorajni bis zum letzten Mann zu bekämpfen. Die Gorajni brauchten drei Tage, um diese tapferen, aber nicht ausgebildeten Rebellen auf dem Schlachtfeld zu besiegen, und ein weiteres Jahr, um sie in den Bergen aufzuspüren und alle zu töten. Danach gab es keinen Vorwand mehr, daß die Sotschitsija noch irgendwelche Rechte hatten. Es war verboten, den Sotschitsija-Dialekt zu sprechen; Kinder, die ertappt wurden, wie sie ihn sprachen, hatten das Privileg, mitanzusehen, wie man ihren Eltern die Zunge abschnitt, einen Zentimeter für jeden Verstoß gegen das Gebot. Doch nur noch wenige Sotschitsija erinnerten sich überhaupt noch an ihre Sprache; die meisten davon waren alt, und viele hatten keine Zunge mehr.

Aber Muuzh kannte die Sprache. Muuzh trug sie in seinem Herzen. Obwohl er der erfolgreichste, der gefährlichste General des Imperators war, wußte er in seinem Herzen, daß seine wahre Sprache Sotschitsija war, nicht Gorajni. Und obwohl seine vielen Siege in Schlachten die großen Küstennationen Uslavat und Ulje unter die Herrschaft des Imperators gebracht hatten, obwohl seine klugen Strategien die dornigen Bergkönigreiche Plosch und Khlam unterworfen hatten, ohne daß eine einzige Schlacht geschlagen werden mußte, verabscheute Muuzh den Imperator insgeheim und trotzte ihm in seinem Herzen.

Denn Muuzh wußte besser als die meisten anderen, daß der Imperator fürwahr Gott höchstpersönich war, Muuzh konnte die Macht Gottes spüren, die ihn zu unterwerfen versuchte. Er hatte sie zuerst in seiner Jugend wahrgenommen, als er einen Platz im Gorajni-Heer suchte. Gott sprach nicht zu ihm, als er lernte, ein starker Soldat zu sein, mit muskelbepackten Armen und Schenkeln, imstande, eine Streitaxt durch das Rückgrat des Feindes zu treiben und ihn in zwei Hälften zu spalten. Doch als Muuzh sich als Offizier vorstellte, als General, der Heere führte, kam auch das schwerfällige, dumme Gefühl, das ihn dazu bringen wollte, solche Träume zu vergessen. Muuzh begriff – Gott wußte von seinem Haß auf den Imperator und wollte dafür sorgen, daß einer wie Muuzh niemals eine Macht bekam, die über die Kraft seiner Arme hinausging.

Doch Muuzh weigerte sich, die Niederlage einzugestehen. Wann immer er spürte, daß Gott ihn eine Vorstellung vergessen ließ, klammerte er sich an sie – er schrieb sie nieder und prägte sie sich ein, er machte in der Sotschitsija-Sprache ein Gedicht daraus, damit er sie niemals vergessen konnte. Und so baute er, Stück für Stück, in seinem Herzen eigene Regeln der Kriegsführung auf, auf jedem Schritt des Weges von Gott geleitet, denn von welchen Gedanken auch immer Gott ihn abhalten wollte, er wußte, genau daran mußte er denken, tief und gründlich.

Diese geheime Herausforderung Gottes erhob Muuzh über die einfachen Mannschaftsränge und machte ihn zum Hauptmann, als sein Regiment in Gefahr lief, von den Piraten von Revis aufgerieben zu werden. Alle anderen Offiziere waren gefallen, doch als Muuzh auf den Gedanken kam, den Befehl zu übernehmen und die wenigen Überlebenden außer ihm bei einem Gegenangriff auf die Flanke der unbeherrschten, siegreichen Reviti zu führen, verspürte er die Stumpfheit des Geistes, die ihm immer verriet, daß Gott nicht wollte, daß er dieser Idee nachging. Also schrie er die Stimme Gottes nieder und führte seine Männer bei einem törichten Angriff, der die Piraten dermaßen überraschte, daß sie ihre Schlachtformation aufgaben und flohen, und die anderen Gorajni faßten sich ein Herz und folgten Muuzh bei seinem jähzornigen Angriff, bis sie die Piraten am Flußufer stellten und alle töteten und ihre Schiffe verbrannten. Dann trugen sie Muuzh auf einem Triumphzug durch die Stadt Gollod, wo der Imperator Kamelmilchbutter in sein Haar rieb und ihn zu einem Helden der Gorajni ausrief. Doch in seinem Herzen wußte Muuzh, daß Gott zweifellos vorgehabt hatte, diesen Sieg einem treuen Sohn der Gorajni zufallen zu lassen. Nun, wie schade für den Imperator – wenn die Inkarnation Gottes nicht wußte, daß sie gerade ihrem Feind das Haar gesalbt hatte, konnte es mit ihr nicht weit hergeholt sein.

Schritt für Schritt hatte Muuzh die Befehlsleiter erklommen, bis er nun einem gewaltigen Heer vorstand. Die meisten seiner Männer waren nun allerdings in Ulje stationiert, denn der Imperator hatte befohlen, den Angriff auf Nakavalnu noch einen Monat zurückzustellen, bis das Wetter besser wurde und sie die Streitwagen einsetzen konnten, womit sie einen beträchtlichen Vorteil erringen würden. Hier in Khlam stand ihm nur ein Regiment zur Verfügung, doch mehr benötigte er auch nicht. Schritt für Schritt würde er die Gorajni weiterführen, Nation um Nation unterwerfen, bis alle Städte an der Küste gefallen waren. Dann würde er gegen die Heere Potokgavans marschieren.

Und was dann? An manchen Tagen spielte Muuzh mit dem Gedanken, er würde seine Rache nehmen, indem er eine vollständige und endgültige Niederlage aller Heere der Gorajni orchestrierte. Er würde ihre gesamte militärische Macht an einer Stelle konzentrieren und dann dafür sorgen, daß alle Soldaten getötet wurden, er selbst auch. Dann, nachdem die Gorajni vernichtend geschlagen waren und Potokgavan über die gesamte Ebene herrschte – dann würden sich die Sotschitsija erheben und ihre Freiheit beanspruchen.

An anderen Tagen jedoch stellte Muuzh sich vor, daß er Potokgavans Heer vernichten würde. Dann gab es am gesamten Westufer der Erdgebundenen See keinen Rivalen mehr, der die Vorherrschaft der Gorajni herausfordern konnte. Dann würde er vor dem Imperator stehen, und wenn der Imperator die Hand ausstreckte, um sein Haar mit Kamelmilchbutter zu salben, würde Muuzh ihm den Kopf mit einem Hirschfänger abtrennen, ihm die Kamelhöckermütze abnehmen und sich selbst aufsetzen und erklären, daß das Reich, das ein Sotschitsija geschaffen hatte, nun auch von den Sotschitsija beherrscht wurde. Er würde der Imperator sein, und anstatt die Inkarnation Gottes zu sein, würde er der Feind Gottes sein, und die Sotschitsija würden als die größte Nation der Menschheit gelten und nicht mehr als Nation von Weibern.

Das waren seine Gedanken, als er die Karte studierte, während der Sturm Sand in sein Zelt blies und versuchte, es aus dem Boden zu reißen.

Plötzlich wurde er wach. Das Geräusch hatte sich verändert. Es war nicht mehr nur der Wind; jemand kratzte an seinem Zelt. Wer konnte so dumm sein, bei diesem Wetter vor die Tür zu gehen? Plötzlich verspürte er Furcht – war es vielleicht ein Attentäter, den der Imperator geschickt hatte, um zu verhindern, daß er den Verrat beging, von dem Gott mit Sicherheit wußte, daß er in seinem Herzen war?

Doch als er die Zeltklappe aufband und öffnete, kam mit dem Gestöber aus Sand und heißem Wind kein Meuchelmörder hinein, sondern Plod, sein bester Freund und Kamerad, begleitet von einem anderen Mann, einem Fremdem, der eine militärische Aufmachung trug, die Muuzh unbekannt war.

Plod befestigte die Zeltklappe persönlich – es wäre unangemessen gewesen, daß Muuzh dies tat, war doch ein rangniedrigerer Offizier anwesend, der es übernehmen konnte. Also konnte Muuzh den Fremden genau mustern. Er war kein Soldat, wirklich nicht – sein Brustkorb war stämmig, seine Klinge scharf, seine Kleidung ordentlich, und er hielt sich aufrecht wie ein Mann. Doch seine Haut war weich, und seinen Muskeln fehlte es an der Härte eines Mannes, der im Kampf ein Schwert geschwungen hatte. Er war einer jener Soldaten, die an einem Palast oder einer Mautstraße Wache standen, die gewöhnliche Bürger schikanierten, sich aber niemals einer angreifenden Feindeshorde stellen mußten, niemals einem Kriegswagen gefolgt waren, niemals all jene getötet hatten, die den Klingen entgangen waren, die sich mit den Radnaben der Streitwagen drehten.

»Welches Tor bewachst du?« fragte Muuzh.

Der Mann schaute verblüfft drein und warf Plod einen Blick zu.

Plod lachte nur. »Niemand hat ihm etwas gesagt, armer Mann. Glaubst du, du könntest General Vozmuzhalnoi Vozmozhno gegenübertreten und vor seinen Blicken etwas verheimlichen?«

»Mein Name ist Smelost«, sagte der weiche Soldat, »und ich bringe einen Brief von Herrin Rasa von Basilika.«

Er sprach den Namen aus, als müßte Muuzh ihn kennen. So waren diese Städter eben; sie gingen davon aus, daß Ruhm in ihrer Stadt gleichbedeutend mit Ruhm auf der ganzen Welt war.

Muuzh streckte die Hand aus und nahm den Brief entgegen. Natürlich war er nicht in den Blockbuchstaben des Gorajni-Alphabets verfaßt – das sie vor Jahrhunderten den Sotschitsija gestohlen hatten. Statt dessen war er in der schnörkeligen, vertikalen Kursivschrift Basilikas gehalten. Doch Muuzh war ein gebildeter Mann. Er konnte ihn problemlos lesen.

»Dieser Mann scheint unser Freund zu sein, lieber Plod«, sagte Muuzh. »Weil er einem Meuchelmörder zur Flucht verholfen hat, ist sein Leben in Basilika nicht mehr sicher – aber der Meuchelmörder war *auch* unser Freund, da er einen Mann namens Gaballufix getötet hat, der dafür eingetreten ist, daß Basilika ein Bündnis mit Potokgavan eingeht und die Städte der Ebene gegen uns in den Krieg führt.«

»Ach«, sagte Plod.

»Wir haben nie gewußt, wie viele liebe Freunde wir in Basilika haben«, sagte Muuzh.

Plod lachte.

Smelost schaute mehr als nur etwas unbehaglich drein.

»Setz dich«, sagte Muuzh. »Du bist unter Freunden. Dir wird jetzt nichts geschehen. Treibe etwas Ale für ihn auf, ja, Plod? Er mag ein gewöhnlicher Soldat sein, doch er bringt uns einen Brief von einer feinen Dame, die dem Imperator nur Liebe und Sorge entgegenbringt.«

Plod hakte einen Krug vom hinteren Zeltpfosten los und gab ihn Smelost, der ihn verwirrt betrachtete.

Muuzh lachte, nahm Smelost den Krug aus den Händen und zeigte ihm, wie man ihn mit der Öffnung nach oben auf den Arm legen und schräghalten mußte, damit einem das Ale in den Mund floß. »In diesem Heer gibt es keine schönen Gläser, mein Freund. Du bist hier nicht unter den Damen Basilikas.«

»Das weiß ich selbst«, sagte Smelost.

»Dieser Brief ist so rätselhaft, mein Freund«, sagte Muuzh. »Sicher kannst du uns mehr sagen.«

»Nicht viel mehr, fürchte ich«, sagte Smelost und schluckte einen Mundvoll Ale. Es war viel süßer als Bier, und Muuzh sah, daß es ihm nicht schmeckte. Na ja, das spielte kaum eine Rolle, solange Smelost genug von der Droge aufnahm, die in dem Ale aufgelöst war und bewirkte, daß er die Wahrheit sprach. »Ich bin aufgebrochen, bevor irgend etwas klar wurde.« Er log natürlich, da er der Ansicht war, er solle nicht mehr sagen, als Herrin Rasa geschrieben hatte.

Doch bald verlor Smelost seine Zurückhaltung und erzählte Muuzh viel mehr, als er je beabsichtigt hatte. Doch Muuzh gab klug vor, das meiste davon schon zu wissen, damit Smelost nicht den Eindruck bekam, irgendwelche Geheimnisse verraten zu haben, wenn er später an das Gespräch und daran zurückdachte, wie viel er gesagt hatte.

Offensichtlich herrschte im Augenblick große Verwirrung in Basilika, doch die Teile des Bildes, auf die es Muuzh ankam, waren sehr klar. Zwei Parteien, eine, die für die Allianz mit Potokgavan, und eine, die dagegen eintrat, hatten um die Vorherrschaft in der Stadt gekämpft. Nun waren die Anführer beider Parteien tot, getötet in derselben Nacht, vielleicht von demselben Attentäter, doch Smelosts Erachtens wahrscheinlich nicht. Wilde Mordvorwürfe wurden erhoben; ein schwacher Mann beherrschte nun eine Gruppe von Söldnern, die ungebändigt durch die Straßen zog, während der Befehlshaber der Stadtwache unter Verdacht stand, weil dieser Mann, Smelost, den mutmaßlichen Attentäter vor zwei Nächten aus der Stadt hatte entkommen lassen.

»Was können wir von einer Stadt der Frauen erwarten?« sagte Muuzh, als Smelost seinen Bericht beendet hatte. »Natürlich herrscht dort Verwirrung. Frauen sind immer verwirrt, wenn die Gewalt beginnt.«

Smelost betrachtete ihn wachsam. Das war das Schöne an der Droge, die Plod ihm verabreicht hatte – das Opfer hielt sich noch immer für klug und vorsichtig, obwohl es über jedes Thema bereitwillig sein Herz ausschüttete. Muuzh war natürlich schon seit Jahren gegen die Wirkung der Droge immun, weshalb er auch nicht die geringsten Skrupel hatte, einen Schluck Ale aus demselben Krug zu trinken. Er war auch überzeugt davon, daß Plod nicht die geringste Ahnung hatte, daß er immun war, und mehr als einmal hatte er vermutet, daß Plod ihm etwas von der Droge gegeben hatte, woraufhin Muuzh immer ein paar harmlose, aber indiskret klingende Enthüllungen gemacht hatte – normalerweise nur seine persönliche Meinung über ein paar andere Offiziere. Nie etwas Belastendes. Nur soviel, daß Plod denken mußte, die Droge würde auch bei ihm zum gewünschten Ziel führen.

»Oh, du weißt, was ich meine«, sagte Muuzh. »Nichts gegen die Frauen, aber sie kommen nicht gegen ihre Biologie an, nicht wahr? So sind sie nun mal – wenn die Gewalt anfängt, müssen sie zu einem Mann laufen und sich von ihm beschützen lassen, oder sie sind verloren, meinst du nicht auch?«

Smelost lächelte schwach. »Dann kennst du die Frauen Basilikas nicht.«

»Natürlich kenne ich sie«, sagte Muuzh. »Ich kenne *alle* Frauen, und die Frauen, die ich nicht kenne, kennt Plod – stimmt das nicht, Plod?«

»O ja«, sagte Plod lächelnd.

Smelost blickte etwas finster drein, sagte aber nichts.

»Die Frauen von Basilika haben es mit der Angst zu tun bekommen, nicht wahr? Sie sind verängstigt und handeln überhastet. Es gefällt ihnen nicht, daß diese Soldaten durch die Straßen marschieren. Sie haben Angst davor, was passieren wird, wenn kein starker Mann sie im Zaum halten kann – aber sie fürchten sich genauso davor, was passieren wird, falls dieser starke Mann *tatsächlich* kommt. Wer weiß schon, wozu die Dinge führen werden, nachdem die Gewalt erst einmal angefangen hat? Auf den Straßen Basilikas fließt Blut. Der Kopf eines Mannes hat den Straßenstaub durch beide Hälften seines Halses getrunken, wie wir in Gollod sagen. In jedem Frauenherz in Basilika ist Furcht, ja, und du weißt es.«

Smelost zuckte mit den Schultern. »Natürlich haben sie Angst. Wer hätte keine?«

»Ein *Mann* hätte keine Angst«, sagte Muuzh. »Ein *Mann* würde die Gelegenheit riechen. Ein Mann würde sagen: Wenn andere Angst haben, hat jeder, der kühn spricht, die Chance, die Führung zu übernehmen. Jeder, der Entscheidungen trifft, jeder, der etwas *unternimmt*, kann zum Brennpunkt der Amtsgewalt werden, zur Hoffnung der Verzweifelten, zur Stärke der Schwachen, zur Seele der Mutlosen. Ein *Mann* würde *handeln*.«

»Handeln«, echote Smelost.

»*Kühn* handeln«, sagte Plod.

»Und doch ... du bist mit dem Brief einer *Frau* zu uns gekommen, die um Schutz bittet.« Muuzh lächelte und zuckte mit den Schultern.

Smelost versuchte augenblicklich, sich zu verteidigen. »Soll ich mich vor Gericht für etwas anklagen lassen, von dem ich wußte, daß es richtig war?«

»Natürlich nicht. Was – von Frauen verurteilt werden?« Muuzh sah Plod an und lachte; Plod nahm den Ball auf und fiel ein. »Weil du gehandelt hast, wie ein Mann handeln muß, kühn, mit Mut – nein, *dafür* sollte dir nicht der Prozeß gemacht werden.«

»Also bin ich hierher gekommen.«

»Um uns um Schutz zu bitten. Damit *du* in Sicherheit bist, während deine Stadt in Angst lebt.«

Smelost stand auf. »Ich bin nicht hierher gekommen, um mich beleidigen zu lassen.«

Augenblicklich deutete Plods Klinge auf Smelosts Hals. »Wenn der General des Imperators sitzt, bleiben alle Männer sitzen oder werden wie Meuchelmörder behandelt.«

Smelost ließ sich behutsam wieder auf den Stuhl hinab.

»Verzeih meinem besten Freund Plod«, sagte Muuzh. »Ich weiß, daß du es nicht böse gemeint hast. Schließlich bis du zu *uns* gekommen, damit wir dich *schützen*, und nicht, um einen Krieg anzufangen!» Muuzh lachte und sah Smelost die ganze Zeit über in die Augen, bis auch der sich zu einem Lachen zwang.

Smelost konnte es eindeutig nicht ausstehen, über sich selbst zu lachen, weil er Schutz gesucht hatte, anstatt wie ein Mann zu handeln.

»Aber vielleicht habe ich dich falsch verstanden«, sagte Muuzh. »Vielleicht bist du nicht nur, wie dieser Brief behauptet, wegen dir zu uns gekommen. Vielleicht hast du irgendeinen Plan im Sinn, eine Möglichkeit, wie du deiner Stadt helfen kannst, eine Taktik, mit der du die Furcht der Frauen Basilikas lindern und sie vor dem Chaos bewahren kannst, das sie bedroht.«

»Ich habe keinen Plan«, sagte Smelost.

»Ah«, sagte Muuzh. »Oder vielleicht vertraust du uns noch nicht so, daß du ihn uns verraten würdest.« Muuzh schaute betroffen drein. »Ich verstehe. Wir sind Fremde, und das Schicksal deiner Stadt steht auf dem Spiel, einer Stadt, die du mehr liebst als das Leben selbst. Außerdem erbittest du viel mehr von uns, als ein gewöhnlicher Soldat normalerweise jemals von einem General Gorajnis zu erbitten wagte. Also werde ich dich jetzt nicht bedrängen. Geh – Plod wird dir ein Zelt zeigen, in dem du trinken und schlafen kannst, und wenn dieser Sturm nachläßt, kannst du baden und essen, und dann wirst du vielleicht genug Vertrauen zu mir haben, um mir zu sagen, was wir tun sollen, und deine schöne und geliebte Stadt vor der Anarchie zu retten.«

Als Muuzh geendet hatte, machte er eine unauffällige Handbewegung, stützte dann den Ellbogen auf die Stuhllehne und gab vor, wegen Smelosts Zögern etwas betrübt zu sein. Plod bemerkte das Zeichen natürlich und drängte Smelost augenblicklich aus dem Zelt hinaus und in den Sturm zurück.

Kaum waren sie draußen, sprang Muuzh auf, beugte sich über den Tisch und studierte die Karte. Basilika – so weit im Süden, aber im höchsten Teil des Gebirges, direkt an der Wüste, so daß es möglich war, von dort durch die Berge zu kommen. In zwei Tagen, wenn er nur ein paar hundert Mann mitnahm und ihnen alles abverlangte. Zwei Tage, und er konnte gut und gern im Besitz der größten Stadt am Westufer sein, der Stadt, deren Karawanengänger ihre Sprache zum Handelsjargon jeder Stadt und Nation von Potokgavan bis Gorajni gemacht hatten. Ganz davon zu schweigen, daß Basilika über kein nennenswertes Heer verfügte. Wichtiger war jedoch, was die Städte der Ebene davon halten würden – und Potokgavan. Sie würden nicht wissen, wie klein und schwach das Heer Gorajnis war. Sie würden nur wissen, daß der große General Vozmuzhalnoi Vozmozhno einen überraschenden Feldzug getan und eine Stadt der Legenden und Geheimnisse erobert hatte und nun nicht mehr hundertfünfzig Kilometer von ihnen entfernt im Norden saß, hinter Seggidugu, sondern ganz in ihrer Nähe aufgetaucht war und von den Türmen Basilikas aus jeden ihrer Züge beobachten konnte.

Dieser Schlag wäre für sie verheerend. Wenn Potokgavan wußte, daß Vozmuzhalnoi Vozmozhno die Ankunft ihrer Flotte beobachten konnte und genügend Zeit hatte, seine Truppen aus Basilika zu führen und ihr Heer beim Landungsversuch zu vernichten, würden sie nicht wagen, ein Expeditionskorps zu den Städten der Ebene auszuschicken. Und was die Städte selbst betraf, würden sie sich eine nach der anderen ergeben, und schon bald wäre Seggidugu umzingelt, eingeschlossen, ohne Hoffnung auf Unterstützung von Potokgavan. Sie würden einen bedingungslosen Frieden schließen. Wahrscheinlich würde es nicht einmal zu einem Kampf kommen – ein vollständiger Sieg, ohne Verluste, und das alles nur, weil in Basilika das Chaos herrschte und dieser Soldat gekommen war, um Vozmuzhalnoi Vozmozhno von seiner glorreichen Gelegenheit in Kenntnis zu setzen.

Die Zeltklappe öffnete sich wieder, und Plod trat ein. »Der Sturm läßt nach«, sagte er.

»Sehr gut«, sagte Muuzh.

»Was hatte das alles zu bedeuten?«

»Was?«

»Dieser Unsinn, den du zu diesem Soldat aus Basilika gesagt hast.«

Muuzh hatte nicht die geringste Ahnung, wovon Plod sprach. Ein Soldat aus Basilika? Er hatte nie im Leben einen Soldaten aus Basilika gesehen.

Doch Plod warf einen Blick auf einen der Stühle, und nun erinnerte Muuzh sich verschwommen daran, daß vor nicht allzu langer Zeit *irgend jemand* auf diesem Stuhl gesessen hatte. Jemand ... ein Soldat aus Basilika? Aber das wäre doch sehr wichtig – wie konnte er es vergessen haben?

Ich habe es nicht vergessen, dachte Muuzh. Ich habe es nicht vergessen. Gott hat gesprochen, Gott hat versucht, mich dumm zu machen, aber ich habe ihm widerstanden. Ich werde mich nicht zum Gehorsam zwingen lassen.

»Wie schätzt du die Situation ein?« fragte er. Plod durfte niemals den Eindruck gewinnen, daß Muuzh verwirrt oder vergeßlich war.

»Basilika ist weit weg«, sagte Plod. »Wir können diesem Mann Schutz gewähren oder ihn töten oder zurückschicken, es spielt kaum eine Rolle. Was bedeutet Basilika schon für uns?«

Armer Narr, dachte Muuzh. Deshalb bist du nur der liebste Freund des Generals und nicht der General selbst, obwohl ich weiß, daß du es gern wärest. Muuzh wußte, was Basilika für eine Rolle spielte. Es war die Stadt der Frauen, deren Einfluß seine Vorfahren kastriert und sie die Freiheit und Ehre gekostet hatte. Es war auch die große Zitadelle, die sich über die Städte der Ebene erhob. Wenn Muuzh sie einnehmen konnte, würde er keine einzige Schlacht schlagen müssen – seine Feinde würden vor ihm zusammenbrechen. War das der Plan, den er zuvor gehabt hatte, der Plan, den Gott ihn hatte vergessen lassen wollen?

»Schreib das auf«, sagte Muuzh.

Plod öffnete seinen Computer und klappte die Tastatur aus, um Muuzh' Worte aufzuzeichnen.

»Wer immer Herr von Basilika ist, ist Herr über die Städte der Ebene.«

»Aber Muuzh, Basilika hat nie die Hegemonie über diese Städte ausgeübt.«

»Weil es eine Stadt der Frauen ist«, sagte Muuzh. »Würde sie von Männern mit einem Heer beherrscht, wäre es eine ganz andere Geschichte.«

»Wir kämen niemals dorthin, um sie einzunehmen«, sagte Plod. »Ganz Seggidugu liegt zwischen uns und Basilika.«

Muuzh betrachtete die Karte, und ein anderer Teil seines Plans fiel ihm wieder ein. »Ein Wüstenmarsch.«

»Während des Monats der Weststürme!« rief Plod. »Die Männer würden dir den Gehorsam verweigern.«

»Die Berge bieten Schutz. Dort gibt es viele Bergstraßen.«

»Nicht für ein Heer«, sagte Plod.

»Nicht für ein *großes* Heer«, sagte Muuzh und schmiedete beim Sprechen seinen Plan.

»Bei der Größe des Heeres, das du dorthin führen könntest, könntest du Basilika niemals gegen Potokgavan halten«, sagte Plod.

Muuzh betrachtete die Karte einen Augenblick länger. »Aber Potokgavan wird niemals kommen, nicht, wenn wir Basilika bereits halten. Sie werden *nicht* wissen, wie groß unser Heer ist, aber sie *werden* wissen, daß wir von dort aus die gesamte Küstenlinie überblicken können. Wo sollten sie mit ihrer Flotte landen, wenn sie doch wissen, daß wir sie schon aus weiter Ferne sehen und sie am Ufer begrüßen können, um sie aufzureiben, wenn sie landen?«

Plod tippte alles ein und betrachtete die Karte dann selbst. »Darin läge ein Vorzug«, sagte er.

Warum liegt ein Vorzug darin? fragte Muuzh sich insgeheim. Ich habe nicht die geringste Ahnung, warum ich diesen Plan habe, abgesehen davon, daß anscheinend ein Soldat Basilikas hierher gekommen ist. Was hat er mir mitgeteilt? Warum hätte dieser Plan seine Vorzüge?

»Und bei dem derzeitigen Chaos in Basilika könntest du die Stadt wahrscheinlich einnehmen.«

Chaos in Basilika. Gut. Also habe ich mich nicht geirrt – der Soldat aus Basilika hat mich anscheinend über eine Gelegenheit informiert.

»Ja«, sagte Plod. »Wir hätten auch die perfekte Entschuldigung für unser Vorgehen. Wir kommen nicht als Invasoren, sondern um die Bürger Basilikas vor den Söldnern zu retten, die durch ihre Straßen ziehen.«

Söldner? Die Vorstellung war absurd – warum sollten auf Basilikas Straßen Söldner umherstreifen? Hatte es einen Krieg gegeben? Gott hatte Muuzh noch nie so vergeßlich gemacht, daß er sich nicht an einen gesamten Krieg erinnern konnte!

»Und die unmittelbare Provokation – die Morde. Es ist bereits Blut geflossen – wir mußten kommen, dem Blutvergießen Einhalt gebieten. Ja, damit haben wir genügend Gründe für unsere Rechtfertigung. Niemand kann uns vorwerfen, wir hätten die Stadt der Frauen überfallen, wenn wir nur gekommen sind, um sie vor Blut auf ihren Straßen zu bewahren.«

Das also ist mein Plan, dachte Muuzh. Und ein sehr guter obendrein. Nicht einmal Gott kann mich daran hindern, ihn auszuführen. »Schreib alles auf, Plod, und laß meine Adjutanten genaue Befehle für tausend Männer ausarbeiten, die in vier Kolonnen durch die Berge marschieren werden. Nur

Vorräte für drei Tage – die Männer können sie auf dem Rükken tragen.«

»Drei Tage!« sagte Plod. »Und was, wenn etwas schiefgeht?«

»Wenn sie wissen, daß sie nur für drei Tage Vorräte haben, lieber Plod, werden sie wirklich sehr schnell marschieren und sich durch nichts aufhalten lassen.«

»Und was, wenn sich bei unserer Ankunft die Lage in Basilika verändert hat? Wenn wir auf heftigen Widerstand stoßen? Die Mauern Basilikas sind breit und hoch, und Streitwagen sind auf diesem Terrain nutzlos.«

»Dann ist es doch nur gut, daß wir keine Kriegswagen mitnehmen, nicht wahr? Bis auf einen vielleicht, für meinen triumphalen Einzug in die Stadt – im Namen des Imperators natürlich.«

»Sie könnten aber trotzdem Widerstand leisten, und wir haben dann kaum noch Vorräte. Wir können sie nicht gerade belagern!«

»Wir werden sie auch nicht belagern müssen. Wir werden sie nur bitten müssen, die Tore zu öffnen, und sie werden die Tore öffnen.«

»Warum?«

»Weil ich es sage«, erwiderte Muuzh. »Wann habe ich mich je geirrt?«

Plod schüttelte den Kopf. »Niemals, mein lieber Freund und geliebter General. Doch wenn wir die Erlaubnis des Imperators bekommen haben werden, nach Basilika zu marschieren, wird sich das Chaos in den Straßen dort vielleicht schon gelegt haben, und wir werden ein viel größeres Heer als eins von nur eintausend Mann brauchen, um unserer Bitte Nachdruck zu verleihen.«

Muuzh sah ihn überrascht an. »Warum sollten wir auf die Erlaubnis des Imperators warten?«

»Weil der Imperator dir verboten hat, irgendeinen Angriff zu befehlen, bis die Jahreszeit der Stürme vorbei ist.«

»Ganz im Gegenteil«, sagte Muuzh. »Der Imperator hat mir verboten, Nakavalnu und Izmennik anzugreifen. Ich greife sie auch nicht an. Ich lasse sie links liegen und marschiere so schnell wie Pferde an ihrer Flanke vorbei nach Basilika, wo ich erneut niemanden angreifen werde, sondern die Stadt nur betrete, um im Namen des Imperators die Ordnung wiederherzustellen. Nichts davon verstößt gegen irgendeinen Befehl des Imperators.«

Plods Gesicht verdüsterte sich. »Du interpretierst die Worte des Imperators, mein General, und das Recht dazu hat nur der Fürsprecher.«

»Jeder Soldat und jeder Offizier muß die Befehle interpretieren, die er bekommt. Ich wurde in diese Südlande geschickt, um das gesamte Westufer des Erdgebundenen Sees zu erobern – diesen Befehl hat der Imperator mir gegeben, und zwar mir allein. Wenn ich diese große Gelegenheit, die Gott mir gegeben hat« – ha! – »nicht ergreifen würde, wäre ich in der Tat ungehorsam.«

»Mein lieber Freund, edelster General der Gorajni, ich bitte dich, dies nicht zu versuchen. Der Fürsprecher wird es nicht als Gehorsam, sondern als Insubordination ansehen.«

»Dann ist der Fürsprecher kein wahrer Diener des Imperators.«

Plod neigte augenblicklich den Kopf. »Ich begreife, daß ich zu kühn gesprochen habe.«

Muuzh wußte sofort, dies bedeutete, daß Plod beabsichtigte, dem Fürsprecher alles zu erzählen und ihn unbedingt aufzuhalten. Wenn Plod wirklich gehorchen wollte, legte er keinen so großen Wert darauf, Gehorsam vorzutäuschen.

»Gib mir deinen Computer«, sagte Muuzh. »Ich werde die Befehle selbst schreiben.«

»Beschäme mich nicht«, sagte Plod bestürzt. »Ich muß sie schreiben, oder ich habe meine Pflicht dir gegenüber nicht erfüllt.«

»Du wirst hier bei mir sitzen«, sagte Muuzh, »und zusehen, wie ich die Befehle schreibe.«

Plod ließ sich auf den Teppichen auf die Knie fallen. »Muuzh, mein Freund, mir wäre es lieber, du würdest mich töten, als mich derart zu beschämen.«

»Ich weiß, daß du mir nicht gehorchen wolltest«, sagte Muuzh. »Lüge nicht und behaupte das Gegenteil.«

»Ich wollte die Sache verzögern«, sagte Plod. »Ich wollte dir Zeit geben, darüber nachzudenken. Ich habe gehofft, du würdest begreifen, wie gefährlich es ist, sich dem Imperator zu widersetzen, besonders so kurz nach dem Traum, den du gehabt und in dem du seine heilige Person so herabgewürdigt hast.«

Muuzh brauchte einen Augenblick, um zu begreifen, was Plod meinte; danach wurde sein Zorn in der Tat kalt und hart. »Wer kann von diesem Traum wissen, abgesehen von mir und meinem Freund?«

»Dein Freund liebt dich so sehr, daß er dem Fürsprecher den Traum erzählt hat«, sagte Plod, »damit deine Seele nicht in Gefahr läuft, zerstört zu werden, ohne daß du es merkst.«

»Dann muß mein Freund mich in der Tat lieben«, sagte Muuzh.

»Das tue ich«, sagte Plod. »Mit ganzem Herzen. Ich liebe dich mehr als jeder Mann oder jede Frau auf dieser Erde, abgesehen von Gott allein und seiner heiligen Inkarnation.«

Muuzh betrachtete seinen besten Freund mit eisiger Ruhe. »Benutze deinen Computer, mein Freund, und rufe den Fürsprecher zu meinem Zelt. Er soll unterwegs innehalten und den Soldaten aus Basilika mitbringen.«

»Ich werde sie persönlich holen«, sagte Plod.

»Rufe sie mit dem Computer.«

»Aber was, wenn der Fürsprecher seinen Computer im Augenblick nicht eingeschaltet hat?«

»Dann werden wir warten, bis er ihn einschaltet.« Muuzh lächelte. »Aber er *benutzt* ihn in diesem Augenblick, nicht wahr?«

»Vielleicht«, sagte Plod. »Woher soll ich das wissen?«

»Rufe sie. Der Fürsprecher soll anwesend sein, wenn ich den Soldaten aus Basilika verhöre. Dann wird er wissen, daß wir sofort marschieren müssen und den Befehl des Imperators nicht abwarten können.«

Plod nickte. »Sehr klug, mein Freund. Ich hätte wissen

müssen, daß du den Willen des Imperators nicht verspottest. Der Fürsprecher wird dir zuhören, und dann wird er entscheiden.«

»Wir werden *gemeinsam* entscheiden«, sagte Muuzh.

»Natürlich.« Er benutzte die Tastatur; Muuzh machte keine Anstalten, ihn zu beobachten, doch er konnte die Worte in der Luft über dem Computer so gut ausmachen, um mitzubekommen, daß Plod dem Fürsprecher eine kurz und glatt formulierte Bitte zustellte.

»Allein«, sagte Muuzh. »Ich möchte nicht, daß es in Basilika zu Gerüchten kommt, falls wir den Entschluß fassen sollten, nicht sofort zuzuschlagen.«

»Ich habe ihn bereits gebeten, allein zu kommen«, sagte Plod.

Sie warteten und sprachen die ganze Zeit über von anderen Dingen. Von den Feldzügen der letzten Jahre. Von Offizieren, die unter ihnen gedient hatten. Von Frauen, die sie gekannt hatten.

»Hast du jemals eine Frau *geliebt*?« fragte Muuzh.

»Ich bin verheiratet«, sagte Plod.

»Und liebst du sie?«

Plod dachte einen Augenblick lang nach. »Wenn ich bei ihr bin. Sie ist die Mutter meiner Söhne.«

»Ich habe keine Söhne«, sagte Muuzh. »Überhaupt keine Kinder, von denen ich weiß. Keine Frau hat mir länger als eine Nacht gefallen.«

»Keine?« fragte Plod.

Muuzh errötete vor Verlegenheit, als er begriff, worauf Plod sich bezog. »Ich habe sie nie *geliebt*«, sagte er. »Ich habe sie genommen – als Akt der Frömmigkeit.«

»Einmal ist ein Akt der Frömmigkeit«, sagte Plod kichernd. »In einem Jahr zwei Monate lang und dann drei Jahre später einen weiteren Monat lang – das ist mehr als Frömmigkeit, das ist *Heiligkeit*.«

»Sie hat mir nichts bedeutet«, sagte Muuzh. »Ich habe sie nur Gottes wegen genommen.« Und das entsprach auch der Wahrheit, wenngleich nicht so, wie Plod es verstand. Die

Frau war wie aus dem Nichts erschienen, schmutzig und nackt, und hatte Muuzh mit seinem Namen angesprochen. Jeder wußte, daß solche Frauen von Gott geschickt waren. Doch als Muuzh daran dachte, sie zu nehmen, schickte Gott die Dummheit, die bedeutete, daß es *nicht* Gottes Wille war, daß Muuzh mit ihr schlief. Also setzte Muuzh trotzdem alles daran und behielt die Frau bei sich – badete und kleidete sie und behandelte sie so zärtlich wie eine Ehefrau. Währenddessen spürte er Gottes Zorn ganz hinten in seinem Kopf brodeln, und er verlachte Gott. Er behielt die Frau bei sich, bis sie schließlich wieder verschwand, so plötzlich, wie sie gekommen war, all ihre schönen Kleider zurückließ und nichts mitnahm, nicht einmal Vorräte, nicht einmal Wasser.

»Das war also keine Liebe«, sagte Plod. »Dann bin ich überzeugt, daß Gott dich für dein Opfer ehren wird.« Plod lachte erneut, und um einer guten Stimmung willen fiel Muuzh in das Gelächter ein.

Sie lachten noch immer, als sie ein Kratzen am Zelt vernahmen, und Plod sprang auf, um zu öffnen. Der Fürsprecher kam zuerst herein, wie es seine Pflicht war – und ein Ausdruck seines Vertrauens in Gott, denn der Fürsprecher ging immer ungeschützt und gab seinen Rücken einem Dolchstoß preis, falls Gott ihn nicht schützte. Dann kam ein Fremder herein. Muuzh konnte sich nicht daran erinnern, den Mann jemals gesehen zu haben. Seiner Kleidung zufolge war er Soldat einer reichen Stadt; seinem Körper zufolge war er ein weicher Soldat, eher ein Torwächter als ein Kämpfer; seinem vertrauten Nicken zufolge wußte Muuzh, daß dies der Soldat aus Basilika sein und er in der Tat schon mit ihm gesprochen und dieses Gespräch einen friedlichen Ausgang genommen haben mußte.

Der Fürsprecher nahm zuerst Platz und dann Muuzh; erst dann durften die anderen sich setzen.

»Zeige mir deine Klinge«, sagte Muuzh zu dem Soldaten aus Basilika. »Ich will sehen, was für einen Stahl ihr in Basilika habt.«

Behutsam erhob sich der Basilikaner von seinem Stuhl

und ließ Plod dabei nicht aus den Augen. Verschwommen erinnerte sich Muuzh daran, daß Plod eine Klinge auf den Hals des Basilikaners gerichtet hatte; kein Wunder, daß der Mann jetzt vorsichtig war! Mit zwei Fingern zog der Mann das Kurzschwert aus der Scheide und gab es Muuzh mit dem Griff zuerst.

Es war ein Stadtschwert für den Nahkampf, kein Breitschwert für das Schlachtfeld. Muuzh zog die Klinge über die Haut seines Arms; er fügte sich nur einen leichten Schnitt zu, doch sofort quoll Blut. Der Mann zuckte zusammen, als er es sah.

»Ich habe über das nachgedacht, was du gesagt hast, Herr«, sagte der Basilikaner.

Aha. Also habe ich ihm etwas zum Nachdenken gegeben.

»Und ich begreife nun, daß meine Stadt deine Hilfe benötigt. Doch wer bin ich, daß ich darum bitten dürfte oder auch nur wüßte, welche Hilfe richtig oder ausreichend wäre? Ich bin nur ein Torwächter; nur durch den reinsten Zufall wurde ich in diese Angelegenheit von größter Bedeutung verwikkelt.«

»Du liebst deine Stadt, nicht wahr?« fragte Muuzh, denn nun wußte er, was er zu dem Mann gesagt haben mußte. Selbst an meinen schlechten Tagen bin ich gerissen, dachte Muuzh mit einiger Zufriedenheit. Gerissen genug, um gottessichere Pläne zu schmieden.

»Ja, allerdings.« Plötzlich standen Tränen in den Augen des Mannes. »Verzeih mir, aber jemand anders hat mich das ebenfalls gefragt, bevor ich Basilika verließ. Nun weiß ich durch dieses Vorzeichen, daß du ein aufrichtiger Diener der Überseele bist und ich dir vertrauen kann.«

Muuzh sah dem Mann ruhig in die Augen, um ihm zu zeigen, daß sein Vertrauen in der Tat angemessen war.

»Komm nach Basilika, Herr. Komme mit einem Heer. Stelle die Ordnung auf den Straßen wieder her und treibe die Söldner hinaus. Dann werden die Frauen Basilikas nichts mehr zu befürchten haben.«

Muuzh nickte weise. »Eine beredtsame und edle Bitte, die

ich aus ganzem Herzen gern erfüllen würde. Doch ich bin ein Diener des Imperators, und du mußt die Lage deiner Stadt unserem Fürsprecher hier erklären, der in unserem Lager Augen und Ohren und Herz des Imperators ist.« Während Muuzh sprach, erhob er sich, trat vor den Fürsprecher und verbeugte sich. Er hörte, daß hinter ihm Plod und der Soldat aus Basilika ebenfalls aufstanden und sich verbeugten.

Bestimmt ist Plod klug genug, um zu wissen, was ich vorhabe, dachte Muuzh mit einem Anflug von Furcht. Bestimmt hat er in diesem Augenblick schon das Messer aus der Scheide gezogen, um es in meinen Rücken zu stoßen. Bestimmt weiß er, daß er dies tun muß, oder diese Klinge aus Basilika, die ich in meinen Händen halte, wird zustoßen und ihm mit einem sauberen Hieb den Kopf von den Schultern trennen, sobald ich mich erhebe.

Doch Plod war nicht so klug, und deshalb schoß sein Blut aus dem Hals und spritzte durch das Zelt, als er zusammenbrach und sein Kopf an einem Ende der halb durchtrennten Wirbelsäule hin und her schwang.

Muuzh' Schlag war so schnell erfolgt, so glatt, daß weder der Basilikaner noch der Fürsprecher begriffen, wieso Plod auf einmal tot war. Das gab Muuzh genug Zeit, die basilikanische Klinge unter den Rippen des Fürsprechers hochzutreiben und sein Herz zu durchbohren, bevor der Fürsprecher auch nur ein Wort sagen oder sich von seinem Stuhl erheben konnte.

Dann wandte sich Muuzh an den zitternden Basilikaner.

»Wie heißt du, Soldat?«

»Smelost, Herr. Wie ich es dir schon gesagt habe. Ich habe dich in keiner Hinsicht belogen, Herr.«

»Das weiß ich. Ich habe dich auch nicht belogen. Diese Männer waren entschlossen, mich daran zu hindern, deiner Stadt zu Hilfe zu eilen. Deshalb habe ich sie hier zusammengebracht. Wenn es dein Wunsch ist, daß ich dir helfe, war es unumgänglich, sie zuvor zu töten.«

»Was immer du sagst, Herr.«

»Nein, nicht, was immer ich sage. Nur die Wahrheit, Smelost. Diese beiden Männer waren Spione, die jede meiner Bewegungen überwachen, jedes meiner Worte hören und ständig meine Treue dem Imperator gegenüber einschätzen sollten. Dieser hier« – er deutete auf Plod – »hat einen Traum, den ich gehabt hatte, als Zeichen meiner Treulosigkeit interpretiert und es dem Fürsprecher mitgeteilt. Es wäre nur eine Frage der Zeit gewesen, bevor sie mich gemeldet hätten und ich mein Kommando verloren hätte, und wer hätte Basilika dann noch retten können?«

»Aber wie wirst du ihren Tod erklären?« fragte Smelost.

Muuzh sagte nichts.

Smelost wartete. Dann warf er noch einen Blick auf die Leichen. »Ich verstehe«, sagte er. »Sie sind durch meine Klinge umgekommen.«

»Wie sehr liebst du deine Stadt?« fragte Muuzh.

»Mit ganzem Herzen.«

»Mehr als das Leben?« fragte Muuzh.

Smelost nickte ernst. In seinen Augen stand Furcht, doch er zitterte nicht.

»Wenn meine Soldaten glauben, daß ich Plod und den Fürsprecher getötet habe, werden sie mich in Stücke reißen. Aber wenn sie glauben – nein, wenn sie *wissen* –, daß *du* es warst und ich dich dafür getötet habe, werden sie mir in meinem rechtschaffenen Zorn folgen. Ich werde ihnen sagen, daß du einer der Söldner warst. Ich werde deinen Namen in den Schmutz ziehen. Ich werde sagen, daß du Basilika verraten hast und verhindern wolltest, daß ich der Stadt zu Hilfe eile. Aber weil sie diese Lügen über dich glauben, werden sie mir folgen, und wir werden deine Stadt retten.«

Smelost lächelte. »Anscheinend ist es mein Schicksal, um so mehr für meine Stadt tun zu können, um so mehr meine Stadt meinen Verrat verachten wird.«

»Es ist ein schrecklicher Tag, wenn ein Mann sich zwischen der scheinbaren und der wirklichen Treue entscheiden muß, doch dieser Tag ist heute für dich gekommen.«

»Sag mir, was ich zu tun habe.«

Muuzh weinte fast vor Bewunderung für den Mut und die Ehre dieses Mannes, als er das einfache Schauspiel erklärte, das sie inszenieren mußten. Wenn ich nicht einer höheren Sache dienen würde, dachte Muuzh, würde ich mich zu sehr schämen, um einen Menschen von dieser Ehre zu täuschen. Aber um Pravo Gollossas willen bin ich zu jeder schrecklichen Schandtat bereit.

Einen Augenblick später, in einer Flaute des Sturms, begannen Muuzh und Smelost zu brüllen und zu toben, und Muuzh stieß einen hohen Schrei aus, von dem Zeugen später beschwören würden, daß es sich um den Todesschrei des Fürsprechers handelte. Als die Soldaten dann aus ihren Zelten stolperten, sahen sie Smelost, der schon aus einer Schenkelwunde blutete, aus dem Zelt des Generals springen, in der Hand ein Kurzschwert, von dem Blut tropfte. »Für Gaballufix! Tod dem Imperator!«

Der Name Gaballufix hatte nicht die geringste Bedeutung für die Gorajni-Soldaten, doch das würde sich schon bald ändern. Sie interessierten sich vielmehr für den letzten Teil von Smelosts Ruf – Tod dem Imperator. Niemand konnte so etwas in einem Lager der Gorajni sagen, ohne lebendig gehäutet zu werden.

Doch bevor jemand den Mann erreichen konnte, taumelte der General selbst aus dem Zelt. Er blutete aus einer Armwunde und hielt sich den Kopf; offensichtlich hatte er dort einen Schlag abbekommen. Der General – der große Vozmuzhalnoi Vozmozhno, Muuzh genannt, wann immer sie glaubten, er könne sie nicht hören – hielt eine Streitaxt in der linken Hand – in der linken, nicht in der rechten! – und holte mit ihr gegen den Nacken des Meuchelmörders aus, spaltete ihn bis zum Herzen. Er hätte dies nicht tun sollen; jeder wußte, daß man den Mann hätte lebendig ergreifen und zu Tode foltern müssen. Doch dann sank der General zu ihrem Entsetzen auf die Knie – der General, der Eis statt Blut in den Adern hatte, sank auf die Knie und weinte bitterlich, schrie aus den Tiefen seiner Seele: »Plodorodnui, mein Freund, mein Herz, mein Leben! Ach, Plod! Gott hätte mich nehmen und dich am Leben lassen sollen!«

Seine Trauer war sowohl glorreich als auch schrecklich anzusehen, und ohne offen ein Wort darüber fallen zu lassen, faßten die Soldaten, die seine Klage gehört hatten, den Entschluß, niemandem von seinem blasphemischen Vorschlag zu erzählen, Gott habe die Welt vielleicht unpassend geordnet. Als sie das Zelt betraten, verstanden sie genau, warum Muuzh sich vergessen und den Meuchelmörder mit eigener Hand getötet hatte, denn wie hätte ein Sterblicher zusehen können, daß jemand sowohl seinen liebsten Freund als auch den Fürsprecher so grausam ermordete, ohne die Selbstbeherrschung zu verlieren?

Bald verbreitete sich die Nachricht durchs Lager, daß Muuzh tausend kräftige Soldaten auf einen Gewaltmarsch durch die Berge mitnehmen würde, um die Stadt Basilika einzunehmen und die Partei des Gaballufix zu zerschlagen, eine so wagemutige und verräterische Gruppe von Männern, daß sie es gewagt hatte, einen Meuchelmöder gegen den General der Gorajni auszuschicken. Zu schade für sie, daß Gott die Gorajni so sehr liebte, daß er nicht duldete, daß ihr Muuzh durch Verrat ums Leben kam. Statt dessen hatte Gott Muuzh' Herz mit rechtschaffenem Zorn erfüllt, und Basilika würde bald erfahren, was es bedeutete, Gott und die Gorajni zu ihren Herren zu haben.

3
Schutz

DER TRAUM DES ÄLTESTEN SOHNES

Die Kamele hatten sich unter dem Schatten der großen Palmwedel versammelt, die der Wetschik und seine Söhne zwischen einer Gruppe von vier Bäumen neben dem Bach zu einem Dach verwoben hatten. Elemak beneidete sie – der Schatten dort war gut, der Bach war kühl, und die Bäume fingen die Brise ein, so daß die Luft dort niemals so stickig war wie in den Zelten. Er war für heute morgen mit der Arbeit fertig, und während der Hitze des Tages gab es jetzt nichts Nützliches mehr zu tun. Sollten Vater und Nafai und Issib doch ihren Schweiß übereinander vergießen, während sie sich in Vaters Zelt um den Index der Überseele drängten. Was wußte die Überseele denn schon? Sie war nur ein Computer – Nafai selbst hatte dies gesagt, in seiner pubertären, fanatischen Frömmigkeit. Warum sollte Elemak sich also mit einem Gespräch mit einer Maschine abgeben? Sie verfügte über eine gewaltige Bibliothek an Informationen ... na und? Elemak war mit der Schule fertig.

Also saß er im heißen Schatten der Südklippe und wußte, daß er höchstens noch eine Stunde lang ruhen konnte, bevor die Sonne so hoch stieg, daß der Schatten verschwinden würde und er sich einen anderen Platz suchen mußte. Das störte Elemak eigentlich nicht – als er noch Karawanen geführt hatte, hatte er sich darauf verlassen, davon geweckt zu werden, damit er, wenn sie in Oasen rasteten, während des Tages nicht zu lange schlief. Ihn machte vielmehr so wütend, daß er seine ständige Nutzlosigkeit so deutlich spürte wie Magenschmerzen. Sie reisten nicht, sie warteten lediglich hier in der Wüste – und worauf? Auf nichts. Die Überseele sagte, daß Basilika zerstört werden und die Welt Harmonie in Krieg und Schrecken zusammenbrechen würde. Es war lächerlich unwahrscheinlich, daß so etwas geschehen würde. Die Welt hatte schon vierzig Millionen Jahre überstanden, ohne von einem Krieg verwüstet zu werden. Nun standen zum ersten Mal zwei große Reiche kurz vor einem Zusammenstoß, und die Überseele benahm sich, als handelte es sich um ein kosmisches Ereignis.

Ich hätte ja noch verstehen können, Basilika zu verlassen, sagte er sich, wenn wir unser Vermögen mitgenommen hätten und in eine andere Stadt gezogen wären und dort neu angefangen hätten. Ausschlaggebend für den Handel mit Pflanzen ist das Wissen in Vaters Kopf und meinem, nicht die Gebäude oder die Hilfskräfte. Wir hätten reich sein können. Statt dessen sitzen wir hier in der Wüste, haben unser gesamtes Vermögen an meinen Halbbruder Gaballufix verloren, und nun hat Nafai *ihn* ermordet, und wir können nie wieder nach Basilika zurückkehren, und selbst, wenn wir es könnten, wären wir noch immer arm, warum es also überhaupt erst versuchen?

Bis auf die Tatsache, daß sogar Armut in Basilika immer noch besser wäre als das sinnlose Warten hier in der Wüste, in diesem elenden kleinen Tal, das kaum die Pavianherde bachabwärts ernähren kann. Selbst jetzt konnte er ihr Bellen und Heulen hören. Tiere, die sich nicht entscheiden konnten, ob sie Menschen oder Hunde waren. Genau das sind wir jetzt auch, nur daß wir nicht einmal so klug waren, Gefährtinnen mitzunehmen, als wir gingen, damit wir jetzt wenigstens einen vernünftigen Stamm bilden könnten.

Trotz des unregelmäßigen Lärms der Paviane und des gelegentlichen Blökens der Kamele schlief Elemak bald ein. Er erwachte kurz darauf, hatte zumindest diesen Eindruck; er fühlte die brennende Hitze der Sonne auf seiner Kleidung und ging also davon aus, daß die Sonne ihn geweckt hatte. Aber nein, es war etwas anderes gewesen; in seiner Nähe bewegte sich ein Schatten. Mit geschlossenen Augen überlegte er, wo sein Messer war, und rief sich das Gelände um ihn herum in Erinnerung zurück. Dann sprang er mit einer plötzlichen Bewegung auf, das lange Messer in der Hand, und blinzelte in das helle Sonnenlicht, um zu sehen, wo sein Feind war.

»Ich bin es nur!« kreischte Zdorab.

Elemak steckte das Messer angewidert wieder zurück. »Man schleicht sich nicht leise an jemanden an, der in der Wüste schläft. Auf diese Weise kann man zu Tode kommen. Ich habe dich für einen Räuber gehalten.«

»Aber so leise war ich doch gar nicht«, hielt Zdorab berechtigt dagegen. »Du hingegen warst auch sehr laut. Ich nehme an, du hast geträumt.«

Es störte Elemak, daß er im Schlaf gesprochen hatte. Doch nun, da Zdorab es erwähnte, fiel ihm ein, daß er *tatsächlich* geträumt hatte, und er erinnerte sich mit bemerkenswerter Klarheit an den Traum. Er hatte noch nie so einen deutlichen Traum gehabt, jedenfalls nicht, daß er sich daran erinnerte, und das machte ihn nachdenklich. »Was habe ich gesagt?« fragte Elemak.

»Ich weiß es nicht«, antwortete Zdorab. »Es war eher ein Murmeln. Ich kam her, weil dein Vater dich sprechen möchte. Sonst hätte ich dich niemals gestört.«

Es stimmte. Zdorab war der vollendete Diener, die meiste Zeit über unsichtbar, aber immer hilfsbereit – selbst, wenn er völlig unfähig war, was hier in der Wüste, in der die Talente eines Schatzmeisters ziemlich nutzlos waren, meistens der Fall war. »Danke«, sagte Elemak. »Ich komme sofort.«

Zdorab wartete nur einen Augenblick lang – das Zögern, das alle guten Dienstboten früher oder später an den Tag legten, dieser kurze Moment, in dem ihren Herren noch etwas einfallen konnte, bevor sie gingen. Dann war er verschwunden, watschelte unbeholfen den flachen Hang hinab und dann über den trockenen, steinigen Boden zu Wetschiks Zelt.

Elemak zog seine Wüstenrobe hoch und pinkelte ins Offene hinaus, wo die Sonne seinen Urin in wenigen Augenblicken verdunsten würde, bevor sich zu viele Fliegen versammeln konnten. Dann ging er zum Bach, trank aus der hohlen Hand, spritzte Wasser auf sein Gesicht und über seinen Kopf und ging erst dann zu dem Zelt, in dem Vater und alle anderen warteten.

»Nun«, sagte Elemak, als er eintrat. »Habt ihr alles erfahren, was die Überseele euch beibringen kann?«

Nafai betrachtete ihn mit seinem typisch mißbilligenden Blick. Elemak wußte, daß er Nafai eines Tages die Prügel seines Lebens verabreichen mußte, nur um ihm beizubringen, nicht diesen Gesichtsausdruck aufzusetzen, zumindest nicht Elemak gegenüber. Er hatte schon einmal versucht, ihm diese Prügel zu verabreichen, und dabei herausgefunden, daß er es beim *nächsten* Mal ein gutes Stück von Issibs Stuhl entfernt tun mußte, damit die Überseele das Transportmittel nicht übernehmen und sich einmischen konnte. Doch im Augenblick war nichts zu gewinnen, wenn er sich anmerken ließ, daß ihm Nafais rotzige Frechheiten unter die Haut gingen; also tat Elemak so, als habe er nichts gesehen.

»Wir müssen uns allmählich an die Jagd machen«, sagte Vater.

Elemak schloß augenblicklich halb die Augen und dachte darüber nach, was das zu bedeuten hatte. Sie hatten genug Vorräte für acht oder neun Monate mitgenommen – für ein Jahr, wenn sie sparsam damit umgingen. Doch Vater sprach davon, auf die Jagd zu gehen. Das konnte nur bedeuten, daß er nicht damit rechnete, innerhalb eines Jahres in die Zivilisation zurückzukehren.

»Wie wäre es denn, wenn wir auf dem Äußeren Markt Lebensmittel einkaufen«, sagte Meb.

Elemak pflichtete ihm aus vollem Herzen bei, sagte aber nichts, als Vater Meb eine Vorlesung darüber hielt, daß es unmöglich war, irgendwann in nächster Zeit nach Basilika zurückzukehren. Er wartete, bis die kleine Szene von allein ein Ende genommen hatte. Armer Meb – wann würde er lernen, den Mund zu halten und nur das zu sagen, was einem zum Vorteil geriet?

Erst, als alle schwiegen, ergriff Elemak das Wort. »Wir können auf die Jagd gehen«, sagte er. »Für die Wüste handelt es sich um verhältnismäßig üppiges Land, und ich schätze, daß wir einmal die Woche Beute machen können – ein paar Monate lang.«

»Kannst du das übernehmen?« fragte Vater.

»Nicht allein«, sagte Elemak. »Wenn Meb und ich jeden Tag auf die Jagd gehen, werden wir wohl einmal die Woche etwas finden.«

»Nafai ebenfalls«, sagte Vater.

»Nein«, stöhnte Mebbekew. »Er ist uns doch nur im Weg.«

»Ich werde es ihm beibringen«, sagte Elemak. »Was das betrifft, kann ich mir nicht vorstellen, daß Meb mir am Anfang eine größere Hilfe sein wird als Nafai. Aber du mußt es den beiden sagen – wenn wir auf die Jagd gehen, ist mein Wort Gesetz.«

»Natürlich«, sagte Vater. »Sie werden genau das tun, was du sagst, und nicht mehr.«

»Ich werde sie abwechselnd mitnehmen, jeden Tag einen anderen«, sagte Elemak. »Dann brauche ich mir wenigstens nicht anzuhören, wie sie miteinander streiten.«

Mebbekew sah ihn voller Abneigung an – so subtil, Meb, kein Wunder, daß du ein so erfolgreicher Schauspieler warst –, doch Nafai betrachtete nur den Teppich auf dem Boden des Zelts. Was dachte er? Zweifellos überlegte er, wie er eine Möglichkeit finden konnte, diese Angelegenheit zu seinem Vorteil zu wenden.

Dann – habe ich es doch gewußt!, dachte Elemak – hob Nafai den Kopf und sah seinen Bruder ernst an. »Elja, es tut mir leid, dir Anlaß zu der Vermutung gegeben zu haben, ich würde mich mit Meb streiten, wenn du uns beide gleichzeitig mit auf die Jagd nimmst. Wenn wir größere Erfolgsaussichten haben, falls wir beide dich gemeinsam begleiten, kann ich dir versprechen, daß ich kein Wort des Streites sagen werde, weder zu dir noch zu Meb.«

Ganz der kleine Kriecher, sich so fromm und kooperativ zu geben, wo Elemak doch wußte, daß er während des gesamten Jagdzugs rotzfrech und streitsüchtig sein würde, ganz gleich, was er jetzt versprach. Doch Elemak sagte nichts, während Vater leise Nafais Einstellung lobte und ihm dann sagte, daß Elemaks Entscheidung Bestand hatte. »Ich versichere dir, auf diese Weise lernt ihr beide mehr«, sagte Vater.

Bei solchen Gelegenheiten glaubte Elemak fast, daß Vater Nafais selbstgerechtes Verhalten durchschaute. Aber dem war nicht so; im nächsten Augenblick würde Vater darüber sprechen, was die Überseele von ihnen verlangte, und dann waren er und Nafai wieder ganz vertraut miteinander.

Dieser Gedanke erinnerte Elemak an den dicken Zdorab, der ihn vor ein paar Augenblicken geweckt hatte; und der Gedanke an das Aufwachen erinnerte ihn an seinen lebhaften Traum. Und ihm kam in den Sinn, daß es ganz amüsant sein könnte, Nafai mit den eigenen Waffen zu schlagen und so zu tun, als wäre dieser Traum eine Vision der Überseele gewesen. »Ich habe bei den Felsen geschlafen«, sagte Elemak in die Stille, »und einen Traum gehabt.«

Augenblicklich sahen ihn alle wartend an. Elemak musterte sie unter schweren Lidern; er sah die augenblickliche Freude auf dem Gesicht seines Vaters und schämte sich fast des Schwindels, den er abziehen wollte – doch die Konsternation auf Nafais Gesicht und das absolute Entsetzen auf Mebs machten alles wieder wett. »Ich habe einen Traum gehabt«, sagte er, »in dem ich uns alle aus einem großen Haus kommen sah.«

»Wessen Haus war es?« fragte Nafai.

»Sei still und laß ihn den Traum erzählen«, sagte Vater.

»Ein Haus, wie ich es noch nie zuvor gesehen habe. Und wir kamen nicht allein heraus – wir sechs, alle sechs von uns, jeder kam mit einer Frau heraus. Und es waren zwei weitere Männer dabei, und auch sie hatten Frauen. Und viele Kinder. Wir alle hatten Kinder.«

Einen langen Augenblick herrschte Schweigen.

»Ist das alles?« fragte Nafai dann.

Elemak sagte nichts, und das Schweigen setzte sich fort.

»Elja«, sagte Issib, »hatte ich eine Frau?«

»In meinem Traum«, sagte Elemak, »hattest du eine Frau.«

»Hast du ihr Gesicht gesehen?« fragte Issib. »Weißt du, wer es war?«

Jetzt schämte sich Elemak wahrhaftig, denn ihm wurde klar, daß Issib dies für eine wahre Vision hielt, und zum ersten Mal in seinem Leben kam es ihm in den Sinn, daß auch der arme Issib sich nach einer Frau sehnte wie jeder andere Mann, obwohl er gelähmt war und keine Aussicht bestand, eine zu finden, die ihn nehmen würde. In Basilika, wo die Frauen sich die Männer aussuchen konnten, wäre man als Frau schon sehr arm im Geiste gewesen, wenn man sich einen Krüppel wie Issib zum Gefährten genommen hätte. Falls er überhaupt Geschlechtsverkehr haben konnte, würde es wohl nur dazu kommen, falls irgendein übersättigtes Weibsbild neugierig auf ihn wäre – besonders mit seinen Flossen, die vielleicht eine der unternehmungslustigeren interessieren würde. Doch mit ihm zusammenzuleben, ihm Kinder zu gebären, ihm sogar Vaterrechte zu geben, nein, dazu würde es nicht kommen, und das wußte Issib auch. Was bedeutete, daß Elemak mit der Schilderung dieses Traums nicht nur Vater manipulierte, sondern auch Issib eine grausame Enttäuschung bereiten würde. Elemak kam sich wie der letzte Dreck vor.

»Ich habe ihr Gesicht nicht gesehen«, sagte Elemak. »Wahrscheinlich hat es nichts zu bedeuten. Es war nur ein Traum.«

»Es hat etwas zu bedeuten«, sagte Vater.

»Es bedeutet, daß Elemak uns zum Narren hält«, sagte Nafai. »Er macht sich über uns lustig, weil wir Visionen von der Überseele haben.«

»Nenne mich nicht einen Lügner«, sagte Elemak leise. »Wenn ich sage, ich habe geträumt, dann habe ich auch geträumt. Ob der Traum etwas zu bedeuten hat, kann ich nicht sagen. Aber was ich gesehen habe, habe ich gesehen. Hat Vater das nicht auch gesagt? Hast du das nicht auch gesagt? Was ich gesehen habe, habe ich gesehen.«

»Es hat etwas zu bedeuten«, sagte Vater erneut. »Nun ergibt eine seltsame Botschaft, die ich über den Index erhalten habe, auf einmal Sinn.«

O nein, dachte Elemak. Was habe ich getan?

»Ich denke schon seit geraumer Weile darüber nach, daß wir den Auftrag der Überseele ohne Frauen wohl kaum ausführen können. Doch wo sollen wir Frauen finden, die hierher kommen würden, um sich zu uns zu gesellen?«

Wo solltest du *Männer* finden, die hierher kommen würden, um sich zu dir zu gesellen, Vater? Aber du hattest ja deine Söhne, denen du befehlen konntest, dich zu begleiten.

»Doch als ich die Überseele danach gefragt habe, lautete die Antwort, ich solle warten. Das war alles, einfach nur warten, was keinen Sinn für mich ergab. Würden Frauen aus Felsen wachsen? Sollen wir uns mit Pavianen paaren?«

Elemak konnte sich einer Spitze nicht enthalten. »Meb hat das schon getan, gelegentlich jedenfalls.«

Meb lächelte einfältig.

»Und nun hat Elemak geträumt«, sagte Vater. »Ich glaube, die Überseele wollte, daß ich darauf warte – auf Elemaks Traum. Auf die Antwort, die meinem ältesten Sohn kam, meinem Erben. Du mußt also nachdenken, Elja, du mußt dich erinnern – hast du *irgendeine* der Frauen in deinem Traum erkannt?«

Vater nahm das alles viel zu ernst und verknüpfte es mit Elemaks Status als seinem Ältesten. Es war töricht von Elemak gewesen, überhaupt von dieser Vision anzufangen, das sah er jetzt ein; wie hatte er nur vergessen können, daß Vater bereit war, einer Vision zuliebe das Leben eines jeden einzelnen von ihnen zu ruinieren? »Nein«, sagte Elemak, um ihn zum Schweigen zu bringen, obwohl es nicht die Wahrheit war.

»Denke nach«, sagte Vater. »Ich weiß, daß du zumindest eine der Frauen erkannt hast.«

Elemak sah ihn verblüfft an. Konnte der alte Mann jetzt sogar seine Gedanken lesen? »Wenn die Überseele dir mehr über meinen Traum verraten hat, als ich selbst weiß, kannst *du* uns ja sagen, um wen es sich handelt«, sagte Elemak.

»Ich weiß, daß du eine erkannt hast, weil du ihren Namen

genannt hast. Wenn du dich nur anstrengst, wird es dir wieder einfallen.«

Elemak warf Zdorab einen Blick zu, der zu Boden sah. Aha, dachte Elemak. Als Zdorab behauptet hat, er habe nichts von dem verstanden, was ich im Schlaf gesprochen hatte, hat er wohl nicht ganz die Wahrheit gesagt. »Was für ein Name?« fragte Elemak.

»Eiadh«, sagte Nafai. »Habe ich recht?«

Elemak sagte nichts, haßte Nafai aber dafür, den Namen der Frau ausgesprochen zu haben, die Elemak umworben hatte, bevor Vater sie in die Wüste geschleppt hatte.

»Es ist schon in Ordnung«, sagte Vater. »Ich verstehe es sehr gut. Du wolltest uns ihren Namen nicht sagen, weil du befürchtet hast, wir würden denken, dein Traum sei nur Ausdruck des erotischen Verlangens für die Frau, die du geliebt hast, und kein Wahrtraum gewesen.«

Da Elemak seinen Traum in Wirklichkeit genau dafür hielt, konnte er keine Einwendungen gegen Wetschiks Schlußfolgerung machen.

»Aber denkt nach, meine Söhne. Würde die Überseele von euch verlangen, Fremde als Gefährtinnen auszuwählen? Du hast von Eiadh geträumt, weil die Überseele sie als deine Gefährtin vorgesehen hat«, sagte Vater. »Und das ergibt doch Sinn, oder etwa nicht? Denn du hast auch *mich* mit einer Gefährtin gesehen, nicht wahr?«

»Ja«, sagte Elemak, und es fiel ihm wieder ein. Der Traum war in seinem Verstand noch immer so lebhaft, daß er ihn jetzt wieder zurückrufen konnte, aber nicht nur als verschwommene Erinnerung, sondern klar und deutlich. »Ja, und Kinder. Junge Kinder.«

»Es gibt nur eine Frau, die ich zur Gefährtin nehmen würde«, sagte Vater. »Rasa.«

»Sie würde Basilika niemals verlassen«, sagte Issib. »Wenn du das annimmst, kennst du Mutter nicht.«

»Ach«, sagte Vater. »Auch ich hätte Basilika niemals verlassen, hätte die Überseele mich nicht hierher geführt. Und das gilt auch für Elemak und Mebbekew. Auch sie hat die Überseele dazu gebracht.«

»Ich hätte es mir auch nicht vorstellen können«, sagte Zdorab.

»Könnte die Frau, die du in deinem Traum gesehen hast, die Frau, die meine Gefährtin war ... es war Rasa, nicht wahr?« fragte Vater.

Natürlich war es Rasa gewesen, aber das bewies gar nichts. Rasa war Vaters Frau gewesen, Jahr um Jahr, und so war es natürlich auch Rasa, die in Elemaks Träumen als seine Frau auftrat. *Dazu* bedurfte es keiner Vision der Überseele. »Vielleicht«, sagte Elemak.

»Und hast du irgendeine der anderen Frauen erkannt? Zum Beispiel die beiden Männer, die Fremde waren – könnte es sich bei deren Gefährtinnen um Rasas Töchter gehandelt haben?«

»So gut kenne ich Rasas Töchter nun auch wieder nicht«, sagte Elemak. Wie weit mußte dieses Spiel noch gehen, bis er endlich damit fertig war?

»Mach dich doch nicht lächerlich«, sagte sein Vater. »Sie sind deine Nichten, oder etwa nicht? Gaballufix' Töchter.«

»Und eine von ihnen ist berühmt«, fiel Meb ein. »Sevet, die Sängerin – du hast sie gesehen.«

»Ja«, sagte Elemak. »Die Frauen der beiden Fremden waren Rasas Töchter.« Natürlich kannte er sie, und auch ihre Gatten, Vas und Obring.

»Na also, siehst du?« sagte Vater. »Die Überseele hat dir eine wahre Vision gegeben. Die Frauen, die du gesehen hast, stehen alle in einer Verbindung mit Rasa. Ihre Töchter und Eiadh, eine der Nichten ihres Haushalts. Ich bin überzeugt davon, daß auch alle anderen aus ihrem Haushalt kommen. Das ist also kein unmöglicher Traum, der dir gekommen ist, weil du Lust auf Geschlechtsverkehr hattest, mein Sohn. Er kam von der Überseele, weil die Überseele weiß, wollen wir unser Ziel erreichen, müssen wir Frauen haben, die uns Kinder gebären. Uns allen.«

»Na ja«, sagte Elemak, »falls es *wirklich* eine Vision war, bin ich zufrieden, daß die Überseele mir Eiadh gegeben hat. Aber ich glaube, es besteht eine höhere Aussicht, einen Falken in einem Froschmaul zu finden, als daß die Überseele Eiadh *jemals* überzeugen könnte, in die Wüste zu gehen und einen mittellosen, heimatlosen Mann wie mich zu heiraten, der nicht die geringste Hoffnung auf Wohlstand hat.«

»Du vergißt, daß die Überseele uns ein Land von unbeschreiblichem Reichtum versprochen hat«, sagte Vater.

»Und du vergißt, daß wir es noch nicht gefunden haben«, sagte Elemak. »Und wie Nafai zu mir gesagt hat, bevor ihr auf die Suche nach dem Index gegangen seid – wenn die Überseele etwas von uns verlangt, eröffnet sie uns auch eine Möglichkeit, es zu bewerkstelligen.«

»Eine tolle Idee«, sagte Mebbekew. »Wen wird Nafai töten, um uns ein paar Frauen zu beschaffen?«

»Das reicht«, sagte Vater.

»Komm schon«, sagte Mebbekew. »Wie sonst würde Nafai jemals eine Frau bekommen, wenn er nicht einen Betrunkenen erschlägt, der auf der Straße eingeschlafen ist, und seine blinde, verkrüppelte Tochter raubt?«

Zu Elemaks Überraschung erwiderte Nafai nichts auf Mebbekews höhnische Bemerkung. Statt dessen stand der Junge auf und verließ das Zelt. Aha, dachte Elemak. Nafai ist kein Kind mehr. Oder aber er schämt sich, uns seine Tränen sehen zu lassen.

»Meb«, sagte Issib sanft, »Nafai hat den Index gebracht, nicht du.«

»Ach, kommt schon«, sagte Mebbekew. »Versteht denn hier keiner mehr einen Scherz?«

»Für Nafai war es kein Scherz«, sagte Issib. »Es war das Schrecklichste, was er je getan hat, Gaballufix zu töten, und er denkt ständig darüber nach.«

»Es war ungehörig von dir, es ihm vorzuwerfen«, sagte Vater. »Tu das nie wieder.«

»Was soll ich denn tun«, beharrte Mebbekew, »einfach vorgeben, daß Nafai den Index bekommen hat, in dem er ›Bitte, bitte!‹ gesagt hat?«

Es war an Elemak, Mebbekew wieder zur Ordnung zu rufen – sonst war niemand dazu imstande, und es mußte getan werden. »Du sollst die Klappe halten«, sagte Elemak leise.

Meb sah ihn trotzig an. Doch Elemak wußte, daß alles nur gespielt war. Er mußte lediglich Mebs Blick erwidern, und Meb würde einen Rückzieher machen. Und es dauerte auch nicht lange.

»Elemak«, sagte Vater, »ihr müßt zurückkehren, du und deine Brüder.«

»Beauftrage nicht *mich* damit«, sagte Elemak. »Wenn jemand Rasa überzeugen kann, dann du.«

»Ganz im Gegenteil«, sagte der Wetschik. »Sie kennt mich, sie weiß, daß ich sie liebe, und sie liebt mich – und trotzdem ist sie nicht mit mir gekommen. Glaubst du, ich hätte es nicht vorgeschlagen? Nein, wenn jemand sie überzeugen kann, dann die Überseele. Ihr müßt nur zu ihr gehen, es ihr vorschlagen, warten, bis die Überseele ihr begreifen hilft, daß sie zu mir kommen muß, und dann ihr und ihren Töchtern und den jungen Frauen ihres Haushalts, die sie begleiten werden, sicheres Geleit geben.«

»Na schön«, sagte Elemak. Er konnte lange warten, bis die Überseele jemanden überzeugte; bislang war es ihr nur gelungen, Vater zu dem idiotischen Unternehmen zu überreden, Basilika zu verlassen und in die Wüste zu ziehen. Doch wenigstens würde er in Basilika warten, auch wenn er sich dort versteckt halten mußte. »Soll ich sie bitten, auch eine Dienerin für Zdorab mitzubringen?«

Vaters Gesicht wurde eisig. »Zdorab ist kein Diener mehr«, sagte er. »Er ist ein freier Mann und allen anderen hier gleichgestellt. Eine Frau aus Rasas Haushalt wäre für ihn genauso angemessen wie für jeden von euch, und was das betrifft, so müßtet ihr auch mit einem Dienstmädchen aus Rasas Haushalt zufrieden sein. Begreift ihr denn nicht, daß wir nicht mehr in Basilika sind, daß in der Gesellschaft, die wir jetzt bilden werden, kein Platz mehr für Hochnäsigkeit und Selbstgerechtigkeit ist, für Kasten und Klassen? Wir werden ein Volk von Gleichberechtigten sein, und unsere Kinder werden in den Augen der Überseele gleich sein.«

In den Augen der Überseele vielleicht, aber nicht in meinen Augen, dachte Elemak. Ich bin der älteste Sohn, und mein erstgeborer Sohn wird mein Erbe sein, genau wie ich dein Erbe bin, Vater. Selbst, wenn du das Land und die Besitztümer aufgegeben hast, die mein Erbe hätten sein sollen, werde ich trotzdem deine Herrschaft erben, und ganz gleich, wo wir uns niederlassen werden, *ich* werde dort herrschen oder niemand. Ich sage dir jetzt nichts darüber, denn ich weiß, wann ich sprechen muß und wann nicht. Aber sei dir dessen gewiß, Vater. Wenn du stirbst, werde ich deinen Platz einnehmen – und jeder, der versucht, mir das zu nehmen, wird dir schnell ins Grab folgen.

Elemak musterte Issib und Meb und wußte, daß diese beiden sich nicht widersetzen würden, wenn der Tag kam. Doch Nafai würde Ärger machen, gesegnet sei sein kleines, liebes Herz. Und Nafai weiß es, dachte Elemak. Er weiß, daß es eines Tages auf ihn und mich hinauslaufen wird. Denn eines Tages wird Vater versuchen, seine Macht an diesen elenden kleinen Jungen weiterzugeben, und das nur, weil Nafai und die Überseele so vertraut miteinander sind. Nun ja, Nafai, ich habe auch eine Vision von der Überseele gehabt – oder zumindest glaubt Vater das, was auf dasselbe hinausläuft.

»Brecht am Morgen auf«, sagte Vater. »Kehrt mit den Frauen zurück, die das Erbe mit uns teilen werden, das die Überseele in einem anderen Land für uns vorbereitet hat. Kommt mit den Müttern meiner Enkel zurück.«

»Mebbekew und ich«, sagte Elemak. »Sonst keiner.«

»Issib wird zu Hause bleiben, weil sein Stuhl und seine Flossen ihn zu verdächtig machen und er die Wahrscheinlichkeit erhöht, daß eure Feinde dort euch aufgreifen werden«, sagte Vater. »Und auch Zdorab wird bleiben.«

Weil du ihm noch nicht ganz vertraust, dachte Elemak, ganz gleich, wie oft du sagst, daß er uns gleichberechtigt und ein freier Mann ist.

»Aber Nafai begleitet euch.«

»Nein«, sagte Elemak. »Er ist noch gefährlicher für uns als

Issib. Sie werden mittlerweile herausgefunden haben, daß er Gaballufix getötet hat – der Stadtcomputer hat seinen Namen gespeichert, als er die Stadt verließ, und die Wachen haben gesehen, daß er Gaballufix' Kleidung trug. Und er hatte Zdorab bei sich, was den Zusammenhang zwischen ihm und Gabs Tod noch verstärkt. Wenn wir Nafai mitnehmen, können wir unsere Feinde gleich bitten, ihn hinzurichten.«

»Er geht mit euch«, sagte Vater.

»Warum, wenn seine Anwesenheit uns doch nur in noch größere Gefahr bringt?« fragte Elemak.

»Ja, *zwinge* ihn dazu, es auszusprechen, Elja«, sagte Mebbekew. »Vater will dich nicht beleidigen, doch *mir* ist es egal. Er will, daß Nafai uns begleitet, weil, wie jemand vor kurzem klargestellt hat, Nafai den Index besorgt hat und wir anderen nicht. Er will, daß Nafai uns begleitet, weil er uns nicht vertraut, weil er befürchtet, daß wir Frauen finden, die uns aufnehmen, und in Basilika bleiben und nie mehr zu diesem Paradies am Bach zurückkehren werden. Er will, daß Nafai uns begleitet, weil er glaubt, daß wir uns dann benehmen werden.«

»Überhaupt nicht«, sagte Issib. »Vater will, daß er Kraft und Weisheit bekommt, indem er seine älteren Brüder begleitet.«

Niemand wußte genau, ob Issib dies ironisch meinte oder nicht. Niemand glaubte, daß dies Vaters wahre Absicht war, doch auch niemand – und am wenigsten Vater – wagte, es offen abzustreiten.

In der Stille hallten die Worte in Elemaks Ohren, die er zuletzt gesagt hatte: Wenn wir Nafai mitnehmen, können wir unsere Feinde gleich bitten, ihn hinzurichten.

»Na schön, Vater«, sagte Elemak. »Nafai kann mit mir kommen.«

IN BASILIKA UND NICHT IN EINEM TRAUM

Kokor begriff nicht, warum *sie* zurückgezogen leben sollte. Bei Sevet ergab es Sinn – sie erholte sich von ihrem unglücklichen Unfall. Ihre Stimme war noch nicht zurückgekehrt; es war ihr zweifellos peinlich, in der Öffentlichkeit aufzutreten. Doch Kokor war bei bester Gesundheit, und daß sie in Mutters Haus bleiben sollte, konnte nur den Eindruck erwecken, sie würde sich schämen, sich in der Öffentlichkeit zu zeigen. Wenn sie Sevet absichtlich verletzt hätte, wäre diese Zurückgezogenheit angebracht gewesen. Doch da es einfach ein unglücklicher Unfall gewesen war, die Folge einer psychologischen Störung aufgrund Vaters Tod und der Entdeckung des Ehebruchs von Sevet und Obring, konnte niemand Kokor Vorwürfe machen. Es würde ihr sogar guttun, sich in der Öffentlichkeit zu zeigen. Es würde ihre Wiederherstellung bestimmt beschleunigen.

Zumindest sollte man ihr erlauben, in ihr eigenes Haus zurückzukehren, anstatt ihr zu befehlen, bei Mutter zu wohnen, als wäre sie ein kleines, geistig zurückgebliebenes Kind, das einen Vormund brauchte. Wo war Obring? Falls er beabsichtigte, sich mit ihr je wieder auszusöhnen, konnte er ja einen Anfang machen, indem er sie aus Mutters unerträglich langweiliger Umgebung herausholte. Hier tat sich nichts Interessantes. Nur endlose Unterrichtsstunden in Fächern, die Kokor damals schon nicht interessiert hatten, als sie vor Jahren mehr oder weniger erfolglos an ihnen teilgenommen hatte. Kokor war jetzt eine vermögende Frau. Mit ihrem Anteil an Vaters Hinterlassenschaft konnte sie sich wahrscheinlich ein Haus kaufen und eine eigene Bühne unterhalten. Und doch wohnte sie jetzt hier bei Mutter.

Nicht, daß sie Mutter oft sah. Rasa befand sich ständig in Gesprächen mit Ratsmitgliedern und anderen einflußreichen Frauen der Stadt, die praktisch Pilgerzüge unternahmen, um mit ihr sprechen zu können. Bei einigen dieser Konferenzen schien es zu beträchtlichen Spannungen zu kommen; bei Kokor stellte sich allmählich der Eindruck ein, daß zumindest einige Leute Rasa die Schuld an allem gaben. Als hätte Mutter versucht, Vater zu töten! Doch sie hatten nicht vergessen, daß Rasas derzeitiger Gatte, Wetschik, diese aufrührerische Vision von einem in Flammen stehenden Basilika gehabt hatte, und ihr ehemaliger Gatte, Gaballufix, die Straßen der Stadt zuerst mit den Tolschocks und dann mit Söldnern überschwemmt hatte. Und nun hieß es, daß ihr jüngster Sohn, Nafai, sowohl Roptat als auch Gaballufix getötet haben sollte.

Nun ja, selbst wenn das alles der Wahrheit entsprach – was hatte es mit Mutter zu tun? Frauen hatten kaum Gewalt über ihre Männer – hatte Kokor das nicht am eigenen Leib erlebt? Und daß Nafai Vater getötet hatte – falls er es getan hatte, war *Mutter* doch wohl kaum dabeigewesen, und sie hatte den Jungen ganz bestimmt nicht dazu *aufgefordert*. Genausogut hätten sie Mutter die Schuld für das geben können, was Sevet zugestoßen war, wo doch jeder sehen konnte, daß es Sevets eigene Schuld gewesen war. Außerdem ... trug Vater nicht selbst die Schuld an seinem Tod? All diese Soldaten – man bringt doch nicht Soldaten nach Basilika und erwartet, daß es dann ohne Gewalt abgeht, oder? Die Männer verstanden so etwas einfach nicht. Sie konnten jederzeit einen Stein ins Rollen bringen, waren aber stets überrascht, wenn sie ihn dann nicht mehr mit eigener Kraft aufhalten konnten.

Wie Obring, der arme Narr. Hatte er nicht gewußt, daß es nicht besonders klug war, zwischen Schwestern zu treten? Ihm mußte man eigentlich mehr Schuld an Sevets Verletzung als Kokor geben.

Und warum hat niemand Mitgefühl für *meine* Verletzung? Für den tiefen psychologischen Schaden, der mir zugefügt wurde, als ich Obring und meine eigene Schwester im Bett überrascht habe! Niemand interessiert sich dafür, daß auch *ich* leide und daß es vielleicht eine gute *Therapie* wäre, des Nachts einmal vor die Tür zu gehen.

Kokor saß da und schminkte ihr Gesicht, übte sich in Nuancen, die sich bei ihrem nächsten Stück vielleicht ganz gut machen würden. Denn *jetzt* würde es mit Sicherheit ein nächstes Stück geben, sobald sie Mutters Haus erst einmal verlassen hatte. Tumannus kleiner Versuch, sie auf die schwarze Liste zu setzen, würde mit Sicherheit fehlschlagen – kein Komödienstadel in der Puppenstadt würde eine Schauspielerin abweisen, deren Name in ganz Basilika in aller Munde war. Allein wegen der Neugier der Leute würde die Bühne jeden Abend ausverkauft sein – und wenn sie erst ihre Schauspielerei gesehen und ihren Gesang gehört hatten, würden die Leute immer wiederkommen. Nicht, daß sie jemals die Absicht gehabt hatte, jemanden absichtlich zu verletzen, um ihre Karriere voranzubringen; doch da es nun einmal passiert war, konnte sie auch ihren Vorteil daraus ziehen. Tumannu würde wahrscheinlich ganz vorn in der Schlange der Bühnenbesitzer stehen, die Kokor bitten würden, eine Hauptrolle in einer Komödie zu übernehmen.

Sie hatte ein kleines Schnütchen um ihren Mund geschminkt, das ganz reizend aussah. Sie betrachtete sich aus verschiedenen Blickwinkeln, und es gefiel ihr. Doch es war zu hell. Sie mußte mehr Rouge auflegen, oder man konnte es hinter der ersten Reihe nicht mehr sehen.

»Wenn du es noch runder machst, sieht es aus, als hätte dir jemand mit einem Bohrer ein Loch unter die Nase gestanzt.«

Kokor drehte sich langsam um und betrachtete den Eindringling auf ihrer Schwelle. Ein unausstehliches kleines Mädchen von dreizehn Jahren. Die jüngere Schwester dieses garstigen Bastardmädchens Huschidh. Mutter hatte sie beide als Kleinkinder aus reiner Nächstenliebe aufgenommen, und als Mutter Huschidh zu einer ihrer Nichten gemacht hatte, war das Mädchen offensichtlich zur Auffassung gelangt, man müsse sie nun genauso ernst nehmen wie die Nichten von hoher Geburt, die es eines Tages in Basilika weit bringen würden. Damals, als sie noch Schülerinnen gewesen waren, hatte es ihr und Sevet immer viel Spaß gemacht, Huschidh auf ihre richtige Größe zurechtzustutzen. Und nun wagte es ihre kleine Schwester, ebenfalls ein

Bastard und genauso häßlich und hochnäsig, auf der Schwelle des Schlafzimmers einer *Tochter* des Hauses zu stehen, einer hochwohlgeborenen Frau Basilikas, und das Aussehen einer der berühmtesten Schönheiten der Stadt ins Lächerliche zu ziehen.

Aber es war unter Kokors Würde, sich die Mühe zu machen, diesem Kind die Zurechtweisung zu verpassen, die es verdient hatte. Es war schon lästig genug, den Bastard zu verscheuchen. »Mädchen, da ist eine Tür. Sie war geschlossen. Bitte stelle ihren vorherigen Zustand wieder her, aber mit dir auf der anderen Seite.«

Das Kind rührte sich nicht.

»Mädchen, wenn man dich mit einer Nachricht zu mir geschickt hat, teile sie mir mit und verschwinde.«

»Sprichst du mit mir?« fragte das Kind.

»Siehst du hier ein anderes Mädchen?«

»Ich bin in diesem Haus eine Nichte«, sagte das Kind. »Nur Dienstboten werden mit ›Mädchen‹ angesprochen. Da es heißt, du wärest eine Dame, die die richtigen Anredeformen kennt, mußt du mit einer unsichtbaren Dienerin auf dem Balkon gesprochen haben.«

Kokor erhob sich. »Ich habe genug von dir. Ich hatte schon genug von dir, bevor du dieses Zimmer betreten hast.«

»Was wirst du tun?« fragte das Kind. »Mich gegen den Hals schlagen? Oder betreibst du diesen Sport nur bei Familienangehörigen?«

Kokor spürte, daß eine unbezähmbare Wut in ihr aufstieg. »Bringe mich nicht in Versuchung!« rief sie. Dann beherrschte sie sich. Dieses Mädchen war es nicht wert. Wenn sie auf der richtigen Anrede bestand, sollte sie sie haben. »Was hast du hier zu suchen, meine liebe junge Tochter einer heiligen Hure?«

Das Mädchen wirkte nicht verlegen. »Also *weißt* du, wer ich bin«, sagte es. »Mein Name ist Luet. Meine Freundinnen nennen mich Lutja. Du darfst mich Junge Herrin nennen.«

»Warum bist du hier, und wann wirst du wieder gehen?« fragte Kokor. »Bin ich ins Haus meiner Mutter gekommen, um mich von einem Bastardkind ohne Manieren quälen zu lassen?«

»Das brauchst du nicht zu befürchten«, sagte Luet. »Denn wie ich gehört habe, wirst du keine Stunde mehr in diesem Haus sein.«

»Wovon sprichst du überhaupt? Was hast du gehört?«

»Ich kam aus reiner Freundlichkeit her, um dich wissen zu lassen, daß Raschgallivak mit sechs seiner Soldaten hier ist, um dich unter den Schutz der Palwaschantu zu nehmen.«

»Raschgallivak! Der kleine Gernegroß! Als er mich das letzte Mal mitnehmen wollte, habe ich ihm gezeigt, wohin er gehört, und das werde ich auch diesmal tun.«

»Er will auch Sevet mitnehmen. Er sagt, daß ihr beide in ernster Gefahr schwebt und Schutz braucht.«

»Gefahr? In Mutters Haus? Ich brauche nur Schutz vor unausstehlichen, häßlichen kleinen Mädchen.«

»Du bist so gnädig, Herrin Kokor«, sagte Luet. »Ich werde dir niemals vergessen, wie du meine Freundlichkeit beantwortet hast, dir diese Neuigkeit zu überbringen.« Sie drehte sich um und verließ das Zimmer.

Was erwartete das Mädchen? Wenn sie mit Würde statt mit einer Beleidigung eingetreten wäre, hätte Kokor sie besser behandelt. Doch von einem Kind von solch niedriger Herkunft konnte man kaum ein anständiges Benehmen erwarten, und deshalb würde Kokor versuchen, es ihr nicht übelzunehmen.

Mutter war in letzter Zeit so herrisch, daß ihr die Idee, sie und Sevet zu Raschgallivak zu schicken, vielleicht sogar gefallen würde. Kokor mußte also selbst dafür sorgen, daß nichts dergleichen geschah.

Sie wischte das Schnütchen ab und legte Tagesschminke auf, wählte dann ein besonders elegant aussehendes Hauskleid, zog es an und brachte es ganz leicht in Unordnung, damit es so aussah, als wäre sie nur auf dem Weg in die Küche, wenn sie überrascht herausfinden würde, daß Raschgallivak hier war, um sie zu entführen.

Der Plan wurde jedoch dadurch verdorben, daß Sevet im

Korridor stand, als Kokor ihr Zimmer verließ, gestützt auf den Arm dieser elenden Huschidh, Luets älterer Schwester. Wie konnte Sevet sich dazu hinablassen, sich auf ein Mädchen zu stützen, das sie einst mit solcher Verachtung behandelt hatte? Kannte sie keine Scham? Und doch machte ihre Anwesenheit im Korridor es Kokor unmöglich, sie zu ignorieren. Sie würde die besorgte Schwester spielen müssen. Doch da Sevet sich bereits auf Huschidh stützte, würde Kokor ihr *diese* Hilfe nicht anbieten müssen. Wenn Sevet sich auf sie stützte, würde sie ihre Handlungsfreiheit vollends verlieren.

»Wie geht es dir, arme Sevet?« fragte Kokor. »Ich habe mich um dich heiser geweint. Wir sind manchmal so böse zueinander, Sevet. Warum benehmen wir uns nur so?«

Sevet betrachtete lediglich den Fußboden einen Meter vor ihr.

»Oh, ich verstehe, daß du nicht mit mir sprichst. Du wirst mir den Unfall niemals verzeihen. Aber ich habe dir das verziehen, was *du* getan hast, und *das* war kein Unfall, das war Absicht. Doch man kann kaum erwarten, daß du schon bereit bist, mir zu verzeihen, du wirst ja solche Schmerzen haben, du armes Ding. Warum bist du überhaupt aufgestanden? Ich werde mit Raschgallivak schon fertig. Ich habe ihm neulich schon die Eier in die Milz gerammt und freue mich darauf, es ein zweites Mal zu tun.«

Darüber lächelte Sevet tatsächlich ein wenig. Nur der Anflug eines Lächelns. Oder vielleicht war sie auch nur zusammengezuckt, weil sie die erste Treppenstufe hinabgehumpelt war.

Mutter hatte Raschgallivak nicht einmal in eins der Wohnzimmer gebeten. Er stand mit seinen Soldaten an der Tür, die noch geöffnet war. Mutter drehte sich um und warf einen Blick auf ihre Töchter und Huschidh, als sie den Gang entlangkamen, der von der Treppe zur Haustür führte.

»Du siehst selbst, es geht ihnen gut«, sagte Mutter zu Raschgallivak. »Sie sind hier sicher und in guten Händen. Kein einziger Mann hat dieses Haus betreten, abgesehen von dir und diesen überflüssigen Soldaten.«

»Ich mache mir keine Sorgen darüber, was geschehen *ist*«, sagte Raschgallivak. »Sondern darüber, was geschehen *könnte*, und ich werde dieses Haus nicht ohne Gaballufix' Töchter verlassen. Sie stehen unter dem Schutz der Palwaschantu.«

»Du kannst deine Soldaten gern draußen auf der Straße postieren«, sagte Mutter, »um zu verhindern, daß Tolschocks oder Plünderer oder Attentäter unser Haus betreten, aber du wirst meine Töchter nicht mitnehmen. Das Anrecht einer Mutter zählt mehr als das eines Männerklans.«

Während Mutter und Rasch den Streit fortsetzten, beugte sich Kokor zu Sevet hinüber und fragte sie, da sie vergessen hatte, daß ihre Schwester nicht sprechen konnte: »Weshalb will Raschgallivak uns überhaupt mitnehmen?«

Da Sevet nicht antworten konnte, sprang Huschidh ein. »Tante Rasa steht im Mittelpunkt des Widerstands gegen die Herrschaft der Palwaschantu in Basilika. Er glaubt, sie wird sich benehmen, wenn er euch beide als Geiseln hat.«

»Dann kennt er Mutter nicht«, sagte Kokor.

»Raschgallivak ist ein schwacher Mann«, flüsterte Huschidh. »Und dumm obendrein, was Politik betrifft. Wäre er so klug wie euer Vater, hätte er gewußt, daß er euch beide ohne Gewalt nicht mitnehmen kann und daß jede Gewalt zu seinem Nachteil gerät. Daher hätte er diese Forderung niemals erhoben. Doch da er sich schon aus irgendeinem Grund entschlossen hat, euch mitzunehmen, hätte er viel kühner vorgehen müssen. Je zwei Soldaten hätten euch schon packen müssen, während die beiden anderen eure Mutter in Schach halten.«

Huschidh war also doch keine Närrin. Es war Kokor nie in den Sinn gekommen, daß Huschidh irgendwelche Eigenschaften hatte, die Respekt verdienen könnten. Die Vorstellung, die sie von Vater hatte, traf genau zu – und doch hätte Kokor selbst sie niemals so deutlich ausdrücken können.

Natürlich hätte Vater auch irgendein Recht gehabt, sie und Sevet mitzunehmen. Kein *legales* Recht, natürlich, nicht in der Stadt der Frauen, doch die Leute hätten Verständnis für den Versuch gehabt. Aber welchen Anspruch hatte Raschgallivak? »Die Überseele muß Rasch in den Wahnsinn getrieben haben, es auch nur zu versuchen«, flüsterte Kokor.

»Er hat Angst«, sagte Huschidh. »Die Leute tun seltsame Dinge, wenn sie Angst haben. Das trifft auch auf eure Mutter zu.«

Zum Beispiel, mich hier wie in einem Gefängnis zu halten, dachte Kokor.

Dann wurde ihr klar, daß Rasch nicht die geringsten Schwierigkeiten gehabt hätte, an sie heranzukommen, wäre sie zu Hause bei Obring gewesen. Obring hätte versucht, den Soldaten Widerstand zu leisten, und sie hätten ihn sofort niedergeschlagen und Kokor verschleppt. Also hatte Mutter richtig gehandelt, sie hier in ihrem Haus zu halten. »Du darfst Mutter nicht kritisieren«, sagte Kokor. »Ich glaube, sie macht das sehr gut.«

Mittlerweile war der Streit zwischen Rasa und Rasch noch immer im Gange, doch nun wiederholten beide nur alte Argumente. Huschidh hatte die beiden zur Schwelle der Diele geführt, so daß sie sich von den Soldaten so weit wie möglich entfernt und trotzdem noch im selben Raum befanden. Bislang war Kokor bei ihr und Sevet geblieben. Der Anblick der Soldaten, die unter ihren holographischen Masken schrecklich identisch aussahen, hatte ihr die Entschlossenheit genommen, Raschgallivak zu zeigen, was sie von ihm hielt. In der Dunkelheit hinter der Bühne des Theaters hatte er viel kleiner und schwächer gewirkt. Die Soldaten ließen ihn viel bedrohlicher erscheinen, und Kokor stellte fest, daß sie Mutter dafür bewunderte, ihnen so entschieden die Stirn zu bieten. Gleichzeitig fragte sie sich, ob Mutter nicht ein wenig töricht war. Warum zum Beispiel hatte sie Kokor und Sevet hierher kommen lassen, obwohl die Soldaten hier einen viel leichteren Zugriff auf sie hatten? Warum hatte sie sie nicht oben versteckt? Oder sie frühzeitig gewarnt, damit sie sich in die Wälder schleichen konnten? Vielleicht hatte Huschidh das damit gemeint, als sie sagte, daß auch Mutter aus Furcht seltsame Dinge zu tun schien.

Und doch schien Mutter keine Angst zu haben.

»Vielleicht sollten wir jetzt besser gehen«, flüsterte Kokor Huschidh zu.

»Nein«, sagte Huschidh. »Ihr müßt bleiben.«

»Warum?«

»Wenn ihr einfach gehen würdet, würdet ihr Raschgallivak damit beunruhigen und ihn wahrscheinlich dazu provozieren, etwas zu unternehmen. Er würde den Soldaten befehlen, euch zu ergreifen, und alles wäre verloren.«

»Das wird er irgendwann sowieso tun«, flüsterte Kokor.

»Ja, aber wird er lange genug warten?«

»Lange genug wofür?«

»Denke nach«, sagte Huschidh.

Kokor dachte nach. Was würden sie durch eine bloße Verzögerung gewinnen?

Außer jemand eilte ihnen zu Hilfe. Aber wer würde es schon wagen, sich mit den Soldaten der Palwaschantu anzulegen?

»Die Stadtwache!« rief Kokor, erfreut, darauf gekommen zu sein.

Konnte sie etwas dafür, daß ihre Worte zufällig in ein Schweigen im Streit zwischen Mutter und Rasch fielen?

»Was?« rief Raschgallivak. »Was hast du gesagt?« Er wirbelte herum und sah zur Tür hinaus. »Da ist niemand«, sagte er. Dann sah er Rasa an. »Aber du hast sie rufen lassen, nicht wahr? Darum geht das also – du willst mich aufhalten, bis die Stadtwache hier ist und dich schützen kann. Aber damit ist es jetzt vorbei! Ergreift sie!«

Augenblicklich traten die Soldaten zu den Frauen auf der Schwelle, und Kokor schrie auf.

»Lauft, ihr kleinen Närrinnen!« rief Mutter.

Aber Kokor konnte nicht laufen, weil einer der Soldaten sie bereits am Arm gepackt hatte, und zwei andere Soldaten hatten auch Sevet ergriffen, und diese verdammte Huschidh tat *nichts*, um ihnen zu helfen.

»Tu doch etwas, du kleines Miststück!« schrie Kokor. »Laß nicht zu, daß er uns das antut!«

Als die Soldaten sie zur Tür zerrten, sah Huschidh ihr einen Moment lang in die Augen. Dann schien sie einen Entschluß zu fassen.

»Halt, Raschgallivak!« rief Huschidh. »Höre sofort damit auf!«

Rasch lachte nur. Der Klang ließ Kokor bis in die Knochen frösteln. Es war das Lachen eines Mannes, der wußte, daß er gewonnen hatte. Dieser mitleiderregende Mann, der noch vor ein paar Tagen Verwalter im Haus des Wetschik gewesen war, lachte nun vor Freude über die Macht, die seine Soldaten ihm gaben.

»Befehle ihnen, sofort aufzuhören!« rief Huschidh. »Oder du wirst nicht mehr imstande sein, ihnen noch etwas zu befehlen!«

»Nein, Huschidh!« rief Mutter.

Was in aller Welt erwartete Mutter? Was konnte Huschidh denn jetzt noch tun? Kokor sah Sevet im Griff der Soldaten, deren leere Gesichter so entsetzlich, so unmenschlich waren. Es war nicht richtig, daß ihre Schwester sich in deren Griff wand. Nicht richtig, daß diese Hände Kokors Arme festhielten und sie davonzerrten. »Tu es, Huschidh!« rief Kokor. Was auch immer du tun kannst, und wovor Mutter solche Angst zu haben scheint.

Für alle bis auf Huschidh sah die Szene ganz einfach aus – Rasch und zwei seiner Soldaten verhinderten, daß jemand sich einmischte, während vier andere Soldaten Kokor und Sevet durch die breite Tür von Rasas Haus zerrten. Tante Rasa selbst schrie, ohne damit etwas auszurichten – »*Du* verletzt Sevet! Man wird dich aus der Stadt verjagen! Entführer!« –, und andere Frauen und Mädchen des Hauses hatten sich zusammengefunden, drängten sich auf dem Gang, lauschten und beobachteten.

Für Huschidh, die Entwirrerin, sah die Szene jedoch ganz anders aus. Denn sie konnte nicht nur die Menschen sehen, sondern auch das Netzwerk, das sie verband. Für Huschidh waren die verängstigten Mädchen und Frauen keine Individuen – sie alle waren fest mit Rasa verbunden. Huschidh wußte also, daß sie keineswegs so hilflos und allein war, wie die anderen sie sahen, sondern mit der Kraft eines Dutzends Frauen sprach. Andererseits nährte deren Angst auch die ihre, deren Zorn den ihren, und wenn sie mit der Erhabenheit ihres Zorns schrie, war sie viel größer als nur eine einzelne Frau. Huschidh sah sogar das mächtige Netzwerk, das Rasa mit dem Rest der Stadt verband, große, seilartige Fäden, wie Arterien und Venen, die das Lebensblut von Rasas Identität pumpten. Als sie ihre Stimme gegen Raschgallivak erhob, lag der ganze Zorn der Stadt der Frauen darin.

Doch Huschidh konnte auch sehen, daß Rasa sich ganz allein vorkam, obwohl sie von diesem gewaltigen Netz umgeben war, als würde sich dieses Netz zwar zu ihr erstrekken, aber sie nicht oder nur ganz leicht berühren. Das war die Auswirkung der rohen Macht, die Rasch ausübte – sie erzeugte in Rasa das Gefühl, daß ihre Stärke und Kraft letztendlich doch zu nichts nütze war, da sie der Macht dieser Soldaten nicht widerstehen konnte.

Gleichzeitig sah Huschidh ein weiteres einflußreiches Netz – das Raschgallivaks – und erkannte, daß es in Wirklichkeit verachtenswert und schwach war. Während Rasas Verbindung mit ihrem Haushalt stark und wirklich war und ihre Macht in der Stadt Huschidh fast spürbar vorkam, brachten Raschgallivaks Soldaten dem Mann nur wenig Respekt entgegen. Er konnte ihnen nur Befehle erteilen, weil er sie bezahlte, und dann auch nur, weil ihnen durchaus gefiel, was er befahl. Im Vergleich zu Rasa war Raschgallivak fast isoliert. Und die Verbindungen seiner Männer untereinander waren viel stärker als die zu *ihm*. Und doch waren sie fast nichts im Vergleich zu denen zwischen den Frauen.

Huschidh wußte, daß die meisten Männer so waren – kaum miteinander verbunden, relativ frei und allein. Aber diese Männer waren besonders mißtrauisch und egoistisch, und so waren die Bande, die sie hielten, in der Tat sehr zerbrechlich. Es bestand keine Liebe zwischen ihnen, sondern nur die Begierde, von den anderen Männern anerkannt und respektiert zu werden. Also Stolz. Und in diesem Augenblick waren sie stolz auf ihre Stärke, als sie diese Frauen aus dem Haus schleppten, stolz darauf, einer der großen Frauen Basilikas getrotzt zu haben; in ihren Augen kamen sie sich jeweils großartig vor. Doch in Wirklichkeit bestand ihre gesamte Verbindung in diesem Augenblick lediglich in dem Respekt, den sie durch ihr Vorgehen zu erwerben glaubten.

So zerbrechlich. Huschidh mußte nur nach ihnen greifen und hätte die Verbindungen zwischen diesen Männern mit Leichtigkeit zerreißen können. Raschgallivak würde hoffnungslos allein dastehen. Und obwohl Rasa es ihr *verbot*, spürte Huschidh in diesem Augenblick eine viel tiefere Verbindung mit Sevet und Kokor, denn diese Mädchen hatten sie gepeinigt, waren ihre Feinde gewesen, und nun hatte sie die Gelegenheit, sie zu retten, zu befreien, und sie würden *wissen*, daß *sie* ihnen geholfen hatte. Damit würde eine der größten Kränkungen in ihrem Herzen wiedergutgemacht werden; was war schon Rasas Befehl im Vergleich zu diesem Bedürfnis?

Huschidh wußte genau, warum sie handelte, noch während sie handelte – sie verstand genau, was sie tat, denn als Entwirrerin konnte sie auch ihre eigenen Verbindungen mit der Welt um sie herum sehen –, und sie handelte trotzdem, denn in diesem Augenblick war sie die mächtige Retterin, die dazu imstande war, diese mächtigen Männer in ihre Schranken zu weisen.

Und deshalb sprach sie und nahm ihnen ihre Macht. Es waren nicht die Worte, die sie sagte; sie löste die Verbindungen zwischen ihnen nicht mit einem Zauberspruch auf. Es war ihr Tonfall der Verachtung, ihr Gesicht, ihr Körper, die ihren Worten die Macht verliehen, ins Herz eines jeden der Soldaten zu greifen und ihnen das Gefühl zu geben, daß sie völlig allein waren, daß andere Männer nur Verachtung für das empfanden, was sie taten. »Wo ist eure Ehre, wenn ihr diese verletzte Frau aus dem Haus ihrer Mutter schleppt«, sagte sie. »Wilde Paviane sind männlicher als ihr, denn deren Mütter können ihre Kinder den Männchen des Stammes anvertrauen.«

Armer Rasch. Er hörte die Worte und glaubte, Huschidh in ihre Schranken weisen zu können, indem er etwas entgegnete. Er begriff nicht, daß diese Männer sich bereits in der Geschichte verfangen hatten, die Huschidh um sie webte, und daß jedes Wort, das er sagte, sie weiter von ihm entfernte, denn mit jedem Ton, den er von sich gab, klang er schwächer und feiger. »Halte den Mund, Frau! Diese Männer sind Soldaten, die ihre Pflicht tun ...«

»Die Pflicht eines Feiglings. Seht euch doch an, wozu dieser sogenannte Mann euch getrieben hat. Er hat euch zu schmutzigem Ungeziefer gemacht. Ihr raubt helle und strahlende Schönheit und schleppt sie zu seinem Loch, wo er euch mit Scheiße bedecken und es Ruhm nennen wird.«

Zuerst ließen zwei, dann die beiden anderen Männer Kokor und Sevet los. Sevet sank augenblicklich auf die Knie und weinte leise vor sich hin. Kokor hingegen brachte sehr überzeugend ihren Ekel und Abscheu zum Ausdruck, als sie erzitterte und vergeblich versuchte, die Erinnerung an die Berührung der Soldaten an ihren Armen abzuwischen.

»Seht ihr, wie ihr die schönen Frauen anwidert?« sagte Huschidh. »Dazu hat Raschgallivak euch gemacht. Zu Schnecken und Würmern, weil ihr ihm folgt. Wohin könnt ihr gehen, um wieder zu Männern zu werden? Wie könntet ihr eine Möglichkeit finden, euch zu säubern? Es muß doch einen Ort geben, an dem ihr euch vor eurer Schande verbergen könnt. Kriecht davon und sucht ihn, kleine Schnecken; grabt euch tief ein und findet heraus, ob ihr eure Erniedrigung verbergen könnt! Glaubt ihr etwa, diese Masken lassen euch stark und mächtig wirken? Sie kennzeichnen euch nur als Diener dieser verachtenswerten Mücke von Mann. Als Diener eines *Nichts*.«

Einer der Soldaten legte den Umhang ab, der das holographische Bild schuf, das bislang sein Gesicht verborgen hatte. Es war ein ganz gewöhnlicher, ziemlich schmutzig aussehender Mann, unrasiert, etwas beschränkt und voller Angst – seine Augen waren groß und füllten sich mit Tränen.

»Da ist er«, sagte Huschidh. »Das hat Raschgallivak aus euch gemacht.«

»Setz deine Maske wieder auf!« rief Raschgallivak. »Ich befehle euch, diese Frauen zu Gaballufix' Haus zu bringen!«

»Hört ihn an«, sagte Huschidh. »*Er* ist kein Gaballufix. Warum folgt ihr *ihm*?«

Das war der letzte Anstoß. Auch die meisten anderen Soldaten rissen ihre Masken ab und ließen die Holomäntel auf der Treppe von Rasas Haus liegen, als sie davonliefen, vom Ort ihrer Erniedrigung flohen.

Rasch stand allein vor der Tür. Nun hatte sich die gesamte Szene verändert. Man mußte keine Entwirrerin sein, um zu begreifen, daß alle Macht und Erhabenheit jetzt bei Rasa lagen und Rasch hilflos, schwach und allein war. Er sah zu den Umhängen zu seinen Füßen hinab.

»Genau«, sagte Huschidh. »Verbirg dein Gesicht. Niemand will dieses Gesicht noch einmal sehen und am wenigsten du selbst.«

Und er tat es, bückte sich, hob einen der Umhänge auf und legte ihn über seine Schultern; seine Körperwärme aktivierte den Umhang, der noch eingeschaltet war, und plötzlich war er nicht mehr Raschgallivak, sondern dasselbe uniformierte Abbild falscher Männlichkeit, das alle Soldaten Gaballufix' getragen hatten. Dann drehte er sich um und lief davon, genau wie seine Männer, genau wie sie mit eingezogenen Schultern. Kein von einem Rivalen besiegter Pavian hätte erbärmlicher wirken können als Rasch bei seiner Flucht.

Huschidh spürte das Netz der Ehrfurcht, das sich um sie bildete; das Wissen, daß sie die Bewunderung der Mädchen und Frauen des Hauses hatte, ließ ihren Körper prickeln – besonders aber, daß Sevet und Kokor ihr nun Ehre entgegenbrachten. Kokor, die eitle Kokor, die sie nun so ehrfürchtig ansah, daß ihr Gesichtsausdruck schon wieder dumm war. Und Sevet, die sie so viele Jahre lang grausam verspottet hatte, sah sie nun mit Augen an, in denen die Tränen standen, und streckte die Arme nach ihr aus wie eine flehende Bittstellerin im Tempel, und ihre Lippen bemühten sich, danke zu sagen.

»Was hast du getan«, flüsterte Rasa.

Huschidh verstand die Frage nicht. Es war doch offensichtlich, was sie getan hatte. »Ich habe Raschgallivaks Macht gebrochen«, sagte sie. »Er ist keine Bedrohung mehr für dich.«

»Törichtes Mädchen«, sagte Rasa. »Tausende dieser Schurken halten sich in Basilika auf. Tausende von ihnen, und nun ist der einzige Mann, der sie unter Kontrolle halten konnte, wie schwach er auch war, gebrochen und erledigt. Bei Anbruch der Dämmerung werden diese Soldaten keinem Befehl mehr gehorchen, und wer soll sie dann aufhalten?«

Huschidhs Gefühl, etwas bewerkstelligt zu haben, verschwand schlagartig. Sie wußte, daß Rasa recht hatte. Ganz gleich, wie deutlich Huschidh die Gegenwart sah, sie hatte nicht vorausgeschaut, um die langfristigen Konsequenzen ihres Vorgehens abzuwiegen. Diese Männer waren nun nicht mehr durch ihre Gier nach Ehre gebunden, denn nun galt es nicht mehr als ehrbar, Raschgallivak zu dienen. Was würden sie nun tun? Sie würden durch die Stadt ziehen, Soldaten, die unbedingt ihre Macht und Stärke beweisen wollten, und keine Macht der Welt konnte sie noch einem nützlichen Zweck zuführen. Huschidh erinnerte sich an Holos von sich zur Schau stellenden Affen, die sie einmal gesehen hatte; sie hatten Äste geschwungen, einander angegriffen und jeden Schwächeren geschlagen, der zufällig in der Nähe war. Tobende Männer hingegen wären viel, viel gefährlicher.

»Bringt meine Töchter hinein«, sagte Rasa zu den anderen. »Dann schließt ihr alle Fenster und verriegelt sie. Dichtet das Haus ab. Als würde ein Sturm kommen. Denn es zieht einer auf.«

Dann trat Rasa auf die Treppe, zwischen ihre Töchter.

»Wohin gehst du, Mama?« jammerte Kokor. »Laß uns nicht allein!«

»Ich muß die Frauen der Stadt warnen. Heute nacht wird ein Ungeheuer durch die Straßen ziehen. Die Stadtwache wird es nicht aufhalten können. Sie müssen sichern, was gesichert werden kann, und sich dann vor den Feuern verbergen, die heute nacht in der Dunkelheit brennen werden.«

Muuzh' Truppen waren erschöpft, doch als sie, spät am Nachmittag, einen Paß überquerten und in der Ferne Rauch sahen, schritten sie mit neuer Kraft aus. Sie wußten genausogut wie Muuzh, daß eine brennende Stadt nicht imstande war, sich zu verteidigen. Außerdem wußten sie, daß es eine bemerkenswerte Leistung war, solch eine Entfernung zu Fuß zurückgelegt zu haben. Und obwohl sie nur tausend Mann waren, wußten sie, daß ihre Namen, falls sie einen Sieg erringen sollten, ewig leben würden, wenn schon nicht der eines jeden einzelnen, dann aber als Teil von Muuzh' Tausend. Sie konnten fast schon hören, daß ihre Enkel sie fragten: Stimmt es, daß ihr in zwei Tagen von Khlam nach Basilika marschiert seid und die Stadt an diesem Abend eingenommen habt, ohne zu rasten und ohne daß auch nur ein Mann von euch getötet wurde?

Natürlich war der letzte Teil der Geschichte noch keine ausgemachte Sache. Wer wußte denn schon, welche Zustände wirklich in Basilika herrschten? Was, wenn Gaballufix' Soldaten ihre Position in der Stadt schon gefestigt hatten und nun darauf vorbereitet waren, sie zu verteidigen? Die Gorajni-Soldaten wußten ganz genau, daß sie kaum noch Vorräte für eine weitere Mahlzeit hatten; wenn sie die Stadt heute abend nicht einnahmen, würden sie am Morgen hungern und dann die Stadt am hellichten Tag einnehmen müssen – oder schändlich zu den Städten der Ebene fliehen müssen, wo ihre Feinde sehen würden, wie wenige sie in Wirklichkeit waren, und sie aufreiben konnten, bevor sie sich nach Norden durchschlagen konnten. Ja, der Sieg war möglich – aber er war auch lebenswichtig, und er durfte nicht auf sich warten lassen.

Warum waren sie also so zuversichtlich, während Verzweiflung doch viel verständlicher gewesen wäre? Weil sie *Muuzh'* Tausend waren und Muuzh noch nie verloren hatte. Es gab keinen besseren General in der Geschichte der Gorajni. Er gab etwas um seine Männer; er unterwarf seine Feinde nicht, indem er seine Männer in blutigen Angriffen aufrieb, sondern durch Taktik und schnelles Zuschlagen; er isolierte den Feind, schnitt ihn vom Nachschub ab, spaltete seine Kräfte und verwirrte die feindlichen Generale, bis sie dann törichte Entscheidungen trafen, nur, um die Schlacht endlich hinter sich zu bringen und das endlose, entsetzliche Ballett zu *beenden*. Seine Soldaten nannten die schnellen Gewaltmärsche ›Tanzen mit Muuzh‹; sie wußten, daß er damit zwar ihre Füße strapazierte, aber ihre Ärsche rettete. O ja, sie liebten ihn – er machte sie zu Siegern, ohne zu viele von ihnen als kleine Aschesäcke nach Hause zu schicken.

In den Mannschaftsrängen wurde sogar geflüstert, daß ihr geliebter Muuzh die *wirkliche* Inkarnation Gottes war, und obwohl niemand dies laut zu sagen wagte – besonders nicht, wenn ein Fürsprecher sie belauschen konnte –, wurde dieses Flüstern auf *diesem* Marsch, an dem kein Fürsprecher teilnahm, lauter und häufiger. In einer Welt, in der es einen *wirklichen* Mann wie Vozmuzhalnoi Vozmozhno gab, konnte dieser Fettarsch in Gollod doch nicht die Inkarnation Gottes sein!

Als sie einen Kilometer von Basilika entfernt waren, konnten sie die Geräusche hören, die der Wind, der jetzt Rauch in ihre Richtung wehte, mit sich trug – hauptsächlich Schreie. Ein Befehl lief durch die Ränge: Schneidet Zweige und Äste ab, ein Dutzend oder mehr pro Mann, damit wir so viele Lagerfeuer errichten können, daß der Feind glaubt, wir wären hunderttausend Mann. Sie hackten und rissen an den Bäumen an der Straße und folgten Muuzh dann einen gewundenen Pfad von den Bergen in die Wüste hinab. Das Mondlicht war ein verräterischer Führer, besonders, da sie mit Ästen beladen waren, doch obwohl viele stürzten, wurden nur wenige verletzt, und in der Dunkelheit schwärmten sie in der Wüste aus, trennten sich weit voneinander und ließen viel Platz zwischen den einzelnen Gruppen. Dort errichteten sie ihre Lagerfeuer und zündeten auf das Schmettern einer Trompete – wer in der Stadt konnte es hören? – alle Feuer an. Jeweils ein Mann pro Lagerfeuer blieb zurück, um Äste zuzulegen und die Feuer am Leben zu halten, während der Rest des Heeres sich hinter Muuzh versammelte und eine breite, flache Straße entlang marschierte, die zu einer Lücke in den hohen Stadtmauern führte, diesmal allerdings in vier Kolonnen nebeneinander, als wären sie die kühne Vorhut einer gewaltigen Streitmacht.

Doch noch bevor sie die Mauer erreicht hatten, fanden sie sich inmitten einer richtigen Stadt wieder. Männer liefen schreiend hin und her – viele davon vom Wein betrunken –, doch als sie Muuzh' Heer durch ihre Straße marschieren sahen, verstummten sie und wichen in die Schatten zurück. Wenn es einigen der Gorajni zuvor an Zuversicht gemangelt haben sollte, so gewannen sie sie nun, denn es war offensichtlich, daß die Männer Basilikas keine Gegner waren. Die Kühnheit, die sie haben mochten, war lediglich die Prahlerei der Trunkenheit.

Als sie sich dem Tor näherten, hörten sie das Klirren von Metall auf Metall, das auf einen wogenden Kampf hinwies. Sie erklommen eine Anhöhe und stellten fest, daß tatsächlich eine Schlacht im Gange war, zwischen Männern, die die gleichen Uniformen trugen wie der Attentäter, den Muuzh getötet hatte, und anderen Männern, die erschreckend identisch waren – was nicht nur für ihre Kleidung, sondern auch für ihre Gesichter galt!

Die Soldaten der vier Kolonnen wurden informiert: Die Männer in der Uniform der basilikanischen Wache werden wahrscheinlich unsere Verbündeten sein; unsere wahren Feinde sind die mit den Masken. Aber tötet niemanden, bis Muuzh den Befehl dazu gibt.

Sie erreichten das flache, freigeräumte Gelände vor dem

Tor und bildeten schnell zwei Linien, jeweils zwei Kolonnen rechts und links, bis ein Halbkreis das Tor umgab. Inmitten dieses Halbkreises stand Muuzh.

»Gorajni, zieht eure Waffen!« Er bellte den Befehl – offensichtlich wollte er, daß auch die Männer ihn vernahmen, die am Tor gegeneinander kämpften, denn sonst wäre er im Flüsterton ihren Linien weitergegeben worden.

Der Kampf am Tor flaute ab. Die Männer in den Uniformen der basilikanischen Wache – ihre Zahl war nur gering, doch sie verteidigten sich tapfer – sahen die Gorajni-Truppen und verzweifelten. Sie wichen gegen die Mauer zurück, unsicher, gegen welchen Feind sie nun kämpfen mußten, doch eins war ihnen klar: Sie würden die nächste Stunde nicht erleben.

Nachdem ihre Feinde sich zurückgezogen hatten, verharrten die Soldaten mit den identischen Gesichtern in der Mitte des Tors, unsicher, was sie als nächstes tun sollten.

»Wir sind die Gorajni. Wir sind gekommen, um Basilika zu helfen, nicht, um die Stadt zu erobern!« rief Muuzh. »Schaut in die Wüste und seht das Heer, das ich zu den Toren der Stadt hätte führen können!«

Muuzh hatte das Tor gut gewählt – von hier aus konnten alle Basilikaner, die Wächter wie auch die Palwaschantu-Söldner, die Lagerfeuer sehen, zumindest hundert von ihnen, die sich weit durch die Wüste erstreckten.

»Doch nur diese fünfhundert habe ich zum Tor geführt!« Natürlich log er, was die Anzahl seiner Männer betraf; diese lächelten jedoch insgeheim, weil er nur vierhundert unterschlagen hatte statt vierzigtausend, wie es normalerweise seine Art war. »Wir sind hier, um zu fragen, ob die Stadt der Frauen, die Stadt des Friedens, unsere Dienste benötigen kann, um innere Unruhen beizulegen. Wir werden die Stadt betreten, ihr dienen, wie ihr es wünscht, und sie verlassen, wenn unsere Aufgabe beendet ist. So spreche ich im Namen des Generals Vozmuzhalnoi Vozmozhno!« Es bestand kein Grund, sie wissen zu lassen, daß der gefürchtetste General der Westküste der Erdgebundenen See vor ihren Toren stand, das Schwert in der Scheide und mit nur neunhundert Mann Rückendeckung. Sollten sie doch glauben, der General sei draußen bei den Zehntausenden von Soldaten, die ihre Zelte um die großen Lagerfeuer in der Wüste aufgeschlagen hatten!

»Herr!« rief einer der Wachen. »Du siehst doch, wie es bei uns steht! Wir sind die Stadtwache, doch wie können wir den Willen unseres Rates in Erfahrung bringen, wenn wir gegen diese verrückten Verbrecher um unser Leben kämpfen müssen!«

»Jetzt sind wir die Herren Basilikas!« rief einer der identischen Palwaschantu-Söldner. »Wir nehmen nicht mehr die Befehle von Frauen entgegen! Wir lassen uns nicht mehr zwingen, außerhalb der Stadt zu bleiben, die rechtens uns gehört! Wir beherrschen diese Stadt nun im Namen von Gaballufix!«

»Gaballufix ist tot!« rief der Befehlshaber der Wache. »Und ihr werdet von niemandem beherrscht!«

»Im Namen von Gaballufix gehört diese Stadt uns!« Und mit diesen Worten schwangen die Söldner ihre Waffen und stimmten ein lautes Geheul an.

»Männer des Gaballufix!« rief Muuzh. »Wir haben den Namen eures gefallenen Führers gehört!«

Die Söldner jubelten erneut.

»Wir wissen, wie wir Gaballufix Ehre erweisen können!« rief Muuzh. »Kommt zu uns und gesellt euch zu uns, und wir werden euch die Stadt geben, die ihr verdient!«

Jubeld strömten die Söldner zum Tor hinaus und zu den Gorajni. Die Stadtwachen Basilikas drückten sich gegen die Mauer und hielten ihre Waffen bereit. Einige wenige glitten in der Hoffnung, fliehen zu können, nach rechts oder links, doch zu ihrer Ehre blieben die meisten an Ort und Stelle und bereiteten sich darauf vor, in Erfüllung ihrer Pflicht ihr Leben zu geben. Muuzh' Tausend bemerkte dies; sie würden die Wächter ehrenhaft behandeln, sollte es zu einer Auseinandersetzung zwischen ihnen kommen.

Was die Söldner betraf, so näherten sie sich mit gesenkten

Waffen, bereit, diese Neuankömmlinge als ihre Brüder zu umarmen. Doch sie mußten feststellen, daß Schwerter und Speere und Bögen auf sie gerichtet waren, und vom Rand des Mobs breitete sich hin zu dessen Mitte Verwirrung aus.

Muuzh blieb dort stehen, wo er von Anfang an gestanden hatte, doch nun war er von Söldnern umgeben und von seinen eigenen Männern abgeschnitten. Er schien jedoch nicht die geringste Beunruhigung zu empfinden, wenngleich seine Leute mehr als nur ein wenig nervös waren. Zu ihrer Bestürzung begann er, sich einen Weg durch den Mob zu bahnen, doch nicht in Richtung auf seine Leute, sondern von ihnen fort, hin zum Stadttor. Die Söldner schienen damit zufrieden zu sein – sie sahen es als Zeichen an, daß er sie führen wollte.

Muuzh trat auf die freie Fläche vor dem Tor, den Söldnern den Rücken zugewandt. »Ah, Basilika«, sagte er – laut, aber nicht im Befehlston. »Wie oft habe ich davon geträumt, in deinem Tor zu stehen und deine Schönheit mit eigenen Augen zu sehen!« Dann drehte er sich zum Befehlshaber der Wache um, der mit gezogener Waffe am Torpfosten stand. »Würde Basilika es als großen Dienst ansehen, mein Freund«, sagte er leise zu ihm, »wenn diese Hunderte von häßlichen Zwillingen hier und jetzt sterben würden?«

»Ich glaube schon, ja«, sagte der Befehlshaber, erneut verwirrt, aber auch von neuer Hoffnung erfüllt.

Muuzh drehte sich zu dem Mob um – und zu seinen Männern dahinter. »Jeder Mann, der den Namen Gaballufix liebt, hebe hoch das Schwert!«

Die meisten Söldner – alle bis auf die vorsichtigsten – hoben ihre Waffen. Doch kaum hatten sie sie gehoben, als Muuzh sein Schwert aus der Scheide zog.

Das war das Zeichen. Dreihundert Pfeile wurden gleichzeitig auf den Weg geschickt, und jeder Mann am Rand des Mobs – sie hatten die Arme ja gehoben, so daß die Pfeile in ihre Körper schlugen – brach zusammen, die meisten von ihnen mehrfach durchbohrt. Dann fielen, mit einem donnernden Schrei, die Gorajni über die überlebenden Söldner her, und innerhalb von zwei oder drei Minuten war das Gemetzel vorüber. Die Gorajni nahmen augenblicklich ihre Formation wieder ein und bauten sich vor den Leichen ihrer gefallenen Feinde auf.

Muuzh wandte sich an den Befehlshaber der Wache. »Wie heißt du, Herr?«

»Hauptmann Bitanke, Herr.«

»Hauptmann Bitanke, ich frage erneut: Wird Basilika unsere Einmischung zur Wiederherstellung der Ordnung auf diesen wunderschönen Straßen begrüßen? Ich habe hier einen Brief von der Herrin Rasa; ist dir ihr Name bekannt?«

»Das ist er, Herr«, sagte Bitanke.

»Sie schrieb mir und bat um Hilfe für ihre Stadt. Ich bin gekommen, und nun bitte ich respektvoll um deine Erlaubnis, diese Männer durch eure Tore zu führen, damit sie als Hilfstruppen dienen und dazu beitragen können, die Gewalt auf euren Straßen unter Kontrolle zu bringen.«

Bitanke verbeugte sich, schloß dann die Torpforte auf und trat hinein. Muuzh sah, daß er etwas in einen Computer eintippte. Nach einem Augenblick trat er wieder hinaus. »Herr, ich habe ihnen mitgeteilt, was du hier getan hast. Die Lage unserer Stadt ist verzweifelt, und da du im Namen der Herrin Rasa kommst und deinen Willen bewiesen hast, unsere Feinde zu besiegen, laden dich der Stadtrat und die Wache ein, Basilika zu betreten. Für den Augenblick werdet ihr meinem direkten Befehl unterstellt, falls ihr einen meines niedrigen Rangs akzeptiert, bis eine angemessenere Vorkehrung arrangiert werden kann.«

»Herr, ich salutiere dir nicht wegen deines Rangs, sondern wegen deines Mutes und deiner Ehre, und aus diesem Grund werde ich deine Führung akzeptieren«, sagte Muuzh. »Darf ich vorschlagen, daß wir meine Leute in Gruppen zu je sechs Mann aufteilen und sie bevollmächtigen, sich mit jedem Mann zu befassen, der sich ungebührlich benimmt? Wir werden auf jeden Fall die Männer respektieren, die eure Uniform tragen; jeden anderen Mann, der eine Waffe gezogen hat oder uns oder irgendeine Frau der

Stadt mit Gewalt droht, werden wir auf der Stelle töten und an öffentlichen Orten aufhängen, um jeden weiteren Widerstand zu brechen!«

»Das mit dem Hängen ist mir nicht so genehm, Herr«, sagte Bitanke.

»Nun gut, wir haben unsere Befehle!« Bitankes Zögern ignorierend, wandte Muuzh sich an seine Soldaten. »Männer von Gorajni, in Sechsergruppen aufteilen!«

Augenblicklich lösten sich die Reihen auf, und plötzlich standen einhundertundfünfzig Sechsergruppen bereit.

»Tut keiner Frau etwas an!« rief Muuzh. »Und wen immer ihr in dieser abscheulichen Maske seht, hängt ihn auf, mit Maske und allem, bis niemand mehr wagt, sie zu tragen, ob nun bei Tag oder Nacht!«

»Herr, ich glaube ...«

Doch Muuzh hatte bereits den Arm gehoben, und seine Leute liefen in die Stadt. Bitanke trat näher an Muuzh heran, vielleicht, um zu protestieren, doch Muuzh begrüßte ihn mit einer Umarmung, die jedes Wort erstickte. »Bitte, mein Freund – ich weiß, deine Männer sind erschöpft, aber könnten sie sich nicht trotzdem noch nützlich machen? Zum Beispiel könnte dieses Dorf vor dem Stadttor nur profitieren, wenn man hier ein wenig Ordnung schaffen würde. Und wir beide, wir sollten uns auf den Weg zu den Amtsträgerinnen machen, damit ich die Befehle des Stadtrats entgegennehmen kann.«

Welche bösen Vorahnungen Hauptmann Bitanke auch haben mochte, sie wurden von Muuzh' Umarmung und seinem Lächeln weggewischt. Bitanke gab seine Befehle, und seine Männer schwärmten in der Hundestadt aus. Dann folgte Muuzh ihm in die Stadt. »Während meine Männer die Ordnung wiederherstellen, müßten ein paar Brände gelöscht werden«, sagte Muuzh. »Kannst du andere Mitglieder der Stadtwache mit deinem Computer herbeirufen?«

»Ja, Herr.«

»Es obliegt mir nicht, dir zu sagen, was du zu tun hast, doch wenn deine Leute die Feuerwehrmänner schützen würden, können wir Basilika vielleicht davor bewahren, noch vor Anbruch der Dämmerung vollends niederzubrennen.«

»Könnten uns dabei nicht deine restlichen Männer unterstützen?«

Muuzh lachte. »General Vozmuzhalnoi Vozmozhno würde das niemals erlauben. Wenn ein so starkes Heer vor eure Tore zöge, könnte jemand in Basilika befürchten, wir wollten eure Stadt erobern. Wir sind hier, um euch unseren Schutz zu gewähren, und nicht, um euch zu beherrschen, mein Freund! Also werden nicht mehr als diese fünfhundert Mann eure Stadt betreten.«

»Die Überseele muß dich geschickt haben, Herr«, sagte Hauptmann Bitanke.

»Ihr müßt der Herrin Rasa danken«, sagte Muuzh. »Ihr und einem tapferen Mann aus deinen Rängen. Ich glaube, er hieß Smelost.«

»Smelost«, flüsterte Bitanke. »Er war ein guter Freund von mir.«

»Dann freue ich mich, dir sagen zu können, daß er von General Vozmuzhalnoi Vozmozhno mit Ehren empfangen wurde. Der General hat keine Zeit verschwendet, aufgrund seiner Informationen zu handeln und eurer Stadt zu Hilfe zu eilen.«

»Du bist genau rechtzeitig gekommen«, sagte Bitanke. »Es begann heute abend und breitete sich durch die gesamte Stadt aus, und ich befürchtete schon, daß morgen früh ganz Basilika in Schutt und Asche liegen würde und alle braven Frauen der Stadt der Verzweiflung anheimgefallen sein würden – oder noch schlimmerem.«

»Ich freue mich immer, Hoffnung bringen zu können«, sagte Muuzh.

Mittlerweile gingen sie über eine Straße mit Wohnhäusern und Geschäften an beiden Seiten. Doch niemand war zu sehen, und hinter vielen Fenstern der Obergeschosse brannte Licht. Die einzigen Anzeichen, daß es hier Krawalle gegeben hatte, bestanden aus Glasscherben auf der Straße, eingeschlagenen Schaufensterscheiben und den Leichen von Söldnern, die, noch ihre holographischen Masken tragend, wie Schlachtvieh an den Balkonen der oberen Stockwerke hingen. Bitanke betrachtete sie mit schwachem Abscheu.

»Wie lange werden diese Masken funktionsfähig bleiben?« fragte Muuzh.

»Bis die ... Leichen erkalten, vermute ich. Ich habe gehört, daß sie von der Wärme und dem Magnetismus des Körpers aktiviert werden.«

»Ah«, sagte Muuzh.

»Darf ich fragen ... wieso sie ... wie deine Männer sie ... aufhängen konnten? Ich sehe keine Seile ... und auch keine anderen Vorrichtungen, mit denen das möglich wäre.«

»Ich weiß es auch nicht«, sagte Muuzh. »Nehmen wir einem den Umhang ab und sehen wir nach.«

Bitanke hob zimperlich den Arm und riß der nächsten baumelnden Leiche den Umhang ab. Als er hinabfiel, erlosch das Hologramm augenblicklich, und man konnte sehen, daß die Leiche mit einem schweren Messer an die Wand genagelt war, das man ihr durch den Hals getrieben hatte. »Sein eigenes Messer, meinst du nicht auch?« fragte Muuzh.

»Ich glaube schon«, sagte Bitanke.

»Keine sehr sichere Angelegenheit«, sagte Muuzh und zog leicht an der Leiche. »Sollte diese Nacht noch Wind aufkommen, werden die meisten Leichen morgen früh wohl auf dem Boden liegen. Wir müssen sie so schnell wie möglich beseitigen, oder wir bekommen ziemliche Probleme mit den Hunden.«

»Ja, Herr«, sagte Bitanke.

»Hast du noch nie eine Leiche gesehen?« fragte Muuzh. »Du siehst etwas grün um die Nase aus.«

»Oh, ich habe schon Tote gesehen, Herr«, sagte Bitanke. »Ich habe nur noch nie gehört, daß man sie ... so behandelt ... ich wünschte, deine Männer würden nicht ...«

»Unsinn. Diese baumelnden Leichen sind wie eine Verstärkung. Alle Aufrührer, die meine Männer zufällig übersehen haben, werden herauskommen, feststellen, wie ruhig alles ist, und die Leichen bemerken, und der Kampfeswille wird sie augenblicklich verlassen.«

Bitanke kicherte leise. »Das kann ich mir vorstellen.«

»Siehst du?« sagte Muuzh. »So können diese Jungs einen kleinen Teil des Unheils, das sie angerichtet haben, wiedergutmachen, indem sie die Straßen die ganze Nacht über für uns hüten. Berichtige mich, falls ich mich irre, Hauptmann Bitanke, aber niemand wird viele Tränen um sie vergießen, nicht wahr?«

Innerhalb von einer Stunde traf Muuzh mit dem Stadtrat zusammen. Mittlerweile hatten die hundert Soldaten, die die Lagerfeuer versorgten, Position vor allen Stadttoren bezogen. In den wenigen Fällen, in denen die Tore noch von den regulären Wachen gesichert wurden, standen sie Schulter an Schulter mit ihnen. Es gab keinen Streit zwischen ihnen; kein einziger Soldat der Gorajni geriet mit einem Stadtwächter aneinander.

Muuzh' Gespräch mit dem Stadtrat verlief friedlich, und sie schlossen die feste Vereinbarung, daß Muuzh Zutritt zu allen Stadtteilen bekam – sogar zu denen, in denen sich normalerweise nur Frauen aufhalten durften –, aber nach zweieinhalb Tagen seine Männer abziehen und zu Lagern vor den Toren führen würde, wo sie aus Mitteln der Stadt großzügig versorgt und belohnt werden würden. Es war eine wundervolle Absprache, voller Komplimente und aus tiefstem Herzen kommender Dankbarkeit.

Die meisten Bürgerinnen Basilikas würden es erst in einigen Tagen begreifen, doch als Muuzh das Gespräch mit dem Stadtrat beendete, war seine Eroberung der Stadt abgeschlossen.

Nafai sprach so wenig wie möglich mit Elja und Meb, als sie sich auf den Rückweg nach Basilika machten. Sein Schweigen bewirkte nicht, daß sie ihn freundlicher behandelten, bedeutete aber, daß er nicht mit ihnen streiten mußte. Er konnte seinen eigenen Gedanken nachgehen.

Er konnte mit der Überseele sprechen.

Als spielte es eine Rolle, was er zu dem alten Computer sagte. Ein paar Tage lang hatte er sich der Vorstellung hingegeben, er und die Überseele würden zusammenarbeiten. Die Überseele hatte ihm ihre Erinnerungen an die Erde gezeigt und ihren Daseinszweck erläutert – sie mußte zu verhindern versuchen, daß sich die elende, selbstzerstörerische Geschichte der Erde wiederholte. Nafai hatte eingewilligt, diesem Zweck zu dienen. Nafai hatte über einem Mann gestanden, der betrunken auf der Straße lag – seinem Feind –, doch es wäre ihm nie in den Sinn gekommen, diesen hilflosen und schlafenden Mann zu töten. Aber die Überseele hatte es ihm befohlen, und Nafai hatte gehorcht. Nicht, weil Gaballufix ein Mörder war, der den Tod verdient hatte. Warum dann? Weil Nafai der Überseele glaubte, weil er mit ihr übereinstimmte, vielleicht die ganze Welt retten zu können, wenn er diesen einen Mann tötete.

Doch wo war die Überseele nun, nachdem er das Verbrechen begangen, seine Hände ihrer Sache zuliebe mit Blut befleckt hatte? Nafai hatte sich eingebildet, es bestünde nun ein besonderes Verhältnis zwischen der Überseele und ihm. War da nicht der Augenblick gewesen, in dem der Index der Überseele zuerst zu ihm und Vater und Issib gesprochen hatte? Vater und Issib hatten die Botschaft der Überseele nur zum Teil verstanden – sie hatten sich auf die Vorstellung konzentriert, daß die Überseele sie auf eine lange Reise zu einem wunderbaren Ort führen wollte, an dem Issib wieder seine Flossen benutzen konnte und nicht mehr auf seinen Stuhl beschränkt war. Doch nur Nafai hatte begriffen, daß der Ort, zu dem die Überseele sie führen wollte, nicht auf dem Planeten Harmonie lag – daß die Überseele sie zur Erde zurückführen wollte. Nach vierzig Millionen Jahren heim zur Erde.

Doch seit diesem Augenblick war der Index nicht mehr als ein Führer zu einer riesigen Speicherbank. Vater und Issib studierten ihn, Nafai ebenfalls, doch die ganze Zeit über wartete Nafai auf irgendeine Nachricht – für sie alle oder vielleicht auch nur für ihn allein. Vielleicht auf eine besondere Nachricht nur für ihn, ein Wort der Ermutigung. Etwas, das das Versprechen erfüllen würde, daß die Überseele gemacht hatte, als sie durch Issibs Stuhl sprach und erklärt hatte, sie habe Nafai auserwählt, seine Brüder zu führen.

Bin ich auserwählt, Überseele? Warum sehe ich dann keine Auswirkungen deiner Gunst? Ich bin für dich zum Mörder geworden, und doch schickst du Elemak deine Vision von unseren Frauen. Und was hat er gesehen! Daß du Eiadh für *ihn* ausgewählt hast! Was hat deine Gunst mir also gebracht? Jetzt sprichst du zu Elemak, der gemeinsam mit Gaballufix Ränke geschmiedet hat, der versucht hat, mich zu töten; jetzt gibst du *ihm* die Frau, die *ich* so begehre – warum hat *er* diesen Traum empfangen und nicht ich? Ich wurde vor allen anderen erniedrigt. Ich werde Staub fressen müssen, ich werde mich Eljas Befehlen unterwerfen und ihm zu Diensten sein, zusehen müssen, wie Elja dieses liebe und wunderschöne Mädchen bekommt, das schon so lange *meine* Träume beseelt. Warum haßt du mich, Überseele? Was habe ich getan, abgesehen davon, dir zu dienen und gehorchen?

Die Kamele erklommen mit ihrer gemächlichen Kraft einen Hang, und Elemak führte sie am Rand eines Abgrunds entlang. Nafai sah über die Wüste hinaus und machte die wilden, messerscharfen Felsen und Klippen aus, zwischen denen nur hier und da spärliches, graugrünes Wüstenlaub wuchs. Die Überseele hat mir Leben versprochen, Größe und Ruhm und Freude, und nun bin ich hier, in dieser Wüste, folge meinen Brüdern, die sich mit Vaters Feind zusammengetan und, ob nun wissentlich oder nicht, Vaters Tod geplant haben. Ich habe der Überseele geholfen, Vaters Leben zu retten, und jetzt bin ich hier.

Ja, da bist du.

Nafai begriff nicht sofort, daß dies die Stimme der Überseele war, denn sie sprach in seinem Kopf, als wären es seine eigenen Gedanken. Doch er wußte aufgrund seiner geringen Erfahrungen, daß dieser Gedanke von außerhalb kam, wenn auch nur, weil er ihm zu antworten schien.

Er hingegen antwortete nun der Überseele – und das mit keinem besonderen Respekt. Oh, da bist du, sagte er stumm und sarkastisch. Hast du wieder mal an mich gedacht? Hoffentlich bemühe ich dich nicht.

Du bist mir sehr viele Mühen wert.

Zum Beispiel die, daß du Eiadh für meinen Bruder statt für mich ausgewählt hast.

Eiadh ist nicht für dich bestimmt.

Danke für deine Hilfe, sagte Nafai stumm. Danke, daß du mir in diesem Spiel mit meinen Brüdern ein so miserables Blatt gegeben hast.

Ich habe es doch nicht allzu schlecht für dich eingerichtet, Nafai.

Vielleicht gebe ich dir nicht die guten Schulnoten, die du mir gibst. Ich habe für dich einen Menschen getötet.

Und in jedem Augenblick dieser Reise rette ich dein Leben.

Dieser Gedanke verblüffte Nafai. Unabsichtlich setzte er sich auf und sah sich um.

In jedem Augenblick dieser Reise lenke ich ihre Gedanken von ihrem Entschluß ab, dich zu töten.

Furcht und Haß nagten sich gleichzeitig den Weg durch Nafais Hals und tief in seinen Bauch hinab. Er spürte, wie die Regungen dort wühlten, wie kleine Tiere, die sich in ihm eingenistet hatten.

Es ist gut, daß du geschwiegen hast, sagte die Überseele. Es ist gut, daß du sie nicht provoziert oder auch nur daran erinnert hast, daß du sie auf dieser Reise begleitest. Denn mein Einfluß in ihrem Geist ist zwar stark, aber nicht unwiderstehlich. Wie könnte ich sie aufhalten, wenn ihr Zorn gegen dich heiß in ihnen aufwallen würde? Ich kann jetzt nicht durch Issibs Stuhl handeln.

Nafai wurde von Angst erfüllt und sehnte sich danach, zu Vaters Zelt zurückzukehren. Gleichzeitig war er verletzt und auf seine Brüder wütend. Warum hassen sie mich noch immer? Was habe ich ihnen getan?

Törichter Junge. Noch vor einem Augenblick hast du dir gewünscht, ich sollte deine Loyalität für mich belohnen, indem ich dir Macht über deine Brüder gebe. Glaubst du etwa, sie würden deinen Ehrgeiz nicht bemerken? Jedesmal, wenn ich mit dir spreche, hassen sie dich mehr. Jedesmal, wenn sich auf dem Gesicht deines Vaters Freude über deine schnelle Auffassungsgabe zeigt, über deine Herzensgüte, hassen sie dich mehr. Und wenn sie erfahren, daß du dir die Privilegien des ältesten Sohnes wünschst ...

Die wünsche ich mir nicht! rief Nafai stumm. Ich will Elemak nicht verdrängen ... ich will, daß er mich liebt, ich will, daß er mir ein *wahrer* älterer Bruder ist und nicht dieses Ungeheuer, das mich tot sehen will.

Ja, du willst, daß er dich liebt ... *und* du willst, daß er dich respektiert ... *und* du willst seine Stelle einnehmen. Glaubst du, du wärest immun gegen die Primateninstinkte in dir? Du wurdest geboren, um ein Alphamännchen in einem Stamm kluger Tiere zu sein, doch das gilt auch für ihn. Er wird von dieser Gier beherrscht. Aber kannst du, Nafai, nicht zivilisiert sein, kannst du den tierischen Teil von dir nicht unterdrücken und mir helfen, ein weit höheres Ziel zu erreichen, als es die Entscheidung darüber ist, wer das Leitmännchen einer Herde aufrecht gehender Paviane ist?

Nafai kam sich vor, als stünde er nackt vor seinen Feinden. Warum hast du mich erwählt, wenn ich nicht besser als Elemak bin, nicht besser als irgendein Männchen der Pavianherde bachabwärts von Vaters Zelt?

Weil du *doch* besser bist, weil du noch besser *werden* willst.

Dann hilf mir. Hilf mir, meine dunklen Begehren zu zügeln. Und wenn du schon einmal dabei bist, hilf auch Elemak. Ich weiß noch, wie er war, als er jünger war. Verspielt, liebevoll, freundlich. Er ist mehr als ein ehrgeiziges Tier, ich weiß es, auch wenn er selbst es vergessen hat.

Ich weiß es auch, antwortete die Überseele. Was glaubst du, weshalb ich Elemak diesen Traum gegeben habe? Damit er Gelegenheit bekommt, für meine Stimme empfänglich zu werden. Er hat fast dieselbe Empfänglichkeit wie du. Aber er hat sich vor langer Zeit enschlossen, mich zu hassen, meine Pläne zu vereiteln, wo er nur kann. Also hat meine Stimme ihm nichts bedeutet. Diesmal jedoch konnte ich ihm etwas sagen, das er hören wollte. Meine Absichten waren im Einklang mit den seinen. Was glaubst du, was wäre dein Leben noch wert, wenn ich dir gezeigt hätte, wer seine Frau sein soll? Glaubst du, er hätte Eiadh aus *deiner* Hand genommen?

Ich hätte ihm Eiadh auch nicht gegeben.

So. Du hättest mich ignoriert. Du hättest dich gegen mich aufgelehnt. Du redest dir ein, du hättest Gaballufix nur getötet, um mir und meinem erhabenen Zweck zu dienen … doch andererseits bist du bereit, gegen mich zu rebellieren und meine Absichten zu durchkreuzen, weil du eine Frau haben willst, die dein Leben ruinieren würde.

Das weißt du nicht. Du magst ein sehr kluger Computer sein, Überseele, aber du kennst nicht die Zukunft.

Ich kenne Eiadh, wie ich dich kenne. Und würdest du sie kennen, würdest du begreifen, daß sie niemals deine Frau sein kann.

Behauptest du, sie sei im Grunde ihres Herzens schlecht?

Ich behaupte, daß sie in einer Welt lebt, deren Schwerezentrum sie selbst ist. Ihre eigenen Wünsche sind ihr höchstes Ziel. Du hingegen, Nafai, wirst niemals zufrieden sein, bis du etwas erreicht hast, das die Welt verändern wird. Ich gebe dir dies, wenn du nur die Geduld hast, mir zu vertrauen, bis es soweit ist. Ich werde dir auch eine Frau geben, die dieselben Träume hat, die dir helfen wird, anstatt dich abzulenken.

Wer *ist* dann meine Frau?

Luets Gesicht erschien in seinem Verstand.

Nafai erschauderte. Luet. Sie hatte ihm zur Flucht verholfen und ihr Leben aufs Spiel gesetzt, um das seine zu retten. Sie hatte ihn zum See der Frauen geführt und ihn Ritualen unterzogen, die rechtens nur Frauen ablegen durften. Man hätte sie töten können, weil sie ihn dorthin geführt hatte, zusammen mit ihm; statt dessen trat sie den Frauen gegenüber und überzeugte sie, daß die Überseele es ihr befohlen hatte. Er war mit ihr durch die Nebel an der Grenze zwischen dem heißen und dem kalten Wasser des Sees getrieben, und sie hatte ihn durch den Pfadlosen Wald geführt, durch das Privattor in der Stadtmauer Basilikas, von dem bis zu diesem Augenblick nur Frauen gewußt hatten.

Und vorher war Luet mitten in der Nacht zu Vaters Haus weit außerhalb der Stadt gekommen – ebenfalls unter großem persönlichem Risiko –, nur um ihn zu warnen, daß Vaters Feinde Pläne schmiedeten, ihn zu ermorden. Sie hatte ihren Aufbruch in die Wildnis beschleunigt.

Nafai verdankte ihr viel. Und er mochte sie, sie war ein guter Mensch, einfach und nett. Warum konnte er sie sich also nicht als seine Frau vorstellen? Warum schreckte er bei dem Gedanken zurück?

Weil sie die Wasserseherin ist.

Die Wasserseherin – deshalb wollte er sie nicht heiraten. Weil sie schon viel länger als er Visionen von der Überseele bekam; weil sie eine Kraft und Klugheit hatte, die zu erlangen er nicht einmal hoffen konnte. Weil sie in jeder Hinsicht, die ihm einfiel, besser als Nafai war. Falls sie diese Reise zur Erde als Ehepaar unternahmen, würde sie die Stimme der Überseele besser hören als er; sie würde den Weg kennen, wenn er überhaupt nichts wußte. Wenn für ihn alles still war, würde sie Musik hören; wenn er blind war, würde sie Licht haben. Ich kann es nicht ertragen, an eine Frau gebunden zu sein, die keinen Grund haben wird, mich zu respektieren, denn alles, was ich kann, hat sie schon getan, und zwar viel besser.

So ... du wolltest also gar keine Frau haben. Du wolltest eine Verehrerin haben.

Diese Erkenntnis ließ ihn vor Selbstverachtung erröten. Stimmt das? Bin ich wirklich ein so schwacher Junge, daß ich mir nicht vorstellen kann, eine starke Frau zu lieben?

Vor seinem geistigen Auge tauchten die Gesichter Rasas und Wetschiks auf, seiner Eltern. Mutter war eine starke

Frau – vielleicht die stärkste in Basilika, wenngleich sie nie versucht hatte, ihr Prestige und ihren Einfluß dazu einzusetzen, Macht für sich zu erlangen. Hatte es Vater geschwächt, daß Mutter ihm mindestens – *mindestens* ebenbürtig war? Vielleicht hatten sie deshalb ihren Ehevertrag nach Issibs Geburt nicht erneuert. Vielleicht war Mutter deshalb ein paar Jahre lang mit Gaballufix verheiratet gewesen – weil Vater nicht imstande gewesen war, seinen Stolz herunterzuschlucken und glücklich mit einer Frau verheiratet zu bleiben, die so mächtig und weise war.

Und doch war sie zu Vater zurückgekehrt und Vater zu ihr. Nafai war das Kind, das sie geboren hatte, um ihre Wiederheirat zu besiegeln. Und seitdem hatten sie den Vertrag jedes Jahr erneuert und ihre gegenseitige Hingabe nicht ein einziges Mal in Frage gestellt. Was hatte sich geändert? Nichts – Mutter hatte sich nicht aufgeben müssen, um Teil von Vaters Leben zu sein, und er mußte sie nicht beherrschen, um Teil *ihres* Lebens zu sein. Und es fand auch andersherum keine Herrschaft statt; der Wetschik war immer sein eigener Herr gewesen, und Rasa hatte niemals das Bedürfnis verspürt, ihn zu beherrschen.

Vor Nafais geistigem Auge flossen die Gesichter seiner Eltern zusammen und wurden zu einem. Einen Augenblick lang erkannte er es als das Vaters; dann wurde es, ohne sich im geringsten zu verändern, eindeutig zu dem von Mutter.

Ich verstehe, sagte er stumm. Sie sind eine Person. Was spielt es schon für eine Rolle, wer von ihnen zufällig die Stimme ist, wessen Hände zufällig handeln? Der eine steht nicht über dem anderen. Sie sind zusammen, und deshalb gibt es keine Frage der Konkurrenz zwischen ihnen.

Kann ich solch eine Partnerschaft mit Luet finden? Kann ich es ertragen, daß sie die Überseele hört, wenn ich sie nicht hören kann? Ich koche ja jetzt schon vor Wut, weil Elja einen Wahrtraum geträumt hat; kann ich Luets Träumen lauschen, ohne neidisch zu sein?

Und was ist mit *ihr*? Wird sie *mich* akzeptieren?

Augenblicklich schämte er sich der letzten Frage. Sie hatte

ihn bereits akzeptiert. Sie hatte ihn zum See der Frauen geführt. Soweit er es sagen konnte, hatte sie ihm ohne das geringste Zögern alles gegeben, was sie war und was sie hatte. Er war derjenige, der eifersüchtig und ängstlich war. Sie war diejenige mit Mut und Großzügigkeit.

Die Frage lautet nicht: Kann ich es ertragen, mit ihr als eine Einheit zu leben. Die Frage lautet: Bin ich es würdig, mit solch einem Mädchen eine Partnerschaft einzugehen?

Er spürte, daß ihn eine zitternde Wärme durchzog, als würde er mit Licht erfüllt werden. Ja, sagte die Überseele in seinem Kopf. Ja, das ist die Frage. Das ist die Frage. Das ist die Frage.

Und dann endete die Trance seiner Kommunikation mit der Überseele, und Nafai wurde sich plötzlich wieder seiner Umgebung bewußt. Nichts hatte sich verändert – Meb und Elja ritten noch immer voraus, die Kamele trotteten mit. Noch immer tropfte Schweiß auf Nafais Körper; das Kamel torkelte und rollte noch immer unter ihm; die trockene Wüstenluft brannte noch immer mit jedem Atemzug, den er in den Körper sog.

Halte mich am Leben, sagte Nafai. Halte mich so lange am Leben, daß ich das Tier in mir unterwerfen kann. So lange, daß ich lernen kann, mich mit einer Frau zusammenzutun, die besser und stärker ist, als ich es bin. So lange, daß ich ein so guter Mann werden kann, wie mein Vater es ist, und auch so gut wie meine Mutter.

Wenn ich es kann, werde ich es tun. Wie eine Stimme in seinem Kopf, dieses Versprechen.

Und wenn *ich* es kann, werde ich es bald zustande bringen. Ich werde bald würdig sein.

4
Gattinnen

DER TRAUM DER GENETIKERIN

Schedemei erwachte aus ihrem Traum und wollte ihn jemandem erzählen, doch es lag niemand neben ihr. Niemand, und doch mußte sie den Traum erzählen. Er war zu mächtig und wirklich gewesen; er mußte erzählt werden, denn sie befürchtete, daß er ihrem Gedächtnis entglitt, wie es bei den meisten Träumen der Fall war, wenn sie ihn nicht erzählte. Zum erstenmal wünschte sie sich, sie hätte einen Gatten. Jemand, der sich ihren Traum anhören mußte, selbst wenn er danach nur brummen und sich auf die andere Seite drehen und wieder einschlafen würde. Es wäre eine so große Erleichterung für sie, den Traum zu erzählen.

Aber wo hätte in dem Wirrwarr in ihrem Zimmer überhaupt ein Gatte schlafen können? Hier war kaum genug Platz für ihre Pritsche. Der Rest des Raums war ihren Forschungen gewidmet. Die Labortische, die Becken und Becher, die Schüsseln und Röhren, die Abflüsse und Gefriergeräte. Und vor allem die großen Trockenbehälter an den Wänden, die mit gefriergetrockneten Keimlingen und Embryonen gefüllt waren, damit sie Muster eines jeden Versuchsstadiums ihrer Forschungen über Redundanz als natürlichem Mechanismus zur Erschaffung und Kontrolle genetischer Abweichungen aufbewahren konnte.

Obwohl sie erst sechsundzwanzig Jahre alt war, hatte sie sich bereits weltweit einen Namen unter den Wissenschaftlern ihres Fachgebiets gemacht. Das war der einzige Ruhm, auf den es ihr ankam. Im Gegensatz zu so vielen anderen brillanten Frauen, die in Rasas Haus aufgewachsen waren, hatte Schedemei sich niemals für eine Laufbahn interessiert, die ihr Ruhm in Basilika einbringen würde. Sie hatte von Kindheit an gewußt, daß Basilika nicht der Mittelpunkt des

Universums war, daß Ruhm, den sie sich hier erwarb, nicht besser war als der, den sie sich an jedem beliebigen anderen Ort erwarb – er würde bald in Vergessenheit geraten. Die Menschheit lebte seit vierzig Millionen Jahren auf der Welt Harmonie, vierzigtausendmal länger als die gesamte verzeichnete Geschichte der Menschheit auf dem alten Heimatplaneten Erde. Wenn es eine Lektion zu lernen gab, dann die, daß man eine Sängerin oder Schauspielerin, eine Politikerin oder einen Soldaten sehr bald vergessen würde. Lieder und Stücke gerieten normalerweise in einer Lebenszeit in Vergessenheit; Grenzen und Verfassungen wurden spätestens nach tausend Jahren neu gestaltet. Aber die Wissenschaft! Wissen an sich! Wenn man Wissen festhielt, würde sich die Nachwelt vielleicht ewig daran erinnern. Man würde vielleicht vergessen, wer etwas entdeckt hatte ... aber an die Entdeckung selbst würde man sich erinnern, sie würde auf alle Zeit zurückstrahlen und widerhallen. Die Pflanzen, die man schuf, die Tiere, die man verbesserte, *sie* würden die Zeit überdauern, wenn man gute Arbeit geleistet hatte. Hatte der Pflanzenhändler Wetschik, der Lieblingsgatte der lieben Rasa, nicht Schedemeis Trockenblumensamen in alle Länder am Rand der Wüste gebracht? Solange Trockenblumen blühten, solange ihr voller und schwerer Geruch ein ganzes Haus in der Wüste wie einen Blumengarten riechen ließ, solange würde Schedemeis Werk in der Welt lebendig sein. Solange Wissenschaftler auf der ganzen Welt von der Überseele Kopien ihrer Berichte erhielten, solange hatte sie den einzigen Ruhm, auf den es ankam.

Das war also ihr Gatte: ihrer Hände Werk. Ihre Schöpfungen waren ein Gatte, der sie niemals betrügen würde, wie Rasas arme, kleine Tochter Kokor betrogen worden war. Ihre Forschungen waren ein Gatte, der niemals vergewaltigend und plündernd, mordend und brandschatzend durch die Stadt ziehen würde, wie Palwaschantus Männer es getan hatten, bis die Gorajni die Ordnung wiederhergestellt hatten. Ihre Forschungen würden eine Frau niemals dazu zwingen, sich in ihrem Haus zu verstecken, alle Lichter ausgeschaltet, einen Pulsator in den Händen, obwohl sie wahrscheinlich gar nicht wußte, wie sie ihn gegen einen Eindringling benutzen sollte. Niemand war gekommen, obwohl die Krawalle zweimal ihre Straße zu erreichen schienen. Aber sie hätte gekämpft, um ihre Keimlinge und Embryos zu schützen. Hätte gekämpft und, wenn sie herausgefunden hätte, wie es ging, getötet, um ihre Lebensarbeit zu schützen.

Doch nun war dieser Traum gekommen. Ein verwirrender Traum. Ein mächtiger Traum. Und sie konnte keine Ruhe finden, bis sie diesen Traum jemandem erzählt hatte.

Rasa. Wem sonst konnte sie ihn erzählen, wenn nicht Tante Rasa?

Also stand Schedemei auf, unternahm eine halbherzige Bemühung, ihr Haar vom Schlaf zu glätten, und ging auf die Straße hinaus. Ihr kam nicht in den Sinn, sich umzuziehen, obwohl sie in ihren Kleidern geschlafen hatte; sie schlief oft in ihren Kleidern und zog sich nur um, wenn sie zufällig einmal daran dachte, ein Bad zu nehmen.

Es waren schon zahlreiche Menschen auf den Straßen, so viele wie lange nicht mehr; die Furcht und das Mißtrauen, das Gaballufix in die Stadt gebracht hatte, hatte viele Leute dazu bewogen, in ihren Häusern zu bleiben. Es war fast eine Erleichterung, den turbulenten Strom der Fußgänger hierhin und dorthin wogen zu sehen. Fast ein Vergnügen, sich anrempeln zu lassen. Die Leichen der Söldner hingen nicht mehr von den Balkonen hinab, lagen nicht mehr einfach auf den Straßen. Nur der gelegentliche Anblick zweier gemeinsam Streife gehender Männer in den Uniformen der Wache Basilikas erinnerte Schedemei daran, daß die Stadt noch unter Militärherrschaft stand. Und der Rat würde heute entscheiden, wie die Gorajni-Soldaten zu entlohnen seien, und sie aus der Stadt schicken und die Stadtwache wieder in den Tordienst einsetzen. Dann würden keine Soldaten mehr auf den Straßen sein, außer sie reagierten auf einen Notruf. Dann war alles wieder in Ordnung. Alles wäre wie zuvor.

Als Beweis der Wiederherstellung des Friedens nahm sie die Tatsache, daß auf der Veranda von Rasas Haus zwei Klassen junger Mädchen unterrichtet wurden; sie lauschten den Lehrerinnen und stellten gelegentlich Fragen. Schedemei blieb einen Augenblick lang stehen, wie sie es so oft tat, um den Unterricht zu verfolgen und sich an ihre eigene, schon so lange zurückliegende Zeit als Schülerin auf genau dieser Veranda zu erinnern, oder in den Klassenzimmern oder Gärten von Rasas Haus. Hier wurden viele Mädchen aristokratischer Herkunft unterrichtet, doch Rasas Haus war keins für Snobs. Der Lehrplan war streng, und es gab immer Platz für viele Mädchen aus ganz gewöhnlichen Familien oder aus überhaupt keinen. Schedemeis Eltern waren Bauern gewesen, nicht einmal Bürger; nur aufgrund der entfernten Verwandschaft ihrer Mutter mit einer Dienstmagd aus Basilika hatte Schedemei die Stadt überhaupt betreten dürfen. Und doch hatte Rasa sie aufgenommen, allein aufgrund eines Vorstellungsgesprächs, als Schedemei sieben Jahre alt gewesen war. Schedemei hatte damals noch nicht einmal lesen können, weil ihre Eltern auch nicht lesen konnten ... aber ihre Mutter hatte ehrgeizige Pläne für sie gehabt, und dank Rasa hatte Schedemei sie alle verwirklichen können. Ihre Mutter hatte noch erlebt, daß sie ihre eigenen Räume bezogen hatte, und von dem ersten Geld für die scharfäugige, ungeziefervertilgende Spitzmaus, die sie entwickelt hatte, konnte Schedemei den Hof ihrer Eltern dem Großgrundbesitzer abkaufen, so daß sie ihre letzten Jahre als Grundeigentümer und nicht nur als Pächter verbringen konnten.

Und all das, weil Tanta Rasa eine arme, ungebildete Siebenjährige aufnahm, nur weil ihr gefallen hatte, wie der Verstand dieses Mädchens arbeitete, als sie mit ihm gesprochen hatte. Allein dafür hatte sie verdient, eine der großen Frauen Basilikas zu sein. Und aus diesem Grund unterrichtete Schedemei auch lediglich hier, in Rasas Haus, statt in den höheren Schulen. Zweimal jährlich übernahm sie eine Klasse von Tante Rasas besten Schülerinnen mit naturwissenschaftlicher Fachrichtung. Offiziell war Schedemei noch immer in

Rasas Haus gemeldet – sie hatte sogar noch ein eigenes Zimmer hier, obwohl sie es seit ihrer letzten Unterrichtsstaffel nicht mehr benutzt hatte, und rechnete immer halbwegs damit, feststellen zu müssen, daß es von einer anderen Person bewohnt wurde. Aber das war nie der Fall gewesen, ganz gleich, wie beharrlich Schedemei auf der Pritsche in ihren Zimmern schlief. Rasa hielt immer ein Bett für sie frei.

Als Schedemei das Haus betreten hatte, mußte sie schnell herausfinden, daß Rasas Größe auch bedingte, sie erst am Nachmittag sprechen zu können. Obwohl Rasa zur Zeit kein Mitglied des Stadtrats war, hatte man sie gebeten, an der Sitzung heute morgen teilzunehmen. Damit hatte Schedemei nicht gerechnet. Sie kam sich verloren vor. Denn der Traum brannte noch immer in ihr und mußte erzählt werden.

»Vielleicht«, sagte das Mädchen, das sie bemerkt und angesprochen hatte, »kann ich dir irgendwie helfen.«

»Das glaube ich nicht«, sagte Schedemei und lächelte freundlich. »Es war sowieso töricht.«

»Dummheit ist meine Spezialität«, sagte das Mädchen. »Ich kenne dich. Du bist *Schedemei.*« Sie sprach den Namen so ehrfürchtig aus, daß Schedemei ziemlich peinlich berührt war.

»Die bin ich. Verzeih mir, daß mir dein Name nicht einfällt. Aber ich habe dich schon oft hier gesehen.«

»Ich bin Luet«, sagte das Mädchen.

»Ach«, sagte Schedemei. Der Name brachte gewisse Assoziationen mit sich. »Die Wasserseherin«, sagte sie. »Die Herrin des Sees.«

Das Mädchen fühlte sich eindeutig geschmeichelt, daß Schedemei sie kannte. Aber welche Frau in Basilika hatte noch nicht von ihr gehört? »Noch nicht«, sagte Luet. »Vielleicht niemals. Ich bin erst dreizehn.«

»Nein, da kann ich mir vorstellen, daß du noch jahrelang warten mußt. Und man wird nicht automatisch dazu, nicht wahr?«

»Das alles kommt«, sagte Luet, »auf die Eigenschaft meiner Träume an.«

Schedemei lachte. »Und trifft das nicht auf uns alle zu?«

»Ich glaube schon«, sagte Luet lächelnd.

Schedemei wandte sich ab. Doch dann begriff sie erneut, mit wem sie gerade sprach. »Wasserseherin«, sagte sie. »Du mußt einiges über die Bedeutung von Träumen wissen.«

Luet schüttelte den Kopf. »Wenn du deine Träume deuten lassen willst, mußt du die Wahrsager auf dem Inneren Markt bezahlen.«

»Nein«, sagte Schedemei. »Diese Art von Träumen meine ich nicht. Oder diese Art von Bedeutung. Es war sehr seltsam. Ich erinnere mich nie an meine Träume. Aber diesmal kam er mir sehr ... zwingend vor. Vielleicht sogar ... vielleicht ein Traum, wie du ihn wohl hast.«

Luet neigte den Kopf und sah sie an. »Wenn dein Traum von der Überseele gekommen ist, Schedemei, muß ich ihn hören. Aber nicht hier.«

Schedemei folgte dem jüngeren Mädchen in den hinteren Teil des Hauses und eine Treppenflucht hinauf, von der Schedemei kaum wußte, daß es sie überhaupt gab, denn dieser Teil des Hauses wurde zur Lagerung alter Artefakte, Möbel und Unterrichtsmittel benutzt. Sie gingen zwei weitere Treppen hinauf und betraten eine heiße und dunkle Dachstube.

»Mein Traum war nicht so geheim, daß wir *hierher* gehen mußten, damit ich ihn dir erzählen kann«, sagte Schedemei.

»Du verstehst nicht«, sagte Luet. »Wenn der Traum wirklich von der Überseele kommt, muß noch jemand ihn hören.« Mit diesen Worten entfernte Luet ein Gitter von der Giebelwand und schlüpfte hindurch, in hellen Sonnenschein hinaus.

Zuerst konnte Schedemei, halb geblendet vom Licht, nicht erkennen, daß sich direkt unter der Wandöffnung ein flaches, verandaähnliches Dach befand. Sie dachte, Luet wäre ins Nichts hinausgetreten und würde in der Luft schweben. Dann gewöhnten sich ihre Augen an die Helligkeit, und blinzelnd erkannte sie, worauf Luet ging. Sie folgte ihr.

Das flache Vordach war von der Straße aus nicht zu sehen und auch nicht von den anderen Häusern aus. Ein halbes Dutzend unterschiedlich geneigte Schrägdächer trafen hier zusammen, und ein großes Abflußloch in der Mitte der Fläche verdeutlichte, warum es diese Vorrichtung gab. Bei einem schweren Wolkenbruch konnte es sich etwa bis zu einem Meter Höhe mit dem von den Dächern strömenden Wasser füllen, bis es dann endgültig abfloß. Es war eher ein Teich als eine Veranda.

Es war auch ein perfektes Versteck, da nicht einmal die Bewohner von Rasas Haus wußten, daß es dieses Vordach gab – abgesehen von Luet natürlich, und wer immer sich sonst noch hier versteckte.

Ihre Augen hatten sich nun vollends an die Helligkeit gewöhnt. Im Schatten einer Markise saß ein älteres Mädchen, das Luet so ähnlich sah, daß Schedemei nicht überrascht war, als es ihr als die Entwirrerin Huschidh vorgestellt wurde, Luets ältere Schwester. Und gegenüber von Huschidh, am anderen Ende eines niedrigen Tisches, saß ein junger Mann, großgewachsen, aber noch nicht alt genug, um sich rasieren zu müssen.

»Kennst du mich nicht, Schedemei?« fragte der Junge.

»Ich glaube, doch«, sagte sie.

»Ich war noch viel kleiner, als du zuletzt in Mutters Haus gewohnt hast«, sagte er.

»Nafai«, sagte sie. »Ich habe gehört, du wärest in die Wüste gegangen.«

»Und anscheinend zu oft zurückgekehrt, fürchte ich«, sagte Nafai. »Ich hätte niemals gedacht, den Tag zu erleben, da Gorajni-Soldaten die Tore Basilikas bewachen.«

»Nicht mehr lange«, sagte Schedemei.

»Mir ist keine Stadt bekannt, die die Gorajni wieder aufgegeben haben, nachdem sie sie einmal besetzt haben«, sagte Nafai.

»Aber sie haben Basilika nicht besetzt«, sagte Schedemei. »Sie haben uns nur in einer Zeit der Unruhen geholfen.«

»In der Wüste ist die Asche von Dutzenden und Aberdutzenden Lagerfeuern zu sehen«, sagte Nafai, »aber keine Anzeichen, daß jemand dort Lager aufgeschlagen hätte. Wie ich gehört habe, hat der Gorajni-Anführer so getan, als hätte er ein gewaltiges Heer, das von General Muuzh dem Ungeheuer geführt wurde, wohingegen er in Wirklichkeit doch nur tausend Mann hat.«

»Er hat uns erklärt, diese List wäre nötig gewesen, um die Palwaschantu-Söldner, die mordend durch die Stadt zogen, psychologisch zu überwältigen.«

»Oder, um die Stadtwache Basilikas psychologisch zu überwältigen?« sagte Nafai. »Aber gut. Luet hat dich hergebracht. Weißt du, warum?«

Luet unterbrach ihn sofort. »Nein, Nafai. Sie gehört nicht dazu. Sie kam von sich aus, um Mutter einen Traum zu erzählen. Dann kam sie auf den Gedanken, ihn mir zu erzählen, und ich wollte, daß ihr beide ihn hört, für den Fall, daß er von der Überseele kommt.«

»Warum *er*?« fragte Schedemei.

»Die Überseele spricht zu ihm, genau wie zu mir«, sagte Luet. »Er hat sie gezwungen, zu ihm zu sprechen, und jetzt sind die beiden Freunde.«

»Ein Mann hat die Überseele *gezwungen*, zu ihm zu sprechen?« fragte Schedemei. »Seit wann gibt es denn so etwas auf der Welt?«

»Erst seit kurzem«, sagte Luet lächelnd. »Es gibt seltsamere Dinge im Himmel und auf Erden, als deine Schulweisheit dir träumen läßt, Schedemei.«

Schedemei erwiderte das Lächeln, doch ihr fiel nicht ein, woher das Zitat kam oder wieso es in diesem Augenblick so amüsant sein sollte.

»Dein Traum«, sagte Luets Schwester Huschidh.

»Jetzt komme ich mir lächerlich vor«, sagte Schedemei. »Er ist es nicht wert, daß ich ihn vor einem so großen Publikum erzähle.«

Luet schüttelte den Kopf. »Und doch bist du den ganzen Weg von ... wo wohnst du? Bei den Zisternen?«

»Bei den Quellen, aber nicht weit von diesem Stadtteil entfernt.«

»Du bist den ganzen Weg gekommen, um Tante Rasa den Traum zu erzählen«, sagte Luet. »Ich glaube, er könnte wichtiger sein, als sogar du es vermutest. Also erzähle uns den Traum bitte.«

Schedemei warf wieder einen Blick auf Nafai und stellte fest, daß sie kein Wort über die Lippen bringen konnte.

»Bitte«, sagte Nafai. »Ich werde deinen Traum nicht verspotten und ihn auch niemandem erzählen. Ich will ihn nur hören, weil Wahrheit in ihm liegen könnte.«

Schedemei lachte nervös. »Ich bin einfach ... Ich fühle mich nicht wohl, wenn ich in Gegenwart eines Mannes sprechen muß. Es ist nichts gegen dich persönlich. Als Tante Rasas Sohn vertraue ich dir natürlich, aber ich ...«

»Er ist *kein* Mann«, sagte Luet. »Nicht in Wirklichkeit.«

»Danke«, murmelte Nafai.

»Er behandelt die Frauen nicht, wie Männer es normalerweise tun. Und vor nicht allzu vielen Tagen hat die Überseele mir befohlen, ihn zum See mitzunehmen. Er schwebte darauf, trieb mit mir dahin. Die Überseele hat es befohlen, und er wurde nicht getötet.«

Schedemei betrachtete ihn mit neuer Ehrfurcht. »Ist das die Zeit, da alle Prophezeiungen zusammenkommen?«

»Erzähle uns deinen Traum«, sagte Huschidh leise.

»Ich habe geträumt – es klingt so lächerlich! –, daß ich einen Garten in den Wolken anlegte. Nicht nur die Pflanzen und Tiere, mit denen ich arbeite, sondern jede Pflanze und jedes Tier, von dem ich je gehört habe. Aber es war kein großer Garten, sondern ein ganz kleiner. Und trotzdem bot er allen Tieren und Pflanzen Platz, und sie wuchsen und gediehen. Ich trieb in den Wolken – eine Ewigkeit, schien es. Durch die längste Nacht der Welt, eine Nacht von tausend Jahren. Und dann war es plötzlich wieder taghell, und ich konnte den Rand der Wolke hinabsehen und ein neues Land ausmachen, ein grünes und wunderschönes Land, und ich sagte mir – im Traum natürlich –, diese Welt bedarf meines Gartens gar nicht. Also verließ ich den Garten und trat von der Wolke ...«

»Ein Falltraum«, sagte Luet.

»Ich bin nicht gefallen«, sagte Schedemei. »Ich bin einfach von der Wolke getreten und stand auf dem Boden. Und als ich durch die Wälder und über die Wiesen wanderte, wurde mir klar, daß viele der Pflanzen aus meinem Garten *doch* benötigt weıden. Also streckte ich die Hand aus, und die Pflanzen, die ich brauchte, *regneten* als Keimlinge auf mich hinab. Ich pflanzte sie, und sie wuchsen vor meinen Augen. Und dann begriff ich, daß auch viele Tiere benötigt wurden. Diese Welt hatte ihre Vögel verloren. Es gab überhaupt keine Vögel, und nur wenige Reptilien und keine Lasttiere oder Haustiere, die Fleisch liefern. Und doch gab es Milliarden von Insekten, die von den Vögeln und Reptilien gefressen werden konnten, und Weiden und Wiesen, die die Wiederkäuer ernähren konnten. Also hob ich erneut die Hände in die Wolken, und aus den Wolken regneten die Embryos der Tiere hinab, die ich benötigte, und ich fügte Wasser hinzu, und sie wuchsen schnell und wurden groß und stark. Die Vögel flogen in den Himmel, das Vieh und die Schafe wanderten zu den Bächen und Weiden, und die Schlangen und Echsen glitten und huschten davon. Und ich hörte die Worte, als hätte jemand mir sie ins Ohr gesprochen: 'Niemand hat jemals einen Garten wie den deinen gehabt, Schedemei, meine Tochter.' Aber es war nicht die Stimme meiner Mutter oder meines Vaters. Und ich wußte nicht genau, ob die Stimme von meinem Garten in den Wolken sprach oder von dieser neuen Welt, deren Flora und Fauna ich wiederhergestellt hatte, nachdem sie sie vor so vielen Jahren verloren hatte.«

Das war der Traum, alles, woran sie sich erinnern konnte.

Zuerst sagten sie nichts. Dann ergriff Luet das Wort. »Ich frage mich, woher du wußtest, daß die Pflanzen und Tiere, die du aus den Wolken hinabgerufen hast, die Fauna und Flora darstellten, die es einst dort gegeben hatte.«

»Keine Ahnung«, sagte Schedemei. »Aber ich hatte dieses Gefühl. Ich *wußte* es einfach. Diese Pflanzen und Tiere kamen nicht neu auf diese Welt, sie wurden wiederhergestellt.«

»Und du kannst nicht sagen, ob es die Stimme eines Mannes oder einer Frau war«, sagte Huschidh.

»Diese Frage hat sich mir gar nicht gestellt. Die Stimme erinnerte mich an meine Eltern, bis ich dann merkte, daß es weder die meiner Mutter noch die meines Vaters war. Aber ich habe nicht darauf geachtet, ob sie männlich oder weiblich war. Das könnte ich nicht einmal jetzt sagen.«

Luet, Huschidh und Nafai beratschlagten untereinander, sprachen jedoch so laut, daß Schedemei alles hören konnte – sie schlossen sie nicht aus. »In ihrem Traum kommt eine Reise vor«, sagte Nafai. »Das stimmt mit dem überein, was ich erzählt habe – und die Flora und Fauna wurden wiederhergestellt. Also handelt es sich für mich um die Erde, um keinen anderen Ort.«

»Alles deutet darauf hin«, sagte Luet.

»Aber die Wolken«, sagte Huschidh. »Was ist mit ihnen? Wolken ziehen vielleicht von einem Kontinent zum anderen, aber niemals von Planet zu Planet.«

»Selbst Träume von der Überseele sind nicht immer einfach zu deuten«, sagte Nafai. »Die Wahrheit fließt in unseren Verstand, doch dann zieht unser Gehirn unsere geistige Bibliothek heran, um Bilder zu finden, die diese Vorstellung ausdrücken können. Eine große Reise durch die Luft. Elemak hat es als seltsames Haus gesehen; Schedemei sieht es als Wolke; ich habe es als die Stimme der Überseele gehört, die gesagt hat, daß wir zur Erde gehen müssen.«

»Zur Erde«, sagte Schedemei.

»Vater hat es nicht gehört und Issib auch nicht«, sagte Nafai. »Aber ich bin mir dessen so sicher wie der Tatsache, daß ich lebe und hier sitze. Die Überseele beabsichtigt, zur Erde zu gehen.«

»Das stimmt mit deinem Traum überein, Schedemei«, sagte Luet. »Die Menschheit hat die Erde vor vierzig Millionen Jahren verlassen. Der tiefe Winter, der sich über die Erde senkte, hat wahrscheinlich die meisten Reptilienarten und alle Vögel getötet. Nur die Fische, die Amphibien und ein paar kleinere warmblütige Tiere können überlebt haben.«

»Aber seitdem sind vierzig Millionen Jahre vergangen«, sagte Schedemei. »Die Erde muß sich schon lange erholt haben. Es hätten doch schon längst neue Arten entstehen müssen.«

»Wie lange war die Erde von Eis umschlossen?« fragte Nafai. »Wie langsam hat sich das Eis zurückgezogen? Wie haben sich die Landmassen in diesen Jahrmillionen bewegt?«

»Ich verstehe«, sagte Schedemei. »Es wäre möglich.«

»Aber dieser Zaubertrick«, sagte Huschidh. »Sie hebt die Hände, und die Keimlinge und Embryos regnen hinab, und dann fügt sie *Wasser* hinzu, damit die Embryos wachsen.«

»Nun, dieser Teil hat für mich sofort Sinn ergeben«, sagte Schedemei. »Bei unserer Forschungsarbeit bewahren wir Muster auf, indem wir die Keimlinge und Embryos trockenkristallisieren. Damit bleiben ihre Körperprozesse genauso erhalten, wie sie im Augenblick der Kristallisierung waren. Wir lagern sie knochentrocken ein, und wenn wir sie wiederherstellen wollen, fügen wir nur etwas destilliertes Wasser hinzu, und die Kristalle entkristallisieren sich in einer sehr schnellen, aber nicht explosiven Kettenreaktion. Weil der Organismus so klein ist, kann er in einem Sekundenbruchteil wieder voll funktionsfähig gemacht werden. Die Embryos müssen wir natürlich sofort in eine Nährflüssigkeit legen und mit einer künstlichen Plazenta oder einem künstlichen Dotter verbinden, so daß wir nicht allzu viele gleichzeitig wiederherstellen können.«

»Wie groß wäre die Apparatur, die du mitnehmen müßtest«, fragte Nafai, »um die Flora und Fauna wiederherzustellen, die auf der Erde wahrscheinlich abgestorben ist?«

»Wie groß? Sehr viele Geräte. Eine ganze Karawane.«

»Aber was, wenn du nur die bedeutendsten Exemplare mitnehmen würdest – die nützlichsten Vögel, die wichtigsten Tiere, die Pflanzen, die wir brauchen, um Nahrung und Unterkunft zu haben?«

»Dann käme man mit viel weniger aus«, sagte Schedemei. »Man muß einfach Prioritäten setzen – wenn man nur ein

Kamel hat, müßte man sich eben auf zwei Trockenbehälter beschränken. Und ein Kamel, das die Geräte zur Wiederherstellung und das andere Material trägt.«

»Also wäre es möglich«, sagte Nafai triumphierend.

»Du glaubst, die Überseele wird dich zur Erde schicken?« fragte Schedemei.

»Wir glauben, dieser Plan ist der wichtigste, der jetzt auf der gesamten Welt Harmonie durchgeführt wird«, sagte Nafai.

»Mein Traum?«

»Dein Traum ist ein Teil davon«, sagte Luet. »Genau wie der meine, glaube ich.« Sie erzählte Schedemei ihren Traum von den Engeln und den Ratten.

»Damit könnte symbolisch eine Welt gemeint sein, auf der sich neue Lebensformen entwickelt haben«, sagte Schedemei. »Aber du hast eins nicht bedacht. Wenn dein Traum von der Überseele kam, kann er wohl kaum buchstäblich wahr sein.«

»Warum nicht?« fragte Luet. Sie wirkte etwas beleidigt.

»Wie soll die Überseele wissen, was auf der Erde geschieht? Wie kann sie ein wahres Bild von irgendeiner Spezies sehen, die dort lebt? Die Erde ist tausend Lichtjahre entfernt. Es hat niemals ein elektromagnetisches Signal gegeben, das so stark gebündelt war, daß es über diese Entfernung hinweg wirklich bedeutsame Sendungen hätte tragen können. Wenn die Überseele dir diesen Traum gegeben hat, hat sie ihn frei erfunden.«

»Vielleicht stellt sie Vermutungen an«, sagte Huschidh.

»Vielleicht vermutet sie tatsächlich nur, welche Keimlinge und Embryos Schedemei mitnehmen müßte«, sagte Nafai. »Aber wir müssen trotzdem tun, was der Traum gebietet. Schedemei muß diese Keimlinge und Embryos sammeln und sich darauf vorbereiten, sie mit uns zur Erde zu nehmen.«

Schedemei sah sie verblüfft an. »Ich bin gekommen, um Tante Rasa einen Traum zu erzählen und nicht, um wegen einer verrückten und unmöglichen Reise meine Karriere aufzugeben. Wie wollt ihr denn zur Erde gelangen? Auf einer Wolke?«

»Die Überseele hat gesagt, daß wir dorthin gehen«, erwiderte Nafai. »Wenn es an der Zeit ist, wird die Überseele uns sagen, wie wir es anstellen werden.«

»Das ist doch absurd«, sagte Schedemei. »Ich bin Wissenschaftlerin. Ich weiß, daß es die Überseele wirklich gibt, weil unsere Unterbreitungen oft an Computer in fernen Städten gesendet werden, was ohne die Überseele nicht möglich wäre. Aber ich habe immer angenommen, die Überseele sei lediglich ein Computer, der eine Anordnung von Kommunikationssatelliten kontrolliert.«

Nafai sah Luet und Huschidh konsterniert an. »Issib und ich haben das unter großen Mühen herausfinden müssen, und Schedemei hat es die ganze Zeit über gewußt.«

»Du hast mich nie gefragt«, sagte Schedemei.

»Wir hätten niemals mit dir *gesprochen*«, sagte Nafai. »Schließlich bist du *Schedemei*.«

»Nur eine Lehrerin unter vielen im Haus deiner Mutter«, sagte Schedemei.

»Ja, genau wie die Sonne nur ein Stern unter vielen im Himmel ist«, sagte Nafai.

Schedemei lachte und schüttelte den Kopf. Ihr war nie in den Sinn gekommen, daß die jungen Leute ihr solch eine Ehrfurcht entgegenbrachten. Es gefiel ihr – sie freute sich zu wissen, daß jemand sie bewunderte –, doch gleichzeitig fühlte sie sich deshalb etwas schüchtern und bloßgestellt. Sie mußte dem Bild gerecht werden, das sie von ihr hatten, und sie war doch nur eine schwer arbeitende Frau, die einen verwirrenden Traum gehabt hatte.

»Schedemei«, sagte Huschidh, »ob es uns nun möglich erscheint oder nicht, die Überseele bittet uns, uns auf diese Reise vorzubreiten. Wir hätten niemals gewagt, *dich* zu bitten, doch die Überseele hat dich zu uns geführt.«

»Der Zufall hat mich zu euch geführt.«

»Zufall ist lediglich das Wort, das wir benutzen, wenn wir die Ursache noch nicht herausgefunden haben«, sagte Luet.

»Er ist eine Illusion des menschlichen Geistes, eine Redensart, die ausdrücken soll: ›Ich weiß nicht, warum dies auf diese Art und Weise geschehen ist, und ich habe keine Absicht, es herauszufinden.‹«

»Das war in einem anderen Zusammenhang«, sagte Schedemei.

»Du hattest den Traum«, sagte Nafai. »Du hast gewußt, daß er wichtig war. Du wolltest ihn Mutter erzählen. Wir waren hier, als du kamst, und sie nicht. Aber auch wir wurden hier von der Überseele zusammengeführt. Begreifst du denn nicht, daß du eine Einladung bekommen hast?«

Schedemei schüttelte den Kopf. »Ich muß hier meine Arbeit machen, und nicht auf einer verrückten Reise, deren Ziel tausend Lichtjahre entfernt liegt.«

»Deine Arbeit?« sagte Huschidh. »Welchen Wert hat deine Arbeit denn im Vergleich zu der Aufgabe, der Erde ihre verlorene Spezies zurückzugeben? Deine Arbeit ist schon sehr bekannt, aber die Gärtnerin eines ganzen Planeten zu sein ...«

»*Falls* es wahr ist«, sagte Schedemei.

»Nun«, sagte Nafai, »vor diesem Dilemma haben wir alle auch schon gestanden. *Falls* es stimmt. Keiner von uns kann das für dich entscheiden. Wenn du selbst also eine Entscheidung getroffen hast, lasse sie uns wissen.«

Schedemei nickte, doch insgeheim wußte sie, daß sie alles unternehmen würde, was in ihrer Kraft stand, um diese Leute nicht mehr wiederzusehen. Es war zu seltsam. Sie nahmen ihren Traum zu wichtig. Sie verlangten ein zu großes Opfer von ihr.

»Sie hat sich entschieden, uns nicht zu helfen«, sagte Luet.

»Nichts dergleichen!« sagte Schedemei. Doch in ihrem Herzen fragte sie sich schuldbewußt: Wieso weiß sie es?

»Selbst, wenn du dich entschließt, uns nicht zu begleiten«, sagte Nafai, »wirst du dann wenigstens eine entsprechende Sammlung von Keimlingen und Embryos zusammenstellen – vielleicht zwei Kamelladungen? Und die Ausrüstung, die wir brauchen, um sie wiederherzustellen? Und einigen von uns erklären, wie man damit umgeht?«

»Gern«, sagte Schedemei. »Ich werde in den kommenden Monaten bestimmt die Zeit dafür finden.«

»Wir haben keine *Monate*«, sagte Nafai. »Wir haben Stunden. Oder vielleicht ein paar Tage.«

»Das ist doch lächerlich«, sagte Schedemei. »Was für einen Garten soll ich denn in ein paar Stunden zusammenstellen?«

»Gibt es hier in Basilika keine Bio-Bibliotheken?« fragte Huschidh.

»Ja, sicher – von ihnen bekomme ich die Exemplare, mit denen ich anfange.«

»Dann könntest du das meiste, was du brauchst, doch von ihnen bekommen?«

»Bei zwei Kamelladungen könnte ich wohl alles von den Bibliotheken bekommen. Aber die Geräte, um sie wiederherzustellen, besonders die Tierembryos – ich habe nur meine eigene Apparatur, und es würde ein paar Monate dauern, um eine zweite zu bauen.«

»Wenn du uns begleiten würdest«, sagte Luet, »könntest du deine Apparatur mitnehmen. Und wenn du uns nicht begleitest, hast du danach genug Zeit, um eine neue zu konstruieren.«

»Du bittest mich, euch meine eigenen Geräte mitzugeben?«

»Für die Überseele«, sagte Luet.

»Das glaubst *du*.«

»Für Tante Rasas Sohn«, sagte Huschidh.

Natürlich weiß die Entwirrerin, wie sie in mein Herz eindringen kann, dachte Schedemei. »Wenn Tante Rasa mich darum bittet«, sagte Schedemei, »werde ich es tun.«

Nafais Augen funkelten plötzlich. »Und was, wenn Mutter dich bitten würde, uns zu begleiten?«

»Das würde sie niemals tun«, sagte Schedemei.

»Aber wenn Tante Rasa uns ebenfalls begleitet?« fragte Luet.

»Das wird sie niemals«, sagte Schedemei.

»Das sagt Mutter auch«, entgegnete Nafai, »aber wir werden ja sehen.«

»Wer von euch will lernen, wie man die Geräte bedient?« fragte Schedemei.

»Huschidh und ich«, sagte Luet schnell.

»Dann kommt heute nachmittag zu mir, damit ich euch darin ausbilden kann.«

»Du wirst uns die Geräte geben?« fragte Huschidh.

War sie erfreut oder lediglich überrascht?

»Ich werde es mir überlegen«, sagte Schedemei. »Und euch in ihrer Bedienung zu unterweisen, kostet mich lediglich Zeit.«

Mit diesen Worten erhob Schedemei sich von dem Teppich und trat unter der Markise hervor. Sie suchte nach dem Gitter, durch das sie gekommen war, doch Luet mußte es wieder eingesetzt haben, und sie konnte sich nicht daran erinnern, wo die Luke gewesen war.

Sie mußte jedoch nichts sagen, denn Luet schien ihre Verwirrung augenblicklich gespürt zu haben, und nun führte das Mädchen sie zu der Stelle. Das Gitter war nicht wieder eingesetzt worden, es war einfach hinter der Dachrinne nicht zu sehen gewesen. »Von hier aus kenne ich den Weg«, sagte Schedemei. »Du mußt nicht mitkommen.«

»Schedemei«, sagte Luet. »Ich habe einmal von *dir* geträumt. Vor nicht allzu langer Zeit.«

»Ach?«

»Ich weiß, daß du meine Worte bezweifeln und denken wirst, ich sage das nur, um dich zu überreden, uns zu begleiten, aber es ist kein Zufall. Ich war im Wald, und es war Nacht, und ich hatte Angst. Ich sah mehrere Frauen. Tante Rasa und Huschidh; Eiadh und Dol. Und dich. Ich habe dich gesehen.«

»Ich war nicht dort«, sagte Schedemei. »Ich gehe niemals in den Wald.«

»Ich weiß – ich habe dir doch gesagt, es war ein Traum, obwohl ich wach war.«

»Ich meine wirklich, was ich sage, Luet. Ich gehe *niemals* in den Wald. Ich gehe niemals zum See hinab. Ich bin überzeugt davon, was ihr dort tut, ist sehr wichtig und gut, aber es gehört nicht zu meinem Leben. Es ist nicht Teil meines Lebens.«

»Dann«, sagte Luet, »solltest du dein Leben vielleicht ändern.«

Darauf hatte Schedemei nichts Höfliches zu erwidern, und so trat sie durch die Öffnung in der Wand. Hinter ihr hörte sie das Murmeln, mit dem die anderen ihr Gespräch wieder aufnahmen, doch sie konnte kein Wort verstehen. Und sie wollte es auch nicht. Worum man sie gebeten hatte, war einfach ungeheuerlich.

Und doch war es in ihrem Traum so wunderbar gewesen, die Hand auszustrecken und Leben aus den Wolken hinabzubringen. Warum hatte sie sich nicht damit begnügt – mit einem wunderschönen Traum? Warum hatte sie diesen Kindern davon erzählen müssen? Warum konnte sie nicht einfach vergessen, was sie gesagt hatten? Warum wirbelten jetzt diese Gedanken durch ihren Kopf?

Die Rückkehr zur Erde. Heim zur Erde.

Was hatte das zu bedeuten? Vierzig Millionen Jahre lang waren die Menschen auf Harmonie zufrieden gewesen. Warum rief die Erde sie jetzt? Es war Wahnsinn, ein anstekkender Wahnsinn in diesen schweren Zeiten.

Doch statt nach Hause ging sie zur Bio-Bibliothek, brütete dort mehrere Stunden über dem Katalog und stellte eine Bestellung für zwei Kamelladungen kristallisierter Keimlinge und Embryos zusammen, die vielleicht die nützlichsten Pflanzen und Tiere einer Erde ersetzen konnten, die sie vor langer, langer Zeit verloren hatte.

IM STADTRAT UND NICHT IN EINEM TRAUM

Rasa hatte ihr Leben voller Zuversicht verbracht. Sie wußte, es gab nichts, womit sie nicht mit einer Mischung aus Gewitztheit, Freundlichkeit und Entschlossenheit fertig werden konnte. Man konnte die Menschen stets überzeugen, und wenn nicht, dann konnte man sie ignorieren, und mit der Zeit würden sie verschwinden. Dieser Philosophie verdankte sie es, daß ihr Haushalt eine der angesehensten Schulen Basilikas war, obwohl es sie noch gar nicht so lange gab; sie hatte ihr auch zu persönlichem Einfluß bei allen Belangen des Stadtlebens verholfen, obwohl sie niemals ein Amt innegehabt hatte. Bei wichtigen Entscheidungen wurde sie vom Stadtrat konsultiert; sie war in den Verwaltungsräten vieler Kunstausschüsse tätig; und vor allem baten die Frauen – und sogar die Männer –, die die wichtigsten Entscheidungen bezüglich der Politik und des Handels der Stadt trafen, sie privat um ihren Rat. Sie wurde von vielen Männern umworben, blieb jedoch glücklich mit jenem Mann verheiratet, von dem sie wußte, daß er von ihrer Macht weder bedroht wurde noch sie begehrte. Sie hatte eine perfekte Rolle für sich in der Stadt geschaffen und lebte sie auch gern aus.

Ihr war jedoch nie in den Sinn gekommen, wie zerbrechlich das alles war. Der Stoff ihres Lebens war auf dem Webstuhl Basilikas geflochten worden, und nun, da die Stadt auseinanderbrach, zerriß und zerfaserte auch ihr Leben.

Ihr ehemaliger Gatte, Gaballufix, hatte den Prozeß in Gang gesetzt, als sie noch miteinander verheiratet waren und er versucht hatte, sie dazu zu bringen, die Gesetze ändern zu lassen, die besagten, daß kein Mann Eigentum in der Stadt besitzen durfte. Als sie begriffen hatte, weshalb er sie geheiratet hatte, hatte sie den Vertrag verfallen lassen und erneut Wetschik geheiratet – diesmal für immer, soweit es sie betraf. Aber Gaballufix hatte nicht aufgegeben, hatte in den Dörfern vor der Stadtmauer eine Anhängerschaft um sich geschart, die sich aus der niedrigsten Sorte von Männern zusammensetzte. Dann hatte er sie als Tolschocks in die Stadt gebracht, die die Frauen in Angst und Schrecken versetzten, und dann als Söldner in diesen schrecklichen Masken, die die Stadt angeblich vor den Tolschocks schützen sollten – doch soweit sie es sagen konnte, waren eben jene Tolschocks auch die Söldner, nur in schmucken Hologrammuniformen.

Doch vielleicht hätte man Gaballufix noch unter Kontrolle halten können, wenn die Überseele sich plötzlich nicht so seltsam benommen hätte. Sie sprach tatsächlich zu einem Mann – und nicht einfach zu einem beliebigen, sondern zum Wetschik selbst. Die Probleme, die dies für Rasa schuf, waren unberechenbar. Nicht nur, daß ihr ehemaliger Gatte die uralten Gesetze der Stadt der Frauen herausforderte, nein, nun sagte ihr derzeitiger Gatte auch noch jedem, der ihm zuhörte, daß Basilika zerstört werden würde. Ihre liebe Freundin Dhel hatte damals – erst vor ein paar Wochen – zu Rasa gesagt, die Leute wären überrascht, daß Rasa nicht auch mit Roptat verheiratet gewesen sei, dem Führer der Pro-Gorajni-Partei. »Vielleicht solltest du dein Bett nach irgendeinem Parasiten absuchen, der Wahnsinn hervorruft, meine Liebe«, sagte Dhel. Sie hatte natürlich nur einen Scherz gemacht, doch dieser Scherz war schmerzhaft.

War schmerzhaft, aber nichts im Vergleich zu dem, was in den letzten paar Tagen geschehen war. Alles fiel auseinander. Gaballufix hatte Wetschiks Vermögen gestohlen und versucht, seine Söhne zu töten – einschließlich der beiden, die auch Rasas Söhne waren. Dann hatte die Überseele Luet befohlen, Nafai – ausgerechnet *Nafai*, noch ein Kind – zum verbotenen See zu führen, wo er auf dem Wasser schwebte wie eine Frau – wie eine Wasserseherin. In derselben Nacht hatte Nafai, zweifellos noch naß vom See des Friedens, Gab getötet. In gewisser Hinsicht war dies ausgleichende Gerechtigkeit, da Gaballufix versucht hatte, *ihn* zu töten. Doch Rasa konnte sich nichts Schrecklicheres vorstellen als die Tatsache, daß ihr eigener Sohn ihren ehemaligen Gatten getötet hatte.

Doch das war nur der Anfang gewesen. Denn in derselben Nacht hatte sie herausgefunden, wie gräßlich ihre beiden Töchter waren. Sevja hatte mit Kokors Gatten geschlafen – und Kokor hatte sie dann fast umgebracht. Die Zivilisation erstreckt sich nicht einmal in mein eigenes Haus. Mein Sohn ist ein Mörder, eine Tochter eine Ehebrecherin und die andere im Herzen eine Mörderin. Nur Issib war noch zivilisiert. Der Krüppel Issib, dachte sie verbittert. Vielleicht besteht daraus die Zivilisation – aus Krüppeln, die sich zusammengetan haben, um die Starken zu beherrschen. Hatte Gaballufix nicht einmal so etwas gesagt? »In einer Zeit des Friedens, Rasa, könnt ihr Frauen es euch leisten, euch mit Eunuchen zu umgeben. Doch wenn der Feind vor den Toren steht, werden die Eunuchen euch nicht retten. Dann werdet ihr euch echte Männer wünschen, gefährliche, mächtige Männer – doch wo sind sie dann, da ihr sie alle vertrieben habt?«

Raschgallivak – er war einer der törichten Schwächlinge, nicht wahr? Einer der ›Eunuchen‹, in jenem Sinne, den Gaballufix meinte. Er hatte nicht die Kraft, die Tiere zu beherrschen, die Gaballufix an der Leine gehalten hatte. Und dann hatte Huschidh diese Leine durchtrennt, und die Stadt war in Flammen aufgegangen. In meinem eigenen Haus ist es geschehen! Warum war ich erneut der Brennpunkt?

Die letzte Beleidigung war die Ankunft General Muuzh' gewesen, denn Rasa wußte nun, daß er es war – es konnte kein anderer sein. So dreist – er war mit nur tausend Mann zu der Stadt marschiert und eingetroffen, als man keinem Feind Widerstand leisten konnte und jeder vorzugeben bereit war, man würde einen Freund einladen. Rasa ließ sich von seinen Versprechungen nicht täuschen. Sie ließ sich nicht von der Tatsache hinters Licht führen, daß er seine Soldaten von den Straßen abgezogen hatte. Sie hielten doch noch immer die Mauern und Tore, nicht wahr?

Und sogar Muuzh war mit ihr verbunden, genau, wie es bei Wetschik und Gaballufix und Nafai und Raschgallivak der Fall gewesen war. Denn er war mit ihrem Brief gekommen, und nur, indem er ihren Namen benutzte, hatte er überhaupt Zutritt zur Stadt bekommen.

Es hatte nicht mehr schlimmer werden können. Und dann waren heute morgen Nafai und Elemak in ihr Haus gekommen – vom Wald aus, was bedeutete, daß sie beide durch ein Gelände gekrochen waren, das für Männer verboten war. Und warum waren sie gekommen? Um sie darüber zu informieren, daß die Überseele von ihr verlangte, die Stadt zu verlassen und zu ihrem Gatten in die Wüste zu kommen und dabei alle Frauen mitzubringen, die sie für geeignet hielt.

»Geeignet wofür?« hatte Rasa gefragt.

»Geeignet für Ehen«, sagte Elemak, »und dafür, in einem neuen Land, fern von hier, Kinder zu gebären.«

»Ich soll Basilika verlassen, ein paar arme, unschuldige Frauen mitnehmen und wie eine Pavianherde in der Wüste leben?«

»Nicht wie Paviane«, hatte Nafai hilfreich gesagt. »Wir tragen noch immer Kleidung, und wir bellen nicht.«

»Ich werde es nicht in Betracht ziehen«, sagte Rasa.

»Doch, das wirst du, Mutter«, sagte Nafai.

»Drohst du mir etwa?« fragte Rasa – denn sie hatte in letzter Zeit diese oder ähnliche Worte von zu vielen Männern gehört.

»Keineswegs«, sagte Nafai. »Ich sage nur etwas voraus. Ich wette, daß du es im Verlauf der nächsten halben Stunde in Betracht ziehen wirst, denn die Überseele verlangt es von dir.«

Und er behielt recht. Keine zehn Minuten. Sie bekam den Gedanken einfach nicht mehr aus dem Sinn.

Wie konnte er es gewußt haben? Weil er begriffen hatte, wie die Überseele arbeitete. Er wußte nur nicht, daß die Überseele sie bereits bearbeitete. Als Wetschik in die Wüste aufgebrochen war, hatte er sie gebeten, ihn zu begleiten. Damals war von anderen Frauen nicht die Rede gewesen, doch als sie zur Überseele betete, bekam sie eine so deutliche Antwort, als hätte eine Stimme ihr direkt ins Herz gesprochen. Nimm deine Töchter mit, sagte die Überseele. Nimm deine Nichten mit, alle, die dich begleiten wollen. In die Wüste, damit ihr zu den Müttern meines Volkes werdet.

In die Wüste! Zu den Tieren! Ihr ganzes Leben lang hatte Rasa versucht, die Gebote der Überseele zu befolgen. Doch nun verlangte sie zu viel. Wer war Rasa, außerhalb von Basilika, außerhalb ihres Hauses? Dort war sie niemand. Nur Wetschiks Frau. Dort würden die Männer herrschen – wilde, barbarische Männer, wie Wetschiks Sohn Elemak. Dieser Elemak war ein furchterregender Junge; sie konnte nicht glauben, daß Wetschik nicht begriff, wie gefährlich er war. Was ihre Ernährung betraf, so würden sie vom Jäger Elemak abhängig sein. Und welchen Einfluß konnte sie dort haben? Welche Ratsversammlung würde auf sie hören? Die Männer würden die Ratsversammlungen abhalten, und die Frauen würden kochen und waschen und sich um die Babies kümmern. Es würde wie in den primitiven Zeiten sein, den Zeiten der Tiere. Sie konnte die Stadt der Frauen nicht verlassen, denn wenn sie es tat, würde sie nicht mehr die Herrin Rasa sein und zu einem Tier werden.

Mich gibt es nur in dieser Stadt. Ich bin nur an diesem Ort ein Mensch.

Und doch wußte sie, als sie die Ratskammer betrat, daß ›dieser Ort‹ nicht mehr die Stadt der Frauen war. Als sie die verängstigten, ernsten, wütenden Gesichter der Ratsfrauen betrachtete, wußte sie, daß Basilika nie wieder so werden würde, wie die Stadt einmal gewesen war. Ein neues Basilika mochte sich an dieser Stelle erheben, doch nie wieder würde eine Frau wie Rasa imstande sein, ihre Töchter und Nichten in völligem Frieden und Sicherheit zu erziehen. Von jetzt an würden die Männer ständig versuchen, etwas zu besitzen, zu beherrschen, sich *einzumischen*. Bestenfalls konnte sie auf einen Mann wie Wetschik hoffen, dessen Freundlichkeit seine Machtinstinkte mäßigen würde. Aber gab es auf dieser Welt noch einen zweiten Wetschik? Und selbst seine wohlwollende Einmischung wäre zuviel. Alles würde verdorben werden. Alles würde vergiftet und beschmutzt werden.

Überseele! Du hast deine Töchter verraten!

Doch sie sprach ihre Blasphemie nicht laut aus. Statt dessen nahm sie ihren Platz an einem der Tische in der Mitte der Kammer ein, an denen während der Versammlungen die Schreiberinnen und die Beraterinnen ohne Stimmrecht saßen. Sie fühlte ihre Blicke auf sich. Sie wußte, daß viele ihr die Schuld für alles gaben – und sie konnte ihnen schlecht widersprechen. Ihre Gatten, ihr Sohn, ihre Töchter; ihr Haus, in dem Raschgallivak die Kontrolle über seine Soldaten verloren hatte; und vor allem ihr Brief in den Händen des Gorajni-Generals, als er die Stadt betreten hatte.

Die Versammlung begann, und zum erstenmal, solange Rasa zurückdenken konnte, hetzte man durch die Eröffnungsrituale, und einige wurden sogar ganz ausgelassen. Niemand beschwerte sich. Denn sie alle wußten, daß die Frist, die sie den Gorajni zum Verlassen der Stadt gesetzt hatten, nun eine Frist war, die ihnen selbst drohte – denn mittlerweile war ihnen allen klar, daß die Gorajni nicht daran dachten, die Stadt zu verlassen.

Bald tobte die Redeschlacht. Niemand stellte die Tatsache in Frage, daß die Gorajni nun die Herren der Stadt waren. Die Debatte galt der Frage, ob man dem General – einige nannten ihn Muuzh, doch nur spöttisch, denn er weigerte sich, auf den Namen Vozmuzhalnoi Vozmozhno zu reagieren – trotzen oder seiner Besetzung einen legalen Anstrich geben sollte. Sie haßten die Vorstellung, ihm nachzugeben, doch wenn sie es taten, bestand die Hoffnung, daß er ihnen die Selbstverwaltung beließ, solange er Basilika als Militärbasis für seine Operationen gegen die Städte der Ebene und Potokgavan benutzen konnte. Doch wenn sie seine Besetzung für rechtmäßig erklärten, wie er es verlangt hatte, gaben sie ihm damit auf lange Sicht die Macht, sie zu vernichten.

Doch welche Alternative hatten sie? Er hatte keine Drohungen ausgesprochen. Er hatte ihnen lediglich einen sehr respektvollen Brief geschickt: »Da es meinen Truppen noch nicht gelungen ist, die Gefahr von Basilika abzuwenden, zögern wir, unsere lieben Freunde einem solchen Chaos zu überlassen, wie wir es bei unserer Ankunft vorgefunden haben. Wenn ihr uns daher zum Bleiben einladet, bis die Ordnung wiederhergestellt ist, sind wir bereit, auf unbestimmte Zukunft eure gehorsamen Diener zu werden.« Auf den ersten Blick stellte der Brief die Gorajni als lammfromm dar.

Doch sie wußten mittlerweile, daß bei den Gorajni nichts so war, wie es den Anschein hatte. Oh, sie beugten sich jedem Befehl oder Ersuchen des Stadtrats und versprachen zu gehorchen. Doch nur die Befehle, die ihren Zwecken dienten, wurden tatsächlich ausgeführt. Und die Stadtwache war auch unzuverlässig geworden, denn ihre Offiziere beteten den Gorajni-General mittlerweile praktisch an und folgten nun seinem Beispiel, Gehorsam zu schwören und dann zu tun, wie es ihnen beliebte. Oh, der General war ein so kluger Mann! Er provozierte niemanden, er stritt mit niemandem, er stimmte allem zu, was gesagt wurde ... und doch war er unnachgiebig, tat, was er wollte, während er ihnen niemals eine Angriffsfläche bot. Jede Frau in dieser Ratskammer mußte genauso deutlich wie Rasa spüren, daß ihnen die Macht entglitt und die Stadt nun vom Willen dieses einen Mannes abhängig war, obwohl er kein einziges offenes Wort gesagt und auch nichts offen unternommen hatte.

Wie macht er es nur? fragte sich Rasa. Wie beherrscht er die Menschen, ohne zu poltern oder sie einzuschüchtern? Vielleicht macht die Tatsache, daß er so eindringlich an seine Vision der Welt glaubt, es denen in seiner Nähe unmöglich, nicht ebenfalls daran zu glauben. Vielleicht sind wir alle so versessen darauf, daß uns jemand sagt, was die Wahrheit ist, auf die wir uns verlassen können, daß wir sogar eine Vision akzeptieren werden, die uns schwach und ihn stark macht, nur um überhaupt eine sichere Welt zu haben.

»Die Frist läuft in wenigen Minuten ab«, sagte die alte Kobe. »Und bei all unseren Gesprächen heute morgen haben wir noch nichts von der Herrin Rasa gehört.«

Ein zustimmendes Murmeln hob sich, doch es ging augenblicklich in einem wütenden Grollen unter. »Wir sollten erst bei ihrem Prozeß wieder etwas von ihr hören!« rief eine Frau. »Sie hat das alles über uns gebracht!«

Rasa drehte sich gelassen um und betrachtete die Frau, die gesprochen hatte. Natürlich, es war Frotera, die Herrin einer anderen Schule, die schon seit langem eifersüchtig auf Rasa war. »Meine Herrin Frotera«, sagte Rasa, »ich fürchte, du könntest recht haben.«

Das brachte sie zum Schweigen.

»Glaubt ihr, ich hätte keine Augen im Kopf und nicht gesehen, was ihr alle gesehen habt? Welches der großen Unglücke, die über uns hereingebrochen sind, stand nicht mit mir im Zusammenhang? Mein Sohn wird des Mordes beschuldigt, meine Töchter haben einander betrogen, Raschgallivak hat versucht, sie aus meinem Haus zu schleppen, meine geliebte Stadt wurde von Unruhen und Bränden heimgesucht, und das Heer, das die Tore Basilikas beherrscht, zeigt euch einen Brief, den ich geschrieben habe. Und ich habe ihn geschrieben, wenngleich ich mir niemals hätte träumen lassen, daß er solch eine Verwendung finden würde, wie er sie nun gefunden hat. Schwestern, all das stimmt, doch bedeutet es auch, daß ich dies über uns gebracht habe? Oder bedeutet es, daß es mich schwerer belastet als alle anderen, abgesehen diejenigen, die bei den Unruhen geliebte Menschen verloren haben?«

Das gab ihnen zu denken; ja, sie hatte noch immer die Macht, ihnen eine Geschichte zu erzählen und sie, zumindest einen Augenblick lang, durch ihre Augen sehen zu lassen.

»Schwestern, wäre ich der Ansicht, daß ich der Grund für alles Böse bin, das Basilika heimgesucht hat, würde ich die Stadt sofort verlassen. Ich liebe Basilika zu sehr, um die Ursache für ihren Fall zu sein. Doch ich bin nicht die Ursache. Die erste Ursache war die Gier Gaballufix' – und er hat mich als ersten Versuch geheiratet, einen Eingriff gegen unsere uralten Gesetze zu machen. War es mein Mann, der private Soldaten in diese Stadt gebracht hat? Nein. Es war ein Mann, den ich als Gatte nicht mehr haben wollte. Ich habe Gaballufix zurückgewiesen, während viele von euch in diesem Rat immer wieder dafür gestimmt haben, seinen Mißbrauch zu tolerieren. Vergeßt das nicht!«

Oh, sie vergaßen es nicht, als sie auf ihren Stühlen zurückschreckten.

»Nun sind die Gorajni mit meinem Brief gekommen. Aber ich habe diesen Brief geschrieben, um einem jungen Stadtwächter Basilikas zu helfen, bei den Gorajni Schutz zu finden. Ich wußte, daß Raschgallivaks Söldner ihn bedrohten, und er hatte meinem Sohn geholfen, und so gab ich ihm den geringen Schutz, den ich ihm geben konnte. Nun sehe ich ein, daß dies ein schrecklicher Fehler war. Mein Brief machte sie auf unsere Schwäche aufmerksam, und sie sind gekommen, um sie zu nutzen. Aber ich habe unsere Schwäche nicht geschaffen, und wären wir heute morgen in einem *besseren* Zustand, als wir es nun sind, wenn die Gorajni *nicht* gekommen wären? Könnten wir überhaupt noch diese Versammlung abhalten, oder wären wir alle Opfer der Vergewaltigungen und Plünderungen der Palwaschantu-Söldner? Würde unsere Stadt in Schutt und Asche liegen? Also sagt mir, Schwestern, was ist besser, in einer schlechten Situation zu sein, in der es aber noch *etwas* Hoffnung gibt, oder völlig vernichtet worden zu sein, machtlos und ohne jede Hoffnung?«

Erneut ein Murmeln, doch sie hatte sie auf ihre Seite gezogen. Nur selten hatte sie so lange oder so nachdrücklich gesprochen – sie hatte schon lange herausgefunden, daß sie ihre Macht erhalten konnte, indem sie sich niemals offen zu etwas verpflichtete, sondern hinter den Kulissen arbeitete. Dennoch hatte sie schon oft genug gesprochen, um zu wissen, wie man sie – zumindest ein wenig – dazu bewegte, sich ihrem Willen zu beugen. Je öfter sie diese Macht einsetzte, um so weniger konnte sie damit bewegen, doch nun mußte sie sie benutzen, oder sie würde alles verlieren.

»Was wird geschehen, wenn wir ihm trotzen? Selbst,

wenn er Wort hält und geht, bedeutet das noch lange nicht, daß unsere Stadtwache danach so fügsam sein wird, wie sie es früher einmal war. Und ich glaube nicht, daß er Wort halten wird. Habt ihr jemals gehört, daß General Vozmuzhalnoi Vozmozhno ein Dorf, ein Feld, einen *Kieselstein* aufgibt, den er erobert hat?« Ein lauter werdendes Murmeln. »Ja, es *ist* General Muuzh – wir waren Närrinnen, auch nur einen Augenblick lang etwas anderes zu vermuten. Welcher andere Gorajni-General hätte die Dreistigkeit, so vorzugehen wie er? Begreift ihr nicht, wie kühn und brillant sein Plan war? Er kam mit nur eintausend Mann hierher, doch in den wenigen entscheidenden Stunden glaubten wir, er habe hundertmal so viele. Er war gehorsam und unterwürfig, und doch hat er seine Soldaten dort eingesetzt, wo er sie einsetzen wollte, hat er unsere Stadtwache verführt und sich die Vorräte verschafft, die er benötigte. Ständig entschuldigt er sich und bietet uns Erklärungen. Doch er lügt mit jedem Atemzug, den er macht, und nichts von dem, was er gesagt hat, war die Wahrheit. Er will Basilika dem Gorajni-Reich angliedern. Er wird uns *niemals* loslassen.«

Lautes Murmeln erfüllte den Raum, als sie eine Pause einlegte. Einige Frauen weinten. »Dann trotzt ihm!« rief eine Ratsherrin.

»Und welchen Sinn hätte Widerstand?« fragte Rasa. »Wie viele von uns würden sterben? Und was würden wir damit erreichen? Ein Fünftel unserer Stadt liegt schon in Schutt und Asche. Wir haben uns bereits entsetzt verkrochen, als betrunkene Männer durch unsere Stadt zogen. Was würde passieren, wenn die Plünderer nun nüchtern wären? Wenn es sich bei ihnen um dieselben disziplinierten Mörder handelte, die die Randalierer mit ihren eigenen Messern an die Mauern genagelt haben? Dann gäbe es keine Zuflucht mehr für uns!«

»Was ... schlägst du also vor, Herrin Rasa?«

»Gebt ihm, was er verlangt. Die Erlaubnis zu bleiben. Doch stellt die Bedingung, daß seine Soldaten ihre Lager außerhalb der Stadtmauern aufschlagen. Laßt sie dieselben

Eide ablegen, die Männer ablegen müssen, wenn sie die Ehe mit uns eingehen – daß sie die verbotenen Teile der Stadt nicht betreten, keinen Grundbesitz erwerben und die Stadt verlassen, wenn der Ehevertrag abgelaufen ist.«

Ein Gemurmel der Zustimmung.

»Aber wird er das auch akzeptieren, Herrin Rasa?«

»Ich habe keine Ahnung«, sagte sie. »Doch bislang hat er zumindest immer so *getan*, als wolle er sich unseren Wünschen fügen. Verkünden wir unser Angebot so öffentlich wie möglich und hoffen wir, daß es für ihn bequemer ist, die Bedingungen zu akzeptieren, als gegen sie vorgehen zu müssen.«

Rasas Ermahnungen schossen weit über das Ziel hinaus. Ja, sie nahmen ihren Vorschlag fast einstimmig an. Aber sie ernannten sie auch zu der Botschafterin, die General Muuzh ihre »Einladung« überbringen sollte. Sie freute sich nicht gerade auf dieses Gespräch, und ihr blieb noch nicht einmal Zeit für Überlegungen, was sie sagen oder wie sie sich verhalten sollte. Die Einladung mußte persönlich und augenblicklich übergeben werden; sie wurde auf der Stelle ausgedruckt, unterschrieben und mit dem Siegel versehen, und der Stadtrat sah ihr nach, als sie mit dem Dokument in der Hand die Kammer verließ, nur wenige Minuten vor Ablauf der Frist, die sie selbst gesetzt hatten.

Es war nicht Mebbekews bester Morgen. Er war pflichtgemäß über die verbotenen Hänge Basilikas gestapft, während Nafai vorausging, genau, wie er Elemak den ganzen Weg durch die Wüste und dann um die Stadt herum zum Wald in Basilikas Norden gefolgt war. Doch als sie dann in Sichtweite von Rasas Haus waren, war er davongeschlüpft. Er hatte nicht die Absicht, eine Schachfigur in *ihrem* Spiel zu sein. Wenn sie hier Frauen besorgen wollten, würde Mebbekew sich die seine selbst aussuchen, besten Dank. Er würde auf keinen Fall *hinter* seinem älteren Bruder hertrotten und auf ewig nur die zweite Wahl bekommen; noch würde er die

Erniedrigung schlucken, ins Haus der Mutter seines kleinen Bruders zu gehen und sie zu bitten, ihm eine ihrer kostbaren Nichten zu geben. Elemak hatte sein Herz an diese Porzellanpuppe Eiadh verloren ... nun ja, das war sein gutes Recht. Mebbekew hingegen zog Frauen mit Blut in den Adern vor, Frauen, die beim Liebesspiel stöhnten und knurrten, Frauen voller Vitalität und Kraft. Frauen, die Mebbekew liebten.

Nun ja, er fand schnell heraus, wie nötig Vitalität und Kraft waren! Die Brände hatten am schlimmsten in der Puppenstadt und in Dauberville gewütet, und so wohnten nur noch wenige seiner alten Freundinnen in den Häusern, die er noch gekannt hatte. Die wenigen, die er fand, *freuten* sich, ihn zu sehen. Sie bedeckten ihn mit Tränen und Küssen und waren bereit, ihn sofort aufzunehmen. Aber *wo* sollte er mit ihnen wohnen? In einem halb niedergebrannten Haus ohne fließendes Wasser? Und *warum* wollten sie ihn aufnehmen? Damit er die harte Männerarbeit leisten konnte, die für den Neuaufbau und die Reparaturen erforderlich war; und damit er sie beschützen konnte. Was für ein Witz! Mebbekew, der ein armes, verängstigtes Mädchen beschützte! Zweifellos würden sie ihn großzügig mit ihren Körpern belohnen, wenn er die Rolle spielte, die sie ihm zugedacht hatten, doch das war es nicht wert – *keine* Frau war dies im Augenblick wert, solange ihre Bedürfnisse noch größer waren als die seinen. Er war nicht hier, um jemanden zu beschützen oder zu versorgen, sondern um Schutz und Fürsorge zu finden.

Also verließ er sie mit einem Kuß und einem Versprechen, blieb aber bei keiner auch nur so lange, daß er hätte baden und essen können, denn er wußte, wenn diese bedürftigen Frauen ihn einmal in ihrer Umklammerung hatten, würden sie ihn zu einem Gatten machen. Und er hatte kein Interesse daran, eine Frau zu heiraten, die ihm nur Arbeit und Sorgen anzubieten hatte!

Und bei keinem einzigen Gespräch mit irgendeiner seiner alten Freundinnen kam ihm in den Sinn, ihr vorzuschlagen, alles in Basilika aufzugeben, mit ihm in die Wüste zu ziehen, bis sie ein verheißenes Land gefunden hatten, und mittlerweile einen Haufen Kinder in die Welt zu setzen, um ihre neue Heimat zu bevölkern. Nicht, daß die eine oder andere nicht bereit dazu gewesen wäre. Wenn sie sich die Ruinen Basilikas ansahen, der Stadt, in denen sie früher ein so leichtfertiges Leben geführt hatten, wenn sie sich an die Angst in dieser schrecklichen Nacht der Plünderungen erinnerten und dann an das Entsetzen, mit dem sie die von den Gorajni an die Wand genagelten Leichen betrachtet hatten, hatte für einige von ihnen der Gedanke, mit einem Mann, der sie führte und beschützte, in die Wüste zu ziehen, bestimmt seinen Reiz. Zumindest in den ersten paar Tagen mochte dem so sein; dann würden sie begreifen, daß das Leben in der Wüste einsam und freudlos war, und sie wären genauso versessen darauf, nach Basilika zurückzukehren, ob die Stadt nun in Schutt und Asche lag oder nicht, wie es bei Mebbekew der Fall gewesen war.

Doch das spielte kaum eine Rolle. Er hatte nie die Absicht gehabt, einer seiner alten Freundinnen solch einen Vorschlag zu machen. Sollten Elemak und Nafai doch Vaters Spiel mitspielen und ihre Visionen haben, wenn sie es unbedingt wollten. Mebbekew wollte nur, daß irgendeine Frau ihn in ein schönes, ordentliches Haus und ein schönes, ordentliches Bett führte und ihn versteckte und über den Verlust seines Vermögens hinwegtröstete, bis Elemak und Nafai die Stadt wieder verlassen hatten. Warum sollte Mebbekew noch einmal in die Wüste zurückkehren? Basilika mochte halb niedergebrannt und von Gorajni-Truppen besetzt sein, doch in den *meisten* Häusern funktionierten die Toiletten und Bäder noch, und die Nahrung war frisch, und in der Altstadt gab es jede Menge Spaß und Vergnügen.

Doch allmählich wurde ihm klar, daß selbst dieser bescheidene Plan nicht lange funktioniert hätte. Als er früh morgens durch die Puppenstadt wanderte, begriff er, daß er sich nicht lange in Basilika verstecken konnte. Denn er hatte die Stadt illegal betreten, ohne vom Computer registriert worden zu sein, und irgendwann würde man ihn aufgreifen und verhaften. Die Stadtwache war jetzt ziemlich aktiv, rühriger, als er sie je zuvor gesehen hatte, und an Kontrollstellen auf zahlreichen Straßen mußte man Daumen- und Augenabdrücke ablegen. Früher oder später würde man ihn erwischen. Es war schon nicht einfach gewesen, von der Puppenstadt zu Rasas Haus an der Regenstraße zu gelangen.

Ja, Rasas Haus. Es verdroß ihn, aber er hatte alles andere versucht; und nun war er hier, bereit, sich vollständig seinen Brüdern und seinem Vater und ihren idiotischen Plänen zu unterwerfen.

Als er auf der Straße stand und die Fassade von Rasas Haus betrachtete, war er zum Nachgeben bereit – und doch nicht. Es war unerträglich. Erniedrigend. Klopf, klopf. Guten Morgen, ich bin der Halbbruder von Rasas Söhnen, und ich bin hier, weil all meine ehemaligen Freundinnen mich nur schuften lassen wollten, und deshalb wäre ich dankbar, wenn Rasa und meine Halbbrüder mich aufnehmen und mir Speis und Trank geben würden, ganz zu schweigen von einer langen, heiße Dusche, bevor ich noch abkratze.

Die Vorstellung war schrecklich, und obwohl Mebbekew wußte, daß er nicht darum herumkommen würde, hatte er nie viel Übung darin erworben, unangenehme Dinge zu tun, nur weil sie getan werden mußten. Also tat er statt dessen, was er unter solchen Umständen *normalerweise* tat. Er wartete in unmittelbarer Nähe seines ungeliebten Ziels und tat einfach nichts.

Mindestens zwanzig Minuten lang – während er eingebildete Qualen durchlitt – tat er nichts, beobachtete lediglich die Schulklassen der jungen Mädchen und Knaben, die sich auf der Veranda zusammengefunden hatten. Dann und wann konnte er ein vereinzeltes Wort verstehen, und so versuchte er zu raten, welche Fächer dort unterrichtet und welche jeweiligen Themen abgehandelt wurden. Das lenkte ihn zumindest kurz von seinen Sorgen ab. Die Klasse in seiner unmittelbaren Nähe, so vermutete er, bekam entweder Unterricht in Geometrie oder organischer Chemie oder spielte mit Bauklötzchen.

Eine junge Frau verließ eine der Klassen, lief die Verandatreppe hinab und kam dann schnellen Schrittes auf ihn zu. Zweifellos hatte sie gesehen, daß er die Veranda beobachtete, und hielt ihn für einen potentiellen Kinderschänder oder Einbrecher. Er spielte mit dem Gedanken, sich umzudrehen und zu gehen, bevor sie ihn erreichte – womit sie zweifellos rechnete -, betrachtete statt dessen jedoch ihr Gesicht, und ihm wurde klar, daß er sie kannte.

»Guten Morgen«, sagte sie eisig, als sie nahe genug heran war, um es zu sagen, ohne zu schreien.

Mebbekew machte sich über einen eventuell bevorstehenden Streit keine Sorgen. Er war noch keiner jungen und schönen Frau begegnet, die er nicht ziemlich schnell für sich einnehmen konnte, wenn er sich nur herauszufinden bemühte, woran sie interessiert war, und es ihr dann gab. Es war immer ein Vergnügen, sich mit einer Frau zu befassen, die er noch nicht bearbeitet hatte. Besonders, da er sie augenblicklich erkannte – oder zumindest eine Ähnlichkeit sah.

»Bist du nicht Dolja?« fragte er.

Ihr Gesicht lief dunkelrot an, doch ihr Ausdruck wurde noch kälter und wütender. Also hatte er recht – sie war Dol. »Soll ich die Wache rufen, damit sie dich entfernt?«

»Ich habe dich in *Piraten* und *Westwind* gesehen. Du warst hervorragend.«

Ihr Gesicht färbte sich noch röter, und ihr Ausdruck wurde weicher.

»Du hattest das Talent«, sagte er. »Es war nicht nur dein Aussehen. Es war nicht nur die Tatsache, daß du jung und schön warst. Ich habe nie begriffen, wieso sie dir keine Rollen für Erwachsene gaben, als du älter wurdest. Ich weiß, du hättest es bestimmt geschafft. Es war verdammt unfair.«

Und nun war ihr Gesichtsausdruck überhaupt nicht mehr wütend, sondern erheitert. »Ich habe noch nie eine so durchsichtige und zynische Schmeichelei gehört«, sagte sie.

»Ah, aber ich habe jedes Wort so gemeint, wie ich es gesagt habe. Dolja – ich nehme an, man nennt dich jetzt mit deinem Erwachsenennamen. Dol, nicht wahr?«

»Meine Freunde nennen mich so. Ansonsten nennt man mich Herrin.«

»Herrin, ich hoffe, mir eines Tages das Vorrecht verdienen zu können, dein Freund zu sein. Bis dahin könntest du mir vielleicht sagen, ob meine Halbbrüder Elemak und Nafai in Rasas Haus weilen.«

Sie musterte ihn von oben bis unten. »Ich könnte nicht gerade sagen, daß du einem der beiden besonders ähnlich siehst.«

»Ah, aber jetzt schmeichelst du *mir*«, entgegnete er.

Sie lachte leise, trat auf ihn zu und reichte ihm die Hand. »Wenn du wirklich Mebbekew bist, bringe ich dich ins Haus.«

Er wich einen Schritt vor ihr zurück. »Rühr mich nicht an! Ich bin schmutzig! Wenn man zwei Tage durch die Wüste reist, riecht man nicht gerade nach dem besten Parfum, und wenn mein Körpergeruch dich nicht umbringt, wird mein Mundgeruch es bestimmt schaffen.«

»Ich habe nicht erwartet, daß du nach Blumen riechst«, sagte sie. »Ich gehe das Risiko ein, deine Hand zu nehmen und dich ins Haus zu führen.«

»Dann kommt dein Mut deiner Schönheit gleich«, sagte er und nahm ihre Hand. »Bei der Überseele«, flüsterte er, »deine Hand ist kühl und weich.«

Sie lachte erneut – eine Schauspielerin mit der Erfahrung, die Dol gehabt hatte, als sie damals berühmt gewesen war, würde sich von bloßer Schmeichelei niemals täuschen lassen. Doch Mebbekew nahm an, daß ein paar Jahre vergangen waren, seit jemand sich zum letzten Mal die Mühe gemacht hatte, ihr überhaupt zu schmeicheln, so daß schon allein die Tatsache, daß er es für einen Versuch wert hielt, eine Art Über-Schmeichelei war, gegen die sie sich nicht schützen konnte.

»Du mußt so etwas nicht sagen«, entgegnete sie. »Tante

Rasa hat Anweisungen hinterlassen, dich einzulassen, sobald du – wie sie es ausgedrückt hat – sobald du ›die Freundlichkeit hast, hier aufzutauchen‹.«

»Hätte ich gewußt, daß ich dich hier finden würde, Herrin, wäre ich schon viel früher gekommen. Und wie du sagst, ich muß niemandem schmeicheln, um heute morgen in Rasas Haus eingelassen zu werden. Was ich dir jetzt also sage, ist keine Schmeichelei. Es kommt aus tiefstem Herzen. Als ich ein Junge war, habe ich mich in die Schauspielerin Dolja verliebt. Jetzt sehe ich dich mit den Augen eines Mannes. Ich sehe dich als Frau. Und ich weiß, daß deine Schönheit nur größer geworden ist. Ich habe nie gewußt, daß du eine von Rasas Nichten bist, oder ich wäre auf der Schule geblieben.«

»Ich war ihre Nichte. Jetzt bin ich hier Lehrerin. Ich unterrichte gutes Benehmen und so weiter. Insbesonders habe ich Eiadh ausgebildet. Du weißt schon, das Mädchen, das dein Bruder Elemak umwirbt.«

»Es sieht Elemak ähnlich, die schwache Kopie zu umwerben und das Original zu ignorieren.« Mebbekew hielt absichtlich die Blicke auf ihr Gesicht gerichtet, aber nicht auf die Augen – statt dessen betrachtete er ihre Lippen, das Haar, all ihre Züge, und wußte dabei genau, daß sie sah, wie sich seine Augen bewegten und er sie in sich aufnahm. »Elemak ist übrigens nur mein Halbbruder«, sagte Mebbekew. »Wenn ich mich gewaschen habe, wirst du feststellen, daß ich viel besser aussehe.«

Sie lachte, aber er wußte, daß er ihr Interesse gewonnen hatte – er hatte schon vor langer Zeit gelernt, daß Schmeicheleien immer funktionierten und auch dem ungeheuerlichsten, unehrlichsten Lob Glauben geschenkt wurde, wenn man es nur oft und beredtsam genug wiederholte. Doch in diesem Fall mußte er wirklich nicht lügen. Dol war wunderschön, obwohl natürlich nicht mehr annähernd so entzückend wie damals, als sie ein ätherisches Kind von dreizehn Jahren gewesen war. Doch sie hatte Anmut und Haltung und ein betörendes Lächeln, und nun, da er sie ein paar Minuten lang bearbeitet hatte, waren ihre Augen hell und groß, wann immer sie ihn ansah. Es war Begehren. Er hatte die Begierde in ihr entfacht. Es war natürlich nicht die Begierde nach Leidenschaft, sondern eher der Wunsch, mehr von seinem Lob für ihre Schönheit zu hören, mehr von seinen verbalen Streicheleinheiten. Und doch wußte er aus Erfahrung, daß es kein großes Problem sein würde, sie von dem einen zum anderen zu bringen, falls er nach dem Frühstück und einem Bad nicht zu müde war.

Sie führte ihn in ihr eigenes Schlafzimmer – ein gutes Zeichen –, während das Personal ein Bad für ihn einließ. Er lag noch immer im Wasser und genoß seine Sauberkeit, als sie mit einem Krug Wasser und einem Tablett mit Speisen hereinkam. Sie trug es selbst, und sie waren allein. Die ganze Zeit über plauderte sie vor sich hin – nicht nervös, sondern ziemlich gelassen. Das war Mebbekews größtes Talent – die Frauen fühlten sich in seiner Gegenwart so wohl, daß sie so offen sprachen wie normalerweise nur mit ihren Freundinnen.

Während sie sich unterhielten, erhob er sich in der Wanne; als sie sich umdrehte – sie hatte gerade das Tablett auf ihre Kommode gestellt –, stand er ganz nackt da und trocknete sich ab. Sie rang heftig nach Atem und wandte den Blick ab.

»Es tut mir leid«, sagte er. »Mir ist nicht in den Sinn gekommen, daß ich dich erschrecken könnte. In deiner Zeit als Schauspielerin mußt du doch viele Männer gesehen haben – ich stand auch auf der Bühne, und hinter ihr ist niemand schüchtern oder sittsam.«

»Ich war jung«, sagte Dol. »Sie haben mich in jener Zeit stets beschützt.«

»Dann komme ich mir vor wie ein Tier«, sagte Mebbekew. »Ich wollte dich nicht schockieren.«

»Nein«, sagte sie. »Nein, ich bin nicht schockiert.«

»Das Problem ist nur, daß ich nichts zum Anziehen habe. Ich glaube kaum, daß es sehr hilfreich wäre, wenn ich meine alten Sachen wieder anziehen würde.«

»Die Dienstboten haben sie schon zum Waschen mitgenommen. Aber ich habe einen Bademantel für dich.«

»Einen von deinen? Ich bezweifle, daß er *mir* passen wird.« Die ganze Zeit über hatte er sich natürlich weiterhin abgetrocknet und nicht die geringsten Anstalten unternommen, sich zu bedecken. Und während ihres Gesprächs hatte sie sich wieder umgedreht und betrachtete ihn nun ziemlich offen. Da alles so glatt lief, und er vermutete, daß er ziemlich bald mit dieser Frau schlafen würde, war sein Körper ziemlich munter geworden. Als er sie das erstemal dabei ertappte, daß sie ihm zwischen die Beine sah, gab er vor, es erst jetzt zu bemerken, und hielt sich umständlich das Handtuch vor. »Es tut mir leid«, sagte er. »Ich war so lange allein in der Wüste, und du bist so schön – ich wollte dich nicht beleidigen.«

»Du hast mich nicht beleidigt«, sagte sie. Und nun konnte er auch die Begierde in *ihren* Augen sehen. Jetzt wollte sie mehr als nur schöne Worte von ihm. Wie er vermutet hatte, war die Zahl ihrer Verehrer wohl nicht mehr so groß. Bei ihrer Schönheit hätte sie in der Puppenstadt keinen Mangel an Liebhabern gehabt, doch als Lehrerin in Rasas Haus boten sich wahrscheinlich nicht so viele Gelegenheiten. Also war sie mit großer Sicherheit genauso begierig wie er.

Deshalb war er nach Basilika gekommen. Nicht wegen dieser verängstigten, hungrigen Frauen in der Puppenstadt, die einen starken und zuverlässigen Mann suchten, sondern wegen *dieser* Frau, bei der er nur leidenschaftlich und schmeichelnd und lustig sein mußte. Dol fühlte sich in Rasas Haus noch immer so sicher und bequem, daß sie tun konnte, was man von den Frauens Basilikas eigentlich erwartete – die Männer aus eigener Kraft zu ernähren und von ihren Liebhabern lediglich etwas Vergnügen und Aufmerksamkeit zu verlangen.

Sie brachte ihm ihren Bademantel. Wahrscheinlich hätte er es schon getan, doch Mebbekew stieß die Arme so tief in die Ärmel, daß sie ihm gerade noch bis zu den Ellbogen reichten. »Oh, das klappt tatsächlich nicht«, sagte sie.

»Es spielt jetzt kaum noch eine Rolle«, sagte er. »Ich habe nicht mehr gerade viele Geheimnisse vor dir!«

Natürlich hatte er das Handtuch fallen lassen, als er den Bademantel anzuziehen versuchte. Noch während er den Bademantel auszog, bückte er sich, um es aufzuheben. Doch als er sich wieder erhoben hatte, nahm sie ihm sowohl den Bademantel als auch das Handtuch ab. »Du hast recht«, sagte sie. »Jetzt müssen wir uns auch nicht mehr um Sittsamkeit bemühen.« Sie warf den Bademantel und das Handtuch in eine Ecke und brachte ihm dann von dem Tablett auf der Kommode ein paar Trauben. »Hier«, sagte sie.

Sie hielt ihm die Traube hin, direkt vor die Lippen. Er beugte sich tiefer, als es nötig war, und sog ihre Finger mit der Traube in den Mund. Sie beließ die Finger in seinem Mund, während er die Traube mit der Zunge löste. Sie war herb und süß und köstlich. Er setzte sich auf das Bett, und sie gab ihm eine zweite und eine dritte. Doch der Rest der Trauben landete auf dem Boden.

Muuzh hatte der Begegnung mit der Herrin Rasa voller Erwartung entgegengesehen, und sie enttäuschte ihn nicht. Er hatte sich in Gaballufix' Haus niedergelassen und wußte, daß sie den Sinn dieses Schrittes begreifen würde. Nach allem, was er über sie gehört hatte, handelte es sich bei der Herrin Rasa keineswegs um eine *vollständige* Närrin. Nun blieb nur noch zu sehen, wie er mit ihr umzugehen hatte. Vielleicht konnte er sie zu seiner Verbündeten machen. Vielleicht ließ sie sich täuschen. Vielleicht wurde sie aber auch zu einer unversöhnlichen Feindin. Ganz gleich, wie das Gespräch sich entwickeln würde, er würde seinen Vorteil daraus ziehen.

Sie umgab sich nicht mit einer besonderen Erhabenheit; sie unternahm keinen Versuch, ihn zu betören oder einzuschüchtern. Aber genau so mußte eine Frau sich verhalten, wollte sie ihn wirklich beeindrucken. In Gollod hatten die besten Hofdamen ihn zu verführen versucht, doch es war offensichtlich, daß Rasa nicht das geringste Interesse daran hatte. Statt dessen sprach sie wie eine Gleichberechtigte mit ihm, und das gefiel ihm. Sie gefiel ihm. Es würde ein hervorragendes Spiel werden.

»Natürlich möchte ich die Einladung des Stadtrats annehmen«, sagte er. »Wir helfen dieser wunderschönen Stadt nur allzu gern, die Ordnung und Sicherheit aufrechtzuhalten, während sie sich von den unglücklichen Ereignissen der letzten Wochen erholt. Aber ich habe ein Problem, bei dem du mir vielleicht helfen kannst.«

Er konnte ihrem Gesichtsausdruck entnehmen, daß sie mit mehr Forderungen gerechnet hatte – und er wußte, daß sie keine Illusionen darüber hatte, daß er sich in einer Position befand, in der er Forderungen erheben und auch durchsetzen konnte.

»Verstehst du«, sagte er, »üblicherweise belohnt ein Gorajni-General seine Männer nach einem großen Sieg, indem er das eroberte Gebiet aufteilt und ihnen Land und Frauen gibt.«

»Aber du hast Basilika nicht erobert«, sagte Rasa scharf.

»Genau!« sagte er. »Du verstehst also mein Dilemma. Meine Männer haben mir auf diesem Feldzug mit außergewöhnlicher Heldenhaftigkeit und Disziplin gedient und einen vollständigen Sieg über die Raufbolde und Plünderer errungen. Und doch mangelt es mir an der Möglichkeit, sie zu belohnen!«

»Unsere Schatzkammer ist tief«, sagte Rasa. »Der Stadtrat kann jeden deiner tausend Leute zu einem reichen Mann machen.«

»Geld?« fragte Muuzh. »Oh, du verletzt mich zutiefst. Mich und meine Männer. Wir sind keine Söldner!«

»Ihr akzeptiert Land, aber nicht das Geld, mit dem ihr Land kaufen könnt?«

»Land ist eine Sache des Anspruchs und der Ehre. Ein Mann mit Land ist ein Herr. Aber *Geld* – dann könnte ich meine Soldaten ja gleich *Händler* nennen.«

Sie musterte ihn einen Augenblick lang. »General Vozmuzhalnoi Vozmozhno«, sagte sie dann, »weiß der Imperator, daß du diese Männer *deine* Soldaten nennst? *Deine* Männer?«

Muuzh verspürte einen plötzlichen Anflug von Furcht. In der Tat, eine köstliche Situation – es war schon lange her, seit er jemandem gegenüber gesessen hatte, der es verstanden hatte, ihm die Initiative zu nehmen. Und sie hatte augenblicklich seine schwächste Stelle gefunden. Denn er hatte nicht nur den Befehlen des Imperators getrotzt, keine Offensivmanöver anzuordnen, sondern auch noch die Leichen des öffentlichen und des privaten Spitzels des Imperators zurückgelassen, um hierher zu kommen. Im Augenblick drohte ihm die größte Gefahr vom Imperator, der mittlerweile bestimmt von seinem Wagnis gehört hatte. Muuzh kannte den Imperator gut genug, um zu wissen, daß er nicht überstürzt handeln würde – genau das war die größte Schwäche des Imperators, er scheute vor Risiken zurück –, doch bestimmt war schon ein neuer Fürsprecher auf dem Weg nach Süden, und diesmal nicht ohne Tempeltruppen als Rückendeckung. Entweder würde Muuzh eine gute Miene zum bösen Spiel aufsetzen und das Vertrauen des Imperators zurückgewinnen können, oder er würde offen zur Rebellion aufrufen müssen, und das mit nur tausend Mann und einhundert Kilometer tief in feindlichem Gebiet. Es war nicht der beste Augenblick für ihn, einem Widersacher die Stirn zu bieten, der seine Schwächen genau kannte.

»Wenn ich ›meine Truppen‹ sage«, erwiderte Muuzh, »setze ich dabei natürlich voraus, daß es nur so lange die meinigen sind, wie der Imperator mir gestattet, ihm zu dienen.«

»Wie ich feststelle, streitest du nicht ab, Vozmuzhalnoi Vozmozhno zu sein.«

Er zuckte mit den Schultern. »Ich erkenne, daß du viel zu klug für mich bist. Warum sollte ich versuchen, meine Identität vor dir zu verbergen?«

Sie runzelte die Stirn. Seine Schmeichelei und sein offenes Eingeständnis hatten sie etwas aus der Fassung gebracht. Nun würde sie sich zweifellos fragen, warum er so bereitwillig seinen wahren Namen eingestand und warum er sie klug nannte. Sie würde davon ausgehen, keineswegs klug gewesen zu sein, gerade, weil er sie klug genannt hatte. So würde sie nicht mehr darauf vertrauen, an ihn herankommen zu können, indem sie Differenzen zwischen ihm und dem Imperator ausnutzte. Er hatte schon vor langer Zeit gelernt, daß man einen wirklich klugen Widersacher am besten entwaffnen konnte, indem man ihn dazu brachte, seine wirkliche Stärke in Zweifel zu ziehen, und das schien auch bei Rasa einigermaßen zu funktionieren.

»Klugheit hat nichts damit zu tun«, sagte sie. »Auf die Wahrheit kommt es an. Und ich glaube nicht, daß in deinen Worten auch nur ein Körnchen Wahrheit gelegen hat. Du belohnst deine Soldaten normalerweise nicht mit Land, oder du hättest keine Soldaten mehr. Deine Offiziere vielleicht. Aber dieses Gespräch über Land ist nur dein erster Eröffnungszug bei dem Versuch, das Landgesetz der Stadt der Frauen zu zerstören. Laß mich raten, wie das Spielchen weiterhehen soll: Ich kehre mit deiner bescheidenen Bitte zum Rat zurück, und der schickt mich mit dem Angebot zurück, deine Männer könnten sich außerhalb der Stadt niederlassen. Du lobst unsere Großzügigkeit, doch dann weist du darauf hin, daß deine Männer sich niemals als Bürger zweiter Klasse eines Landes zufriedengeben könnten, das sie vor der Zerstörung gerettet haben. Wie sollst du Gorajni-Soldaten erklären, daß sie niemals Land innerhalb der Stadt besitzen können? Dann schlägst du einen Kompromiß vor – der sowohl ihnen als auch uns die Möglichkeit gibt, das Gesicht zu wahren. Dein Kompromiß besteht darin, daß Gorajni-Soldaten, die basilikanische Frauen heiraten, die Erlaubnis bekommen sollten, Miteigentümer ihres Landes innerhalb der Stadt zu werden. Die Frauen würden natürlich die vollständige Kontrolle über das Land behalten, doch deine Soldaten könnten auf diese Weise ihre Selbstachtung bewahren.«

»Du hast das Geschenk der Voraussicht«, sagte Muuzh.

»Keineswegs – ich improvisiere nur«, entgegnete sie. »Das Miteigentum an Grundbesitz würde innerhalb von ein paar Wochen zu einer Reihe opportuner Ehen führen, und dann würden die Männer Druck ausüben, um ein Stimmrecht zu bekommen – besonders, da du bewiesen haben wirst, daß deine Leute bescheidene und gehorsame Gatten sind, die keinen Versuch unternehmen, den Grundbesitz zu kontrollieren, an dem sie ein Miteigentum haben. Wie viele Schritte sind es von da an noch bis zu dem Tag, da die Frauen *kein* Stimmrecht mehr haben und aller Grund in Basilika den *Männern* gehört?«

»Meine liebe Herrin, du schätzt mich falsch ein.«

»Du hast nicht viel Zeit«, sagte Rasa. »Die Repräsentanten des Imperators werden spätestens in zwei Wochen hier sein.«

»Alle Gorajni-Heere reisen mit Repräsentanten des Imperators.«

»Das deine nicht«, sagte Rasa. »Sonst würde die Stadtwache es wissen. Wir haben Berichte darüber gelesen, wie dein Heer aufgebaut ist, und es gibt kein Zelt des Fürsprechers. Einige deiner Soldaten verspüren den starken Drang, zur Beichte zu gehen.«

»Ich habe von der Ankunft eines Fürsprechers nichts zu befürchten.«

»Warum hast du dann versucht, mir einzureden, du hättest bereits einen hier? Nein, General Vozmuzhalnoi Vozmozhno, ich glaube, du mußt wirklich sehr schnell handeln, um deine Position hier zu festigen, bevor du dich den Fragen des Imperators stellen mußt. Und ich glaube, du hast keine Zeit, dich mit einem Aufstand zu befassen – alles muß friedlich und sofort geklärt werden.«

Also hatte sie sich von all seiner Schmeichelei nicht hinters Licht führen lassen. »Herrin, du bist in der Tat weise. Es ist möglich, daß der Imperator mein Vorgehen falsch deuten wird, auch wenn mein Motiv lediglich darin bestand, ihm zu dienen. Aber du irrst dich, wenn du denkst, es wären viele aufeinanderfolgende Schritte nötig, um meine Position hier zu festigen.«

»Du bist anderer Ansicht?« fragte Rasa.

»Dazu bedarf es nicht vieler Ehen, sondern nur einer.« Er lächelte. »Meiner.«

Endlich war es ihm gelungen, *sie* zu überraschen. »Du bist nicht verheiratet, Herr?« fragte sie.

»In der Tat, das bin ich nicht«, sagte Muuzh. »Ich bin nie den Bund der Ehe eingegangen. Bis jetzt war das politisch nicht notwendig.«

»Und du glaubst, eine Ehe mit einer Frau von Basilika würde all deine Probleme lösen? Selbst, wenn man dir eine Ausnahmegenehmigung und damit einen Anteil am Besitz deiner Frau erteilt, gibt es doch keine einzige Frau in Basilika, die einen so großen Besitz kontrolliert, daß es für dich eine Rolle spielen würde.«

»Ich habe nicht vor, des Besitzes wegen zu heiraten.«

»Weshalb denn?«

»Um Einfluß zu gewinnen«, sagte er.

Sie musterte kurz sein Gesicht. »Falls du glaubst, *ich* hätte einen so großen Einfluß, bist du ein Narr.«

»Du bist eine eindrucksvolle Frau, und ich gestehe ein, daß du im richtigen Alter für mich wärest – reif und vollendet. Eine Ehe mit dir würde das Leben zu einem gefährlichen und mich voll in Anspruch nehmenden Spiel machen, und ich glaube, wir beide würden es genießen. Doch du bist leider schon verheiratet, auch wenn es sich bei deinem Gatten den Gerüchten zufolge um einen verrückten Propheten handelt, der sich in der Wüste versteckt. Es liegt mir nicht, der Anlaß für das Scheitern glücklicher Ehen zu sein. Außerdem hast du zu viele Widersacher und Feinde in dieser Stadt, um eine nützliche Gefährtin zu sein.«

»Imperatoren haben Gefährtinnen, General Vozmuzhalnoi Vozmozhno; Generale haben Ehefrauen.«

»Bitte, nenne mich Muuzh«, sagte er. »Es ist ein Spitzname, den nur Freunde benutzen dürfen.«

»Ich bin nicht deine Freundin.«

»Der Spitzname bedeutet ›Gatte‹«, sagte er.

»Ich weiß, was er bedeutet, und weder ich noch irgendeine Frau von Basilika werden dich jemals mit diesem Namen ansprechen.«

»Gatte«, sagte Muuzh, »und Basilika ist meine Braut. Ich

werde sie heiraten, ich werde das Lager mit ihr teilen, und sie wird mir viele Kinder gebären, diese schöne Stadt. Und wenn sie mich nicht freiwillig zu ihrem Gatten nimmt, werde ich sie trotzdem bekommen, und schließlich wird sie mir gegenüber fügsam sein.«

»Schließlich wird diese Stadt dir deine Eier auf einem Tablett servieren, General«, gab sie zurück. »Der letzte Herr dieses Hauses hat dies herausgefunden, als er tun wollte, was auch du beabsichtigst.«

»Er war ein Narr«, sagte Muuzh. »Das weiß ich, denn er hat *dich* verloren.«

»Er hat nicht *mich* verloren«, sagte Rasa. »Er hat sich selbst verloren.«

Er lächelte sie an. »Leb wohl, Herrin«, sagte er. »Bis wir uns wiedersehen.«

»Ich bezweifle, daß das je der Fall sein wird.«

»Oh, ich bin sicher, wir werden uns noch einmal unterhalten.«

»Nachdem ich dem Stadtrat erklärt habe, wer und was du wirklich bist, wird er dir keine Gesandten mehr schicken.«

»Meine liebe Herrin«, sagte Muuzh, »glaubst du wirklich, du würdest noch einmal mit dem Stadtrat sprechen, nachdem ich so frei mit dir gesprochen habe?«

Ihr Gesicht erbleichte. »Also bist du doch nicht anders als die anderen Schläger. Wie Gaballufix und Raschgallivak hörst du gern dein eigenes Poltern. Du glaubst, es macht dich männlich.«

»Keineswegs«, sagte Muuzh. »Ihre Drohgebärden und ihr Prahlen haben zu nichts geführt – sie haben sich nur so benommen, weil sie ihre eigene Schwäche gefürchtet haben. Ich hingegen drohe und prahle nicht, und wenn ich einen Entschluß gefaßt habe, führe ich ihn auch aus. Man wird dich von hier aus zu deinem Haus geleiten, das bereits von Gorajni-Soldaten umstellt ist. Alle Kinder in deinem Haus, die nicht bei dir wohnen, wurden bereits unbeschadet nach Hause geschickt; die anderen werden dort bleiben, denn von diesem Augenblick wird niemand mehr dein Haus betreten oder verlassen dürfen. Wir werden euch natürlich mit Nahrung versorgen, und dein Wasserbedarf wird anscheinend von Brunnen und einem klug entworfenen System zum Sammeln des Regens gedeckt.«

»Ja«, sagte sie. »Aber die Stadt wird niemals dulden, daß du mich verhaftest.«

»Glaubst du?« fragte Muuzh. »Ich habe bereits ein Mitglied der Stadtwache von Basilika zum Rat geschickt, um ihn zu informieren, daß ich dich in seinem Namen verhaftet habe, um die Stadt vor deinen Plänen und Intrigen zu schützen.«

»Vor meinen *Intrigen*!« rief sie und sprang auf.

»Du bist zu mir gekommen und hast vorgeschlagen, daß ich den Stadtrat ab- und einen Mann als König von Basilika einsetzen soll. Du hattest sogar schon einen Kandidaten im Sinn – deinen Gatten, den Wetschik, der seine wichtigsten Rivalen bereits von seinen Söhnen ermorden ließ und nun in der Wüste darauf wartet, daß ich ihn nach Hause rufe und er die Stadt als Vasall des Imperators beherrschen kann.«

»Ungeheuerliche Lügen! Niemand wird dir glauben!«

»Noch während diese Behauptung über deine Lippen kommt, weißt du, daß sie falsch ist«, sagte Muuzh. »Du weißt genau, daß es im Rat viele Frauen gibt, die nur zu gern glauben werden, daß all deine Taten auf privatem Ehrgeiz beruhen und du von Anfang an all dieses Unglück über die Stadt gebracht hast.«

»Du wirst feststellen, daß sich die Frauen Basilikas nicht so leicht täuschen lassen werden.«

»Du hast keine Ahnung, Herrin Rasa, wie glücklich ich wäre, wenn sich die Frauen Basilikas als so klug erweisen würden, daß ich sie nicht täuschen könnte. Ich habe mich mein ganzes Leben lang danach gesehnt, Menschen von so vorbildlicher Weisheit zu finden. Doch ich glaube nicht, daß ich sie *hier* gefunden habe, mit einer einzigen Ausnahme vielleicht, dir selbst. Und *du* stehst völlig unter meiner Kontrolle.« Er lachte fröhlich. »Bei der Inkarnation selbst, Herrin, nach unserem Gespräch an diesem Morgen erschreckt mich der Gedanke, daß du noch am *Leben* bist. Wärest du ein Mann mit einem Heer, hätte ich Angst, gegen dich in den Krieg zu ziehen. Aber du bist kein Mann mit einem Heer, und so stellst du keine Bedrohung für mich dar – nicht mehr.«

Sie erhob sich von ihrem Stuhl. »Bist du fertig?«

»Tu deinem Haushalt einen Gefallen – versuche nicht, jemanden mit einer geheimen Nachricht fortzuschicken. Ich werde *jeden* erwischen, den du schickst, und dann müßte ich wahrscheinlich etwas Scheußliches tun – zum Beispiel, dir die Lebensmittelration für den nächsten Tag eingenäht in die Haut deines Möchtegern-Boten zu schicken.«

»Du bist genau der Grund dafür, weshalb Basilika die Männer überhaupt aus der Stadt verbannt hat«, sagte sie kalt.

»Und du bist genau der Grund dafür, weshalb die Stadt der Frauen im Angesicht Gottes eine Abscheulichkeit ist«, erwiderte er. Doch in seiner Stimme schwang Bewunderung, ja sogar Zuneigung mit, denn in Wirklichkeit hatte allein diese Frau ihm klargemacht, daß die Stadt der Frauen nicht so schwach war, wie er es all diese Jahre lang geglaubt hatte.

»Gott«, sagte sie. »Gott bedeutet dir nichts. Wie du denkst, wie du lebst – ich möchte behaupten, daß du jeden Augenblick deines Lebens damit verbringst, dir zu überlegen, wie du den Willen der Überseele verspotten und ihr gesamtes Werk auf dieser Welt zerstören kannst.«

»Du kommst der Sache sehr nahe, liebe Herrin«, sagte er. »Näher, als du dir vorstellen kannst. Und jetzt beuge dich bitte dem Unausweichlichen und mache den armen Soldaten keine Schwierigkeiten, die die unangenehme Aufgabe haben, dich durch die Straßen Basilikas zu deinem Hausarrest zu geleiten.«

»Was für Schwierigkeiten könnte ich denn schon machen?«

»Nun, zum einen könntest du versuchen, den Leuten, die dir begegnen, lächerliche aufrührerische Botschaften zu-

zurufen. Ich würde dir empfehlen, die Soldaten schweigend zu begleiten.«

Sie nickte ernst. »Ich werde deine Empfehlung befolgen. Du kannst dir gewiß sein, daß ich dich auf dem Nachhauseweg in tiefstem Schweigen verachten werde.«

Sechs Soldaten waren nötig, um sie nach Hause zu bringen. Seine Lügen über sie waren so überzeugend gewesen, daß sich an vielen Plätzen der Stadt Menschenmengen gebildet hatten, die sie als Verräterin ihrer Stadt beschimpften. Es tat ihr weh, von ihrer geliebten Stadt ungerechtfertigt verachtet zu werden; doch es machte ihr nicht halb soviel aus wie die anderen Schreie – die Jubelrufe für General Muuzh, den Retter Basilikas.

5

Gatten

DER TRAUM DER HEILIGEN FRAU

In der Sprache ihrer Heimat lautete ihr Name Torstiga, doch in diesem Land weit im Osten war sie schon so lange nicht mehr gewesen, daß sie sich nicht einmal an die Sprache ihrer Kindheit erinnerte. Ihr Onkel hatte sie in die Sklaverei verkauft, als sie sieben Jahre alt gewesen war, und man hatte sie nach Westen gebracht, nach Seggidugu, und dort wurde sie erneut verkauft. Die Sklaverei war nicht unerträglich – ihre Herrin war streng, aber nicht ungerecht, und ihr Herr hielt seine Hände bei sich. Sie wußte sehr wohl, daß es hätte viel schlimmer kommen können – doch es war nicht die Freiheit.

Sie betete ständig für die Freiheit. Sie betete zu Fackla, der Göttin ihrer Kindheit, und nichts geschah. Sie betete zu Kui, dem Gott der Seggidugu, und noch immer war sie Sklavin. Dann hörte sie Geschichten von der Überseele, der Göttin Basilikas, der Stadt der Frauen, ein Ort, an dem kein Mann Besitz erwerben und jede Frau frei war. Sie betete und betete, und eines Tages, als sie zwölf Jahre alt war, wurde sie verrückt und fiel in die Trance der Überseele.

Da viele Sklaven vorgeben, gott-verrückt zu sein, um ihre Freiheit zu erlangen, wurde Torstiga eingesperrt und mußte während ihres Wahns hungern. Sie hatte nichts gegen die Dunkelheit in der winzigen Kammer, in der man sie festhielt, denn sie sah die Visionen, die die Überseele ihr eingab. Erst, als die Visionen endeten, nahm sie ihre körperlichen Beschwerden wahr. Das vermutete zumindest ihre Herrin, denn sie rief in ihrem Gefängnis immer und immer wieder: »Durstig! Durstig! Durstig!«

Sie verstanden nicht, daß sie dieses eine Wort nicht etwa rief, weil sie trinken mußte – obwohl sie schon längst ausgetrocknet war –, sondern weil es ihr Name war, Torstiga, übersetzt in die Sprache von Basilika. Die Sprache der Überseele. Sie rief ihren eigenen Namen, weil sie sich inmitten ihrer Visionen verloren hatte; sie hoffte, daß, wenn sie ihn lange und laut genug rief, das Mädchen, das sie einmal gewesen war, ihn vielleicht hören würde, und antworten, und vielleicht zurückkehren und wieder in ihrem Körper leben würde.

Später begriff sie dann, daß ihr wahres Ich sie niemals verlassen hatte, sondern in der Verwirrung und Ekstase und dem Entsetzen ihrer ersten starken Visionen verwandelt worden war; sie würde nie wieder die Zwölfjährige sein, die sie einmal gewesen war. Als man sie aus ihrem Verschlag ließ und warnte, nie wieder so zu tun, als wäre sie gott-verrückt, stritt sie nicht mit ihnen und versuchte ihnen auch nicht zu erklären, was wirklich geschehen war. Sie trank einfach, was man ihr zu trinken gab, und aß, bis die Speisen, die man ihr vorgesetzt hatte, aufgegessen waren, und widmete sich dann wieder ihrer Arbeit.

Doch bald merkten die anderen, daß eine Sklavin ausnahmsweise einmal nicht so tat *als ob*. Sie sah eines Tages ihren Herren an und begann zu weinen, und niemand konnte sie trösten. Als er an diesem Nachmittag den Bau eines schönen, neuen Hauses für einen der reichsten Männer der Stadt beaufsichtigte, wurde er von einem Stein getroffen, der dem Arbeitertrupp, der ihn an Ort und Stelle einzusetzen versuchte, aus den Händen fiel. Zwei Sklaven zogen sich bei dem Unglück Knochenbrüche zu, doch Durstigs Herr fiel auf die Straße, und ein Pferd trat ihn gegen den Kopf. Er siechte einen Monat dahin, erlangte das Bewußtsein nie wieder, trank die kleinen Schlucke, die seine Frau ihm jede halbe Stunde gab, doch erbrach jede feste Nahrung, die sie seine Kehle hinab bekam. Er verhungerte buchstäblich.

»Warum hast du an diesem Tag geweint?« fragte seine Witwe.

»Weil ich sah, wie er auf die Straße fiel und von einem Pferd getreten wurde.«

»Warum hast du ihn nicht gewarnt?«

»Die Überseele hat es mir gezeigt, Herrin, doch sie hat mir verboten, es zu erzählen.«

»Dann hasse ich die Überseele!« rief die Frau. »Und ich hasse auch dich, wegen deines Schweigens!«

»Bitte bestrafe mich nicht, Herrin«, sagte Durstig. »Ich wollte es dir erzählen, aber sie hat es nicht zugelassen.«

»Nein«, sagte die Witwe. »Nein, ich werde dich nicht bestrafen, weil du getan hast, was die Göttin von dir verlangt hat.«

Nach der Beerdigung des Herren verkaufte seine Witwe die meisten Sklaven, denn sie konnte sich einen schönen Haushalt in der Stadt nicht mehr leisten und würde auf das Anwesen ihres Vaters zurückkehren müssen. Durstig verkaufte sie nicht. Statt dessen schenkte sie ihr die Freiheit.

Die Freiheit, doch sonst nichts. Und so begann Durstig ihre Zeit als Wilde, nicht, weil die Überseele sie in die Wüste getrieben hatte, sondern weil sie Hunger hatte und in jeder Stadt die anderen Bettler sie verjagten, nicht, weil das Wenige, das sie gegessen hätte, ihnen etwas genommen hätte, sondern weil sie schlank und schmächtig war und daher eins der wenigen Geschöpfe auf der Welt, die zu verjagen sie die Macht hatten.

Sie fand sich also in der Wüste wieder, aß Heuschrecken und Eidechsen und trank aus den Wasserpfützen, die man nach jedem Regensturm in den Schatten und in Höhlen fand. Nun wurde sie ihrem Namen gerecht, denn mit der Zeit wurde sie tatsächlich eine Wilde, und nicht nur, was das Aussehen und die Lebensweise betraf. Denn sie war schmutzig, und sie war nackt, und sie verhungerte in der Wüste wie jede anständige heilige Frau – doch in ihrem Herzen wütete sie gegen die Überseele, denn sie war verbittert und zornig darüber, wie die Überseele ihre Gebete beantwortet hatte. Ich habe um Freiheit gebeten, heulte sie die Überseele an. Ich habe dich nie gebeten, meinen guten Herren zu töten und meine gute Herrin in die Armut zu treiben! Ich habe dich nie gebeten, mich in die Wüste zu treiben, wo meine Haut verbrennt, wenn ich nicht genug Schweiß produziere, daß der Staub an meinem nackten Körper klebt und mich schützt. Ich habe nie um Visionen oder Prophezeiungen gebeten. Ich habe nur darum gebeten, eine freie Frau zu sein, wie meine Mutter eine war. Jetzt kann ich mich nicht einmal an ihren Namen erinnern.

Doch die Überseele war noch nicht mit ihr fertig, und so konnte sie noch keinen Frieden finden. Als sie – nach ihrem besten Wissen – erst vierzehn Jahre alt war, hatte sie einen Traum von einem Ort, der gebirgig war und doch so wuchernd vor Leben, daß selbst die steilsten Klippen noch mit üppigem Grün bedeckt waren. In ihrer Vision sah sie einen Mann, und die Überseele sagte ihr, er sei ihr wahrer Gatte. Sie gab nichts um diese Information – sie sah nur, daß dieser Mann Nahrung in der Hand hielt und daß zu seinen Füßen ein Bach floß. Also wanderte sie nach Norden, bis sie das grüne Land und den Bach fand. Sie wusch sich und trank und trank und trank. Und dann, eines Tages, als sie sauber und zufrieden war, sah sie, daß er sein Pferd zum Wasser führte.

Sie wäre beinah davongelaufen. Sie wäre fast vor dem Willen der Überseele geflohen, denn sie wollte jetzt keinen Gatten, und am Ufer des Baches gab es genug Beeren, daß sie nichts begehrte, was er ihr anzubieten hatte.

Doch er sah sie und starrte sie an. Sie bedeckte ihre Brüste mit den Händen, da sie verschwommen wußte, daß die Männer dies begehrten, daß sie dies betrachteten; sie hatte keine Erfahrung mit Männern, denn die Überseele hatte sie bislang vor Wüstenwanderern geschützt.

»Gott verbietet mir, dich zu berühren«, sagte er leise. Er sprach die Sprache Basilikas, doch mit einem Akzent, der sich sehr von dem unterschied, den man in Seggidugu sprach.

»Das ist eine Lüge«, sagte sie. »Die Überseele hat mich zu deiner Frau gemacht.«

»Ich habe keine Frau«, erwiderte er. »Und wenn ich eine hätte, würde ich kein winziges Kind wie dich nehmen.«

»Gut«, sagte sie. »Denn *ich* will *dich* auch nicht. Soll die Überseele eine *alte* Frau für dich suchen, wenn sie dir eine Gattin besorgen will.«

Er lachte. »Dann sind wir einer Meinung. Du hast nichts von mir zu befürchten.«

Er nahm sie mit nach Hause, kleidete sie ein und gab ihr zu essen, und zum ersten Mal in ihrem Leben war sie glücklich. Nach einem Monat hatte sie sich in ihn verliebt und er sich in sie, und er nahm sie, wie ein Mann eine Frau nimmt, doch ohne Zeremonie. Seltsam war jedoch, daß sie davon überzeugt war, die Überseele verlange von ihm, sie zu heiraten, während *er* davon überzeugt war, lediglich dem Willen Gottes zu trotzen, indem er sie in sein Bett holte. »Ich werde Gott trotzen, wo ich nur kann«, sagte er. »Aber ich hätte dich niemals gegen deinen Willen genommen, auch nicht, um meinem Feind zu trotzen.«

»Dann ist Gott dein Feind?« flüsterte sie.

Einen Monat lang waren sie zusammen. Dann kam der Wahnsinn über sie, und sie floh in die Wüste.

Es geschah erneut, mehrere Jahre später, doch diesmal warteten sie keinen Monat lang, und sie fand ihn auch nicht in seinem Heimatland, sondern in einem ziemlich kalten fremden Land, mit Kiefern und einer Spur von Schnee auf dem Boden, und diesmal gab es keinen Monat der Keuschheit, bevor sie als Mann und Frau zusammenlagen. Und erneut wurde sie nach einem Monat gott-verrückt und floh in die Wüste.

Beide Male empfing sie ein Kind. Beide Male sehnte sie sich danach, ihm seine Tochter zu bringen und das Baby zu seinen Füßen zu legen und ihre Rechte als Gattin zu beanspruchen. Doch die Überseele verbat es, und statt dessen brachte sie das Baby in die Stadt der Frauen, nach Basilika, in das Haus, das die Überseele ihr in einem Traum gezeigt hatte, und beide Male legte sie das Kind in die Arme einer Frau, die die Überseele fürwahr liebte.

Durstig beneidete diese Frau so sehr, denn wenn einem die Liebe der Überseele gehört, bekommt man ein Haus und

Freiheit und Glück, und man ist von Töchtern und Freunden umgeben. Doch Durstig hatte nur den Haß der Überseele, und so lebte sie allein in der Wüste.

Bis vor zehn Jahren der Wahn sie dann endgültig verließ – zumindest glaubte sie das. Sie verließ die Wüste und ging ins Land Potokgavan, wo freundliche Fremde sie aufnahmen. Sie war nicht schön oder begehrenswert, doch auf seltsame Art und Weise eindrucksvoll, und ein guter, einfacher Bauer mit einem stattlichen Haus, das auf dicken Stelzen stand, bat sie, seine Frau zu werden. Sie willigte ein, und sie hatten sieben Kinder zusammen.

Aber sie konnte nie ihre Zeit als heilige Frau vergessen, als die Überseele sie haßte, und sie vergaß nie die beiden Töchter, die sie dem Fremden geschenkt hatte, der der Gatte war, den die Überseele ihr gegeben hatte. Die ältere Tochter hatte sie Huschidh genannt, was auch der Name einer Wüstenblume war, die süß roch, aber auch oft die Larven der giftigen Säbelfliege barg. Die jüngere Tochter hatte sie Luet genannt, nach der Ljuti-Pflanze, deren Blätter nach oben gerichtet waren und die eingeweicht den heiligen Tee ergaben, der den Frauen, die die Überseele verehrten, manchmal half, in Trance zu fallen und ihnen wahre Visionen zu geben. Sie dachte immer an ihre Töchter und betete jeden Morgen für sie, obwohl sie weder ihrem Mann noch ihren Kindern von den beiden Töchtern erzählte, die sie in die Hände einer anderen Frau hatte legen müssen.

Dann, eines Nachts, träumte sie erneut einen gott-verrückten Traum. Sie sah sich wieder in der Gegenwart des Gatten, den die Überseele ihr gegeben hatte, des Vaters ihrer ersten beiden Töchter. Doch nun war er älter, und sein Gesicht war schrecklich und traurig. In dem Traum ließ er seine beiden Töchter knien, die jüngere neben ihm, die ältere vor ihm, und Durstig sah, wie sie zu ihm ging, ihn an der Hand nahm und sagte: »Gatte, werde ich nun, da du Anspruch auf deine Töchter erhoben hast, vor den Augen der Menschen als auch vor der der Überseele deine Gattin sein?«

Sie haßte diesen Traum. Haßte ihn zutiefst, denn er verleugnete den Gatten, den sie jetzt hatte, und setzte die Kinder zurück, die sie mit ihm hatte. Warum hast du mich freigelassen, damit ich dieses Leben in Potokgavan führe, o grausame Überseele, falls du mich von vornherein von ihnen fortreißen wolltest? Und wenn du wolltest, daß ich bei meinen beiden ersten Töchtern bleibe, hättest du mich von vornherein bei ihnen lassen können. Du bist zu grausam zu mir, Überseele! Ich werde dir nicht gehorchen!

Doch jede Nacht träumte sie denselben Traum. Erneut und erneut, die ganze Nacht lang, bis sie glaubte, sie würde verrückt werden. Aber sie wurde nicht verrückt.

Dann, eines Morgens, am Ende derselben unaufhörlichen Vision, kam etwas Neues in ihren Traum. Ein süßer, hoher, scharfer Ton. Und in ihrem Traum schaute sie sich um und sah ein Pelzwesen durch die Luft fliegen, und sie wußte, daß der süße, hohe Ton der Gesang dieses Engels war. Der Engel kam in dem Traum zu ihr, landete auf ihrer Schulter und klammerte sich an sie, hüllte seine ledrigen Schwingen um sie, und sein Gesang klang in ihrem Ohr durchdringend und strahlend.

»Was soll ich tun, süßer Engel?« fragte sie ihn in dem Traum.

Zur Antwort warf sich der Engel vor ihr zu Boden und lag dort im Staub. Und als er dort lag, hilflos und bloßgestellt, die Schwingen nutzlos und verletzbar und schlaff, kamen Wesen, bei denen es sich von ihrer Größe her zuerst um Paviane zu handeln schien, doch dann erkannte sie sie an ihren Zähnen und Augen und Schnauzen als Ratten. Sie kamen zu dem Engel und rochen an ihm, und als er sich nicht bewegte oder davonflog, begannen sie an ihm zu nagen. Oh, es war wirklich schrecklich, und die ganze Zeit über betrachteten seine Augen Durstig mit einem furchtbar traurigen Blick.

Ich muß ihn retten, dachte Durstig. Ich muß diese schrecklichen Feinde verscheuchen. Doch in dem Traum konnte sie ihn nicht retten. Sie konnte sich überhaupt nicht bewegen.

Als die Pelzkreaturen schließlich abzogen, war der Engel nicht tot. Doch sie hatten ihm die Schwingen abgenagt, und an ihrer Stelle saßen nur zwei spindeldürre, zerbrechliche Arme, und kaum ein Hautbesatz unter ihnen deutete an, wo einst die Schwingen gewesen waren. Dann kniete sie neben ihm, nahm ihn in ihre Arme und weinte um ihn. Weinte und weinte und weinte.

»Mutter«, sagte ihr mittlerer Sohn. »Mutter, ich glaube, du weinst in einem Traum. Wach auf.«

Sie wachte auf.

»Was hat das zu bedeuten?« fragte er. Er war ein guter Junge, und sie wollte ihn nicht allein lassen.

»Ich muß eine Reise unternehmen«, sagte sie.

»Wohin?«

»An einen fernen Ort, doch ich werde zurückkommen, falls die Überseele es zuläßt.«

»Warum mußt du gehen?«

»Ich weiß es nicht«, sagte sie. »Die Überseele hat mich gerufen, und ich weiß nicht, warum. Dein Vater arbeitet bereits auf den Feldern. Sage es ihm nicht, bis er zum Nachmittagsmahl nach Hause kommt. Bis dahin werde ich zu weit fort sein, als daß er mich verfolgen könnte. Sage ihm, daß ich ihn liebe und zu ihm zurückkehren werde. Wenn er mich nach meiner Rückkehr bestrafen will, werde ich mich seiner Strafe gern unterwerfen. Denn ich möchte lieber hier bei ihm sein und bei unseren Kindern, als eine Königin in irgendeinem anderen Land.«

»Mama«, sagte der Junge, »ich weiß seit einem Monat, daß du gehen wirst.«

»Woher weißt du das?« fragte sie. Und einen Augenblick lang befürchtete sie, daß auch er mit der Stimme der Überseele in seinem Herzen verflucht sein könnte.

Aber der Junge hatte keinen Gott-Wahn – sondern nur einen gesunden Menschenverstand. »Du siehst seit einem Monat nach Nordwesten, und Vater erzählt uns manchmal, daß du von dort gekommen bist. Ich dachte, du würdest gern nach Hause zurückkehren.«

»Nein«, sagte sie. »Ich möchte nicht nach Hause, denn ich *bin* zu Hause, genau hier. Aber diesen Botengang muß ich hinter mich bringen, und dann werde ich zu euch zurückkehren.«

»Falls die Überseele dich zurückkehren läßt.«

Sie nickte. Dann nahm sie ein kleines Bündel Vorräte und eine lederne Wasserflasche und brach zu Fuß auf.

Ich hatte nicht die Absicht, dir zu gehorchen, Überseele, sagte sie. Aber als ich diesen Engel sah, dessen Flügel weggefressen wurden, weil ich nichts unternommen habe, um ihm zu helfen, als er mich brauchte, wußte ich nicht, ob dieser Engel meine Töchter darstellt oder den Mann, der sie mir schenkte, oder vielleicht sogar dich – ich weiß nur, daß ich nicht zu Hause bleiben und zusehen kann, wie etwas Schreckliches passiert, obwohl ich nicht weiß, worum es sich bei diesem Schrecklichen handelt, oder was ich tun muß, um es zu verhindern. Ich weiß nur, daß ich dorthin gehen werde, wohin du mich führst, und wenn ich dort ankomme, werde ich versuchen, Gutes zu tun. Wenn das auch deinen Zwecken dient, Überseele, werde ich es trotzdem tun.

Aber wenn es getan ist ... bitte, oh, bitte, laß mich nach Hause zurückkehren!

IN BASILIKA, UND NICHT IN EINEM TRAUM

Es war nun an der Zeit, sich Rasas Erlaubnis zu holen, und Elemak war keineswegs sicher, daß er sie auch bekommen würde. Im Haus wurde das Gerücht verbreitet, sie sei in einer ausgesprochen elenden Stimmung von ihrem Gespräch mit dem Gorajni-General zurückgekehrt, und niemand konnte die Tatsache übersehen, daß auf der Straße vor dem Haus Gorajni-Soldaten standen. Doch ganz gleich, was in Basilika geschehen würde, Elemak würde nicht ohne Gattin in die Wüste zurückkehren. Und da sie dazu bereit war, würde es Eiadh sein, ob nun mit oder ohne Rasas Erlaubnis.

Aber besser *mit* ihrer Erlaubnis. Es war besser, wenn Rasa selbst die Zeremonie vornahm.

»Das ist eine ungünstige Zeit«, sagte Rasa.

»Bitte sprich nicht wie eine alte Frau, Tante Rasa«, sagte Eiadh. Ihre Stimme war so weich und süß, daß Rasa sich von dem, was nur als Ungehörigkeit aufzufasssen war, nicht beleidigt zeigte. »Vergiß nicht, daß *junge* Frauen nicht furchtsam sind. Wir heiraten am bereitwilligsten, wenn unsere Männer in den Krieg ziehen müssen, oder wenn die Zeiten schwer sind.«

»Du weißt nichts vom Leben in der Wüste.«

»Aber *du* bist gelegentlich mit Wetschik in die Wüste gezogen.«

»Zweimal, und beim zweitenmal nur, weil ich meiner Erinnerung daran zu mißtrauen begann, wie sehr ich es das erste Mal verabscheut hatte. Ich kann dir versprechen, daß du nach einer Woche in der Wüste bereit sein wirst, in Basilika als Schulddiener zu arbeiten, nur damit du zurückkehren darfst.«

»Meine Herrin Rasa«, setzte Elemak an.

»Wenn du noch einmal etwas sagst, lieber Elemak, werde ich dich aus dem Zimmer schicken«, sagte Rasa im liebenswürdigsten Tonfall. »Ich versuche, deiner Geliebten Vernunft einzubläuen. Aber du mußt dir keine Sorgen machen. Eiadh ist dermaßen erfüllt von ihrer Liebe zu deiner ... zu was, deiner Kraft? Wie ich vermute, hat sie Visionen von perfekter Männlichkeit in ihrem Herzen, und du erfüllst all diese Phantasien.«

Eiadh errötete. Elemak bemühte sich, ein Lächeln zu unterdrücken. Darauf hatte er von Anfang an gehofft – daß Eiadh keinen Wert auf Wohlstand oder gesellschaftliche Stellung legte, sondern eher auf Mut und Stärke. Mit Kühnheit, nicht mit Protzerei würde er ihr Herz für sich gewinnen: Das hatte Elemak zu Anfang seines Werbens erkannt, und es hatte sich als richtig erwiesen. Rasa selbst hatte es bestätigt. Elemak hatte ein Mädchen gewählt, das ihn nicht liebte, weil er des Wetschiks Erbe war, sondern jene Tugenden hatte, die sich draußen in der Wüste am wertvollsten erweisen würden – die Eignung, die Befehlsgewalt zu übernehmen und schnelle, kühne Entscheidungen zu treffen; seine körperliche Ausdauer; seine Kenntnisse über das Leben in der Wüste.

»Welche Träume auch immer sie in ihrem Herzen hat«, sagte Elemak, »ich werde mein Bestes geben, sie zu verwirklichen.«

»Sei vorsichtig mit dem, was du versprichst«, sagte Rasa. »Eiadh ist durchaus imstande, einem Mann mit ihrer Hingabe das Leben auszusaugen.«

»Tante Rasa!« sagte Eiadh ehrlich entsetzt.

»Herrin Rasa«, sagte Elemak, »mir ist unbegreiflich, welche grausame Absicht dich dazu treibt, so etwas über diese Frau zu sagen.«

»Verzeih mir«, sagte Rasa. Sie wirkte aufrichtig betroffen. »Ich dachte, ihr würdet meine Worte als Hänselei verstehen, doch mir fehlt im Augenblick der Sinn für die dazu nötige Leichtigkeit, und so wurde eine Beleidigung daraus. Das war nicht meine Absicht.«

»Herrin Rasa«, sagte Elemak, »alles ist vergeben, wenn Soldaten der Naßköppe auf der Straße vor deinem Haus stehen und Wache halten.«

»Glaubt ihr, das würde mich interessieren?« sagte Rasa. »Wenn ich eine Entwirrerin und eine Wasserseherin in meinem Haus habe? Die Soldaten sind unbedeutend. Um meine Stadt habe ich Angst.«

»Die Soldaten sind *nicht* unbedeutend«, sagte Elemak. »Man hat mir erzählt, wie Huschidh die Soldaten des armen Raschgallivak von ihrer Treue für ihn entbunden hat, doch du darfst nicht vergessen, daß Raschgallivak ein schwacher Mann war, der gerade erst die Stellung meines Bruders angetreten hatte.«

»Und auch die deines Vaters«, sagte Rasa.

»Beide hat er an sich gerissen«, sagte Elemak. »Und die Soldaten, die Schuja von ihm gelöst hat, waren Söldner. Von Muuzh jedoch heißt es, er sei der größte General seit tausend Jahren, und seine Soldaten würden ihn über jede Vernunft hinaus lieben und ihm vertrauen. Schuja wird feststellen, daß es nicht einfach sein wird, *diese* Bande zu lösen.«

»Bist du plötzlich ein Experte für die Gorajni?«

»Ich bin Experte dafür, wie Männer einen starken Führer lieben und ihm vertrauen«, sagte Elemak. »Ich weiß, welche Gefühle die Männer meiner Karawanen mir entgegengebracht haben. Fürwahr, sie wußten, daß ich sie bezahlen würde. Aber sie wußten auch, daß ich ihr Leben nicht unnötig aufs Spiel setzen würde und sie ihr Geld auch nach dem Ende der Reise *ausgeben* können, wenn sie mir in allen Belangen folgen. Ich habe meine Männer geliebt, und sie haben mich geliebt, doch wie ich von General Muuzh gehört habe, lieben *seine* Soldaten ihn noch zehnmal mehr. Er hat sie zum stärksten Heer der Westküste gemacht.«

»Und zu den Herren über Basilika, ohne daß auch nur einer von ihnen getötet worden ist«, sagte Rasa.

»Er hat Basilika noch nicht unterworfen«, sagte Elemak. »Und mit dir zur Feindin, Herrin Rasa, weiß ich nicht, ob ihm das jemals gelingen wird.«

Rasa lachte verbittert auf. »Oh, in der Tat, *mich* hat er als Bedrohung von Anfang an ausgeschaltet.«

»Was ist mit unserer Ehe?« fragte Eiadh. »Wir sind doch zusammengekommen, um *darüber* zu sprechen, nicht wahr?«

Rasa betrachtete sie ... ja, wie, mitleidig? Ja, dachte Elemak. Sie hat keine sehr hohe Meinung von dieser ihrer Nichte. Diese Bemerkung, die sie fallen ließ, diese Beleidigung war nicht als Scherz beabsichtigt gewesen. Mit ihrer Verehrung einem Mann das Leben aussaugen – was hatte das zu bedeuten? Mache ich einen Fehler? Ich wollte nur dafür sorgen, daß Eiadh mich begehrt; ich habe mich niemals gefragt, ob auch *ich* sie begehre.

»Ja, meine Liebe«, sagte Rasa. »Du darfst diesen Mann heiraten. Du darfst ihn zu deinem ersten Gatten nehmen.«

»Eigentlich«, sagte Elemak, »ging es uns nicht um deine Erlaubnis, denn sie ist ja volljährig.«

»*Und* ich werde die Zeremonie vornehmen«, sagte Rasa müde. »Aber sie wird aus offensichtlichen Gründen in diesem Haus stattfinden müssen, und die Gästeliste wird sich auf jene Personen beschränken müssen, die sich zur Zeit in diesem Gebäude aufhalten. Und wir alle müssen beten, daß Gorajni-Soldaten nicht uneingeladen an der Zeremonie teilnehmen werden.«

»Wann?« fragte Eiadh.

»Heute abend«, sagte Rasa. »Das ist doch früh genug, nicht wahr? Oder juckt euch eure Kleidung so stark, daß ihr sie schon zum Mittag ablegen wollt?«

Schon wieder eine unerträgliche Beleidigung, und doch schien Rasa einfach nicht zu merken, daß sie grausam war. Statt dessen erhob sie sich und schritt aus dem Zimmer, ließ Eiadh rot angelaufen und wütend auf der Bank zurück, auf der sie saß.

»Nein, meine Edhja«, sagte Elemak. »Sei nicht wütend. Deine Tante Rasa hat heute viel verloren, und da kann man verstehen, daß sie bei dem Gedanken, auch dich zu verlieren, etwas gemein wird.«

»Es klingt ganz so, als wäre sie *froh*, mich loszuwerden, so sehr muß sie mich hassen«, sagte Eiadh. Und eine Träne glitt aus ihrem Auge und fiel, einen Moment lang in der Luft funkelnd, auf ihren Schoß.

Da nahm Elemak sie in die Arme und hielt sie fest, und sie drückte sich an ihn, als wolle sie auf ewig ein Teil von ihm werden. Das ist Liebe, dachte er. Das ist jene Liebe, von der Lieder und Geschichten erzählen. Sie wird mir in die Wüste folgen, und mit ihr an meiner Seite werde ich einen Stamm gründen, ein Königreich, dessen Königin sie sein wird. Denn was auch immer dieser General Muuzh vollbringen kann, kann auch ich vollbringen. Ich bin ein besserer Gatte, als jeder Naßkopp es jemals sein könnte. Eiadh sehnt sich nach einem überlegenen Mann. Ich bin dieser Mann.

Bitanke war nicht glücklich über das, was in den letzten paar Tagen in Basilika geschehen war. Besonders, da er das Gefühl nicht loswurde, alles könne vielleicht seine Schuld sein. Nicht, daß er in diesen Augenblicken am Tor eine große

Wahl gehabt hätte. Seine Männer hatten tapfer gekämpft, doch es waren nur so wenige, und der Mob der Palwaschantu-Söldner hätte den Sieg davongetragen. Welche Hoffnung hätte er gehabt, wenn er es auch noch mit den Gorajni-Soldaten hätte aufnehmen müssen, die aus dem Nichts kamen und ihm ihre Unterstützung versprachen?

Ich hätte mich an die Palwaschantu-Söldner wenden und sie bitten können, sich mit mir gegen die Gorajni zusammenzuschließen – vielleicht hätte es geklappt. Doch damals hatte der Gorajni-General so aufrichtig gewirkt. Und da waren diese vielen Lichter der Lagerfeuer in der Wüste gewesen. Ich hatte geglaubt, einem Herr von hunderttausend Mann gegenüberzustehen. Wie hätte ich wissen können, daß ihre gesamte Streitmacht vor dem Tor stand? Und selbst dann hätten wir nicht gegen sie bestehen können.

Aber wir hätten kämpfen können. Wir hätten sie Soldaten und Zeit kosten können. Wir hätten andere Wachen alarmieren und die Stadt warnen können. Ich hätte dort sterben können, mit einem Gorajni-Pfeil im Herzen, statt zu überleben und mitanzusehen, wie sie meine Stadt, meine geliebte Stadt, erobert haben, ohne daß auch nur einer von ihnen eine Verletzung erlitt, die so ernsthaft wäre, daß er nicht mehr kühn dorthin stolzieren kann, wohin es ihm beliebt.

Und doch empfand Bitanke selbst jetzt, da er zu einem weiteren Gespräch mit General Muuzh gerufen wurde, unwillkürlich Bewunderung für diesen Mann, seine Kühnheit, seinen Mut, seine Brillanz. In so kurzer Zeit so weit marschiert zu sein, mit so wenigen Männern eine Stadt genommen zu haben und sich selbst jetzt noch durchzusetzen, wo die Zahl der Stadtwachen die seiner Männer doch bei weitem überstieg. Wer konnte sagen, ob Basilika mit Muuzh als Hüter nicht besser dran war? Besser als unter dem Schwein Gaballufix oder dem verachtenswerten Raschgallivak. Besser sogar als unter Roptat. Und besser als unter den Frauen, die sich als schwach und töricht erwiesen hatten, indem sie Muuzh' offensichtlichen Lügen über die Herrin Rasa Glauben schenkten.

Sahen sie nicht, wie Muuzh sie manipulierte, Zwietracht unter ihnen säte und sie dazu brachte, die einzige Frau zu ignorieren, die sie zu wirksamem Widerstand hätte führen können? Nein, natürlich sahen sie es nicht – genausowenig, wie Bitanke es an jenem ersten Abend hatte sehen können, als der Fremde aus dem Volk der Gorajni ihm nicht etwa geholfen hatte, sondern ihn unter Kontrolle gebracht und verführt hatte, seine Stadt zu verraten, ohne es überhaupt zu bemerken.

Wenn ein kluger Mann erscheint, stehen wir alle als Narren da.

»Mein lieber Freund«, sagte General Muuzh.

Bitanke schüttelte die angebotene Hand nicht.

»Ah, du bist wütend auf mich«, sagte Muuzh.

»Du bist mit dem Brief der Herrin Rasa hergekommen, und jetzt hast du sie unter Arrest gestellt.«

»Ist sie dir so teuer?« fragte Muuzh. »Ich versichere dir, ihr Hausarrest ist nur befristet und dient einzig und allein zu ihrem Schutz. Derzeit werden in der Stadt schreckliche Lügen über sie verbreitet, und wer kann schon sagen, was ihr zustoßen könnte, wenn ihr Haus nicht abgeriegelt wäre?«

»Lügen, die du erfunden hast.«

»Über meine Lippen ist nie ein Ton gekommen, der nicht meine große Bewunderung für Herrin Rasa zum Ausdruck gebracht hat. Sie ist die Beste der Frauen dieser Stadt und hat den Verstand und Mut eines Mannes. Ich werde niemals dulden, daß ihr auch nur ein Haar gekrümmt wird. Wenn du das nicht von mir weißt, Bitanke, mein Freund, weißt du überhaupt nichts über mich.«

Was fast uneingeschränkt der Wahrheit entspricht, dachte Bitanke. Ich weiß nichts über dich. *Niemand* weiß etwas über dich.

»Warum hast du mich rufen lassen?« fragte Bitanke. »Willst du der Stadtwache Basilikas noch mehr Macht nehmen? Oder hast du eine abscheuliche Aufgabe für uns, die uns zusätzlich erniedrigen und demoralisieren wird?«

»So wütend«, sagte Muuzh. »Aber denke einmal nach, Bitanke. Du schreckst nicht davor zurück, so etwas zu mir zu sagen, und befürchtest auch nicht, daß ich dir den Kopf abschlage. Kommt dir das vor wie Tyrannei? Deine Soldaten haben ihre Waffen behalten und bewahren nun den Frieden in dieser Stadt – klingt das danach, als wäre ich ein verräterischer Feind?«

Bitanke sagte nichts, war entschlossen, sich nicht wieder von Muuzh' glatten Worten einnehmen zu lassen. Und doch fühlte er einen Stich des Zweifels in seinem Herzen, wie schon so oft zuvor. Muuzh *hatte* die Stadtwache nicht in ihren Rechten beschränkt. Er hatte keine Gewalt gegen irgendwelche Bürgerinnen ausgeübt. Vielleicht wollte er Basilika nur als Stützpunkt benutzen und dann weiterziehen.

»Bitanke, ich brauche deine Hilfe. Ich will diese Stadt zu jener ehemaligen Stärke führen, die sie hatte, bevor Gaballufix sich einmischte.«

O ja, ich bin sicher, mehr willst du nicht – Muuzh der Altruist, der all dies auf sich nimmt, um der Stadt der Frauen zu helfen. Danach wirst du mit deinen Männern davonmarschieren, belohnt durch ein strahlendes Glühen im Herzen, weil du weißt, daß du so viel Glück zurückläßt.

Aber Bitanke sagte nichts. Zu solch einer Zeit hörte man lieber zu, als etwas zu sagen.

»Ich will nicht abstreiten, daß ich die Dinge hier zu meinem Vorteil wenden will. Es steht ein großer Kampf zwischen den Gorajni und den elenden Pfützenschwimmern von Potokgavan bevor. Wir wissen, daß sie die Herrschaft über Basilika an sich reißen wollten – Gaballufix war ihr Mann. Er wollte die Stadt der Frauen unterwerfen und durch seine Schläger herrschen. Und nun bin ich mit meinen Soldaten hier. Habe ich oder haben meine Männer jemals etwas getan, das Anlaß zu der Vermutung gibt, unsere Absichten wären so ruchlos oder brutal wie die des Gaballufix?«

Muuzh wartete, und schließlich antwortete Bitanke. »Nein, so offensichtlich seid ihr nicht vorgegangen.«

»Ich will dir sagen, was ich von Basilika brauche. Ich muß mich darauf verlassen können, daß die, die hier herrschen, Freunde der Gorajni sind, daß ich mit Basilika in meinem Rücken keinen Verrat von dieser Stadt befürchten muß. Dann kann ich Nachschublinien durch die Wüste zu diesem Ort errichten und damit die Nakavalnu und Izmennik und Seggidugu vollständig umgehen. Du weißt, daß dies eine gute Strategie ist, mein Freund. Potokgavan rechnet damit, daß wir uns den Weg nach Süden, zu den Städten der Ebene, freikämpfen müssen; sie haben darauf gezählt, mindestens ein Jahr, vielleicht sogar mehrere, zu haben, um ihre Position hier zu stärken – und vielleicht ein Heer hierher zu bringen, das gegen unsere Streitwagen bestehen kann. Doch nun werden wir die Städte der Ebene beherrschen – wenn mein Heer in Basilika steht, wird niemand Widerstand leisten. Und dann werden Nakavalnu und Izmennik und Seggidugu nicht wagen, ein Bündnis mit Potokgavan einzugehen. Ohne Eroberungen, ohne Krieg werden wir die gesamte Westküste für den Imperator sichern können, Jahre, bevor Potokgavan dies für möglich gehalten hätte. Das will ich. Das ist *alles*, was ich will. Und um das zu erreichen, muß ich Basilika nicht brechen, muß ich euch nicht wie ein unterworfenes Volk behandeln. Ich muß nur sicher sein können, daß Basilika treu zu mir steht. Und dieses Ziel läßt sich besser durch Liebe als durch Furcht erreichen.«

»Liebe!« sagte Bitanke höhnisch.

»Bislang«, sagte Muuzh, »mußte ich nichts tun, daß von den Bürgerinnen Basilikas nicht dankbar hingenommen wurde. Hier herrscht jetzt mehr Friede und Sicherheit als in den letzten Jahren. Glaubst du, sie wüßten das nicht?«

»Und glaubst du, die schlechteren Männer aus der Hundestadt und der Torstadt und der Hohen Straße hofften nicht darauf, daß du sie in die Stadt kommen und hier herrschen läßt? Dann hättest du deine treuen Bundesgenossen – wenn du ihnen gibst, was Gaballufix ihnen versprochen hat, die Gelegenheit, diese Frauen zu beherrschen, die sie seit Jahrtausenden von den Bürgerrechten ausgeschlossen haben.«

»Ja«, sagte Muuzh. »Das hätte ich tun können. Ich könnte es noch immer tun.« Er beugte sich über den Tisch vor und sah Bitanke in die Augen. »Aber *du* wirst mir doch helfen, nicht wahr, damit ich so etwas Schreckliches nicht tun muß?«

Ah. Das war also die Wahl, die man ihm ließ. Entweder, sich mit Muuzh zu verschwören, oder die Vernichtung der Struktur Basilikas mitanzusehen. Alles, was in dieser Stadt schön und heilig war, diente nun als Faustpfand; Muuzh drohte, es den habsüchtigen Männern außerhalb der Stadtmauern zu überlassen. Hatte Bitanke nicht miterlebt, wie furchtbar das gewesen war? Wie konnte er zulassen, daß es noch einmal geschah?

»Was willst du von mir?«

»Hilfe«, sagte Muuzh. »Beratung. Der Stadtrat ist kein zuverlässiges Kontrollinstrument mehr. Er kann Gesetze erlassen, die örtliche Angelegenheiten regeln, doch wer kann schon sagen, daß sich nicht innerhalb einer Woche eine Fraktion bildet, die mit meinem Ziel nicht einverstanden ist, ein festes Bündnis mit dem Heer des Imperators zu schließen? Also muß ich eine einzelne Person als ... als was? ... einsetzen.«

»Als Diktator?«

»Keineswegs. Diese Person wäre lediglich das Antlitz, das Basilika der Außenwelt zeigt. Er, sie – wer immer es ist – wird das Versprechen geben können, daß Gorajni-Heere hier durchmarschieren dürfen, daß Vorräte hier gelagert und die Potokgavan hier keine Freunde oder Verbündete finden werden können.«

»Das kann der Stadtrat garantieren.«

»Du weißt es besser.«

»Der Rat wird sein Wort halten.«

»Du hast doch noch am heutigen Tag gesehen, wie verräterisch und unfair er gegenüber der Herrin Rasa war, die ihm ihr ganzes Leben lang treu gedient hat. Wie wird er sich dann mit einem Fremden befassen? Das Leben meiner Männer, die Macht des Imperators, das alles wird von der

Loyalität Basilikas abhängen – und dieser Stadtrat hat unter Beweis gestellt, daß er nicht einmal seiner würdigsten Schwester gegenüber loyal ist.«

»*Du* hast diese Gerüchte über sie in die Welt gesetzt«, sagte Bitanke, »und nun benutzt du sie, um mir zu zeigen, wie unwürdig der Rat ist?«

»Ich streite vor Gott ab, daß ich die Herrin Rasa in irgendeiner Hinsicht verleumdet habe – ich bewundere sie mehr als jede andere Frau, der ich je begegnet bin. Doch es spielt keine Rolle, wer das Gerücht in die Welt gesetzt hat, Bitanke, wichtig ist nur, daß man ihm *Glauben* geschenkt hat. Der Stadtrat hat diesem Gerücht geglaubt, und das zeigt mir, daß ich ihm das Leben meiner Männer nicht anvertrauen kann. Wer soll Potokgavan davon abhalten, eigene Gerüchte in die Welt zu setzen? Sag mir ehrlich, Bitanke, wenn du an *meiner* Stelle wärest und *meine* Verantwortung tragen müßtest … würdest du diesem Stadtrat vertrauen?«

»Ich habe diesem Rat mein ganzes Leben lang gedient, Herr, und ich vertraue ihm«, sagte Bitanke.

»Das habe ich dich nicht gefragt«, sagte Muuzh. »Ich bin hier, um dem Imperator zu dienen. Traditionsgemäß schlachten wir die herrschende Klasse des Landes ab, das wir erobert haben, und ersetzen sie durch Männer, deren Volk seit langem von den Besiegten unterdrückt wurde. Weil ich diese Stadt liebe, möchte ich hier eine andere Möglichkeit finden. Aber dabei gehe ich ein großes Risiko ein.«

»Du hast nur eintausend Mann«, sagte Bitanke. »Du willst Basilika ohne Blutvergießen unterwerfen, weil du dir keine *Verluste* leisten kannst.«

»Du siehst nur die halbe Wahrheit«, sagte Muuzh. »Ich muß hier *siegen*. Wenn es ohne Blutvergießen vonstatten geht, werden die Städte der Ebene sagen, daß die Macht Gottes mit mir ist, und werden sich meinen Befehlen unterwerfen. Aber ich kann dieses Ziel auch mit Schrecken erreichen. Wenn ich die Führer dieser Städte hierher bringen lasse, und sie sehen, daß diese Stadt in Schutt und Asche liegt, Häuser und Wälder niedergebrannt, und der See der Frauen mit Blut gefüllt ist, werden sie sich ebenfalls unterwerfen. So oder so, Basilika wird meinen Zwecken dienen.«

»Du bist fürwahr ein Ungeheuer«, sagte Bitanke. »Du sprichst von Sakrilegen und einem Gemetzel an Unschuldigen, und dann bittest du mich, dir zu vertrauen.«

»Ich spreche von Notwendigkeiten«, sagte Muuzh, »und bitte dich, mir zu helfen, damit ich kein Ungeheuer sein muß. Du hast einem höheren Zweck gedient – dem Willen des Rates. Manchmal hast du in seinem Namen etwas getan, das du lieber nicht getan hättest, wenn es nach dir gegangen wäre. Ist dem nicht so?«

»Das bedeutet es, Soldat zu sein«, sagte Bitanke.

»Ich bin ebenfalls Soldat«, sagte Muuzh. »Ich muß ebenfalls einem höheren Zweck dienen, dem Willen meines Herren, des Imperators. Und so werde ich sogar ein Ungeheuer sein, wenn es sich nicht vermeiden läßt, um diesen Zweck zu erreichen. Wie du Männer und Frauen verhaften mußtest, die du für unschuldig gehalten hast.«

»Eine Verhaftung ist kein Gemetzel.«

»Bitanke, mein Freund, ich hoffe weiterhin, daß du dich als der Mann erweisen wirst, für den ich dich gehalten habe, als ich dich zum erstenmal sah, damals, als du tapfer am Tor gekämpft hast. Ich habe an diesem Abend angenommen, daß du nicht für irgendeine Einrichtung gekämpft hast, nicht für diesen schwachen Stadtrat, der alle Gerüchte glaubt, die in der Stadt verbreitet werden, sondern für etwas Höheres. Für die Stadt selbst. Für den *Begriff* der Stadt. Warst du nicht bereit, am Tor *dafür* zu sterben?«

»Ja«, sagte Bitanke.

»Jetzt biete ich dir die Gelegenheit, der Stadt erneut zu dienen. *Du* weißt, daß Basilika eine große Stadt war, schon lange, *bevor* es einen Rat gab. Damals, als Basilika von den Priesterinnen beherrscht wurde. Schon damals war die Stadt Basilika. Und sie war auch Basilika, als sie von einer Königin beherrscht wurde. Und als die Stadt dem großen General Snakietel das Kommando über ihr Heer gab und er die Seggidugu-Krieger zurückschlug und danach das Wasser aus dem See der Frauen trinken durfte, war sie auch schon Basilika.«

Gegen seinen Willen sah Bitanke ein, daß Muuzh recht hatte. Die Stadt der Frauen war nicht der Rat. Die Regierungsform hatte sich schon oft geändert und würde sich auch weiterhin ändern. Wichtig war nur, daß Basilika die heilige Stadt der Frauen blieb, jener eine Ort auf dem Planeten Harmonie, wo die Frauen herrschten. Und wenn Basilika sich für kurze Zeit den Gorajni unterwerfen mußte, weil große Ereignisse über die Westküste hinwegzogen, spielte es auch keine Rolle – solange die Herrschaft der Frauen innerhalb dieser Mauern bestehen blieb.

»Während du nachdenkst«, sagte Muuzh, »denke auch *darüber* nach. Ich hätte versuchen können, dir Angst einzujagen. Ich hätte dich belügen, versuchen können, dir einzureden, ich sei etwas anderes als der kühl überlegende General, der ich bin. Statt dessen habe ich als Freund zu dir gesprochen, offen und frei, denn ich möchte deine bereitwillige Hilfe, nicht deinen bloßen Gehorsam.«

»Meine Hilfe *wobei*?« fragte Bitanke. »Ich werde den Rat *nicht* verhaften, falls du darauf hoffst.«

»Ihn verhaften! Hast du mich denn überhaupt nicht verstanden? Der Rat muß bestehen bleiben – kein einziges seiner Mitglieder darf ausgetauscht werden! Die Bürgerinnen Basilikas sollen sehen, daß ihre Selbstverwaltung unverändert bestehen bleibt. Aber ich brauche auch einen Konsul des Volkes, jemanden, der *über* dem Rat steht und die äußeren Angelegenheiten Basilikas regelt. Der eine Allianz mit uns eingeht, die Bestand haben wird. Der die Wachen an den Stadttoren kommandiert.«

»Das haben deine Männer bereits übernommen.«

»Aber ich will, daß *deine* Männer es tun.«

»Ich bin nicht der Befehlshaber der Wache.«

»Du bist einer ihrer führenden Offiziere«, sagte Muuzh. »Ich möchte, daß du ihr Befehlshaber wirst, denn du bist ein besserer Soldat als irgendeiner der Männer, die im Rang über dir stehen. Doch hätte ich dir das Amt des Kommandanten versprochen, würdest du glauben, ich wolle dich bestechen, und du würdest mich zurückweisen und dieses Haus als mein Feind verlassen.«

Bitanke verspürte eine gewaltige Erleichterung. Muuzh wußte also, daß Bitanke kein Verräter war. Daß Bitanke niemals aus reinem Eigennutz handeln würde, sondern nur zum Wohl der Stadt.

»Die Männer der Wache werden nicht bereit sein«, sagte Bitanke, »Befehle von einem anderen als ihrem Kommandanten entgegenzunehmen, der vom Stadtrat erkannt worden ist.«

»Aber stell dir einmal vor, der Rat würde jemanden einstimmig zum Konsul der Stadt ernennen und die Wache bitten, diesem Konsul zu gehorchen.«

»Das wäre bedeutungslos, wenn die Wache diesen Konsul lediglich für eine Puppe der Gorajni hielte. Die Wächter sind nicht dumm, und wir sind auch keine Verräter.«

»So. Du verstehst also mein Dilemma. Ich muß jemanden haben, der die Notwendigkeit einsieht, daß Basilika dem Imperator gegenüber loyal bleibt, doch dieser Konsul wird nur vernünftige Arbeit leisten können, wenn die Bürgerinnen Basilikas einsehen, daß er – oder sie – der Stadt treu ergeben und kein bloßer Strohmann ist.«

Bitanke lachte. »Hoffentlich nimmst du keinen Augenblick lang an, daß *ich* dieser Konsul sein könnte. Schon genug Leute flüstern, ich müsse deine Marionette sein, weil ich dich überhaupt in die Stadt gelassen habe.«

»Ich weiß«, sagte Muuzh. »Zuerst habe ich an dich gedacht, doch dann wurde mir klar, daß du Basilika – und auch meinen Zwecken – nur dienen kannst, wenn du bleibst, wo du bist, und keinen ersichtlichen Vorteil durch meinen Einfluß in der Stadt gewinnst.«

»Warum bin ich dann hier?«

»Um mich zu beraten, wie ich es dir schon erklärt habe. Du sollst mir sagen, wem in dieser Stadt, würde er – oder sie – zum Konsul ernannt werden, die Wache und die Stadt als Ganzes folgen und gehorchen würden.«

»Solch ein Wesen gibt es nicht.«

»Wenn du dies sagst, könntest du mich genausogut auffordern, das Blut und die Asche der Stadt in den See der Frauen zu schütten.«

»Drohe mir nicht!«

»Ich drohe dir nicht, Bitanke, ich sage dir lediglich, was ich zuvor getan habe und was ich nicht wieder tun möchte. Ich bitte dich, mir zu helfen, diese schreckliche Lösung zu verhindern.«

»Laß mich nachdenken.«

»Um mehr bitte ich dich nicht.«

»Laß mich morgen zu dir kommen.«

»Ich muß heute handeln.«

»Gib mir eine Stunde.«

»Kannst du hier nachdenken? Kannst du nachdenken, ohne das Haus zu verlassen?«

»Dann stehe ich unter Arrest?«

»Dieses Haus wird von tausend Augen beobachtet, mein Freund. Wenn man sieht, daß du gehst und eine Stunde später zurückkehrst, wird es heißen, daß du General Vozmuzhalnoi Vozmozhno zu viele Besuche abstattest. Aber wenn du gehen möchtest, darfst du gehen.«

»Ich bleibe.«

»Dann lasse ich dich zur Bibliothek führen und dir einen Computer geben, auf dem du schreiben kannst. Es wird dir beim Nachdenken helfen, wenn du die Namen und die Gründe aufschreibst, weshalb sie für diese Aufgabe geeignet wären oder weshalb nicht. Komme in einer Stunde mit deiner Namensliste zu mir zurück.«

»Für Basilika tue ich das, nicht für dich.« Und nicht, weil ich einen Vorteil davon hätte.

»Für Basilika bitte ich dich darum«, sagte Muuzh. »Obwohl meine erste Treuepflicht dem Imperator gehört, hoffe ich, diese Stadt vor der Zerstörung bewahren zu können.«

Das Gespräch war beendet. Bitanke verließ den Raum und wurde augenblicklich von einem Gorajni-Soldaten zur

Bibliothek eskortiert. Muuzh hatte nichts zu diesem Soldaten gesagt, und doch wußte er, wohin er ihn zu bringen hatte. Wußte er, daß er ihm einen Computer zur Verfügung stellen mußte. Entweder bedeutete dies, daß der General seine Offiziere bei seinen Verhandlungen zuhören ließ, was fast undenkbar war, oder es bedeutete, daß Muuzh diese Befehle gegeben hatte, noch bevor Bitanke eingetroffen war.

War es möglich, daß Muuzh alles geplant hatte, jedes einzelne Wort, das sie gewechselt hatten? War es möglich, daß Muuzh die Kunst der Manipulation derart perfekt beherrschte, daß er den Ausgang dieses Gesprächs im voraus gekannt hatte? In diesem Fall wäre Bitanke wohl nur ein weiterer Narr, der seine Stadt verriet, weil man ihn dazu gebracht hatte, alles zu glauben, was Muuzh sagte.

Nein, das war es ganz und gar nicht. Muuzh hat einfach darauf vertraut, mich überzeugen zu können, klug und zum Besten Basilikas vorzugehen. Und deshalb werde ich Kandidaten für ihn suchen, falls es möglich ist, mir jemanden vorzustellen, der als Konsul dienen könnte, weil die Gorajni es so wollen, und dem trotzdem das Volk, der Rat und die Wache treu ergeben sind. Falls es möglich ist, werde ich dem General solch einen Namen nennen.

»Ich muß mit meinen Kindern sprechen«, sagte Rasa. »Mit ihnen *allen*.«

Luet musterte sie einen Augenblick lang und wußte nicht, was sie tun sollte. So verhielt sich vielleicht eine Herrin gegenüber ihren Dienstboten: sie gab Befehle, ohne daß es diesen Anschein hatte. Doch Luet war kein Dienstmädchen in diesem Haus, war nie eins gewesen, und deshalb erwartete man von ihr, solche Äußerungen von Wünschen zu ignorieren. Doch Rasa schien nicht zu begreifen, daß sie wie zu einem Dienstmädchen gesprochen hatte, während doch gar keins anwesend war. »Herrin«, sagte sie, »schickst du mich auf diesen Botengang?«

Rasa sah sie fast überrascht an. »Es tut mir leid, Luet. Ich vergaß, wer bei mir ist. Ich habe nicht meinen besten Tag. Würdest du bitte meine Kinder und die meines Mannes suchen und ihnen sagen, daß ich sie jetzt sprechen möchte?«

Nun war es ein Ersuchen, eine Bitte, die sie ihr persönlich gestellt hatte, und so verbeugte Luet sich natürlich und ging, um das Personal zu bitten, ihr zu helfen. Nicht, daß Luet die Aufgabe nicht bereitwillig persönlich ausgeführt hätte, aber Rasas Haus war groß, und wenn Rasas Bitte dringend war – wie es den Anschein hatte –, machten sich besser mehrere Leute auf die Suche. Außerdem würde das Personal wahrscheinlich sowieso wissen, wo die Gesuchten sich aufhielten.

Es war kein Problem, herauszufinden, wo sich Nafai, Elemak, Sevet und Kokor aufhielten, und Dienstboten auszuschicken, sie zu holen. Mebbekew jedoch hatte man seit einigen Stunden nicht mehr gesehen, nicht mehr, seitdem er das Haus betreten hatte. Schließlich erwähnte Izdavat, ein junges Dienstmädchen, dessen Eifer größer war als sein Verstand, zögernd, es habe Mebbekews Frühstück in Dols Zimmer gebracht. »Aber das war schon vor geraumer Zeit, Herrin.«

»Ich bin nur Schwester oder Luet, bitte.«

»Soll ich nachsehen, ob er noch dort ist, Schwester?«

»Nein, danke«, sagte Luet. »Es wäre unschicklich für ihn, sich noch dort aufzuhalten, und deshalb werde ich Dolja fragen, wo er ist.«

Luet war nicht überrascht, daß es Mebbekew bereits gelungen war, eine Frau für sich einzunehmen, selbst in diesem Haus, in dem man die Frauen lehrte, oberflächliche Männer zu durchschauen. Doch es überraschte sie wirklich, daß Dolja dem Jungen ein gemütliches Nest bot. In ihrer Zeit beim Theater war sie von zahlreichen erfahrenen Schmeichlern und Speichelleckern bearbeitet worden; sie hätte Mebbekew nicht die geringste Beachtung schenken sollen, außer, um insgeheim über ihn zu lachen.

Andererseits jedoch wußte Luet ganz genau, daß sie Schmeicheleien leichter durchschaute als die meisten

Frauen, denn die Schmeichler versuchten niemals ernsthaft, sie mit ihrer verführerischen Magie zu umgarnen. Wasserseherinnen standen im Ruf, Lügen zu durchschauen – doch um die Wahrheit zu sagen, konnte Luet nur sehen, was die Überseele ihr zeigte, und die Überseele war nicht gerade bekannt dafür, einer Tochter bei derem Liebesleben zu helfen. Als ob ich ein Liebesleben hätte, dachte Luet. Als ob ich eins bräuchte. Die Überseele hat mir meinen Weg gezeigt. Und wo mein Weg das Leben anderer Menschen berührt, wird die Überseele ihnen ihren Willen kundtun. Darauf vertraue ich. Mein Gatte wird mich als seine Ehefrau entdekken, wenn die Überseele es für richtig hält. Und damit bin ich zufrieden.

Zufrieden ... sie hätte fast über sich gelacht. All meine Träume sind mit diesem Jungen verknüpft, wir standen gemeinsam auf der Schwelle des Todes, und doch verzehrt er sich in seiner Sehnsucht nach Eiadh. Besteht das Leben eines Mannes lediglich aus den Absonderungen überaktiver Drüsen? Können sie die Welt, die sie umgibt, nicht analysieren und verstehen, wie die Frauen es tun? Kann Nafai nicht einsehen, daß Eiadhs Liebe so beständig sein wird wie Regen, daß sie verdunsten wird, sobald der Sturm vorbeigezogen ist? Edjha braucht einen Mann wie Elemak, der ihr streunendes Herz nicht dulden wird. Während Nafais Herz wegen ihrer Untreue brechen würde, wäre Elemak brutal wütend, und Eiadh, das arme, törichte Geschöpf, würde sich nur wieder von vorn in ihn verlieben.

Nicht, daß Luet das alles selbst gesehen hätte. Huschidh nahm all diese Zusammenhänge wahr, all diese Fäden, die die Menschen verbanden; Huschidh hatte ihr erklärt, daß Nafai keine Notiz von Luet nahm, weil er so verliebt in Eiadh war. Und Huschidh hatte auch die Verbindung zwischen Elemak und Eiadh gesehen und verstanden, wieso sie so gut zueinander paßten.

Und nun Mebbekew und Dol. Nun, das war ein weiteres Teil des Puzzles, nicht wahr? Als Luet ihre Vision von den Frauen im Wald hinter Rasas Haus gehabt hatte, in jener

Nacht, als sie zurückgekehrt war, nachdem sie Wetschik gewarnt hatte, daß sein Leben in Gefahr war, hatte die Vision keinen Sinn für sie ergeben. Doch jetzt wußte sie, warum sie Dolja gesehen hatte. Sie würde Mebbekew begleiten, wie Eiadh Elemak begleiten würde. Schedemei würde auch mit in die Wüste kommen, oder zumindest etwas mit ihrer Reise zu tun haben und Keimlinge und Embryos für sie zusammentragen. Und Huschidh würde auch mitkommen. Und Tante Rasa. Luets Vision hatte den Frauen gegolten, die in die Wüste hinausgerufen wurden.

Arme Dolja. Wenn sie gewußt hätte, daß sie alles in die Wege geleitet hatte, Basilika zu verlassen, als sie Mebbekew in ihr Zimmer geholt hatte, hätte sie ihm einen Tritt in den Hintern gegeben und, wenn nötig, ihn gebissen und geschlagen, um ihn wieder hinauszuwerfen! Wie die Dinge standen, nahm Luet jedoch an, sie beide dort zu finden.

Sie klopfte an Dols Tür. Wie erwartet, vernahm sie dahinter die Geräusche hastiger Bewegungen. Und ein leises, dumpfes Poltern.

»Wer ist da?« fragte Dol.

»Luet.«

»Ich bin im Augenblick nicht passend gekleidet.«

»Das bezweifle ich nicht«, sagte Luet, »doch Herrin Rasa hat mich mit einer dringenden Nachricht geschickt. Darf ich hereinkommen?«

»Ja, natürlich.«

Luet öffnete die Tür und fand Dolja im Bett vor, die Laken bis zu den Schultern hochgezogen. Von Mebbekew war natürlich nichts zu sehen, aber das Bett war zerwühlt, in die Badewanne war graues Wasser eingelassen, und ein paar Weintrauben lagen auf dem Boden – eine viel zu große Unordnung, als daß Dolja lediglich ein kleines Mittagsschläfchen gehalten hätte.

»Was will Tante Rasa von mir?« fragte Dol.

»Von *dir* nichts, Dol«, sagte Luet. »Sie will, daß all ihre Kinder und die des Wetschiks sofort zu ihr kommen.«

»Warum klopfst du dann nicht an Sevets oder Kokors Tür? Sie sind nicht hier.«

»Mebbekew weiß, weshalb ich hier bin«, sagte Luet. Sie erinnerte sich an das dumpfe Poltern, und in Anbetracht der Tatsache, wie wenig Zeit vergangen war, bis sie die Tür geöffnet hatte, konnte sie einen Rückschluß auf seinen derzeitigen Aufenthaltsort ziehen. »Wenn ich die Tür wieder schließe, kann er sich vom Boden hinter deinem Bett erheben, sich anziehen und zu Herrin Rasas Zimmer kommen.«

Dol schaute betroffen drein. »Verzeihe mir, daß ich versucht habe, dich zu täuschen, Wasserseherin«, flüsterte sie.

Manchmal wollte Luet vor Wut schreien, weil jeder anzunehmen schien, daß es sich um eine Enthüllung der Überseele handeln mußte, wenn sie auch nur den Funken von Intelligenz bewies – als wäre Luet nicht imstande, eigene Schlüsse zu ziehen. Doch Luet mußte eingestehen, daß dies auch ganz nützlich sein konnte. Nützlich in der Hinsicht, daß die Menschen eher dazu bereit waren, ihr die Wahrheit zu sagen, weil sie glaubten, Luet würde sie sowieso bei ihren Lügen ertappen. Doch der Preis für diese Wahrheitsliebe bestand darin, daß sie sich in ihrer Gesellschaft nicht wohl fühlten und sie mieden. Nur Freunde teilten solche Vertraulichkeiten miteinander, und auch nur freiwillig. Da sie gezwungen waren – wie sie zumindest glaubten –, ihre Geheimnisse mit Luet zu teilen, enthielten sie ihr ihre Freundschaft vor, und Luet konnte daher am Leben der meisten Frauen in ihrer Umgebung nicht teilnehmen. Sie betrachteten sie mit fürchterlicher Ehrfurcht: Deshalb fühlte sich Luet in ihrer Gesellschaft unwürdig und war darüber gleichzeitig wütend.

Dieser Zorn brachte Luet dazu, Mebbekew zu quälen, indem sie ihn zwang, etwas zu sagen. »Hast du mich verstanden, Mebbekew?«

Ein langes Warten. Dann: »Ja.«

»Ich werde Herrin Rasa mitteilen«, sagte Luet, »daß du ihre Nachricht erhalten hast.«

Sie kehrte zur Tür zurück und zog sie hinter sich zu, als sie Dols Stimme hörte. »Luet … warte.«

»Ja?«

»Seine Kleidung ... sie wird gerade gewaschen ...«

»Ich werde sie ihm bringen lassen.«

»Glaubst du, sie ist schon trocken?«

»Trocken genug«, sagte Luet. »Meinst du nicht auch, Mebbekew?«

Mebbekew setzte sich auf, so daß auf der anderen Seite des Bettes sein Kopf erschien. »Ja«, sagte er verdrossen.

»Feuchte Kleidung wird dich abkühlen«, sagte Luet. »Es ist so ein heißer Tag, zumindest in diesem Zimmer.« Es war ein so guter Witz, dachte sie, doch niemand lachte darüber.

Schedemei folgte schnellen Schrittes dem Weg, der zu Wetschiks Kühlhaus führte, das sich genau dort außerhalb der Stadtmauer, wo diese sich um das Alte Orchester krümmte, an den Hang eines schmalen Tales schmiegte und von hohen Bäumen beschattet wurde. Nun stand ihr der letzte und, wie sie befürchtete, schwerste Teil ihrer Aufgabe bevor, für das verrückte Projekt einer Reise durchs All, zurück zum legendären, verlorenen Planeten Erde, die Flora und Fauna zusammenzutragen. Ich nehme all diese Mühen auf mich, weil ich einen Traum hatte und ihn von einer Träumerin deuten ließ. Eine Reise auf Kamelen, und sie glauben, sie wird sie zur Erde führen.

Doch der Traum war noch in ihr lebendig. Das Leben, das sie auf der Wolke mit sich führte.

So kam sie zur Tür von Wetschiks Kühlhaus und wußte nicht, ob sie wirklich darauf hoffen sollte, einen seiner Bediensteten als Verwalter vorzufinden.

Niemand öffnete, als sie in die Hände klatschte. Aber vielleicht übertönten ja die Maschinen, die das Innere des Hauses kalt hielten, auch ihr lautestes Klatschen. Also ging sie zur Tür und drückte die Klinke hinab. Abgeschlossen.

Natürlich. Wetschik war doch schon vor Wochen in die Wüste gegangen. Und Raschgallivak, sein Verwalter und angeblich der neue Wetschik, hatte sich seitdem irgendwo versteckt gehalten. Wer würde hier also weiterhin arbeiten, nachdem beide verschwunden waren?

Abgesehen davon, daß die Maschinen noch in Betrieb waren, oder etwa nicht? Und das bedeutete, daß sich *irgend jemand* um das Kühlhaus kümmern wußte. Oder aber, sie hatten die Maschinen einfach nicht abgeschaltet und waren davongelaufen, und nun kümmerte sich niemand mehr um die Pflanzen im Kühlhaus.

Das war natürlich durchaus möglich. Die kalte Luft würde die eigens gezüchteten Pflanzen tagelang am Leben erhalten, und das Kühlhaus, das seine Energie von den Solarschaufeln an den Stangen bekam, die sich hoch über das Dach erhoben, konnte ewig die eingestellte Temperatur halten und war noch nicht einmal auf die Energieversorgung der Stadt angewiesen.

Und doch wußte Schedemei, daß sich jemand um das Haus kümmerte, wenngleich sie nicht sagen konnte, *woher* sie es wußte. Und überdies wußte sie, daß die betreffende Person sich im Augenblick im Kühlhaus befand, wußte, daß sie hier war, und wollte, daß sie wieder ging. Wer auch immer im Kühlhaus war, er hielt sich versteckt.

Und wer mußte sich im Augenblick verstecken?

»Raschgallivak«, rief Schedemei. »Ich bin es nur, Schedemei. Du kennst mich, und ich bin allein, und ich werde niemandem sagen, daß du hier bist, aber ich muß mit dir sprechen.« Sie wartete. Keine Antwort. »Es hat nichts mit der Stadt zu tun oder mit dem, was gerade dort vorgeht«, rief sie laut. »Ich möchte nur ein paar Geräte von dir kaufen.«

Sie hörte, wie die Tür von innen entriegelt wurde. Dann schwang sie auf ihren schweren Scharnieren auf. Raschgallivak stand da; er sah verloren und erschöpft aus. Er hielt keine Waffe in der Hand.

»Wenn du hier bist, um mich zu verraten, heiße ich es als Erleichterung willkommen.«

Schedemei hätte ihm gern gesagt, daß solch ein Verrat nur der Gerechtigkeit Genüge getan hätte, nachdem Raschgallivak das Haus Wetschiks verraten und sich mit Gaballufix verbündet hatte, um den Platz seines ehemaligen Herren einnehmen zu können. Aber sie hatte hier etwas zu erledigen;

sie mußte nicht dafür sorgen, daß die Gerechtigkeit zu ihrem Sieg kam.

»Politik interessiert mich nicht«, sagte sie, »und du interessierst mich auch nicht. Ich möchte nur ein Dutzend Trokkenbehälter kaufen. Die tragbaren, wie Karawanen sie benutzen.«

Er schüttelte den Kopf. »Wetschik hat mir befohlen, sie alle zu verkaufen.«

Schedemei schloß einen Augenblick lang erschöpft die Augen. Er zwang sie, Dinge zu sagen, die sie ihm nicht ins Gesicht hatte werfen wollen. »Ach, Raschgallivak, erwarte doch bitte nicht von mir, daß ich glaube, du hättest sie tatsächlich verkauft. Ich weiß doch, das du vorhattest, die Herrschaft über das Haus des Wetschik zu übernehmen. Dazu mußt du jedoch das Geschäft auch weiterhin betreiben.«

Raschgallivak errötete – vor Scham, wie Schedemei hoffte. »Und doch habe ich sie verkauft, wie man es mir befohlen hat.«

»Und wer hat sie gekauft?« fragte Schedemei. »Ich will die Trockenbehälter, nicht dich.«

Raschgallivak antwortete nicht.

»Ah«, sagte Schedemei. »*Du* hast sie gekauft.«

»Wofür brauchst du sie?« fragte er nach einer Weile.

»Du forderst mich auf, *mich* zu rechtfertigen?« sagte Schedemei.

»Ich frage, weil ich weiß, daß du in deinem Laboratorium viele Trockenbehälter hast. Lediglich Karawanen können mit den tragbaren Modellen etwas anfangen, und von diesem Geschäft verstehst du nichts.«

»Dann werde ich zweifellos getötet oder ausgeraubt werden. Aber das geht dich nichts an. Und vielleicht wird man mich ja doch nicht töten oder ausrauben.«

»In diesem Fall«, sagte Raschgallivak, »würdest du deine Pflanzen in fernen Ländern verkaufen und wärest damit eine direkte Konkurrentin von mir. Warum sollte ich der Konkurrenz die tragbaren Trockenbehälter verkaufen, die sie braucht?«

Schedemei lachte ihm ins Gesicht. »Glaubst du etwa, hier könnte man noch wie früher Geschäfte betreiben? Ich gehe nicht auf eine Handelsreise, du armer, törichter Mann. Ich bringe mein gesamtes Labor *und* mich an einen Ort, an dem ich meine Forschungen ungefährdet fortsetzen kann, ohne von bewaffneten Verrückten unterbrochen zu werden, die die Stadt plündern und in Brand setzen.«

Erneut errötete er. »Als sie unter meinem Kommando standen, haben sie niemandem etwas angetan. Ich war kein Gaballufix.«

»Nein, Rasch. Du bist kein Gaballufix.«

Das konnte man so oder so verstehen, doch Rasch faßte es anscheinend als Bestätigung ihres Glaubens an seinen grundlegenden Anstand auf. »Du bist nicht mein Feind, nicht wahr, Schedja?«

»Ich will nur Trockenbehälter.«

Er zögerte noch einen Augenblick lang, trat dann zurück und bedeutete ihr, ihm ins Kühlhaus zu folgen.

Im Eingang des Gebäudes war es nicht so kalt wie in den Innenräumen, und Rasch hatte ihn in einen bemitleidenswerten Wohnraum umgewandelt. Ein behelfsmäßiges Bett, ein großer Zuber, der einmal Pflanzen beherbergt hatte, nun jedoch als Badewanne und Waschkübel für seine schmutzige Wäsche zweckentfremdet wurde. Sehr primitiv, aber auch einfallsreich. Schedemei mußte den Mann bewundern – er hatte nicht verzweifelt, obwohl sich alles gegen ihn zu verschworen haben schien.

»Ich bin allein hier«, sagte er. »Die Überseele weiß bestimmt, daß ich Geld dringender brauche als Trockenbehälter. Und der Stadtrat hat all meine Geldmittel beschlagnahmt. Du könntest mich nicht einmal mehr bezahlen, weil ich kein Konto mehr habe, auf das du das Geld deponieren könntest.«

»Das dürfte kein Problem sein«, sagte Schedemei. »Wie du dir vorstellen kannst, ziehen derzeit viele Leute ihr Geld von den Stadtkonten ab. Ich kann dich mit Edelsteinen bezahlen – obwohl sich der Preis für Gold und kostbare Steine seit den letzten Unruhen verdreifacht hat.«

»Glaubst du etwa, ich wüßte nicht, daß ich wohl kaum in der Position bin, mit dir feilschen zu können?«

»Staple die Trockenbehälter vor der Tür auf«, sagte Schedemei. »Ich werde Männer schicken, die sie aufladen und mir in die Stadt bringen. Ich werde dir einen fairen Preis dafür bezahlen. Sag mir, wohin ich die Juwelen bringen soll.«

»Komm allein hierher«, sagte Rasch. »Und übergib sie mir persönlich.«

»Mach dich doch nicht lächerlich«, sagte Schedemei. »Ich werde nie wieder hierher kommen, und wir haben uns auch nie getroffen. Sag mir, wo ich die Juwelen hinterlegen soll.«

»Im Raum für Reisende in Wetschiks Haus.«

»Ist es leicht zu finden?«

»Ganz leicht.«

»Dann werde ich dort sein, sobald ich die Trockenbehälter bekommen habe.«

»Es erscheint mir kaum fair, daß ich dir vollständig vertrauen soll, du mir aber nicht das geringste Vertrauen entgegenbringen mußt.«

Schedemei fiel darauf keine Erwiderung ein, die nicht grausam gewesen wäre.

Nach einer Weile nickte er. »Na schön«, sagte er. »Auf dem Besitz des Wetschik stehen zwei Häuser. Hinterlege die Juwelen in dem Raum für Reisende des kleineren, älteren Hauses. Auf einen der Dachsparren. Ich werde sie schon finden.«

»Sobald die Trockenbehälter in meinem Labor sind«, sagte Schedemei.

»Glaubst du etwa, mir stünden noch ein paar treu ergebene Männer zur Verfügung, die dich in einen Hinterhalt locken werden?« fragte Raschgallivak verbittert.

»Nein«, sagte Schedemei. »Aber da du weißt, daß du das Geld bald haben wirst, stünde dir jetzt nichts im Wege, sie schnell anzuheuern.«

»Also wirst du entscheiden, wann du mich bezahlst und wieviel du mir gibst, und ich habe in dieser Angelegenheit nichts zu sagen.«

»Rasch«, sagte Schedemei, »ich werde dich viel anständiger behandeln, als du den Wetschik und seine Söhne behandelt hast.«

»Innerhalb von einer halben Stunde werden ein Dutzend Trockenbehälter vor der Tür stehen.«

Schedemei stand auf und ging. Sie hörte, daß er hinter ihr die Tür schloß, und stellte sich ihn vor, wie er furchtsam die Riegel vorlegte, voller Angst, jemand könne herausfinden, daß der Mann, der einen Tag lang über die Macht sowohl des Gaballufix als auch des Wetschik verfügt hatte, sich nun in diesen verbarrikadierten Mauern versteckte.

Schedja kehrte durch das Musiktor zurück, an dem die Gorajni-Wachen schnell ihre Identität überprüften und sie durchließen. Es störte sie noch immer, diese Uniformen in den Stadttoren Basilikas zu sehen, doch wie alle anderen gewöhnte sie sich allmählich an die perfekte Disziplin der Soldaten und die neue Ordnung, die nun an den ehemals chaotischen Eingängen zur Stadt herrschte. Jeder reihte sich nun geduldig in die Schlange ein.

Und da war noch etwas. Mehr Menschen wollten die Stadt betreten als verlassen. Vertrauen kehrte zurück. Vertrauen in die Stärke der Gorajni. Wer hätte sich vorstellen können, wie schnell die Leute dem Naßköppe-Feind vertrauen würden?

Nachdem sie an der Stadtmauer entlang zum Markttor gegangen war, machte Schedemei den Maultiertreiber ausfindig, den sie angeheuert hatte. »Alles in Ordnung«, sagte Schedemei. »Ein Dutzend Behälter werden vor der Tür stehen.« Der Maultiertreiber verbeugte sich und lief los. Sie bezweifelte nicht, daß er diese Geschwindigkeit nur so lange beibehalten würde, wie sie ihn sehen konnte, doch sie wußte trotzdem zu schätzen, daß er so *tat*, als würde er sich sputen. Der Maultiertreiber wußte also, was Schnelligkeit war, und bemühte sich, ihr zumindest die Illusion davon zu geben.

Dann wählte sie einen der Botenjungen aus der Schlange aus, die mitten im Markttor auf Aufträge warteten. Sie schrieb eine Nachricht auf einen Zettel, den sie an der Botenstation bekam. Auf die Rückseite schrieb sie auf, wie man zu Wetschiks Haus gelangte und wohin der Junge den Zettel legen sollte. Dann tippte sie in den Computer der Station den Lohn ein, den der Junge bekam. Als er sah, welchen Bonus sie ihm zahlte, damit er sich beeilte, grinste er, schnappte sich den Zettel und lief wie ein geölter Blitz los.

Raschgallivak würde natürlich wütend sein, nicht die Juwelen selbst, sondern nur eine Zahlungsanweisung auf einen der Juwelenhändler im Markttor vorzufinden. Doch Schedemei hatte nicht die Absicht, einen so hohen Betrag in Juwelen persönlich zu einem so abgelegenen Ort zu bringen oder einen Boten damit zu beauftragen. Rasch brauchte das Geld – also mußte er auch das Risiko eingehen. Wenigstens hatte sie die Anweisung auf einen der Juwelenhändler ausgestellt, der auch außerhalb des Markttors einen Tisch unterhielt, so daß Rasch nicht an den Wachen vorbei mußte, um seine Bezahlung zu bekommen.

Rasa sah ihren Sohn und ihre Töchter an, und die beiden Söhne Wetschiks von anderen Frauen. Nicht unbedingt die besten Menschen auf der Welt, dachte sie. Ich würde mich den beiden älteren Söhnen Volemaks gegenüber vielleicht etwas verächtlicher zeigen, würden meine beiden kostbaren Töchter mich nicht daran erinnern, daß ich auch nicht die hervorragendste Mutter gewesen bin. Und um fair zu sein ... all diese jungen Menschen haben ihre Gaben und Talente. Doch lediglich Nafai und Issib, die beiden Kinder, die ich mit Volja habe, haben sich als integer, anständig und gut erwiesen.

»Warum habt ihr Issib nicht mitgebracht?«

Elemak seufzte. Armer Junge, dachte Rasa. Zwingt die alte Herrin dich wieder, ihr etwas zu erklären? »Wir wollten uns auf dieser Reise nicht mit seinem Stuhl oder den Flossen befassen müssen«, sagte er.

»Er wäre doch sowieso nur hier bei uns eingesperrt«, sagte Nafai.

»Ich glaube nicht, daß der General uns lange unter Arrest halten wird«, sagte Rasa. »Sobald ich gründlich in Mißkredit gebracht worden bin, hat er keinen Grund mehr zu dieser eindeutig überzogenen Maßnahme. Er versucht, sich als Befreier und Beschützer darzustellen, und es gibt kein gutes Bild ab, wenn er seine Soldaten auf der Straße aufmarschieren läßt.«

»Und dann brechen wir auf?« fragte Nafai.

»Nein, wir schlagen hier Wurzeln«, sagte Mebbekew. »Natürlich brechen wir dann auf.«

»Ich will nach Hause«, sagte Kokor. »Obwohl Obring ein verdammtes, elendes Spottbild von Ehemann ist, vermisse ich ihn.«

Sevet sagte nichts.

Rasa sah Elemak an, auf dessen Zügen ein leichtes Lächeln lag. »Und du, Elemak, kannst du es auch nicht abwarten, mein Haus zu verlassen?«

»Ich bin dankbar für deine Gastfreundschaft«, sagte er. »Und wir werden uns immer an dein Heim erinnern als das letzte zivilisierte Haus, in dem wir seit vielen Jahren gewohnt haben.«

»Sprich für dich selbst, Elja«, sagte Mebbekew.

»Wovon spricht er?« fragte Kokor. »Auf *mich* wartet ein zivilisiertes Heim.«

Sevet gab ein ersticktes Lachen von sich.

»Wenn ich du wäre, würde ich nicht prahlen, wie zivilisiert dein Haus ist«, sagte Rasa. »Aber ich sehe auch, daß Elemak der einzige ist, der eure wahre Lage begreift.«

»Ich begreife sie auch.«

Natürlich funkelte Elemak seinen Halbbruder unter zusammengekniffenen Lidern an. Nafai, du törichter Junge, dachte Rasa. Mußt du immer das sagen, was deine Brüder am stärksten erzürnen wird? Glaubst du, ich hätte vergessen, daß du die Stimme der Überseele gehört hast, daß du viel mehr begreifst als deine Brüder und Schwestern? Kannst du nicht darauf vertrauen, daß ich mich an deine Würdigkeit erinnere und einfach Schweigen bewahren?

Nein, er konnte es nicht. Nafai war jung, zu jung, um die Folgen seines Vorgehens zu sehen, zu jung, um seine Gefühle für sich zu behalten.

»Dennoch wird Elemak uns unsere Lage erklären.«

»Wir können nicht in dieser Stadt bleiben«, sagte Elemak. »In dem Augenblick, in dem die Soldaten abgezogen werden, müssen wir sofort fliehen.«

»Warum?« fragte Mebbekew. »Die Herrin Rasa steckt in Schwierigkeiten, nicht wir.«

»Bei der Überseele, du bist dumm«, sagte Elemak.

Welche erfrischend direkte Art, es auszudrücken, dachte Rasa. Kein Wunder, daß deine Brüder dich geradezu verehren, Elja.

»Solange Herrin Rasa unter Arrest steht, muß Muuzh dafür sorgen, daß niemandem in diesem Haus etwas zustößt. Doch er wird es so einrichten, daß Rasa danach jede Menge Feinde in der Stadt haben wird. Sobald er seine Soldaten abzieht, wird es hier zu einigen sehr bösen Vorfällen kommen.«

»Um so mehr Grund für uns, Mutters Haus zu verlassen«, sagte Kokor. »Mutter kann ja fliehen, wenn sie will, aber gegen *mich* haben die Leute nichts.«

»Sie haben etwas gegen uns *alle*«, sagte Elemak. »Meb und Nafai und ich sind Flüchtlinge, und Nafai wird zweier Morde beschuldigt, von denen er einen tatsächlich begangen hat. Kokor wird des Mordversuchs an ihrer eigenen Schwester beschuldigt. Und Sevet ist eine Ehebrecherin, die man in flagranti erwischt hat, und da sie die Ehe auch noch mit dem Gatten ihrer eigenen Schwester gebrochen hat, kann man auch noch die Inzestgesetze hinzuziehen.«

»Sie würden es nicht wagen«, sagte Kokor. »*Mich* anzuklagen!«

»Und warum sollten sie es nicht wagen?« fragte Elemak. »Nur der große Respekt und die Zuneigung der Leute für die Herrin Rasa hat dich überhaupt vor einer sofortigen Verhaftung geschützt. Nun, diese Zuneigung besteht nicht mehr oder ist zumindest geringer geworden.«

»Man würde mich niemals verurteilen«, sagte Kokor.

»Und die Gesetze gegen Ehebruch sind seit Jahrhunderten nicht mehr durchgesetzt worden«, sagte Meb. »Und die Leute bringen einem Inzest zwischen verschwägerten Personen Abscheu entgegen, doch solange sie volljährig sind ...«

»Sind denn hier alle dümmer, als die Stadtwache erlaubt?« fragte Elemak. »Nein, ich habe ja ganz vergessen – *Nafai* versteht *alles*.«

»Nein«, sagte Nafai, »Ich weiß, daß wir in die Wüste gehen müssen, weil die Überseele es befohlen hat, aber ich habe nicht die geringste Ahnung, wovon *du* sprichst.«

Rasa mußte unwillkürlich lächeln. Nafai konnte manchmal töricht sein, doch seine Ehrlichkeit und Direktheit waren auch entwaffnend. Ohne es zu wollen, hatte Nafai sich bei Elemak wieder beliebt gemacht, indem er sich erniedrigt und Eljas größere Klugheit eingestanden hatte.

»Dann werde ich es erklären«, sagte Elemak. »Die Herrin Rasa ist eine mächtige Frau – selbst jetzt noch, weil die klügsten Menschen in Basilika die Gerüchte über sie keinen Augenblick lang glauben. Es genügt Muuzh nicht, sie nur in Mißkredit zu bringen. Er muß sie entweder vollständig unter seiner Kontrolle haben oder töten. Um das erstere zu erreichen, muß er nur eins oder alle ihrer Kinder wegen Mordes anklagen lassen – oder auch Vaters Söhne, was das betrifft –, und sie wird völlig hilflos sein. Herrin Rasa ist eine tapfere Frau, aber ich glaube nicht, daß sie es über sich bringen wird, ihre Kinder oder Vaters Söhne ins Gefängnis gehen zu lassen, nur damit sie Politik betreiben kann. Und falls sie so skrupellos wäre, würde Muuzh den Einsatz einfach erhöhen. Wen von uns würde er zuerst töten? Muuzh ist ein kluger Mann – er würde nur soviel unternehmen, daß seine Botschaft auch verstanden wird. Ich glaube, als ersten würde er dich töten lassen, Meb, weil du der wertloseste bist und derjenige, den Vater und Herrin Rasa am wenigsten vermissen würden.«

Meb sprang auf. »Ich habe genug von dir, du Dreckskerl!«

»Setz dich, Mebbekew«, sagte Herrin Rasa. »Begreifst du denn nicht, daß er dich nur etwas anstacheln möchte?«

Elemak grinste Mebbekew an, der aber keineswegs besänftigt war. Mebbekew warf düstere Blicke um sich, als er sich wieder setzte.

»*Irgendeinen* wird er töten«, sagte Elemak, »nur als Warnung. Natürlich werden nicht *seine* Soldaten die Tat begehen. Aber er weiß genau, daß Herrin Rasa seine Rolle in diesem Spiel durchschaut. Und sollte es nicht ausreichen, uns als Geiseln zu halten, damit wir uns gut benehmen, hat Muuzh bereits den Grundstein dafür gelegt, Herrin Rasa selbst zu ermorden. Es dürfte kein Problem sein, eine erzürnte Bürgerin zu finden, die versessen darauf ist, sie wegen ihres angeblichen Verrats zu töten; Muuzh müßte nur eine Gelegenheit einrichten, bei der diese Attentäterin zuschlagen kann. Es wäre ganz einfach. Sobald die Soldaten von der Straße vor diesem Haus *abgezogen* werden, sind wir wirklich in Gefahr. Wir müssen uns also darauf vorbereiten, Basilika augenblicklich, verstohlen und für immer zu verlassen.«

»Basilika zu verlassen!« rief Kokor. Ihr ehrlicher Abscheu bedeutete, daß sie endlich den Ernst ihrer Lage begriffen hatte.

Sevet verstand ihn auch, soviel war sicher. Sie schaute zu Boden, doch Rasa konnte die Tränen auf ihren Wangen sehen.

»Es tut mir leid, daß eure enge Verbindung zu mir euch so viel kostet«, sagte Rasa. »Aber all diese Jahre lang, meine lieben Töchter, mein lieber Sohn, meine geliebten Schülerinnen, habt ihr vom Ansehen meines Hauses profitiert, wie auch von der großen Ehre des Wetschik. Nun, da sich die Lage in Basilika gegen uns gewendet hat, müßt ihr auch den Preis dafür zahlen. Das ist unangenehm, aber nicht ungerecht.«

»Für immer«, murmelte Kokor.

»Allerdings«, sagte Elemak, »für immer. Aber ich werde nicht ohne meine Frau in die Wüste ziehen. Ich hoffe, meine Brüder haben ebenfalls ähnliche Vorkehrungen getroffen. Aus diesem Grund sind wir ja hergekommen.«

»Obring«, sagte Kokor. »Wir müssen Obring holen!«

Sevet hob das Kinn und sah ihrer Mutter ins Gesicht. Sevets Augen schimmerten vor Tränen, und auf ihrem Antlitz stand eine ängstliche Frage.

»Ich glaube, Vas wird dich begleiten, wenn du ihn darum bittest«, sagte Rasa. »Er ist ein kluger und versöhnlicher Mann, und er liebt dich viel mehr, als du es verdient hast.« Die Worte waren kalt, doch Sevet nahm sie dennoch als Trost auf.

»Aber was ist mit Obring?« beharrte Kokor.

»Er ist ein so schwacher Mann«, sagte Rasa. »Du kannst ihn bestimmt überreden, dich zu begleiten.«

Mittlerweile hatte sich Mebbekew an Elemak gewandt. »Deine *Frau*?« fragte er.

»Herrin Rasa wird heute abend die Zeremonie für Eiadh und mich durchführen«, sagte Elemak.

Mebbekews Gesicht legte Zeugnis von einem starken Gefühl ab – Wut, Eifersucht? Hatte auch Mebbekew Eiadh haben wollen, genau wie der arme Nafai?

»Du heiratest sie *heute abend*?« fragte Mebbekew.

»Wir wissen nicht, wann Muuzh den Hausarrest aufheben wird, und ich möchte den Bund der Ehe schließen, wie es sich gehört. Sobald wir in der Wüste sind, möchte ich keine Diskussionen darüber hören, wer mit wem verheiratet ist.«

»Aber sobald unsere Verträge ausgelaufen sind, können wir uns doch anderweitig orientieren«, sagte Kokor.

Alle sahen sie an.

»Die Wüste ist nicht Basilika«, sagte Rasa. »Wir werden nur eine Handvoll Menschen sein. Die Ehen werden von Dauer sein. Gewöhne dich schon jetzt an die Vorstellung.«

»Das ist doch absurd«, sagte Kokor. »Ich komme nicht mit, und ihr könnt mich nicht dazu zwingen.«

»Nein, ich kann dich nicht dazu zwingen«, sagte Rasa. »Doch wenn du bleibst, wirst du sehr schnell herausfinden, wie anders das Leben ist, wenn du nicht mehr die Tochter der Herrin Rasa bist, sondern bloß eine junge Sängerin, von der man weiß, daß sie ihre viel berühmtere Schwester mit einem Schlag ihrer Hand zum Verstummen gebracht hat.«

»Damit kann ich leben!« sagte Kokor trotzig.

»Dann möchte ich dich gar nicht bei uns haben«, sagte Rasa wütend. »Welchen Nutzen kann auf der schrecklichen Reise, die vor uns liegt, ein Mädchen ohne Gewissen für uns haben?« Ihre Worte waren barsch, doch Rasa konnte ihre Enttäuschung über Kokor auf der Zunge schmecken wie ein übles Gift. »Ich habe alles gesagt, was ich zu sagen habe. Ihr alle habt zu arbeiten und Entscheidungen zu treffen. Trefft sie und bereitet alles vor.«

Damit waren sie entlassen, und Kokor und Sevet erhoben sich und gingen sofort, wobei Kokor die Nase in die Höhe reckte und noch einmal gekonnt ihren Hochmut unter Beweis stellte.

Mebbekew machte sich an Rasa heran – konnte der Junge nicht einfach ganz natürlich *gehen*, ohne gleich wie ein Spitzel oder Spion zu wirken? – und stellte seine Frage. »Ist Eljas Hochzeit heute abend nur auf ihn beschränkt?«

»Jeder im Haus ist herzlich eingeladen, der Feier beizuwohnen«, sagte Rasa.

»Nein, ich meine ... wenn ich auch jemanden heiraten würde, würdest du die Zeremonie dann auch für mich durchführen?«

»*Jemanden* heiraten? Ich versichere dir, Dolja mag zwar indiskret gewesen sein, doch es würde mich überraschen, wenn sie dich zum Gatten nehmen würde, Mebbekew.«

Meb schaute wütend drein. »Luet hat es dir erzählt.«

»Natürlich hat sie es mir erzählt«, sagte Rasa. »Ein halbes Dutzend Dienstboten und Dolja selbst hätten es mir noch vor Anbruch der Dämmerung erzählt. Glaubst du wirklich, jemand könne *solch* ein Geheimnis in meinem eigenen Haus vor mir verbergen?«

»Wirst du die Zeremonie auch für uns durchführen«, sagte Meb, und dann nahm seine Stimme einen unglaublich sarkastischen Tonfall an, »wenn ich sie überreden könnte, ein so unwüdiges Stück Scheiße wie mich zu akzeptieren?«

»Es wäre gefährlich, dich ohne Frau in die Wüste mitzunehmen«, sagte Rasa. »Dolja wäre für dich die richtige Frau, obwohl sie *sich selbst* kaum etwas Schlimmeres antun könnte.«

Mebbekews Gesicht war rot vor Zorn. »Ich habe nichts getan, daß du mich so verächtlich behandeln müßtest.«

»Du hast *alles* getan, um dir meine Verachtung zuzuziehen«, sagte Rasa. »Du hast meine Nichte unter meinem eigenen Dach verführt, und nun überlegst du, sie zu heiraten – und glaube ja nicht, mich täuschen zu können. Du willst sie nur heiraten, um in Basilika bleiben zu können und nicht mit uns zu deinem Vater in die Wüste ziehen zu müssen. Sobald wir fort sind und du deinen Ehevertrag hast, wirst du ihr untreu werden.«

»Und ich schwöre dir bei den Augen der Überseele, daß ich Dolja mit in die Wüste nehmen werde, so wahr Elja Eiadh mitnehmen wird.«

»Sei vorsichtig, wenn du deine Eide vor der Überseele machst«, sagte Rasa. »Sie kennt Wege und Möglichkeiten, dich beim Wort zu nehmen.«

Mebbekew hätte fast etwas anderes gesagt, überlegte es sich dann jedoch anders und verließ Rasas privaten Empfangsraum. Zweifellos, um Dolja zu überreden, die Ehe mit *ihm* einzugehen.

Und es wird klappen, dachte Rasa verbittert. Weil dieser Junge, für den sonst so wenig spricht, mit *Frauen* umgehen kann. Habe ich nicht von den Müttern so vieler Mädchen in der Puppenstadt und Dauberville von seinen Heldentaten gehört? Arme Dolja. Hat das Leben dich so hungrig belassen, daß du sogar diese schlechte Imitation von Liebe schluckst?

Jetzt waren nur noch Elemak und Nafai bei ihr.

»Ich will meine Zeremonie nicht mit Mebbekew teilen«, sagte Elemak kalt.

»Es ist tragisch, daß wir auf dieser Welt nicht immer das bekommen, was wir haben wollen«, sagte Rasa. »Jeder, der heute abend heiraten möchte, wird auch heiraten. Wir haben nicht die Zeit, deine Eitelkeit zu befriedigen, und das weißt du selbst am besten. Wenn du mir einen unparteiischen Rat geben würdest, würdest du selbst darauf bestehen.«

Elemak betrachtete kurz ihr Gesicht. »Ja«, sagte er dann. »Du bist sehr weise.« Dann ging auch er.

Doch Rasa verstand ihn, und zwar besser, als er glaubte. Sie wußte, daß er sie abgeschätzt hatte. In Basilika mochte sie zwar mächtig sein, aber in der Wüste war sie es nicht mehr. Er würde sich heute abend ihrer Herrschaft beugen, doch sobald sie in der Wüste waren, würde er seine Freude daran nehmen, sie zu unterwerfen. Nun, ich habe keine Angst davor, erniedrigt zu werden, dachte Rasa. Ich kann mehr ertragen, als du es dir vorstellst. Was bedeuten mir schon die Qualen, die du mir zufügst, wenn ich den Schmerz meiner geliebten Stadt spüre und weiß, daß ich in meinem Exil gar nichts tun kann, um sie doch noch zu retten?

Nur Nafai war jetzt noch bei ihr.

»Mutter«, sagte er, »was ist mit Issib? Und Gaballufix' Schatzmeister Zdorab? Sie brauchen ebenfalls Frauen. Und Elemak hat in seinem Traum gesehen, daß wir alle Frauen hatten.«

»Dann muß die Überseele Frauen für sie bereitstellen, meinst du nicht auch?«

»Schedemei wird kommen«, sagte er. »Auch sie hatte einen Traum. Die Überseele wird sie zu uns schicken. Und Huschidh. Sie gehört dazu, nicht wahr? Auch sie wird die Überseele zu uns führen. Für Issib oder für Zdorab.«

»Warum fragst du sie nicht?« sagte Rasa.

»Sie ist nicht für *mich* bestimmt«, sagte Nafai.

»Du hast mir erzählt, die Überseele hätte gesagt, eines Tages würdest du deine Brüder führen. Wie kann das geschehen, wenn du nicht einmal die Kraft findest, einem so netten und großmütigen Mädchen wie Schuja in die Augen zu sehen?«

»Dir mag sie nett vorkommen«, sagte Nafai. »Aber mir ... und sie so etwas zu fragen ...«

»Sie weiß, daß ihr Jungs zurückgekommen seid, um Frauen zu holen, du törichtes Kind. Glaubst du, sie könnte nicht zählen? Sie ist eine Entwirrerin – glaubst du, sie hätte die Verbindungen noch nicht gesehen?«

Er war verlegen. »Nein, daran habe ich nicht gedacht. Wahrscheinlich weiß sie mehr über das alles als ich.«

»Nur über einige Dinge«, sagte Rasa. »Und du schreckst noch immer vor der wichtigsten Frage überhaupt zurück.«

»Nein, das tue ich nicht«, sagte Nafai. »Ich weiß, daß ich Luet heiraten soll, und ich weiß, daß ich sie bitten werde, die Ehe mit mir einzugehen. Ich brauche deinen Rat in dieser Angelegenheit nicht.«

»Dann habe ich nichts um dich zu fürchten, mein Sohn«, sagte Rasa.

Die Soldaten brachten Raschgallivak und warfen ihn, wie Muuzh ihnen zuvor befohlen hatte, brutal zu Boden. Als die Soldaten gegangen waren, berührte Raschgallivak seine Nase. Sie war nicht gebrochen, doch sie blutete vom Aufprall auf dem Boden, und Muuzh reichte ihm nichts, womit er das Blut hätte abwischen können. Da die Soldaten Raschgallivak nackt ausgezogen hatten, bevor sie ihn hierher gebracht hatten, mußte Raschgallivak das Blut einfach in seinen Mund und sein Kinn hinab fließen lassen.

»Ich wußte, daß ich dich früher oder später sehen würde«, sagte Muuzh. »Ich mußte nicht nach dir suchen. Ich wußte, die Zeit würde kommen, da du dir einbildest, du hättest etwas, das von Wert für mich ist, und dann würdest du zu mir kommen und mit mir zu verhandeln versuchen. Aber ich kann dir versichern, ich brauche nichts, das du hast.«

»Also bringe es hinter dich und töte mich«, sagte Raschgallivak.

»Sehr dramatisch«, sagte Muuzh. »Ich habe gesagt, ich *brauche* nichts, was du hast, aber vielleicht *will* ich etwas, und vielleicht will ich es so dringend, daß ich dich nicht blenden oder kastrieren lasse oder sonst etwas mit dir anstelle, bevor ich dich als Verräter an deiner Stadt verbrennen lasse.«

»Ja, so sehr liegt Basilika dir am Herzen«, sagte Raschgallivak.

»Du hast mir diese Stadt gegeben, du armer Narr. Deine Dummheit und Brutalität haben sie mir in den Schoß fallen lassen. Nun ist sie das strahlendste Juwel in meinem Besitz. Ja, Basilika liegt mir sehr am Herzen.«

»Nur, wenn du die Stadt auch behalten kannst«, sagte Raschgallivak.

»Oh, ich versichere dir, ich werde dieses Juwel behalten. Entweder, indem ich es trage, um mich damit zu schmücken oder indem ich es zu Pulver zermahle und verschlucke.«

»So furchtlos bist du also, tapferer General. Und doch hast du Herrin Rasa unter Hausarrest gestellt.«

»Es gibt noch immer viele Wege, denen ich folgen kann«, sagte Muuzh. »Aber ich kenne keinen, der nicht zu deinem augenblicklichen Tod führt. Also mußt du schon etwas mehr bieten, als mir zu sagen, was ich sowieso schon weiß.«

»Ob es dir gefällt oder nicht«, sagte Raschgallivak, »ich bin der rechtmäßige Wetschik und Führer des Palwaschantu-Klans, und obwohl mir im Augenblick niemand viel Liebe entgegenbringt, würden die besitzlosen Männer außerhalb der Stadtmauern zu mir überlaufen, wenn sie sehen, daß ich in deiner Gunst stehe und etwas Macht zu vergeben habe. Ich könnte dir nützlich sein.«

»Wie ich sehe, hegst du ein paar pathetische Träume, mir die Macht hier streitig zu machen.«

»Nein, General«, sagte Raschgallivak. »Ich war mein ganzes Leben lang Verwalter und habe lediglich versucht, das Haus Wetschik aufzubauen und zu stärken. Gaballufix hat mir eingeredet, einem Ehrgeiz gemäß zu handeln, den ich niemals hatte, bis er ihn mich spüren ließ. Ich hatte seitdem genug Gelegenheit zu bereuen, auf ihn gehört zu haben, und mich dafür zu verachten, herumstolziert zu sein, als wäre ich ein großer Führer, wo ich in Wirklichkeit doch ein geborener Verwalter bin. Ich war nur glücklich, als ich einem Mann diente, der stärker war, als ich es bin. Ich war stolz darauf, immer dem stärksten Mann Basilikas gedient zu haben.

Der bist im Augenblick du, und wenn du mich am Leben läßt und Verwendung für mich findest, wirst du feststellen, daß ich ein Mann mit vielen nützlichen Talenten bin.«

»Darunter auch bedingungslose Treue?«

»Ich weiß, daß du mir nie vertrauen wirst. Ich habe den Wetschik verraten ... zu meiner Schande. Aber das tat ich erst, als Volemak schon im Exil und machtlos war. *Du* wirst niemals schwach sein oder versagen, und daher kannst du mir bedingungslos vertrauen.«

Muuzh mußte unwillkürlich lachen. »Du sagst mir, ich könne dir vertrauen, weil du ein zu großer Feigling bist, um einen starken Mann zu verraten?«

»Ich hatte genügend Zeit, mich wirklich kennenzulernen, General Vozmuzhalnoi Vozmozhno. Ich habe nicht den Wunsch, entweder dich oder mich zu betrügen.«

»Ich könnte jeden beliebigen Mann als Führer des Pöbels einsetzen, der sich Palwaschantu nennt«, sagte Muuzh. »Oder ich könnte ihn selbst führen. Warum soll ich dich am Leben lassen, wenn ich von deinem öffentlichen Geständnis und deiner Hinrichtung doch viel mehr gewinnen kann?«

»Du bist ein brillanter General und Anführer, aber du kennst Basilika noch immer nicht.«

»Ich kenne die Stadt so gut, um sie zu beherrschen, ohne auch nur einen einzigen meiner Männer verloren zu haben.«

»Wenn du so allwissend bist, General Vozmuzhalnoi Vozmozhno, weiß du natürlich auch, warum es so wichtig ist, daß Schedemei heute ein Dutzend Trockenbehälter von mir gekauft hat.«

»Spiele keine Spielchen mit mir, Raschgallivak. Du weißt, daß ich keine Ahnung habe, wer dieser Schedemei ist oder was es zu bedeuten hat, daß er Trockenbehälter gekauft hat.«

»Schedemei ist eine Frau, Herr. Eine berühmte Wissenschaftlerin. Eine sehr begabte Genetikerin – sie hat unter anderem einige sehr beliebte neue Pflanzen entwickelt.«

»Wenn du auf etwas Bestimmtes hinaus willst ...«

»Schedemei ist auch eine Lehrerin in Rasas Haus und eine ihrer geschätztesten Nichten.«

Aha. Also hatte Raschgallivak vielleicht doch etwas Interessantes anzubieten. Muuzh wollte mehr erfahren.

»Trockenbehälter werden dazu benutzt, Keimlinge und Embryos über große Entfernungen hinweg zu transportieren, ohne sie einzufrieren. Sie hat mir gesagt, daß sie ihr gesamtes Labor an einen entfernten Ort verlegen will und dafür Trockenbehälter braucht.«

»Und du hast ihr nicht geglaubt.«

»Es ist unvorstellbar, daß Schedemei ihr Labor ausgerechnet *jetzt* verlegen will. Die Gefahr ist eindeutig vorbei, und normalerweise hätte sie sich einfach in ihre Arbeit vergraben. Sie ist eine sehr hingebungsvolle Wissenschaftlerin. Sie nimmt die Welt um sie herum kaum wahr.«

»Also vermutest du, daß dieser Plan von Rasa kommt.«

»Rasa ist seit vielen Jahren mit Wetsch verheiratet – mit Volemak, dem ehemaligen Wetschik. Er hat die Stadt vor einigen Wochen verlassen, angeblich, weil eine Vision der Überseele es ihm befohlen hat. Seine Söhne kamen in die Stadt zurück und versuchten, Gaballufix den Palwaschantu-Index abzukaufen.«

Raschgallivak hielt inne, als wartete er darauf, daß Muuzh einen Zusammenhang sah; aber natürlich wußte Raschgallivak, daß es Muuzh an den notwendigen Informationen mangelte, irgendeine Schlußfolgerung zu ziehen. Raschgallivak versuchte auf diese Weise, Muuzh klarzumachen, daß er ihn brauchte. Aber Muuzh hatte nicht die Absicht, sich auf dieses Spiel einzulassen. »Entweder du sagst es mir, oder du sagst es mir nicht«, erklärte er. »Dann werde ich entscheiden, ob ich dich brauchen kann oder nicht. Wenn du weiterhin glaubst, du könntest mein Urteil beeinflussen, erweist du dich nur als wertlos für mich.«

»Es ist klar, daß Volemak noch immer davon träumt, hier in Basilika zu herrschen. Warum sonst wollte er den Index haben? Er ist nur von Wert als Symbol der Macht unter den Palwaschantu; er erinnert sie an die sehr, sehr lange zurückliegende Zeit, als sie nicht von Frauen beherrscht wurden. Rasa ist seine Frau und eine sehr mächtige obendrein. Sie kann dir schon allein gefährlich werden – gemeinsam mit ihrem Mann wäre sie eine wahrhaft furchtbare Bedrohung. Wer sonst könnte die Stadt gegen dich vereinen? Schedemei würde sich nicht auf diese Reise vorbereiten, wenn Rasa sie nicht darum gebeten hätte. Daher müssen Rasa und Volemak einen Plan haben, zu dessen Durchführung sie Trokkenbehälter benötigen.«

»Und was für ein Plan wäre das?«

»Wie ich schon sagte, Schedemei ist eine brillante Genetikerin. Was, wenn sie irgendeinen Schimmel oder Pilz entwickelt, der sich wie eine Krankheit in Basilika ausbreitet? Und nur Rasas und Volemaks Gefolgsleute hätten das Mittel, mit dem man ihn abtöten kann?«

»Ein Pilz. Und du glaubst, das wäre eine Waffe gegen die Soldaten der Gorajni?«

»Noch nie wurde so etwas als Waffe benutzt, Herr«, sagte Raschgallivak. »Ich kann es mir selbst kaum vorstellen. Aber stelle dir einmal vor, wie gut deine Soldaten kämpfen würden, wenn ihre Körper mit einem scheußlichen, unerträglichen Juckreiz bedeckt wären.«

»Ein *Juckreiz*«, echote Muuzh. Es klang absurd, lachhaft. Und doch könnte es vielleicht funktionieren – Soldaten, die von einem juckenden, nicht auszurottenden Pilz befallen waren, würden nicht gut kämpfen. Noch konnte man die Stadt problemlos beherrschen, wenn die Menschen unter solch einer Krankheit litten. Regierungen wurden nie geliebt, wenn sie mit Krankheiten oder Hungersnöten nicht fertig wurden. Muuzh hatte diese Tatsache schon oft gegen Feinde des Imperators benutzt. War es möglich, daß Rasa und Volemak so klug, so bösartig waren, daß sie sich eine so unvorstellbare Waffe vorstellen konnten? Eine Wissenschaftlerin als Waffenschöpferin zu mißbrauchen – wie konnte Gott zulassen, daß so etwas Abscheuliches über die Welt kam?

Außer ...

Außer, Rasa und Volemak haben gelernt, genau wie ich, sich Gott zu widersetzen. Warum sollte ich der einzige sein, der die Kraft hat, Gottes Bemühungen zu ignorieren, die Menschen dumm zu machen, wenn sie versucht sind, die Straße zu betreten, die zur Macht führt?

Andererseits jedoch konnte Raschgallivak ein Werkzeug Gottes sein, das ihn in die Irre führen sollte. Es war schon viele Tage lang her, daß Gott versucht hatte, ihn von irgendwelchen Unternehmungen abzuhalten. War es möglich, daß Gott nun versuchte, Muuzh zu kontrollieren, indem er ihn auf törichte, eingebildete Verschwörungen ansetzte, nachdem es ihm nicht gelungen war, ihn direkt zu beherrschen? Viele Generale waren von solchen Phantasievorstellungen wie der vernichtet worden, die Raschgallivak ihm gerade unterbreitet hatte.

»Könnten die Trockenbehälter nicht für etwas anderes bestimmt sein?« fragte Muuzh versuchshalber.

»Natürlich«, sagte Raschgallivak. »Ich habe nur auf die gefährlichsten Möglichkeiten hingewiesen. Trockenbehälter sind auch ideal dafür, Vorräte durch die Wüste zu transportieren. Volemak und seine Söhne – insbesonders Elemak, sein ältester Junge – sind mit der Wüste vertrauter als die meisten anderen. Sie fürchten sie nicht. Vielleicht wollen sie ein Heer aufbauen. Du *hast* doch nur tausend Mann hier.«

»Das restliche Heer der Gorajni wird bald hier sein.«

»Vielleicht braucht Volemak deshalb nur zwölf Trockenbehälter – er muß sein kleines Heer nur für eine kurze Zeit unterhalten.«

»Heer«, sagte Muuzh verächtlich. »Zwölf Trockenbehälter. Man hat dich mit einer Zahlungsanweisung für Juwelen von sehr hohem Wert aufgegriffen. Woher weiß ich, daß man dich nicht bestochen hat, mir törichte Lügen zu erzählen und meine Zeit zu verschwenden?«

»Man hat mich nicht *aufgegriffen*, Herr. Ich habe mich deinen Soldaten freiwillig gestellt. Und ich habe die Zahlungsanweisung statt der Juwelen mitgebracht, damit du sehen kannst, daß Schedemei sie eigenhändig ausgestellt hat. Dieser Betrag ist viel höher, als es dem Wert der Trockenbehälter angemessen wäre. Sie versucht eindeutig, mein Schweigen zu kaufen.«

»Soweit ist es also mit dir gekommen, Raschgallivak. Vor ein paar Tagen hast du dich noch für den Herren der Stadt gehalten. Und jetzt verrätst du deinen ehemaligen Herren erneut, um dich bei einem neuen beliebt zu machen. Erkläre mir, warum ich mich bei deinem Anblick nicht übergeben sollte.«

»Weil ich dir nützlich sein kann.«

»Ja, das kann ich mir vorstellen, wie ein bösartiger, aber hungriger Hund. Raschgallivak, welchen Knochen soll ich dir vorwerfen?«

»Mein Leben, Herr?«

»Dein Leben wird nie wieder dir gehören, solange du lebst. Also frage ich dich erneut, an welchem Knochen du nagen willst.«

Raschgallivak zögerte.

»Wenn du vorgibst, mir oder dem Imperator oder der Stadt aus irgendwelchen selbstlosen Motiven dienen zu wollen, werde ich dich ausweiden und noch in dieser Stunde auf dem Marktplatz verbrennen lassen.«

»Verräter werden hier nicht verbrannt. Dann würden die Bürgerinnen Basilikas dich für ein Ungeheuer halten.«

»Ganz im Gegenteil«, sagte Muuzh. »Wenn ich *dir* diese Behandlung angedeihen ließe, würden sie sich *freuen*. Niemand ist so zivilisiert, daß er keinen Geschmack an dieser Rache finden würde, auch wenn er sich später schämen würde, daß er das Leiden seines Feindes so genossen hat.«

»Hör auf, mir zu drohen, General«, sagte Raschgallivak. »Ich habe ein Leben in Schrecken geführt und es gerade erst aufgegeben. Töte mich oder auch nicht, lasse mich foltern oder auch nicht, es interessiert mich nicht. Nur entscheide dich, was du tun möchtest.«

»Sag mir zuerst, was du willst. Dein geheimes Begehren. Dein Traum. Den besten Ausgang, den diese Ereignisse für dich nehmen konnten.«

Erneut zögerte er. Doch diesmal fand er die Kraft, seiner Begierde Ausdruck zu verleihen. »Herrin Rasa«, flüsterte er.

Muuzh nickte leicht. »Also ist der Ehrgeiz in dir doch noch

nicht gestorben«, sagte er. »Du träumst noch immer davon, unendlich weit über deiner eigentlichen Stellung zu leben.«

»Ich habe es dir gesagt, weil du darauf bestanden hast, Herr. Ich weiß, daß es niemals Wirklichkeit werden kann.«

»Raus hier«, sagte Muuzh. »Meine Männer werden dafür sorgen, daß du baden kannst. Und dir neue Kleidung geben. Du wirst noch mindestens eine weitere Nacht lang leben.«

»Danke, Herr.«

Die Soldaten kamen herein und führten Raschgallivak ab – aber diesmal, ohne ihm zuzusetzen, ohne Brutalität. Nicht, daß Muuzh den Entschluß gefaßt hätte, Raschgallivak zu benutzen. Seine Tod war noch immer eine attraktive Möglichkeit – Muuzh konnte sich am eindrucksvollsten zum Herren von Basilika ausrufen, wenn er die Gerechtigkeit so öffentlich vollzog, und damit auch so deutlich gegen alle Gesetze und Gebräuche Basilikas und gegen jeden Anstand verstieß. Dem Volk würde es gefallen, und weil es ihm gefiel, würde es aufhören, das alte Basilika zu bilden. Es würde zu etwas Neuem werden. Zu einer neuen Stadt.

Meiner Stadt.

Raschgallivak mit Rasa verheiratet. Das war ein häßlicher Gedanke, den ein abscheulicher, kleiner Geist ersonnen hatte. Und doch konnte man Rasa damit erniedrigen, und viele Bürgerinnen Basilikas würden sie dann endgültig für eine Verräterin halten. Und doch wäre sie noch immer eine der führenden Bürgerinnen Basilikas und von einer Aura der Legitimität umgeben. Schließlich *stand* sie auf Bitankes Liste. Wie auch Raschgallivak.

Es war eine gute Liste gewesen. Gut durchdacht und ziemlich gewagt. Bitanke war ein kluger Mann und sehr nützlich. Zum Beispiel war er immerhin so klug, Muuzh' Überzeugungskraft nicht zu unterschätzen. Er hatte niemanden nicht auf die Liste gesetzt, nur weil er sich vorstellte, der oder die Betreffende wäre nicht bereit, Muuzh zu dienen, indem er Basilika für ihn beherrschte.

Also überraschte es ihn nicht, daß die Namen, die Raschgallivak als die möglicher Rivalen genannt hatte, ganz oben auf der Liste standen: Volemak und Rasa. Auch Raschgallivaks Name war auf der Liste. Und der von Volemaks Sohn und Erbe, Elemak, sowohl wegen seiner Befähigung als auch wegen seiner Herkunft. Und auch Volemaks und Rasas jüngster Sohn, Nafai – weil er diese beiden großen Namen verband und weil er Gaballufix mit eigenen Händen getötet hatte.

War jeder, der Muuzh' Zwecken dienen könnte, irgendwie mit Rasas Haus verbunden? Auch das überraschte ihn nicht – in den meisten Städten, die er erobert hatte, gab es höchstens zwei oder drei Klans, die eleminiert oder zur Zusammenarbeit gezwungen werden mußten, um die Bevölkerung zu kontrollieren. Fast alle anderen auf Bitankes Liste waren viel zu schwach, um die Stadt ohne ständige Hilfe von Muuzh zu beherrschen, wie Bitanke selbst klargestellt hatte: Sie waren zu eng mit bestimmten Fraktionen verbunden oder zu isoliert, um überhaupt Unterstützung zu bekommen.

Die beiden einzigen, die nicht verwandtschaftlich mit Volemak oder Rasa verbunden waren, waren Nichten in Rasas Haus: die Wasserseherin Luet und die Entwirrerin Huschidh. Sie waren natürlich noch Kinder und kaum imstande, ein schwieriges Regierungsamt zu übernehmen. Doch sie hatten bei den Frauen Basilikas ein gewaltiges Ansehen, besonders die Wasserseherin. Sie wären nur Galionsfiguren, doch wenn in Wirklichkeit Raschgallivak die Dinge handhabte und Bitanke Raschgallivak im Auge behielt und die Galionsfiguren davor schützte, gegen Muuzh' Interessen manipuliert zu werden, würde in der Stadt Ruhe und Ordnung herrschen, während Muuzh seine Aufmerksamkeit den wirklichen Problemen zuwenden konnte – den Städten der Ebene und dem Imperator.

Raschgallivak und Rasa als Ehepaar. Es klang so angenehm dynastisch. Zweifellos sahen Rasch' Träume auch vor, Muuzh eines Tages zu verdrängen und aus eigenem Recht zu herrschen. Nun ja, Muuzh konnte ihm diese Träume kaum verübeln. Aber es würde bald eine Dynastie geben, die Rasch' armselige Träume bei weitem übertreffen würde. Rasch konnte die Herrin Rasa zur Frau nehmen, doch was war das schon angesichts der ruhmreichen Ehe zwischen der Wasserseherin oder der Entwirrerin und General Muuzh persönlich? *Das* wäre eine Dynastie, die tausend Jahre lang Bestand haben konnte. *Das* wäre eine Dynastie, die das schwache Haus dieses armseligen, kleinen Mannes stürzen konnte, der es wagte, sich als Inkarnation Gottes auszugeben – der Imperator, dessen Macht nichts sein würde, wenn Muuzh sich entschloß, gegen ihn zu ziehen.

Am besten daran war jedoch, daß Muuzh den Triumph erringen würde, an dem ihm am meisten lag, wenn er eine dieser erwählten Sprecherinnen der Überseele heiratete und benutzte: den Triumph über Gott. Du warst nie stark genug, mich zu beherrschen, o Allmächtiger. Und nun werde ich deine auserwählte Tochter nehmen, die mit deinen Visionen erfüllt ist, und sie zur Mutter einer Dynastie machen, die dir trotzen und all deine Pläne und Werke vernichten wird.

Halte mich auf, wenn du kannst! Ich bin viel zu stark für dich!

Nafai fand Luet und Huschidh zusammen; sie warteten in dem geheimen Versteck auf dem Dach auf ihn. Sie schauten sehr ernst drein, was nicht dazu beitrug, die Furcht in Nafais Herz zu beruhigen. Bis jetzt hatte Nafai sich nie zu jung gefühlt; er hatte sich immer für eine vollwertige Person gehalten, die allen anderen gleichberechtigt war. Doch nun machte ihm seine Jugend zu schaffen. Er hatte bislang niemals an eine Heirat gedacht, nicht einmal überlegt, wen er heiraten sollte. Überdies war diese Verbindung nun nicht mehr die problemlose, zeitlich befristete Vereinigung, als die er seine erste Ehe immer angesehen hatte. Seine Gattin würde wahrscheinlich die einzige für sein ganzes Leben sein, und wenn ihre Verbindung nicht funktionierte, würde es für ihn keinen Ausweg mehr geben. Als er Luet und

Huschidh sah, die ihn beide so ernst musterten, während er über das sonnenhelle Dach ging, fragte er sich erneut, ob er dazu imstande war: ob er diese Luet heiraten konnte, die in den Augen der Überseele so perfekt und weise war. Sie hatte sich der Überseele mit Liebe, Hingabe und Mut verschrieben – während er wie ein ungezogenes Kind vor sie getreten war, das seine unbekannten Eltern verspotten und auf die Probe stellen wollte. Sie hatte eine jahrelange Erfahrung mit der Kommunikation mit der Überseele; noch wichtiger war vielleicht sogar, daß sie jahrelang zu den Frauen Basilikas *für* die Überseele gesprochen hatte. Sie wußte, wie man andere Menschen beherrschen konnte – hatte er es nicht selbst am Ufer des Sees der Frauen erlebt, als sie den anderen getrotzt und sein Leben gerettet hatte?

Werde ich als Mann oder als Kind zu dir kommen? Als Partner oder als Schüler?

»Also ist der Familienrat vorbei«, sagte Huschidh, als er endlich so nahe war, daß er sie hören konnte.

Er setzte sich auf den Teppich unter der Markise. Der Schatten verschaffte ihm etwas Erleichterung von der Hitze. Unter seiner Kleidung tropfte Schweiß. Er ließ ihn seines eigenen nackten Körpers bewußt werden, der jetzt noch vor allen Blicken verborgen war. Wenn er Luet heiratete, würde er ihr diesen Körper heute nacht anbieten müssen. Wie oft hatte er von solch einem Angebot geträumt? Und doch hatte er kein einziges Mal daran gedacht, an ein Mädchen zu geraten, das ihn mit Ehrfurcht und Schüchternheit erfüllte, obwohl es selbst noch ohne jede Erfahrung war; in seinen Träumen war die Frau immer für ihn bereit gewesen, wie er ein kühner und erfahrener Liebhaber gewesen war. In dieser Nacht würde es nichts dergleichen geben.

Plötzlich überkam ihn ein quälender Gedanke. Was, wenn Luet noch nicht bereit war? Was, wenn sie noch nicht einmal eine *Frau* war? Er sprach schnell ein stummes Gebet zur Überseele, konnte es jedoch nicht beenden, weil er nicht einmal wußte, ob er darauf hoffte, daß sie eine Frau war, oder darauf, daß sie keine war.

»Wie vertraut die Bande bereits gewoben sind«, sagte Huschidh.

»Wovon sprichst du?« fragte Nafai.

»Wir sind durch so viele Fäden mit der Zukunft verbunden. Die Überseele hat der lieben Luet hier immer gesagt, sie wolle, daß die Menschen ihr freiwillig folgen. Aber ich glaube, sie hat uns in einem sehr eng gesponnenen Netz gefangen und läßt uns so viele Wahlmöglichkeiten wie einem Fisch, den man aus dem Wasser gezogen hat.«

»Wir haben Wahlmöglichkeiten«, sagte Nafai. »Wir haben immer die Wahl.«

»Wirklich?«

Ich möchte nicht mit *dir* sprechen, Huschidh. Ich kam her, um mit Luet zu sprechen.

»Wir haben die Wahl, der Überseele zu folgen oder nicht«, sagte Luet, und ihre Stimme klang, verglichen mit Huschidhs barscheren Tönen, ganz weich und freundlich. »Und wenn wir uns entscheiden, ihr zu folgen, verfangen wir uns nicht in ihrem Netz, sondern lassen uns vielmehr in ihrem Korb in die Zukunft tragen.«

Huschidh lächelte fahl. »Wir sind immer fröhlich, nicht wahr, Ludja?«

Eine Flaute im Gespräch.

Wenn ich ein Mann und Gatte sein soll, muß ich lernen, kühn zu handeln, auch wenn ich Angst habe. »Luet«, begann er. Dann: »Lutja.«

»Ja?« sagte sie.

Aber er konnte nicht ignorieren, daß sich Huschidhs Blicke geradezu in ihn zu bohren schienen, daß sie Dinge in ihm sah, von denen er nicht wollte, daß sie sie sah.

»Huschidh«, sagte er, »könnte ich allein mit Luet sprechen?«

»Ich habe vor meiner Schwester keine Geheimnisse«, sagte Luet.

»Und wird das auch noch der Fall sein, wenn du einen Gatten hast?« fragte Nafai.

»Ich habe keinen Gatten«, sagte Luet.

»Aber wenn du einen hättest, würdest du doch hoffentlich mit ihm deine innersten Gedanken teilen und nicht mit deiner Schwester.«

»Wenn ich einen Gatten hätte, würde ich hoffen, daß er nicht so grausam sein wird, von mir zu verlangen, meine Schwester aufzugeben, die meine einzige Verwandte auf der ganzen Welt ist.«

»Wenn du einen Gatten hättest«, sagte Nafai, »sollte er deine Schwester lieben, als wäre es seine eigene. Aber trotzdem nicht so sehr wie *dich*, und deshalb solltest du seine Schwester nicht so sehr lieben, wie du *ihn* liebst.«

»Nicht alle Ehen werden aus Liebe geschlossen«, sagte Luet. »Einige werden geschlossen, weil man keine andere Wahl hat.«

Die Worte trafen ihn tief im Herzen. Sie wußte es natürlich – wenn die Überseele es *ihm* gesagt hatte, würde sie es bestimmt auch *ihr* gesagt haben. Und sie brachte ihm damit bei, daß sie ihn nicht liebte, daß sie ihn nur heiratete, weil die Überseele es befahl.

»Fürwahr«, sagte Nafai. »Aber das bedeutet nicht, daß der Mann und die Frau sich nicht mit Zärtlichkeit und Freundlichkeit behandeln können, bis sie gelernt haben, einander zu vertrauen. Es bedeutet nicht, daß sie nicht beschließen können, sich zu lieben, auch wenn sie die Ehe nicht aus freiem Willen geschlossen haben.«

»Ich hoffe, es stimmt, was du sagst.«

»Ich verspreche dir, es wahrzumachen, wenn du mir dasselbe versprichst.«

Luet betrachtete ihn mit einem verärgerten Lächeln auf dem Gesicht. »Oh. Fragt mein Gatte mich auf diese Weise, ob ich seine Gattin werden möchte?«

Also hatte er es falsch angefangen. Er hatte sie beleidigt, vielleicht verletzt, bestimmt enttäuscht. Wie sie die Vorstellung verabscheuen mußte, mit ihm verheiratet zu sein. Begriff sie denn nicht, daß er von sich aus ihr so etwas nie aufgezwungen hätte? Als der Gedanke sich in seinem Kopf bildete, kam er auch schon über seine Lippen. »Die Überseele hat uns füreinander bestimmt, und ich bitte dich, mich zu heiraten, obwohl ich Angst vor dir habe.«

»Angst vor *mir*?«

»Nicht, daß du mir schaden wolltest – du hast mir und meinem Vater das Leben gerettet. Ich habe Angst ... vor der Verachtung, die du mir entgegenbringst. Ich habe Angst davor, stets vor dir und deiner Schwester erniedrigt zu werden, weil ihr beiden doch alles Schwache an mir erkennt und auf mich hinabseht. So, wie du mich jetzt siehst.«

Noch nie in seinem Leben hatte Nafai mit so brutaler Offenheit über seine Angst gesprochen; er hatte sich nie vor irgend jemandem so bloßgestellt und verletzlich gefühlt. Er wagte nicht, zu ihr aufzuschauen – zu ihnen –, weil er befürchtete, einen Ausdruck der verwunderten Verachtung auf ihren Gesichtern zu sehen.

»Oh, Nafai, es tut mir leid«, flüsterte Luet.

Ihre Worte kamen als der Schlag, den er am meisten gefürchtet hatte. Sie hatte Mitleid mit ihm. Sie sah, wie schwach und verängstigt und unsicher er war, und er tat ihr leid. Und doch verspürte er sogar im Schmerz dieses Augenblicks der Enttäuschung ein kleines, helles Freudenfeuer in sich. Ich kann es schaffen, dachte er. Ich habe diesen starken Frauen meine Schwäche eingestanden, und doch bin ich noch immer ich, ich lebe noch und wurde keineswegs unterworfen.

»Nafai, ich habe nur an meine eigene Angst gedacht«, sagte Luet. »Ich hätte nie gedacht, daß du genauso empfindest, oder ich hätte Schuja nicht gebeten, bei uns zu bleiben, als du zu mir kamst.«

»Es ist nicht gerade ein Vergnügen, hier zu sein, das kann ich dir versichern«, fügte Huschidh hinzu.

»Es war falsch von mir, dich zu zwingen, diese Dinge in Schujas Gegenwart zu sagen«, fuhr Luet fort. »Und es war falsch von mir, Angst vor dir zu haben. Ich hätte wissen müssen, daß die Überseele dich nicht erwählt hätte, wenn du kein gutes Herz hättest.«

Sie hatte Angst vor *ihm*?

»Willst du mich nicht ansehen, Nafai?« fragte sie. »Ich weiß, daß du mich noch nie angesehen hast, zumindest nicht mit Hoffnung oder Sehnsucht, aber nachdem die Überseele uns nun einander gegeben hat, könntest du mich nicht wenigstens mit ... Freundlichkeit ansehen?«

Wie konnte er nun das Gesicht heben, da ihm doch Tränen in den Augen standen? Andererseits – wie konnte er sich weigern, nachdem sie ihn darum gebeten hatte und er sie enttäuschen würde, falls er es nicht tat? Er sah sie an, und obwohl seine Augen feucht schimmerten – vor Tränen der Freude, der Erleichterung, sogar noch stärkerer Gefühle, die er nicht verstand –, sah er sie, als sähe er sie zum ersten Mal, als wäre ihre Seele plötzlich für ihn durchsichtig geworden. Er sah die Reinheit ihres Herzens. Er sah, wie vollständig sie sich der Überseele verschrieben hatte – und Basilika und ihrer Schwester und ihm. Er sah, daß sie sich in ihrem Herzen danach sehnte, etwas Gutes und Wunderschönes zu errichten, und daß sie sich darauf freute, es gemeinsam mit diesem Jungen zu versuchen, der vor ihr saß.

»Was siehst du, wenn du mich so ansiehst?« fragte Luet mit furchtsamer Stimme, doch immerhin mutig genug, die Frage überhaupt zu stellen.

»Ich sehe, was für eine große und herrliche Frau du bist«, sagte er, »und wie wenig Grund ich hatte, dich zu fürchten, weil du weder mir noch einer anderen Seele jemals Schaden zufügen würdest.«

»Mehr siehst du nicht?« fragte sie.

»Ich sehe, daß die Überseele in dir das perfekteste Beispiel dafür gefunden hat, wozu die gesamte menschliche Rasse werden muß, falls wir unversehrt bleiben und uns nicht erneut vernichten wollen.«

»Sonst nichts?« fragte sie.

»Was kann ich Schöneres sehen als die Dinge, von denen ich gerade gesprochen habe?«

Mittlerweile hatten sich seine Augen wieder soweit geklärt, daß er sehen konnte, daß sie nun in Tränen auszubrechen drohte – aber keineswegs in Freudentränen.

»Nafai, du armer Narr, du blinder Mann«, sagte Huschidh, »siehst du denn nicht das, von dem sie hofft, daß du es siehst?«

Nein, ich sehe es nicht, dachte Nafai. Ich weiß nicht, was ich jetzt hätte sagen sollen. Ich bin nicht wie Mebbekew, ich bin nicht klug oder taktvoll, und wenn ich spreche, beleidige ich alle, und irgendwie habe ich es schon wieder getan, obwohl ich alles, was ich gesagt habe, ehrlich meine.

Er sah sie an und kam sich ganz hilflos vor; was konnte er tun? Sie sah ihn so begierig an und wartete darauf, daß er ihr – ja, was? – gab. Er hatte sie ehrlich gelobt, ein Lob, das er keiner anderen Frau auf der ganzen Welt hätte aussprechen können, und doch bedeutete es ihr nichts, weil sie mehr von ihm wollte, und er wußte nicht, was. Er verletzte sie mit seinem Schweigen, versetzte ihr einen Stich ins Herz, das sah er – und doch konnte er nichts daran ändern.

Sie war so zerbrechlich, so jung – noch jünger als er. Er hatte das nie zuvor begriffen. Sie war immer so selbstsicher gewesen, und weil sie die Wasserseherin war, hatte er sie immer mit Ehrfurcht behandelt. Er hatte nie begriffen, wie ... wie grazil sie war. Wie dünn ihre leuchtende Haut war, wie klein ihre Knochen waren. Ein winziger Stein konnte ihr einen Bluterguß zufügen, und nun habe ich sie mit viel größeren Steinen beworfen, ohne es überhaupt zu bemerken. Verzeih mir, Luet, zartes Kind, sanftes Mädchen. Ich hatte solche Angst um mich, doch es stellte sich heraus, daß ich nicht zerbrechlich war, nicht einmal, als ich glaubte, du und Huschidh, ihr beide hättet mich verhöhnt. Während du, die ich für stark gehalten habe ...

Impulsiv kniete er nieder, nahm sie in die Arme und drückte sie an sich, wie man vielleicht ein weinendes Kind festhielt. »Es tut mir leid«, flüsterte er.

»Bitte, es muß dir nicht leid tun«, sagte sie, doch ihre Stimme war hoch, wie die eines Kindes, das sich bemüht, nicht zu weinen, und er fühlte, daß ihre Tränen sein Hemd durchnäßten und ihr Körper vor stillem Schluchzen zitterte.

»Es tut mir leid, daß du nur mich als Gatten bekommst«, sagte er.

»Und mir tut es leid, daß du nur mich als Frau bekommst«, sagte sie. »Nicht die Wasserseherin, nicht das prachtvolle Wesen, das du zu sehen geglaubt hast. Nur mich.«

Endlich begriff er, wonach sie die ganze Zeit über gefragt hatte, und lachte unwillkürlich laut auf, weil er es ihr gerade gegeben hatte, ohne es zu wissen. »Glaubst du etwa, ich hätte diese Dinge zur *Wasserseherin* gesagt?« fragte er. »Nein, du armes Ding, ich habe diese Dinge zu *dir* gesagt, zu Luet, zu dem Mädchen, das ich in der Schule meiner Mutter kennengelernt habe, zu dem Mädchen, das mir und allen anderen freche Widerworte gegeben hat, wenn es sich danach fühlte, zu dem Mädchen, das ich jetzt in den Armen halte.«

Da lachte sie – oder schluchzte lauter, er wußte es nicht genau. Aber er wußte, was auch immer sie jetzt tat, es war besser. Mehr hatte sie nicht gebraucht – er hatte ihr sagen müssen, daß er nicht von ihr erwartete, ständig die Wasserseherin zu sein, sondern den zerbrechlichen, keineswegs perfekten Menschen heiraten zu wollen.

Er bewegte seine Hände über ihren Rücken, um sie zu trösten; aber er fühlte auch die Rundungen ihres Körpers, die Geometrie der Rippen und des Rückgrats, die Weichheit der Haut, die straff über Muskeln gespannt war. Seine Hände erkundeten, nahmen sie auf, entdeckten zum erstenmal, wie sich der Rücken einer Frau unter den Händen eines Mannes anfühlte. Sie war wirklich und kein Traum.

»Nicht die Überseele hat dich mir gegeben«, sagte er leise. »Du gibst dich mir selbst.«

»Ja«, sagte sie. »Das stimmt.«

»Und ich gebe mich dir«, sagte er. »Obwohl auch ich der Überseele gehöre.«

Er zog sich etwas zurück, um ihren Hinterkopf in die rechte Hand nehmen zu können, als sie zu ihm aufsah, und um mit Fingern der linken Hand ihre Wange zu berühren.

Dann, plötzlich, als hätten sie beide im gleichen Augenblick denselben Gedanken gehabt – was mit einiger Wahrscheinlichkeit auch zutraf –, wandten sie den Blick voneinander ab und sahen zu der Stelle hinüber, an der Huschidh während des gesamten Gesprächs gesessen hatte.

Aber Huschidh war nicht da. Sie sahen sich wieder an, und Luet sagte bestürzt: »Ich hätte sie nicht dazu bringen sollen, mich hierher zu ...«

Sie beendete den Satz nicht, denn in diesem Augenblick lernte Nafai, wie man eine Frau küßt, und obwohl Luet noch nie zuvor einen Mann geküßt hatte, wurde sie zu seiner Lehrmeisterin.

6
Hochzeiten

DER TRAUM DER ENTWIRRERIN

Huschidh erlebte die Hochzeit nicht als freudiges Ereignis. Nicht, daß etwas schiefgegangen wäre. Tante Rasa konnte mit Ritualen umgehen. Ihre Zeremonie war schlicht und nett, ohne einen Anflug der falschen Würde, auf die so viele andere Frauen in ihrem verzweifelten Begehren zurückgriffen, heilig oder wichtig zu wirken. Tante Rasa hatte nie etwas vortäuschen müssen. Und doch achtete sie sorgsam darauf, bedeutsame öffentliche Feiern – Hochzeiten, Mündigkeiten, Schulabschlüsse, Verabschiedungen, Weissagungen, Totenwachen, Beerdigungen – mit einer leichten Würde durchzuführen, mit einer Sanftheit, die die Gedanken der Teilnehmer auf den Anlaß selbst konzentrierte und nicht auf den Ablauf der Feier. Es gab niemals eine Andeutung von Eile oder Geschäftigkeit; niemals eine Andeutung darauf, daß alles einfach *genau so* sein mußte und man daher lieber aufpaßte, um nichts Falsches zu tun.

Nein, Rasas Hochzeitsfeier für ihren Sohn Nafai und seine beiden Brüder – oder, wenn man es anders herum sah, Rasas Hochzeitsfeier für ihre drei Nichten Luet, Dol und Eiadh – war eine schöne Angelegenheit auf dem Säulengang ihres Hauses, der herausgeputzt war und nach den Blumen des Gewächshauses und den Blüten roch, die dort wuchsen. Eiadh und Dol waren erstaunlich schön; ihre Gewänder umschmiegten sie mit der eleganten Illusion von Einfachheit, ihr Make-up war so kunstfertig aufgelegt, daß es überhaupt nicht vorhanden zu sein schien. Man hätte es gar nicht bemerkt, wäre Luet nicht gewesen.

Die liebe Luet, die sich geweigert hatte, überhaupt Make-up aufzulegen, und deren Kleid wirklich einfach war. Während Eiadh und Dol die Eleganz von Frauen aufwiesen, die

– mit großem Erfolg – schön und jung und fröhlich wirken wollten, war Luet *tatsächlich* jung; ihr Gewand bedeckte schlicht einen Körper, der eher Fraulichkeit verhieß, als daß er sie schon erreicht hätte, und ihr Gesicht strahlte vor einer ernsten und furchtsamen Freude, die Eiadh und Dol älter und viel zu erfahren aussehen ließ. Gewissermaßen war es fast grausam, die beiden älteren Frauen die Ehe in der Gegenwart dieses Mädchens schließen zu lassen, das sie allein durch ihre Ungezwungenheit beschämte. Eiadh hatte es in der Tat bemerkt, bevor die Zeremonie begann – Huschidh hatte mitbekommen, wie sie Tante Rasa drängte, »jemanden zu Luet hinaufzuschicken, die ihr dabei hilft, ein Kleid auszusuchen und etwas mit ihrem Gesicht und Haar anzustellen«, doch Tante Rasa hatte nur gelacht und gesagt: »Diesem Kind werden keine solchen Kunstgriffe helfen können.« Eiadh faßte dies natürlich so auf, daß Tante Rasa meinte, Luet wäre zu schlicht, als daß man sie mit einem Kleid und Make-up herausputzen könnte; doch Tante Rasa hatte Huschidh unmittelbar danach angesehen, ihr zugeblinzelt und die Augen verdreht, um sie wissen zu lassen, daß die arme Eiadh nicht die geringste Ahnung hatte, was bei der Hochzeit passieren würde.

Und es passierte tatsächlich, obwohl Eiadh und Dol zum Glück nicht mitbekamen, daß die anwesenden Dienstmädchen und Schülerinnen und Lehrerinnen Luet meinten, nur Luet, als sie »Ah, sie ist so schön!«, »Ah, so bezaubernd!«, »Seht, wer hätte gedacht, daß sie so schön ist!« flüsterten. Als Nafai als der jüngste Mann vortrat, um von seiner Braut empfangen zu werden, klangen die Seufzer wie ein Lied von der Festgemeinde, eine improvisierte Hymne an die Überseele, weil sie diesen Jungen von vierzehn Jahren, der die Statur und Kraft eines Mannes und das helle Feuer der Überseele in den Augen hatte, dazu gebracht hatte, die erwählte Tochter der Überseele zu heiraten, die Wasserseherin, deren reine Schönheit von ihrer Seele nach außen gedrungen war. Er war der glänzende Goldring, in dem dieses Juwel von Mädchen mit ungebrochenem Glanz strahlen würde.

Huschidh sah besser als alle anderen, wie Luet die Herzen der Gäste für sich eingenommen hatte. Sie sah die Fäden zwischen ihnen, die wie vom Tau benetzte Stränge eines Spinnennetzes im ersten Sonnenlicht des Morgens funkelten; wie sie die Wasserseherin liebten! Doch am deutlichsten sah Huschidh, als die Zeremonie voranschritt, die entstehenden Bande zwischen den Gatten und Gattinnen. Unbewußt nahm sie jede Geste wahr, jeden Blick, jeden Gesichtsausdruck und war daraufhin imstande, in ihrem Geist die Verbindungen zu verstehen.

Zwischen Elemak und Eiadh würde es zu einer seltsamen, ungleichen Partnerschaft kommen; je weniger Eiadh Elemak liebte, desto mehr würde er sie begehren, und je sanfter und liebevoller er sie behandelte, um so mehr würde sie ihn verachten. Es würde schmerzlich werden, diese Ehe zu beobachten, in der der Schmerz des Auseinandergehens gleichzeitig das einzige war, was sie zusammenhalten würde. Doch Huschidh konnte nichts darüber sagen – keiner der beiden würde es verstehen, und sie würden nur wütend werden, wenn sie versuchte, es zu erklären.

Was die arme Dolja und ihren kostbaren neuen Geliebten betraf, Mebbekew, so war es in der Tat eine unüberlegte Ehe – und doch gab es keinen Grund für die Annahme, daß sie sich als weniger entwicklungsfähig als die von Elemak und Eiadh erweisen würde. Im Augenblick waren sie, erregt, weil sie glaubten, im Mittelpunkt der Aufmerksamkeit zu stehen, glücklich mit der neuen Verbindung zwischen ihnen. Doch schon bald würde die Wirklichkeit sie einholen. Wenn sie in der Stadt blieben, würden sie einander in ein paar Wochen hassen – Dol wegen Mebbekews Untreue und Unehrlichkeit, Mebbekew wegen Dols besitzergreifender Art. Huschidh stellte sich ihr Familienleben vor. Dol würde ihn ständig mit wunderbaren, enthusiastischen Umarmungen umschlingen und glauben, sie würde ihm damit ihre Liebe erweisen, während sie in Wirklichkeit doch nur ihren Besitzanspruch geltend machte; und Meb würde unter ihren überreichlichen Umarmungen erschaudern und sich bei jeder Gelegenheit davonstehlen, um neue Körper zu besitzen, neue Herzen zu erobern. Aber in der Wüste würde es ganz anders sein. Meb würde außer Dolja keine Frau finden, die ihn begehrte, und so würde seine Lust ihn immer wieder zurück in ihre Arme treiben; und schon allein die Tatsache, daß er sie nicht betrügen *konnte*, würde Dols Angst vor der Einsamkeit lindern, und sie würde ihn mit ihrem Bedürfnis, ihn zu besitzen, nicht so sehr unterdrücken. In der Wüste konnten sie eine Ehe daraus machen, wenngleich Mebbekew niemals glücklich sein würde, weil es ihn langweilte, immer wieder mit derselben Frau zu schlafen, Nacht um Nacht, Woche um Woche, Jahr um Jahr.

Huschidh stellte sich mit einem Vergnügen vor, auf das sie nicht stolz war, was Elemak tun würde, wenn Meb zum erstenmal Anstalten machte, mit Eiadh zu flirten. Es würde diskret verlaufen, weil Elemak seine Position vor den anderen nicht schwächen wollte, indem er eingestand, Angst davor zu haben, daß man ihm Hörner aufsetzte. Aber Meb würde danach nicht mehr wagen, auch nur einen Blick auf Eiadh zu werfen ...

Die Verbindungen zwischen Elemak und Eiadh, zwischen Dol und Mebbekew ähnelten denen, wie Huschidh sie jeden Tag in der Stadt sah. Das waren Ehen, wie sie schon immer in Basilika geschlossen worden waren, die lediglich bitterer – und vielleicht dauerhafter – sein würden, weil die Überseele sie bald in die Wüste führen würde, wo sie einander dringender brauchten und weniger Alternativen hatten als in der Stadt.

Die Ehe zwischen Luet und Nafai war jedoch keine, wie sie ständig in Basilika geschlossen wurde. Zum einen waren die beiden noch so jung. Luet war erst dreizehn. Es war eigentlich fast barbarisch – wie bei den Waldstämmen der Nordküste, wo ein Mädchen zur Braut wurde, noch bevor ihr erstes Blut zu tropfen aufgehört hatte. Nur Huschidhs Wissen, daß die Überseele die beiden zusammengeführt hatte, bewahrte sie davor, vor der Zeremonie zurückzuschrecken. Trotzdem verspürte sie noch einen tiefen Zorn, den sie nicht ganz verstand, als sie zusah, wie die beiden ihre Hände aufeinander legten, die Eide leisteten und sich behutsam küßten, während Tante Rasas Hände auf ihren Schultern lagen. Warum hasse ich diese Ehe so sehr, fragte sie sich. Denn sie sah doch, daß Luet voller Hoffnung und Freude war, daß Nafai sie verehrte und ihr gefallen wollte – was mehr hätte Huschidh für ihre liebe Schwester erhoffen können, für ihre einzige Verwandte auf der ganzen Welt?

Doch als die Zeremonie beendet war und die frisch verheirateten Paare lachend und von Blumen übersät zurück ins Haus und die Treppe zu ihren Balkonzimmern hinaufgingen, konnte Huschidh sich nicht einmal dazu zwingen zu warten, bis ihre Schwester außer Sicht war. Sie floh einen Dienstbotenkorridor entlang und lief nicht in ihr Zimmer, sondern auf das Dach, auf das sie und Luet sich so oft gemeinsam zurückgezogen hatten.

Doch selbst hier glaubte sie, in der zunehmenden Dunkelheit des Abends noch die Schatten von Luets und Nafais erster Umarmung, ihrem ersten Kuß, sehen zu können. Es erfüllte sie mit Zorn, und sie warf sich auf den Teppich, schlug mit den Fäusten auf den dicken Stoff, weinte bitterlich und schluchzte: »Nein, nein, nein, nein.«

Wozu sagte sie nein? Sie wußte es selbst nicht. Dann lag sie da und weinte, bis sie, müde von zu viel Wissen und zu wenig Verständnis, in der abkühlenden Luft der Nacht über Basilika einschlief. Spät im Frühling wehten die Brisen feucht und kühl vom See und trocken und warm von der Wüste hinüber und trafen sich auf den Straßen und Dächern der Stadt zu ihrem turbulenten Tanz. Huschidhs Haar verfing sich in diesen Brisen und wehte und wirbelte, als wäre es lebendig und hoffte auf die Freiheit. Doch sie wachte nicht auf.

Statt dessen träumte sie, und in ihren Träumen brachte ihr Unterbewußtsein die Fragen der Furcht und des Zorns hervor, die sie in wachem Zustand nicht stellen konnte. Sie träumte von ihrer eigenen Hochzeit. Auf einem Wüstengipfel; sie stand auf der hohen Spitze eines Felsens, auf der für niemanden sonst mehr Platz war. Und doch war ihr Gatte bei ihr, trieb neben ihr in der Luft: Issib, der Krüppel, der vergnügt flog, wie sie ihn während seiner Jahre als Schüler durch die Hallen von Rasas Haus hatte fliegen sehen. In ihrem Traum schrie sie die Frage hinaus, die sie laut nicht zu stellen gewagt hatte: Warum bin ich diejenige, die den Krüppel heiraten muß? Wieso hast du mir dieses Leben zugedacht, Überseele? Wie habe ich dich beleidigt, daß ich niemals wie Luet dastehen werde, schön und jung und vor Liebe erblühend, mit einem Mann neben mir, der stark und heilig ist, fähig und gut?

In ihrem Traum sah sie, daß Issib von ihr forttrieb, noch immer lächelnd, aber sie wußte, daß dieses Lächeln lediglich seine ureigene Art von Mut war, daß ihre Schreie ihm das Herz gebrochen hatten. Sein Lächeln wurde immer schwächer; er brach in sich zusammen, stürzte wie ein Vogel, den ein grausamer Pfeil aus dem Himmel geholt hatte. Erst da begriff sie in dem Traum, daß er nur mit der Kraft seiner Liebe für sie, seiner Sehnsucht nach ihr, hatte fliegen können, und als sie vor ihm zurückgeschreckt war, hatte er seine Fähigkeit zu fliegen verloren. Sie wollte nach ihm greifen, ihn festhalten, doch dabei verlor sie lediglich den Halt auf dem Felsgipfel und fiel ihm hinterher, dem Boden entgegen.

Sie erwachte, keuchend und in der Kälte zitternd. Sie griff nach dem freien Ende des Teppichs, zog ihn über sich und hüllte sich darin ein, die Wangen kalt vor den Tränen, die dort trockneten, die Augen verquollen und wund vom Weinen. Überseele! rief sie stumm mit ganzem Herzen aus. O Mutter des Sees, sag mir, daß du mich nicht so haßt! Sag mir, daß du nicht das für mich vorgesehen hast, daß es nur ein Versehen war, das mich am Abend der Hochzeit meiner Schwester jeglicher Hoffnung beraubt hat!

Und dann, mit der perfekten Unlogik der Trauer und des Selbstmitleids, betete sie laut: »Überseele, sag mir, warum du dieses Leben für mich vorgesehen hast. Ich muß es verstehen, soll ich es leben können. Sag mir, daß es eine Bedeutung hat. Sag mir, warum ich lebe, sag mir, ob mich einer deiner Pläne so, wie ich bin, in dieses Leben gebracht hat. Sag mir, warum diese Macht des Verständnisses, die du mir verliehen hast, ein Segen und kein Fluch ist. Sag mir, ob ich jemals so glücklich sein werde, wie Luet es heute abend ist!« Und dann, voller Scham darüber, ihre Eifersucht und Sehnsucht in so nackte Worte gekleidet zu haben, weinte Huschidh wieder und schlief wieder ein.

Unter dem Teppich wurde ihr wärmer, denn die Nacht war noch nicht so kalt, wenn man bedeckt war. Ihre Tränen wurden durch Schweiß ersetzt, dessen Tropfen ihren Körper kitzelten wie winzige Hände. Und erneut träumte sie.

Sie sah sich selbst auf der Schwelle eines Wüstenzelts. Sie hatte noch nie ein aufgeschlagenes Zelt gesehen, außer in Hologrammen, und doch war dies kein Zelt, das sie auf irgendeinem Bild gesehen hatte. Dort stand sie selbst, mit einem Baby in den Armen, während vier andere Kinder, der Größe nach wie Orgelpfeifen, aus dem Zelt stürmten, und im Traum dachte sie, das Zelt habe sie gerade erst auf die Welt gebracht, als wären sie einfach in die Welt hinausgeschleudert worden, gerade eben. Wenn es sein müßte, würde ich sie alle noch einmal empfangen und austragen und hierherbringen, nur um zu sehen, wie sie hier leben, braungebrannt und lachend im Sonnenlicht der Wüste. Die Kinder liefen im Kreis herum und verfolgten einander bei irgendeinem Spiel, während Huschidh ihnen zusah. Und dann hörte sie in ihrem Traum, wie das Kleinkind auf ihrem Arm zu quengeln begann, und so entblößte sie eine Brust und ließ das Baby saugen; sie fühlte, wie die Milch dankbar aus ihrer Warze floß, fühlte das süße Kitzeln der Lippen des Babys, die küßten und saugten und schmatzten, Leben aufnahmen, warmes Leben, nasses Leben, während ein Gemisch aus Milch und Speichel in den Mundwinkeln des Babys winzige Blasen schlug.

Dann trieb ein Stuhl durch die Zelttür, und auf dem Stuhl saß ein Mann. Issib; das wußte sie sofort. Doch es war kein Zorn in ihrem Herzen, als sie ihn sah, nicht das Gefühl, man hätte ihr etwas Gutes im Leben vorenthalten. Statt dessen sah sie sich mit ihm verbunden, von Herz zu Herz und mit dicken Stricken aus leuchtender Seide; sie nahm das Kleinkind von ihrer Brust und legte es auf Issibs Schoß, und er sprach mit dem Baby und brachte es zum Lachen, während Huschidh gemächlich ihre Brust trocknete und wieder bedeckte. Sie alle waren miteinander verbunden, Mutter, Vater, Kinder ... sie sah, daß es nur darauf ankam, und nicht auf das von ihr ersonnene Ideal, wie ein Gatte auszusehen habe. Die Kinder liefen zu ihrem Vater und sprangen um seinen Stuhl herum, und er sprach mit ihnen, und sie lauschten versunken, lachten, wenn er lachte, und sangen mit ihm, wenn er sang. Dieser Issib-der-Träume war keine Last, die sie ertragen mußte, er war der beste Freund und Gatte, den sie jemals gesehen hatte.

Überseele, betete sie in ihrem Traum, wie hast du mich hierher gebracht? Warum liebst du mich so sehr, daß du mich in diese Zeit, zu diesem Ort, diesem Mann, diesen Kindern gebracht hast?

Die Antwort kam augenblicklich, mit Fäden aus Gold und Silber. Die Kinder wurden mit Huschidh und Issib verbunden, und dann erstreckten sich die Fäden von ihnen zu anderen Menschen. Ein Andrang, ein Gewimmel von Menschen, eine Milliarde, eine Billion Menschen, sie sah, wie sie zu einem unbekannten Ziel marschierten, vielleicht auf einer Völkerwanderung. Es war eine beängstigende Vision, so viele Menschen auf einmal, als sähe Huschidh jeden einzelnen Mann und jede einzelne Frau, die jemals auf Harmonie gelebt hatten. Und unter ihnen hier und da dieselben silbernen und goldenen Fäden.

Auf einmal verstand sie: das sind diejenigen, bei denen es zu einer wahren Verbindung mit der Überseele gekommen ist. Das sind diejenigen, die die Stimme der Überseele am besten hören können, bei denen die genetische Veränderung, die bei der Besiedlung Harmonies durchgeführt worden war, verdoppelt und wieder verdoppelt wurde, so daß sie nicht nur schwache Gefühle empfangen, eine Dummheit der Gedanken, wenn sie sich auf verbotene Pfade der Erfindung oder Handlung begeben, nein, diese besonderen Menschen mit den goldenen und silbernen Banden können klare Vorstellungen, Bilder, sogar Wörter empfangen.

Zuerst waren die goldenen und silbernen Fäden kurz und dünn, nur flüchtige Schimmer hier und dort – Mutationen, zufällige Verbindungen, willkürliche Variationen in den genetischen Molekülen. Doch hier und da fanden sie einander, diese Menschen, und heirateten; und nachdem sie sich gepaart hatten, Gold mit Gold oder Silber mit Silber, waren auch einige ihrer Kinder mit der Überseele verbunden. Zwei verschiedene Erbanlagen, zwei verschiedene Arten von genetischen Verbindungen, erkannte Huschidh; wenn sich Gold mit Silber verband, verfügten die Kinder fast nie über diese Begabung. Sie begriff nun, daß die Überseele mit dem Verlauf der Jahrhunderte in dieser unzählbaren Vielfalt begabte Menschen anstieß, versuchte, sie zusammenzubringen, und nach Millionen von Jahren waren es keine goldenen und silbernen Fäden mehr, sondern starke Taue, die immer regelmäßiger von Generation zu Generation weitergegeben wurden.

Bis schließlich die Zeit kam, da ein Elternteil allein den goldenen Faden an all seine Kinder weitergeben konnte; und dann, viele Generationen später, die Zeit kam, da auch die silbernen Fäden zu einem dominanten Zug wurden, den ein Elternteil weitergeben konnte, ganz gleich, ob das andere begabt war oder nicht.

Nun wurde die Überseele immer eifriger, und die Anstöße wurden immer komplizierter, wenn Menschen über Tausende von Kilometern hinweg zu unwahrscheinlichen Ehen und Kopulationen geführt wurden. Sie sah eine Frau, die nackt aus einem Bach stieg, um sich mit einem Mann zu paaren, den zu finden sie tausend Kilometer gelaufen war, wobei die Frau gar nicht wußte, daß dies der Wille der Überseele war. Der Mann hatte sowohl das Gold als auch das Silber in sich, und es war stark und echt, und das galt auch für die Frau, und ihre Tochter wurde mit Strängen aus hellstem Metall geboren, leuchtend wie mit eigenem Licht.

In ihrem Traum sah Huschidh, daß die Frau das Baby nahm und es in Rasas Arme legte, die selbst über Generationen hinweg mit goldenen und silbernen Strängen verbunden war. Und dann legte dieselbe Frau, dieselbe Mutter, Rasa noch eine Tochter in die Arme, eine noch strahlendere. Vor ihren Augen wuchs das zweite Kind und wurde zu Luet, und nun sah Huschidh, was sie schon an diesem Abend gesehen hatte, sah sie, wie Luet und Nafai verbunden wurden, doch nun konnte sie mehr als nur die Stränge der Liebe und Treue sehen, der Hingabe und Leidenschaft, die Huschidh immer ausmachte. Bei Luet und Nafai waren diese goldenen und silbernen Bande heller als bei allen anderen im Zimmer. Kein Wunder, daß ihre Augen mit solcher Anmut und Schönheit gestrahlt hatten, dachte Huschidh. Sie waren von der Überseele geschaffen worden, genauso, als hätte die Überseele sie aus perfektem Erz gegossen und ihnen mit eigener Hand den Zauber des Lebens eingegeben.

Dann stieg Huschidh in die Luft, als flöge sie über den Säulengang, und nun konnte sie sehen, daß alle Paare, die verheiratet wurden, diese Fäden in sich hatten. Nicht so hell und stark wie bei Luet und Nafai, doch sie hatten sie. In Mebbekew und Elemak war sowohl Gold als auch Silber; Dol hatte nur die silbernen und Eiadh die goldenen mit nur einem Hauch von Silber.

Wer sonst noch? Wie viele andere hast du zusammengebracht, Überseele?

Immer höher erhob sie sich über die Stadt, doch da dies ein Traum war, konnte sie die Menschen auf den Straßen und in den Häusern noch immer deutlich ausmachen. Hier gab es viele helle Spuren von Gold und Silber, viel mehr als in jeder anderen Stadt auf der Welt. Hier in diese Stadt der Frauen waren viele Händler gekommen und hatten nicht nur ihre Waren, sondern auch ihren Samen mitgebracht; viele Frauen waren auf Pilgerfahrten gekommen und geblieben, zumindest lange genug, um ein Kind zu gebären; viele Familien hatten ihre Töchter und Söhne zur Ausbildung hierher geschickt; und nun gab es kaum noch eine Person in

Basilika, die nicht die Gabe besaß, den Einfluß der Überseele in bestimmtem Ausmaß zu spüren. Und die, die auf diese Weise berührt waren, konnten nicht nur die Überseele fühlen, sondern auch einander, auch wenn sie nicht begriffen, wie sehr sie einander verstanden. Kein Wunder, daß Basilika eine heilige Stadt ist, dachte Huschidh in ihrem Traum. Kein Wunder, daß sie auf der ganzen Welt wegen ihrer Schönheit und Wahrheit bekannt ist.

Schönheit und Wahrheit, aber auch dunklere Dinge. Die Verbindung mit der Überseele bedeutete nicht, daß ein Mensch freundlicher oder großzügiger war. Und unbewußte Kenntnis von den Gefühlen eines anderen Menschen konnte leicht zu Ausbeutung, Manipulation, Grausamkeit oder Herrschaft mißbraucht werden. Huschidh sah Gaballufix und erkannte, daß die Fäden in ihm fast so hell waren wie die in Rasa oder Wetschik. Kein Wunder, daß er so gut gewußt hatte, wie man die Männer der Palwaschantu führte, die Frauen Basilikas einschüchterte und jene beherrschte, die ihm nahe standen.

Dann sah sie in ihrem Traum, daß Gaballufix aus seinem Haus trat und mit seiner elektrischen Klinge um sich schlug, als griffen ihn tausend unsichtbare Feinde an. Huschidh begriff, daß dies sein Wahnsinn war und die Überseele betrauerte, was er tat. Also ließ sie Gaballufix stolpern. Er fiel zu Boden und blieb liegen, noch immer hell vor Gold und Silber, aber im Augenblick hilf- und harmlos.

Und als er dort lag, kam ein anderer: Nafai, wie sie wußte. Man zeigte ihr Luets Gatten in seinem schrecklichsten Augenblick, denn sie konnte sehen, wie er über dem Mann stand und die Überseele bat, nicht von ihm zu verlangen, worum sie ihn dann doch bat. Doch als er Gaballufix den Kopf abschnitt, wurde er nicht von der Überseele beherrscht. Er hatte sich freiwillig entschlossen, dem Weg der Überseele zu folgen. Gaballufix wurde ausgelöscht, und Nafai stand allein auf der Straße, leuchtend und beschämt.

Huschidh flog über die Stadt und erhaschte Blicke auf ihre hellsten Bewohner. Schedemei, allein in ihrem Laboratorium, wie sie tragbare Trockenbehälter mit Keimlingen und Embryos füllte. Ein Mann, der mit Nafai zum Stadttor ging, eine in ein Tuch eingeschlagene Kugel in der Hand – es mußte Zdorab sein, von dem Nafai ihnen erzählt hatte, und auch in Zdorab leuchtete Gold und Silber. Sevets Gatte, Vas. Kokors Gatte, Obring. Beide fast so hell wie die Töchter von Rasa und Gaballufix selbst. All diese Menschen waren in diesem Augenblick in der Stadt zusammengeführt worden, und die besten von ihnen zogen in die Wüste hinaus, um sich zu Wetschik zu gesellen. Die Überseele hatte sie dafür erzeugt, und nun rief sie sie aus der Welt, um sie an einen anderen Ort zu bringen.

Was werden unsere Kinder sein? Und unsere Enkelkinder?

Erneut schwang sie sich über die Stadt hoch, voller Freude darüber, daß sie nun den Plan der Überseele verstand, als sie noch einen goldenen und silbernen Strang erhaschte, so hell wie die anderen, die sie gesehen hatte. Sie wollte ihn sich näher anschauen, und da es ein Traum war, sank sie augenblicklich tiefer und sah, daß das Licht aus Gaballufix' Haus kam, doch der Mann war nicht Gaballufix. Statt dessen trug er eine seltsame Uniform, und sein Haar war eingeölt und hing in naß aussehenden Löckchen hinab.

General Vozmuzhalnoi Vozmozhno, begriff sie. Muuzh. Auch er wurde hierher geführt! Auch er ist einer, den die Überseele braucht!

Doch dann sah sie, daß Muuzh aufstand und sein Metallschwert zog. War er wie Gaballufix? Würde er in einem Blutrausch um sich schlagen?

Nein. Er drehte sich um, sah die goldenen und silbernen Fäden, die ihn mit der Überseele verbanden, und hackte mit der Klinge auf sie ein. Er trennte sie durch und floh dann vor ihnen. Doch nach einem Augenblick waren die Fäden wieder nachgewachsen, und erneut trennte er sie durch und lief wieder vor ihnen davon. Immer wieder geschah dies, und Huschidh wußte, daß er seine Verbindung mit der Überseele haßte.

Und doch war er hier. Wie auch immer sie es geschafft hatte, die Überseele hatte ihn hergeführt. Und dann begriff sie: Da die Überseele wußte, wie sehr er sie haßte, wie sehr er sich gegen sie auflehnte, hatte sie ihn einfach dazu gedrängt, *nicht* zu tun, was sie in Wirklichkeit von ihm verlangte. So leicht hatte er sich täuschen lassen! So leicht hatte er sich führen lassen. Und Huschidh lachte in ihrem Schlaf.

Lachte und begann zu erwachen; sie spürte, wie der Schlaf von ihr abfiel, und konnte nun ihren Körper fühlen, den richtigen, der in einen Teppich eingehüllt war und schwitzte, obwohl die Luft um ihn herum kühl war.

Als in diesem Augenblick das Wachsein den Traum vertrieb, kam der plötzliche Blitz einer Vision, die sich von allen anderen, die sie je gehabt hatte, zu unterscheiden schien. Sie sah das Bild aus ihrem vorherigen Traum, in dem sie auf der Spitze eines Felsens gestanden hatte und Issib neben ihr in der Luft trieb, und er taumelte und fiel, und sie stürzte ebenfalls; doch noch während ihres Falls durchzuckte es sie wie ein Blitz, und dann sah sie etwas Neues: Geschöpfe mit Schwingen, fellbesetzt wie Tiere und doch imstande, sich in die Lüfte zu erheben und zu fliegen. Sie glitten hinab und hielten die beiden Stürzenden an den Armen und Beinen fest, während sie sie dann mit mächtigen Flügelschlägen davor bewahrten, auf die Felsen unter ihnen zu prallen, und sie statt dessen wieder in den Himmel trugen.

Er machte ihr angst, dieser plötzliche, unerwartete Traum, denn Huschidh wußte, daß sie gar nicht schlief, und eigentlich hätte überhaupt kein Traum kommen dürfen, besonders keiner, der so klar und erschreckend war wie dieser. Hatte die Überseele ihr nicht schon alles gezeigt, worum sie gebeten hatte? Warum führte sie sie nun zu diesem alten Bild zurück?

Und erneut durchzuckte es sie, und sie sah einen früheren Augenblick des Traums dieser Nacht: Sie stand mit Issib auf der Schwelle des Zelts, der das Baby auf dem Schoß hielt, während die Kinder sich um seinen fliegenden Stuhl versammelt hatten. Huschidh hatte diese Szene gerade erst erkannt, als sie sich schon wieder veränderte; nun waren sie nicht mehr in der Wüste, sondern in einem üppigen Wald, auf der Schwelle eines Holzhauses auf einer Lichtung, und plötzlich kamen Riesenratten aus Löchern im Boden und fielen von den Ästen von Bäumen und griffen sie an, und Huschidh wußte, daß sie ihre Kinder stehlen, sie davontragen und fressen wollten, und sie schrie vor Entsetzen auf. Doch bevor das Geräusch noch über ihre Lippen kam, waren diese Flugwesen wieder da, schossen aus dem Himmel hinab, um ihre Kinder aus den Mäulern und Händen der großen, raubgierigen Ratten zu reißen. Als Huschidh sah, was geschah, riß sie ihr Baby aus Issibs Schoß und hielt es hoch über ihren Kopf, und eins der Flugwesen kam hinab, nahm es ihr aus den Händen und flog davon. Und sie stand da und weinte, denn sie wußte nicht, ob sie ihr Kind nicht einfach einem Raubtier entrissen und einem anderen gegeben hatte ... und doch *wußte* sie es. Sie hatte ihre Wahl getroffen, und als sie zurückkehrten, nahm sie Issibs Arme und hielt sie hoch, damit die fliegenden Geschöpfe ihn ergreifen und davontragen konnten. Doch bevor sie sie erreicht hatten, waren die Ratten über ihnen, rissen sie zu Boden, und hundert winzige, wilde Hände zerrten, zogen und rissen an ihr ...

Sie erwachte mit dem Gellen ihres eigenen Schreis in den Ohren, und eine nicht zu lindernde Furcht nagte an ihrem Herzen. Sie war schweißgebadet, und die Nacht war dunkel und der Wind kalt, doch sie zitterte nicht wegen der Kälte. Sie warf den Teppich zurück, der sie bedeckte, und lief los, stolpernd und noch halbblind vom Schlaf in ihren Augen und ungelenk von der Steifheit ihrer unbequemen Lage, zu dem Loch im Giebel, das auf den Dachboden des Hauses führte.

Als sie ihr Zimmer erreicht hatte, konnte sie wieder ganz normal sehen, und sie ging gewandt und leise, doch sie war noch immer schwach und verängstigt und konnte den Gedanken, allein zu sein, nicht ertragen. Denn da stand Luets Bett – Luet, die jetzt hier sein sollte, um sie zu trösten –, doch es war leer, da Luet in einem anderen Bett lag und jemanden umarmte, der sie in dieser Nacht bei weitem nicht so dringend brauchte wie Huschidh. Huschidh rollte sich auf ihrem Bett zusammen, zitterte abwechselnd leise und schluchzte laut und keuchend, bis sie befürchtete, daß jemand in einem anderen Zimmer sie hören konnte.

Sie werden glauben, ich sei eifersüchtig auf Luet, wenn sie mich weinen hören. Sie werden glauben, ich würde sie hassen, weil sie vor mir geheiratet hatte, aber dem ist nicht so ... zumindest jetzt nicht mehr, nachdem die Überseele mir die Bedeutung von alledem gezeigt hat. Sie versuchte, sich diesen Traum in Erinnerung zurückzurufen – von ihr und ihren Kindern und ihrem Mann an der Tür ihres Zeltes –, doch er hatte sich kaum bei ihr eingestellt, als er sich schon wieder verwandelte und sie entsetzt beobachten mußte, wie die Ratten aus ihren Löchern und von den Bäumen kamen, und ihre einzige, verzweifelte Hoffnung waren die so überaus seltsamen Fluggeschöpfe ...

Und sie fand sich auf dem Gang vor ihrem Zimmer, von einer Furcht getrieben, die sie mit sich nahm, als sie weiterlief. Lief und lief, bis sie die Tür des Zimmers aufriß, von dem sie wußte, daß sich Luet darin befand, denn sie konnte es nicht mehr ertragen, sie brauchte Hilfe, und es konnte nur Luet sein, nur Luet konnte sie ihr geben ...

»Was ist los?« Die Angst in Luets Stimme war ein Echo des Entsetzens in Huschidhs. Huschidh sah ihre Schwester, die sich im Bett kerzengerade aufsetzte und ein Laken vor die Brust hob, als wäre es ein Schild. Und dann erhob sich Nafai, den eher Luets Stimme als die knarrende Tür geweckt hatte, verschlafen aus dem Bett und kam auf Huschidh zu. Er hatte noch nicht ganz mitbekommen, wer dort stand, wußte aber, daß es ein Eindringling war und *er* ihm den Weg versperren mußte.

»Schuja«, sagte Luet.

»Oh, Luet, verzeih mir«, schluchzte Huschidh. »Hilf mir! Halte mich fest!«

Bevor Luet sich rühren konnte, war Nafai da und führte

sie von der Schwelle ins Zimmer. Dann war Luet bei ihr und half ihr, sich auf das zerwühlte Bett zu setzen, und nun, da ihre Schwester sie hielt, konnte Huschidh endlich laut schluchzen. Sie nahm verschwommen wahr, daß Nafai durch das Zimmer ging; er schloß die Tür und suchte dann Kleidung für sich und Luet zusammen, damit sie nicht peinlich berührt sein mußten, wenn Huschidh mit dem Weinen aufhörte und wieder zu sich kam.

»Es tut mir leid, es tut mir so leid«, sagte Huschidh immer wieder, während sie weinte.

»Nein, bitte, das macht doch nichts«, sagte Luet.

»Eure Hochzeitsnacht, ich hätte nie ... aber ich habe geträumt, es war so schrecklich ...«

»Alles in Ordnung, Schuja«, sagte Nafai. »Ich wünschte nur, du könntest etwas leiser weinen, denn wenn man dich hört, wird man glauben, es wäre Luet, die sich in ihrer Hochzeitsnacht das Herz aus der Brust weint, und wer weiß, was man dann von mir denken wird.« Er hielt inne. »Wenn ich darüber nachdenke, könntest du vielleicht auch etwas lauter weinen.«

Nafais Stimme war heiter und ruhig, und Luet lachte leise über seinen Scherz. Das hatte Huschidh gebraucht, um ihr Entsetzen zu überwinden: Nun konnte sie an Luet und Nafai statt nur an ihren Traum denken.

»Niemand hat jemals etwas so Verderbtes getan«, sagte Huschidh, ganz elendig und beschämt und doch voll tiefer Erleichterung. »In die Hochzeitsnacht der eigenen Schwester zu platzen ...«

»Aber es ist nicht so, als ob du uns bei etwas unterbrochen hättest«, sagte Nafai, und dann brachen er und Luet in Gelächter aus – nein, eher in ein *Kichern*. Wie kleine Kinder mit einem lächerlichen Geheimnis.

»Es tut mir leid, daß ich lache, während du so unglücklich bist«, sagte Luet, »aber du mußt das verstehen. Wir waren beide so unbeholfen dabei.« Dann kicherten sie erneut.

»Übung macht den Meister«, sagte Nafai. »Aber wir sind noch weit von jeder Meisterschaft entfernt.«

Huschidh fühlte sich von ihrem Lachen eingehüllt, umschlossen von der Ruhe, die zwischen ihnen herrschte. Es war undenkbar, daß ein frischgebackener Ehemann und seine Braut, die man in ihrer ersten gemeinsamen Nacht gestört hatte, eine eindringende Schwester so bereitwillig aufnahmen und trösteten; und doch war es bei ihnen der Fall, bei Lutja und ihrem Njef. Sie war mit Liebe und Dankbarkeit für sie erfüllt, und beides ergoß sich in Tränen, aber in denen der Freude, nicht denen der Verzweiflung, die aus Einsamkeit und Entsetzen entstanden war.

»Ich habe nicht um mich selbst geweint«, sagte sie – denn jetzt konnte sie wieder sprechen. »Ich war eifersüchtig und einsam, ich gestehe es ein, doch die Überseele hat mir einen freundlichen Traum geschickt, einen guten, und darin habe ich mich und ... meinen Mann gesehen, und unsere Kinder ...« Dann stellte sich bei ihr ein Gedanke ein, der ihr noch nicht in den Sinn gekommen war. »Nafai, ich weiß, daß ich für Issib bestimmt bin. Aber ich muß dich fragen – er ist doch ... dazu fähig, nicht wahr?«

»Schuja, er könnte kaum *unfähiger* sein, als ich es in dieser Nacht war.«

Luet versetzte Nafai verspielt einen Klaps. »Sie hat dir eine wichtige Frage gestellt, Nafai.«

»Er ist genau wie ich noch Jungfrau«, sagte Nafai, »und fern von der Stadt kann er seine Hände kaum benutzen. Aber er ist nicht gelähmt, und seine ... unwillkürlichen Reaktionen ... nun ja ... *reagieren* eben.«

»Dann *war* es ein Wahrtraum«, sagte Huschidh. »Oder es könnte zumindest einer gewesen sein. Ich habe von meinen Kindern geträumt. Die ich von Issib habe. Das könnte auch wahr sein, oder?«

»Wenn du es so möchtest«, sagte Nafai. »Wenn du ihn akzeptierst. Er ist der Beste von uns, Schuja, das verspreche ich dir. Der Freundlichste und der Klügste.«

»Das hast du mir nicht gesagt«, warf Luet ein. »Mir hast du gesagt, *du* wärest der Beste.«

Nafai grinste sie nur mit dummer Freude an.

Huschidh fühlte sich jetzt besser. Sie wußte auch, daß es nicht rechtens war, in diesem Augenblick zwischen den beiden zu stehen; sie hatte von ihrer Schwester alles erhalten, worauf sie hoffen konnte, und konnte nun auf ihr Zimmer zurückkehren und allein schlafen. Der Schatten des bösen Traums war von ihr gewichen. »Ich danke euch beiden«, flüsterte sie. »Ich werde nie vergessen, wie freundlich ihr diese Nacht zu mir wart.« Und sie erhob sich von der Bettkante und ging zur Tür.

»Geh nicht«, sagte Nafai.

»Ich muß jetzt schlafen«, sagte Huschidh.

»Nicht, bevor du uns deinen Traum erzählt hast«, sagte er. »Wir müssen ihn hören. Nicht den schönen Traum, sondern den, der dich so verängstigt hat.«

»Er hat recht«, sagte Luet. »Es mag zwar unsere Hochzeitsnacht sein, aber die gesamte Welt um uns herum ist dunkel, und wir müssen alles erfahren, was die Überseele zu einem von uns sagt.«

»Am Morgen«, entgegnete Huschidh.

»Glaubst du, wir könnten schlafen, während wir nicht wissen, was für ein schrecklicher Traum unserer Schwester zu schaffen macht?« fragte Nafai.

Obwohl Huschidh wußte, wie sorgfältig er seine Worte ausgewählt hatte, war sie dankbar für die eindringliche Güte und Liebe hinter ihnen. In seinem Herzen mochte er ihre enge Verbindung mit seiner neuen Frau durchaus fürchten oder verabscheuen, doch anstatt zu versuchen, sich dieser Nähe zu widersetzen oder sie auseinanderzutreiben, bemühte Nafai sich bewußt, sich in ihre enge Beziehung einzufügen und Huschidh in die Nähe ihrer Ehe aufzunehmen. Es war großzügig von ihm, vor allem an diesem besonderen Abend, als er geglaubt haben mußte, seine schlimmsten Befürchtungen über Huschidh wären wahr, als sie mitten in der Nacht in ihr gemeinsames Schlafzimmer eindrang und sich die Augen ausweinte! Wenn er mit all seiner Kraft versuchte, solch eine Beziehung zwischen ihnen herzustellen, konnte man zumindest von ihr erwarten, diese Beziehung auch zu akzeptieren. Schließlich war sie eine Entwirrerin. Sie wußte, wie man Menschen miteinander verband, und freute sich, ihm helfen zu können, diesen Knoten zu knüpfen.

Also kehrte sie um, und sie setzten sich gemeinsam auf das Bett und bildeten mit den angewinkelten Beinen ein Dreieck, Knie an Knie, während sie ihre Träume erzählte, von Anfang bis Ende. Sie ersparte sich nichts und gestand ihren anfänglichen Groll ein, damit die beiden anderen begriffen, wie dankbar sie für die Zusicherungen der Überseele war.

Zweimal unterbrachen sie sie erstaunt. Das erste Mal, als sie ihnen erzählte, Muuzh gesehen zu haben, und wie die Überseele ihn beherrschte, gerade weil er sie ablehnte. Nafai lachte verwundert auf. »Muuzh höchstpersönlich – der General der Gorajni, an dessen Händen so viel Blut klebt und der vor der Überseele auf genau dem Weg flieht, den die Überseele ihm ausgelegt hat. Wer hätte das ahnen können!«

Zum zweitenmal unterbrachen sie sie, als Huschidh von den Tieren mit Flügeln erzählte, die sie und Issib bei ihrem Sturz gerettet hatten. »Engel!« rief Luet.

Augenblicklich erinnerte sich Huschidh an den Traum, den Luet ihr vor ein paar Tagen erzählt hatte. »Natürlich«, sagte Huschidh. »Deshalb sind sie in meinen Traum gekommen – weil ich mich daran erinnert habe, daß du mir von diesen Engeln und den Riesenratten erzählt hast.«

»Ziehe keine vorschnellen Schlüsse«, sagte Luet. »Erzähle uns den Rest des Traums.«

Das tat sie, und als sie geendet hatte, saßen die drei schweigend da und dachten eine Weile nach.

»Der erste Traum, der von dir und Issib ... ich glaube, der kam von dir selbst«, sagte Luet schließlich.

»Das glaube ich auch«, sagte Huschidh, »und nachdem mir nun wieder eingefallen ist, daß du mir den Traum von den haarigen Engeln erzählt hast ...«

»Still«, sagte Luet. »Greife dem Traum nicht voraus. Nach dieser ersten Vision, die deiner Befürchtung entsprang,

Issib heiraten zu müssen, hast du die Überseele gebeten, dir ihre Pläne zu erklären, und sie hat dir diesen wunderbaren Traum mit den goldenen und silbernen Fäden gegeben, die die Menschen verbinden ...«

»Sie züchtet uns wie Vieh«, sagte Nafai.

»Sei nicht respektlos«, sagte Luet.

»Sei nicht zu ehrerbietig«, sagte Nafai. »Ich bezweifle allen Ernstes, daß die ursprüngliche Programmierung der Überseele darauf angelegt war, unter den Menschen von Harmonie ein Zuchtprogramm in die Wege zu leiten.«

»Ich weiß, daß du recht hast«, sagte Luet, »und daß die Überseele ein Computer ist, der zu Anbeginn unserer Welt dazu geschaffen wurde, auf uns Menschen zu achten und zu verhindern, daß wir uns selbst vernichten, doch in meinem Herzen halte ich die Überseele noch immer für eine Frau, für die Mutter des Sees.«

»Ob nun Frau oder Maschine, sie hat jetzt eigene Pläne entwickelt, und das gefällt mir nicht besonders«, sagte Nafai. »Ich akzeptiere, daß sie uns zusammenbringt, damit wir zur Erde reisen, bin sogar froh darüber – es ist ein ruhmreiches Unterfangen. Aber dieser Zuchtplan ... meine Mutter und mein Vater, die wie ein Schaf und ein Bock kopulieren, die man zusammengebracht hat, um die Blutlinien rein zu halten ...«

»Trotzdem lieben sie einander«, sagte Luet.

Er streckte die Hand aus und nahm ihre Finger sanft zwischen die seinen. »Lutja, sie lieben sich wirklich, genau wie wir einander lieben werden. Aber was wir getan haben, haben wir freiwillig getan, mit dem Wissen, daß es den Zwecken der Überseele dient und sie damit einverstanden war. Das glaubten wir zumindest. Welche anderen Pläne und Ränke, von denen wir erst später erfahren werden, hat die Überseele für uns im Sinn?«

»Die Überseele hat mir dies verraten, weil ich sie gefragt habe«, sagte Huschidh. »*Falls* sie ein Computer ist, wie du sagst, kann sie es uns vielleicht einfach nicht sagen, weil wir nicht danach gefragt haben.«

»Dann müssen wir fragen. Wir müssen *genau* wissen, was sie ... was *er* ... was *es* ... vorhat«, sagte Nafai.

Luet lächelte über seine Verwirrung, lachte aber nicht. Huschidh war nicht seine treue Frau; sie konnte ein leises Kichern nicht unterdrücken.

»Was auch immer die Überseele für uns ist«, sagte Nafai geduldig, »wir müssen sie fragen. Zum Beispiel, was es zu bedeuten hat, daß Muuzh hier ist. Sollen wir versuchen, auch ihn mit in die Wüste zu nehmen? Hat ihn die Überseele deshalb hergebracht? Und diese seltsamen Geschöpfe, diese Engel und Ratten ... was haben sie zu bedeuten? Die Überseele muß es uns sagen.«

»Ich glaube noch immer, daß die Ratten und Engel gekommen sind, weil Lutja von ihnen geträumt und mir von ihnen erzählt hat. Ich habe sie dann benutzt, um meinen Ängsten ein Gesicht geben zu können.«

»Aber warum sind sie in Lutjas Traum gekommen?« fragte Nafai. »*Sie* hat sie nicht gefürchtet.«

»Und die Ratten waren in meinem Traum weder schrecklich noch gefährlich«, sagte Luet. »Sie waren einfach ... sie selbst. Haben ihr Leben gelebt. Sie hatten nichts mit den Menschen in meinem Traum zu tun.«

»Hören wir mit dem Raten auf«, sagte Nafai, »und fragen wir die Überseele.«

Sie hatten dies noch nie versucht. Männer und Frauen beteten in den Ritualen Basilikas nicht gemeinsam – die Männer beteten mit Blut und Wasser in ihrem Tempel oder in ihren Häusern, und die Frauen beteten im Wasser des Sees oder in *ihren* Häusern. Also waren sie scheu und unsicher. Nafai steckte impulsiv die Hände aus, und Huschidh und Luet ergriffen sie und faßten sich auch gegenseitig an den Händen.

»Ich spreche stumm mit der Überseele«, sagte Nafai. »In meinem Kopf.«

»Ich auch«, sagte Luet, »aber manchmal spreche ich auch laut zu ihr. *Du* nicht?«

»Bei mir ist es genauso«, sagte Huschidh. »Luet, sprich für uns alle.«

Luet schüttelte den Kopf. »Du hast den Traum heute abend gehabt, Huschidh. Zu dir hat die Überseele gesprochen.«

Huschidh erschauderte unwillkürlich. »Was, wenn sich wieder der böse Traum einstellt?«

»Was für eine Rolle spielt es, wer von uns spricht?« sagte Nafai, »solange wir dieselben Fragen in unseren Herzen haben? Vater und Issib und ich haben problemlos mit der Überseele gesprochen, als wir den Index bei uns hatten, haben Fragen gestellt und Antworten bekommen, als hätten wir wie mit einem Computer in der Schule gesprochen. Jetzt werden wir genauso vorgehen.«

»Wir haben den Index nicht«, warf Luet ein.

»Nein, aber wir sind mit goldenen und silbernen Fäden mit der Überseele verbunden«, sagte Nafai und warf einen Blick auf Huschidh. »Das sollte doch genügen, nicht wahr?«

»Dann sprich du für uns, Luet«, sagte Huschidh.

Also stellte Luet ihre Fragen und sprach dann laut über ihre Ängste, und die, denen Nafai Ausdruck verliehen hatte, und das entsetzliche Geschehen, das Huschidh gesehen hatte. Auf diese Frage kam die erste Antwort.

Ich weiß es nicht, sagte die Überseele.

Luet verstummte verblüfft.

»Habt ihr gehört, was ich gehört habe?« fragte Nafai.

Da niemand wußte, was Nafai gehört hatte, konnte niemand antworten. Bis Huschidh endlich zu sagen wagte, was *sie* in ihrem Kopf gehört hatte. »Sie weiß es nicht«, flüsterte Huschidh.

Nafai hielt ihre Hand fester und sprach mit der Überseele. Nun sprach er für sie alle, nicht mehr Luet. »Was weißt du nicht?«

Ich habe den Traum mit den goldenen und silbernen Banden geschickt, sagte die Überseele. Ich habe den Traum mit Issib und den Kindern an der Tür des Zeltes geschickt. Aber ich wollte nicht, daß ihr den General seht. Den General habe ich euch nicht gezeigt.

»Und die ... die Ratten?« fragte Huschidh.

»Und die Engel?« fragte Luet.

Ich weiß nicht, woher sie kamen oder was sie bedeuten.

»Aha«, sagte Huschidh. »Es war also nur ein seltsamer, zufälliger Traum in deinem Verstand, Luet. Und weil du deinen Traum erzählt hast, habe ich ihn mir eingeprägt und dann auch davon geträumt. Das ist alles.«

Nein!

Es war, als hätte die Überseele in ihrem Geist geschrien, und Huschidh erschauderte unter der Stärke des Rufes.

»Was dann?« rief Huschidh. »Wie kannst du wissen, daß es nicht ein ganz gewöhnlicher Alptraum war, wenn du nicht weißt, woher er kommt?«

Weil der General ihn auch hatte.

Sie sahen einander erstaunt an.

»General *Muuzh*?«

In Huschidhs Geist stellte sich das flüchtige Bild eines Mannes mit einem Fluggeschöpf auf der Schulter ein und einer Riesenratte, die sich an sein Bein klammerte, und vielen Wesen – Menschen, Ratten und Engeln –, die sich den dreien näherten und sie ehrfurchtsvoll berührten. So schnell, wie es gekommen war, verschwand das Bild auch wieder.

»Der General hat diesen Traum gesehen?« fragte Huschidh.

Er hat ihn gesehen. Vor vielen Wochen. Bevor einer von euch von diesen Geschöpfen geträumt hat.

»Wir drei also«, sagte Luet. »Wir drei, und wir haben den General nie gesehen, und er hat uns nie gesehen, und dennoch träumen wir alle von diesen Geschöpfen. Er sah Verehrung, und ich sah Kunst, und du hast Krieg gesehen, Huschidh, Krieg und Erlösung.«

»Wenn der Traum nicht von dir gekommen ist, Überseele«, sagte Nafai, beharrlich bei der Frage bleibend und die beiden Mädchen fest bei den Händen haltend, »wenn er nicht von dir gekommen ist, woher dann?«

Ich weiß es nicht.

»Gibt es noch einen anderen Computer?« fragte Huschidh.

Hier nicht. Nicht auf Harmonie.

»Vielleicht weißt du nur nichts von ihm«, schlug Nafai vor.

Ich würde es wissen.

»Warum haben wir dann diese Träume?« fragte Nafai.

Sie warteten, doch es kam keine Antwort. Und dann kam eine Antwort, aber nicht die, die sie erhofft hatten.

Ich habe Angst, sagte die Überseele.

Huschidh spürte, wie die Furcht auch in ihr Herz zurückkehrte, und sie umklammerte die Hand ihrer Schwester fester. »Ich mag das nicht«, sagte Huschidh. »Ich kann es nicht ausstehen. Ich will es nicht wissen.«

Ich habe Angst, sagte die Überseele so deutlich, als hätte sie direkt in Huschidhs Verstand gesprochen – und, wie sie hoffte, auch in den Köpfen der beiden anderen. Ich habe Angst, denn Furcht ist der Name, den ich für Unsicherheit habe, für Unmöglichkeit, die es trotzdem gibt. Doch ich habe auch Hoffnung, denn das ist ein anderer Name für das Unmögliche, das wahr sein könnte. Ich habe die Hoffnung, daß das, was euch gegeben wurde, vom Hüter der Erde kommt. Daß der Hüter der Erde über diese vielen Lichtjahre hinweg nach uns greift.

»Wer ist der Hüter der Erde?« fragte Huschidh.

»Die Überseele hat ihn schon einmal erwähnt«, sagte Nafai. »Sie hat es nie sehr deutlich ausgedrückt, doch ich glaube, es handelt sich um einen Computer, der als Bewahrer der Erde programmiert wurde, als unsere Vorfahren sie vor vierzig Millionen Jahren verlassen haben.«

Kein Computer, sagte die Überseele.

»Was ist er dann?« fragte Nafai.

Keine Maschine.

»Aber was?«

Lebendig.

»Was könnte nach all diesen Jahren noch leben?«

Der Hüter der Erde. Er ruft uns. Ruft euch. Vielleicht ist mein Wunsch, euch zur Erde zurückzubringen, auch ein Traum vom Hüter. Ich war verwirrt und wußte nicht, was ich tun sollte, und dann kamen mir Ideen in den Sinn. Ich dachte, sie wären die Ergebnisse eines routinemäßig arbeitenden Zufallsgenerators. Ich dachte, sie kämen von meiner Programmierung. Aber wenn du und Muuzh seltsame Träume von Geschöpfen habt, die es auf dieser Welt niemals gegeben hat, könnte man mir doch auch Gedanken eingeben, die nicht in meinen Programmen enthalten sind und die nicht von dieser Welt kommen?

Sie hatten keine Antwort auf die Frage der Überseele.

»Ich weiß nicht, wie es mit euch ist«, sagte Huschidh, »aber ich habe mich darauf verlassen, daß die Überseele alles regelt, und mir gefällt die Vorstellung nicht, daß sie nicht weiß, was überhaupt geschieht.«

»Die Erde ruft uns«, sagte Nafai. »Begreift ihr es nicht? Die Erde ruft uns. Sie ruft die Überseele, aber nicht nur die Überseele. *Uns*. Oder euch beide zumindest und General Muuzh. Sie ruft euch nach Hause zurück.«

Nicht Muuzh, sagte die Überseele.

»Woher weißt du, daß sie Muuzh nicht ruft?« fragte Huschidh. »Wenn du nicht weißt, wie oder sogar *ob* der Hüter der Erde uns diese Träume gab, kannst du auch nicht wissen, ob Muuzh mit uns in die Wüste kommen soll oder nicht.«

Nicht Muuzh, sagte die Überseele. Laßt Muuzh in Ruhe.

»Warum hast du Muuzh hergebracht, wenn du nicht willst, daß er sich zu uns gesellt?« fragte Nafai.

Ich habe ihn hergebracht, aber nicht wegen euch.

»Er hat die gleichen goldenen und silbernen Fäden wie wir«, sagte Luet. »Und der Hüter der Erde hat zu ihm gesprochen.«

Ich habe ihn hergeholt, damit er Basilika vernichtet.

»Das schlägt dem Faß den Boden aus«, sagte Nafai. »Das ist wirklich nicht zu glauben. Die Überseele hat eine Idee. Der Hüter der Erde hat eine andere. Und was sollen wir tun?«

Laßt Muuzh in Ruhe. Rührt ihn nicht an. Er geht auf seinem eigenen Pfad.

»Genau«, sagte Nafai. »Vor einer Minute hast du uns noch

gesagt, du wüßtest nicht, was hier vorgeht, und jetzt sollen wir dein Wort darauf akzeptieren, daß Muuzh nicht Teil von dem ist, was wir tun. Wir sind keine Marionetten, Überseele! Verstehst du mich? Wenn du nicht weiß, was hier vorgeht, sehe ich keinen Anlaß, deine Befehle zu befolgen. Woher weißt du, daß du recht hast und wir uns irren?«

Ich weiß es *nicht*.

»Woher weißt du denn, daß ich nicht zu ihm gehen und ihn bitten soll, uns zu begleiten?«

Weil er gefährlich und schrecklich ist und er dich benutzen und vernichten könnte und ich ihn nicht aufhalten kann, wenn er sich dazu entschließt.

»Geh nicht«, sagte Luet.

»Er ist einer von *uns*«, sagte Nafai. »Wenn unsere Absichten gut und richtig sind, dann auch, weil an uns etwas gut und richtig ist, an den Menschen, die die Überseele herangezüchtet hat und die jetzt zur Erde zurückkehren sollen. Wenn es gut und richtig ist, dann auch deshalb, weil der Hüter der Erde uns ruft.«

»Wer auch immer mir diesen schrecklichen Traum geschickt hat«, sagte Huschidh, »ich weiß nicht, ob er gut ist oder nicht.«

»Vielleicht war der Traum eine Warnung«, sagte Nafai. »Vielleicht werden wir mit einer bestimmten Gefahr konfrontiert werden, und der Traum sollte dich davor warnen.«

»Oder der Traum sollte dich vielleicht warnen, dich von Muuzh fernzuhalten«, sagte Luet.

»Wie, in aller Welt, könnte der Traum denn *diese* Bedeutung haben?« fragte er. Er legte die Kleidung ab, die er vor kurzem in aller Eile angezogen hatte, und kleidete sich nun richtig an, für einen Besuch in der Stadt.

»Weil ich möchte, daß er dies bedeutet«, sagte Luet, und plötzlich weinte sie. »Du bist erst seit einer halben Nacht mein Gatte, und auf einmal willst du zu einem Mann gehen, von dem die Überseele sagt, daß er gefährlich und schrecklich ist, und warum das alles? Um ihn einzuladen, uns in die Wüste zu begleiten? Um ihn einzuladen, seine Heere und seine Königreiche und sein Blut und seine Gewalt aufzugeben und uns auf eine Reise in die Wüste zu begleiten, die irgendwie auf der Erde enden wird? Er wird dich umbringen, Nafai! Oder dich ins Gefängnis werfen und verhindern, daß du mit uns kommst. Ich werde dich *verlieren*.«

»Das wirst du nicht«, sagte Nafai. »Die Überseele wird mich schützen.«

»Die Überseele hat dich gewarnt, nicht zu gehen. Und wenn du ihr nicht gehorchst ...«

»Die Überseele wird mich nicht bestrafen, weil die Überseele nicht einmal weiß, ob ich recht habe oder nicht. Die Überseele wird mich zu dir zurückbringen, weil die Überseele genauso wie ich selbst möchte, daß ich bei dir bin.«

Ich weiß nicht, ob ich dich schützen kann.

»Na ja, aber du weißt eine ganze Menge nicht«, sagte Nafai. »Ich glaube, das hast du uns in dieser Nacht klargemacht. Du bist ein sehr mächtiger Computer und hast die allerbesten Absichten, aber du weißt mittlerweile genausowenig wie ich, was richtig und was falsch ist. Du weißt nicht, ob all deine Pläne für Muuzh vielleicht vom Hüter der Erde beeinflußt worden sind, nicht wahr? Und du weißt nicht, ob die Pläne des *Hüters* nicht verlangen, daß ich genau das tue, was ich jetzt vorhabe, und deinen Plan, Basilika zu vernichten, zum Scheitern bringe. Ausgerechnet *Basilika* zerstören! Das ist doch deine erwählte Stadt, nicht wahr? Du hast alle Menschen, die dir am nächsten stehen, an diesem Ort zusammengebracht. Und ausgerechnet diese Stadt willst du vernichten?«

Ich habe sie zusammengebracht, um *euch* zu schaffen, ihr törichten Kinder. Nun werde ich sie zerstören, um mein Volk wieder auf der ganzen Welt zu zerstreuen, damit der geringe Einfluß, der mir auf dieser Welt noch bleibt, jedes Land und jede Nation erreicht. Was ist schon die Stadt Basilika, verglichen mit der ganzen Welt?

»Als du das letzte Mal so gesprochen hast, habe ich einen Menschen getötet«, sagte Nafai.

»Bitte«, sagte Luet. »Bleib bei mir.«

»Oder laß mich dich begleiten«, sagte Huschidh.

»Das kommt nicht in Frage«, sagte Nafai. »Und, Lutja, ich *werde* zu dir zurückkehren. Weil die Überseele mich beschützen *wird*.«

Ich weiß nicht, ob ich es kann.

»Dann tue dein Bestes«, sagte Nafai. Mit diesen Worten war er zur Tür hinaus und verschwunden.

»In dem Augenblick, da er die Straße betritt, werden sie ihn verhaften«, sagte Huschidh.

»Ich weiß«, sagte Luet. »Und ich verstehe auch, warum er es tut, und es ist sehr tapfer, und ich glaube sogar, daß er das Richtige tut, *aber ich will trotzdem nicht, daß er es tut*!«

Luet weinte, und nun war es an Huschidh, sie zu umarmen und zu trösten. Was für ein Tanz war das heute abend gewesen, dachte sie. Was für eine Hochzeitsnacht für dich, was für eine Nacht der Träume für mich. Doch was wird uns nun am Morgen erwarten? Du könntest Witwe sein, ohne auch nur sein Kind in dir zu tragen. Oder – warum nicht? – der große General Muuzh könnte mit Nafai zurückkommen, seinem Heer entsagen und mit uns in die Wüste verschwinden. Alles könnte passieren. Einfach alles.

IN GABALLUFIX' HAUS UND NICHT IN EINEM TRAUM

Muuzh breitete seine Karte der Westküste auf Gaballufix' Tisch aus und ließ seinen Geist die Natur der Dinge erkunden. Die Städte der Ebene und Seggidugu lagen vor ihm, als könne er sie einfach pflücken. Es war nicht einfach, eine Marschroute auszuarbeiten. Mittlerweile mußten alle gehört haben, daß ein Gorajni-Heer die Tore Basilikas hielt. Zweifellos drängten die Hitzköpfe in Seggidugu auf eine schnelle und brutale Reaktion, doch sie würden sich nicht durchsetzen können – die Nordgrenze Seggidugus lag zu nah an den Stellungen der großen Gorajni-Heere in Khlam und Ulje. Es wären so viele Soldaten nötig, um Basilika einzunehmen, auch wenn sie wußten, daß die Stadt nur von eintausend Gorajni verteidigt wurde, daß Seggidugu anfällig für einen Gegenschlag wäre.

In der Tat würden viele schwache Herzen in Seggidugu sich bereits fragen, ob es vielleicht nicht am besten wäre, schon jetzt vor den Imperator zu treten, als Bittsteller, und ihm anzubieten, ihre Nation unter seinen wohlwollenden Schutz zu nehmen. Aber Muuzh war davon überzeugt, daß diese genausowenig Glück wie die Hitzköpfe haben würden. Statt dessen würden sich die kühlsten Köpfe, die vorsichtigsten Männer durchsetzen. Sie würden einfach nur abwarten. Und genau darauf zählte Muuzh.

In den Städten der Ebene waren zweifellos bereits Bestrebungen im Gange, den alten Verteidigungsbund wiederzubeleben, der die Seggidugu-Invasoren schon neun Mal zurückgeworfen hatte. Doch das lag über tausend Jahre zurück, hatte sich damals zugetragen, als die Seggidugu zum ersten Mal aus der Wüste über die Berge gestürmt waren; es war unwahrscheinlich, daß sich viele Städte zusammenschließen würden, und selbst in der vermeintlichen Einheit würden sie untereinander streiten und voneinander stehlen und einander mehr schwächen, als wenn jede für sich allein stünde.

Was stand in Muuzh' Macht, es dazu kommen zu lassen? Wenn er in diesem Augenblick eine Delegation mit einer streng formulierten Aufforderung zur Kapitulation zu den nächstgelegenen Städten schickte, würden sie zweifellos ein schnelles Einverständnis erhalten. Doch die Flüchtlinge *würden* aus diesen Städten strömen wie Blut aus einer Herzwunde, und dann würden sich die anderen Städte der Ebene vereinen. Vielleicht baten sie Seggidugu sogar, sie anzuführen, und in diesem Fall würde Seggidugu vielleicht doch handeln.

Statt dessen konnte er Seggidugus Kapitulation fordern. Wenn Seggidugu sich unterwarf, würden alle Städte der Ebene sich auf den Rücken rollen und totstellen. Doch es war ein zu großes Risiko, wenn er eine andere Möglichkeit finden konnte. Er konnte tatsächlich die Unterwerfung von einer oder vielleicht auch zwei Städten der Ebene erzwingen, aber er hatte viel zu wenig Männer – und eine viel zu dürftige Verbindung mit den Hauptheeren der Gorajni –, um sein Ultimatum auch durchzusetzen, wenn Seggidugu sich entschloß, ihm zu trotzen. Durch solche gefährlichen Bluffs waren große Kriege vermieden und große Reiche geschaffen worden, und Muuzh hatte keine Angst, dieses Risiko einzugehen, falls es keine bessere Möglichkeit gab.

Doch *falls* es eine gab, mußte er sie schnell finden. Mittlerweile würde der Imperator zweifellos wissen, daß sowohl Plod als auch der Muuzh' Heer zugeteilte Fürsprecher getötet worden waren – von einem Attentäter aus Basilika natürlich, aber niemand hatte ihn verhören können, weil Muuzh den Mann mit eigenen Händen getötet hatte. Dann war Muuzh mit tausend Mann abmarschiert, und niemand wußte, wo er war. Diese Nachricht würde im Herzen des Imperators Entsetzen auslösen, denn er wußte ganz genau, wie zerbrechlich die Macht eines Herrschers war, wenn seine besten Generale zu beliebt wurden. Der Imperator würde sich fragen, wie viele seiner Männer zu Muuzh überlaufen würden, wenn der in den Bergen eine Rebellenflagge hißte; und wie viele andere, die zu treu für einen solchen Verrat waren, denoch zu große Angst hatten, um gegen den größten General der Gorajni zu kämpfen. All diese Ängste würden den Imperator dazu bewegen, seine Heere in Bewegung zu setzen und sie dann nach Süden und Westen zu schicken, nach Khlam und Ulje.

Alles gut und schön ... das würde den Seggidugu noch mehr Angst einjagen und die Aussicht erhöhen, daß sein Bluff gelingen könnte. Und diese Bewegungen des Heeres würden *nicht* weit gedeihen, bevor dem Imperator die *nächste* Nachricht zu Ohren kam – daß Muuzh' kühner Schachzug zu einem brillanten Gelingen geführt hatte und die berühmte Stadt Basilika nun in den Händen der Gorajni war.

Muuzh lächelte vor Vergnügen bei dem Gedanken, daß diese Nachricht Entsetzen in den Herzen aller Höflinge auslösen würde, die dem Imperator ins Ohr geflüstert hatten, daß Muuzh ein Verräter war. Ein Verräter? Ein Mann, der den Verstand und Mut hatte, mit lediglich tausend Männern eine Stadt zu nehmen? An zwei mächtigen feindlichen Königreichen vorbeizumarschieren und eine Bergfestung auf deren Hinterseite zu nehmen? Was für eine Art von Verräter ist das? würde der Imperator fragen.

Doch er würde trotzdem noch Angst haben, denn es erschreckte ihn stets von neuem, wenn einer seiner Generale kühn war. Das galt besonders für Vozmuzhalnoi Vozmozhno. Also würde der Imperator ihm einen oder zwei Gesandte schicken – mit Sicherheit einen Fürsprecher, wahrscheinlich einen neuen Freund und auch ein paar enge und vertrauenswürdige Familienangehörige. Sie würden nicht die Befugnis haben, Muuzh' Anordnungen in Frage zu stellen – die Gorajni hätten niemals so viele Königreiche erobert, hätten die Imperatoren ihren Untergebenen erlaubt, auf dem Schlachtfeld die Befehle von Generalen aufzuheben. Aber sie *würden* imstande sein, sich einzumischen, ihm Fragen zu stellen, zu protestieren, Erklärungen zu verlangen und den Imperator über alles zu informieren, was ihnen nicht gefiel.

Wann würden diese Gesandten eintreffen? Sie würden denselben Weg durch die Wüste nehmen müssen, den Muuzh mit seinen Männern genommen hatte. Doch nun würden die Seggidugu und die Izmennik diese Straße sorgfältig beobachten, so daß der Treck des Imperators eine schwerfällige Leibwache mitnehmen mußte und Wagen für Vorräte und viele Fährtensucher und Zelte und jede Menge lebendes Vieh. Also würden die Gesandten weder das Verlangen noch die Fähigkeit haben, sich auch nur halb so schnell zu bewegen, wie Muuzh sich bewegt hatte. Also würde es wenigstens eine Woche dauern, bis sie hier eintrafen, wahrscheinlich aber länger. Doch wenn sie kamen, würden sie viele Soldaten haben – vielleicht so viele, wie Muuzh mitgenommen hatte –, und bei diesen Soldaten würde es sich mit großer Wahrscheinlichkeit nicht um Männer handeln, die unter Muuzh gekämpft hatten, die er ausgebildet hatte, denen er vertrauen konnte.

Eine Woche. Muuzh blieb noch mindestens eine Woche, in der er die Dinge in Gang setzen konnte, die er für richtig hielt, sobald er sich erst für eine Möglichkeit entschieden hatte. Er konnte jetzt seinen Bluff gegen die Seggidugu wagen und eine tiefe Erniedrigung riskieren, wenn man ihm trotzte – dann würden sich die Städte der Ebene auf jeden Fall gegen ihn vereinen, und schon bald würde er Basilika dann gegen eine Belagerung verteidigen. Das würde nicht zu seiner Amtsenthebung führen, doch es würde seinem Namen den Glanz nehmen und ihn wieder unter den Daumen des Imperators bringen. Diese letzten paar Tage waren so köstlich gewesen – er hatte nicht die Spiele der Täuschung und der List spielen müssen, die die Hälfte seiner Zeit beansprucht hatten, als er sich mit einem Freund hatte befassen müssen, den der Imperator ernannt hatte, ganz zu schweigen von einem lästigen Fürsprecher, dessen einziges Ziel es war, auf der Karriereleiter immer höher zu klettern. Muuzh hatte relativ wenige Menschen mit eigenen Händen getötet, doch er genoß die Erinnerung an diese beiden Todesfälle – die Überraschung auf ihren Gesichtern, die vorzügliche Erleichterung, die Muuzh dann verspürt hatte. Selbst die Notwendigkeit, diesen guten Soldaten Basilikas zu töten, Smelost, selbst das hatte ihm nicht die schiere Freude an seiner neuen Freiheit genommen.

Bin ich bereit?

Bin ich bereit, um den Zug meines Lebens zu machen, um mich im Namen Pravo Gollossas am Imperator zu rächen? Um alles auf meine Fähigkeit zu setzen, Basilika, Seggidugu und die Städte der Ebene zu einigen und zu hoffen, daß zahlreiche Gorajni-Soldaten zu mir überlaufen werden und wir vielleicht noch von Potokgavan unterstützt werden?

Und wenn ich nicht dazu bereit bin, bin ich dann bereit, meinen Hals wieder in den Kragen zu stecken, den der Imperator all seinen Generalen aufzwingt? Bin ich bereit, mich dem Willen der Inkarnation Gottes hier auf Harmonie zu unterwerfen? Bin ich bereit, Jahre, vielleicht Jahrzehnte auf eine Gelegenheit zu warten, die vielleicht niemals besser sein wird als die, die ich jetzt habe?

Er kannte die Antwort schon, als er die Frage stellte. Irgendwie mußte er diese Woche, diesen Tag, diese Stunde in seine Gelegenheit verwandeln, seine Chance, die Gorajni zu stürzen und ihr grausames und brutales Reich durch ein großzügiges und demokratisches zu ersetzen, das von den Sotschitsija geführt wurde, deren Rache schon lange auf sich warten ließ, aber trotzdem nicht minder sicher war. Hier stand Muuzh mit einem Heer – einem kleinen, aber *seinem* – in der Stadt, die all das symbolisierte, was auf der Welt schwach und kraftlos und hilflos war. Ich sehne mich danach, dich zu vernichten, Basilika, aber was, wenn ich dich statt dessen stark mache? Was, wenn ich dich zum Mittelpunkt der Welt mache – aber einer Welt, die von mächtigen Männern beherrscht wird und nicht von diesen schwachen und hilflosen Frauen, diesen Politikerinnen und Klatschmäulern und Schauspielerinnen und Sängerinnen? Was, wenn man sich eines Tages als die wichtigste Geschichte über Basilika nicht die erzählt, daß es die Stadt der Frauen war, sondern die des Aufstiegs der Sotschitsija?

Basilika, du Stadt der Frauen, dein Gatte ist hier, um dich zu zähmen und dir die häuslichen Künste zu lehren, die du so lange vergessen hattest.

Muuzh warf erneut einen Blick auf Bitankes Namensliste. Wenn er jemanden suchte, der im Namen des Imperators über Basilika herrschen konnte, würde er einen Mann als Konsul auswählen müssen: einen der Söhne Wetschiks, falls man sie fand, oder vielleicht Raschgallivak selbst oder einen schwächeren Mann, den Bitanke vielleicht stützen konnte.

Doch wenn Muuzh Basilika und die Städte der Ebene und Seggidugu gegen den Imperator vereinen wollte, mußte er durch Ehe ein Bürger Basilikas werden, um sich einen Platz ganz oben in der Stadt zu verschaffen; dann brauchte er keinen Konsul, sondern eine Braut.

Also interessierten ihn am meisten die Namen der beiden Mädchen, der Wasserseherin und der Entwirrerin. Sie waren jung – so jung, daß er viele damit beleidigen würde, wenn er eine von ihnen heiratete, besonders die Wasserseherin – erst dreizehn! Und doch hatten diese beiden das richtige Prestige, das ihn mit seiner Aura umfassen würde, wenn er eine der beiden heiratete. Muuzh, der große General der Gorajni, heiratete eine der heiligsten Frauen Basilikas – erniedrigte sich, um die Stadt als bloßer Gatte statt als Eroberer zu betreten. Er würde damit ihre Herzen für sich gewinnen, nicht nur die derer, die ihm sowieso schon dankbar waren, da er den Frieden gebracht hatte, sondern die aller Menschen, denn sie würden sehen, daß er sie nicht beherrschen, sondern zu neuer Größe führen wollte.

Mit der Entwirrerin oder der Wasserseherin zur Frau würde Muuzh Basilika nicht nur *besetzt halten*. Er würde Basilika sein, und statt den Königreichen im Süden und den Städten der Westküste Ultimaten zu stellen, würde er einen Schlachtruf ausstoßen. Er würde die Spione aus Potokgavan verhaften und sie mit Geschenken und Versprechungen zurück zu ihrem fauligen, überfluteten Reich schicken. Und die Nachricht würde sich wie ein Waldbrand durch den Norden verbreiten: Vozmuzhalnoi Vozmozhno hat sich zur neuen Inkarnation erklärt, zum wahren Imperator. Er würde alle treuen Soldaten Gottes aufrufen, zu ihm in den Süden zu kommen oder sich jeweils an Ort und Stelle gegen den Usurpator zu erheben! Bis dahin würde auch schon in Pravo Gollossa geflüstert werden: Die Sotschitsija werden herrschen. Erhebt euch und nehmt euch, was euch schon seit all diesen Jahren gehört!

In dem Chaos, zu dem es daraufhin in den Nordlanden kommen würde, würde Muuzh nach Norden marschieren und auf seinem Weg Verbündete gewinnen. Die Gorajni-Heere würden vor ihm zurückweichen; die Einheimischen der eroberten Nationen würden ihn als Befreier willkommen heißen. Er würde marschieren, bis er die Gorajni auf ihr eigenes Gebiet zurückgedrängt hatte, und dort würde er innehalten – für einen langen Winter in Pravo Gollossa, wo er sein buntgemischtes Heer ausbilden und zu einer würdigen, kampfstarken Truppe schmieden würde. Im Frühling des nächsten Jahres würde er dann in das hügelige Land der

Gorajni eindringen und ihre Fähigkeit zu herrschen vollends zerstören. Jedem Mann im kampffähigen Alter würde er die Daumen abschlagen lassen, damit er nie wieder Schwert oder Bogen benutzen konnte, und mit jedem abgeschnittenen Daumen würden die Gorajni wieder den Schmerz der zungenlosen Sotschitsija verstehen.

Sollte Gott doch versuchen, ihn jetzt noch aufzuhalten!

Aber er wußte, daß Gott es nicht versuchen würde. In den letzten paar Tagen, seit er Gott getrotzt und gen Süden nach Basilika marschiert war, hatte Gott nicht mehr versucht, ihn in irgendeiner Weise zu behindern. Er hatte halbwegs damit gerechnet, daß Gott ihn diese Pläne, die er schmiedete, vergessen lassen würde. Aber Gott mußte nun wissen, daß dies sinnlos war, denn diese Pläne waren so gut und offensichtlich, daß Muuzh sie sich ganz einfach erneut ersinnen würde – und wieder und wieder, falls es nötig sein sollte.

Denn ich werde die Gorajni stürzen und die Westküste vereinen. Und mein Sohn wird Potokgavan erobern, die nördlichen Waldstämme zivilisieren und die Piraten der Nordküste unterwerfen. Mein Sohn und der Sohn meiner Frau.

Wer von euch wird es sein? Die Wasserseherin war die mächtigere der beiden, die mit dem größeren Ansehen; aber sie war jünger, eigentlich zu jung. Es bestand die Gefahr, daß die Menschen sie wegen dieser Ehe bemitleideten, wenn Muuzh es nicht gelang, sie zu überzeugen, wirklich aus eigener, freier Entscheidung zu ihm zu kommen.

Aber auch die andere, die Entwirrerin, würde genügen, obwohl ihr Prestige geringer war, und sie war sechzehn. Sechzehn, ein gutes Alter für eine politische Ehe, denn sie war noch nie verheiratet gewesen und hatte, wenn man Bitanke vertrauen konnte, noch nicht einmal einen Liebhaber gehabt. Und ein Teil des Ansehens der Wasserseherin würde trotzdem dieser Ehe zufallen, denn die Entwirrerin war ihre Schwester, und Muuzh würde dafür sorgen, daß die Wasserseherin gut behandelt wurde – und in enger Verbindung zu der neuen Dynastie stand, die Muuzh bald begründen würde.

Es war ein sehr guter Plan. Jetzt mußte Muuzh nur noch sicher sein – sicher genug, um zu handeln. Sicher genug, um zu Rasas Haus zu gehen und dafür zu sorgen, daß eins dieser Mädchen ihm die Hand zur Ehe reichte.

Ein Klopfen an der Tür. Muuzh schlug einmal auf den Tisch. Die Tür wurde geöffnet.

»Herr«, sagte der Soldat. »Wir haben auf der Straße vor Herrin Rasas Haus eine interessante Verhaftung vorgenommen.«

Muuzh sah von der Karte auf dem Tisch auf und wartete auf den Rest der Nachricht.

»Herrin Rasas jüngster Sohn. Derjenige, der Gaballufix getötet hat.«

»Er ist in die Wüste geflohen«, sagte Muuzh. »Bist du sicher, daß es kein Betrüger ist?«

»Das wäre möglich«, sagte der Soldat. »Aber er ist aus Rasas Haus gekommen und direkt zu dem befehlshabenden Feldwebel gegangen und hat erklärt, wer er ist und daß er sofort mit dir sprechen muß, über Angelegenheiten, die über deine Zukunft und die Zukunft Basilikas entscheiden würden.«

»Ach«, sagte Muuzh.

»Also ist er entweder der Junge mit den Eiern aus Messing, der Gaballufix den Kopf abgeschnitten und in dessen Kleidung aus der Stadt hinausspaziert ist, oder er ist ein Verrückter, der unbedingt sterben will.«

»Oder beides«, sagte Muuzh. »Bringe ihn zu mir und geleite ihn dann direkt nach unserem Gespräch mit einer Eskorte von vier Mann zu Herrin Rasas Haus zurück. Wenn ich ihn ins Gesicht schlage, wenn du die Tür öffnest, um ihn zu holen, wirst du ihn auf der Treppe von Herrin Rasas Haus töten. Wenn ich ihn anlächle, wirst du ihn mit Höflichkeit und Ehre behandeln. Aber er steht unter Arrest und darf das Haus nicht wieder verlassen.«

Der Soldat ließ die Tür hinter ihm offen. Muuzh setzte sich auf seinen Stuhl und wartete. Interessant, dachte er, daß ich die Schlüsselspieler der verdammten Spiele dieser Stadt nicht suchen muß. Sie alle kommen zu mir, einer nach dem anderen. Nafai war angeblich in der Wüste, in Sicherheit und außerhalb meiner Reichweite – aber er war die ganze Zeit über in Herrin Rasas Haus. Auf welche anderen Überraschungen werden wir in ihrem Haus noch stoßen? Auf die anderen Söhne? Wie hatte Bitanke sie beschrieben … Elemak, der kluge und gefährliche Karawanengänger; Mebbekew, der wandelnde Penis; Issib, der brillante Krüppel. Oder warum nicht Wetschik selbst, den Pflanzenhändler mit den Visionen? Sie alle warten vielleicht in Rasas Mauern darauf, wie Muuzh sie benutzen konnte.

War es möglich – einfach möglich –, daß Gott sich tatsächlich *entschieden* hatte, Muuzh' Sache zu begünstigen? Daß Gott sich Muuzh jetzt nicht mehr widersetzte, sondern ihn unterstützte und ihm jedes Werkzeug in die Hände spielte, das er benötigte, um seine Ziele zu erreichen?

Ich bin bestimmt nicht die Inkarnation von irgend etwas, abgesehen von mir selbst, dachte Muuzh; ich habe nicht den Wunsch, den Heiligen zu spielen, wie der Imperator es tut. Aber wenn Gott endlich bereit ist, mir in meiner Sache Hilfe zu gewähren, werde ich sie nicht zurückweisen. Vielleicht ist in Gottes Herz die Stunde der Sotschitsija angebrochen.

Nafai hatte Angst, andererseits jedoch auch wieder nicht. Es war ein überaus seltsames Gefühl. Als wäre ein verängstigtes Tier in ihm, das entsetzt darüber war, daß er sich zu einem Ort begab, an dem der Tod nur ein Wort entfernt war, und doch konnte Nafai selbst, jener Teil von ihm, der einfach *er selbst* war und nicht das Tier, kaum abwarten herauszufinden, was er sagen würde, ob er Muuzh begegnen würde und was dann geschehen würde. Er war sich des unmittelbar drohenden Tods unter den Gorajni durchaus bewußt; doch er war auf einer tiefen Ebene seines Verstandes einfach zu dem Schluß gekommen, daß sein persönliches Überleben unbedeutend war.

Die Soldaten waren anscheinend eher verblüfft als beunruhigt gewesen, als er sie auf der Straße mit den Worten »Bringt mich zum General. Ich bin Wetschiks Sohn Nafai, und ich habe Gaballufix getötet!« angesprochen hatte. Mit diesen Worten hatte er sein Leben selbst auf die Waagschale gelegt, denn nun hatte Muuzh Zeugen seines Geständnisses eines Verbrechens, das zu seiner Hinrichtung führen konnte; Muuzh hätte nicht einmal einen Vorwand zusammenschustern müssen, um ihn töten zu lassen, wenn er dies denn wollte.

Gaballufix' Haus war unverändert, und doch hatte es sich völlig verändert. Kein Vorhang, kein Möbelstück war ausgewechselt worden. Der gesamte üppige Überfluß war noch intakt, der Plüsch, die überreichen Verzierungen, die kühnen Farben. Und doch war die Wirkung all dieser Protzerei nicht überwältigend, sondern einfach nur pathetisch, denn die einfache Disziplin und der scharfe, bedingungslose Gehorsam der Gorajni-Soldaten ließ alles andere um sie herum geringer wirken. Gaballufix hatte diese Einrichtung gewählt, um seine Besucher einzuschüchtern, sie in Ehrfurcht zu versetzen; doch nun wirkte sie schwach und ausgelaugt, als habe die Person, die sie zusammengekauft hatte, Angst davor bekommen, daß die Leute sehen könnten, wie schwach seine Seele war und er sie deshalb hinter dieser Barrikade aus hellen Farben und Goldborden verstekken mußte.

Echte Macht, erkannte Nafai, zeigt sich in nichts, das man mit Geld kaufen kann. Geld kann einem nur die Illusion von Macht kaufen. Echte Macht liegt in der Willenskraft – ein Wille, der so stark ist, daß die anderen sich ihm allein wegen dieser Kraft beugen und bereitwillig folgen. Macht, die durch Täuschung gewonnen wurde, wird unter dem heißen Licht der Wahrheit verdampfen, wie Raschgallivak herausgefunden hat; doch echte Macht wird immer stärker, je genauer man sie betrachtet, selbst, wenn sie nur einer einzigen Person innewohnt, ohne Heere, ohne Diener, ohne Freunde, aber mit einem unbeugsamen Willen.

Solch ein Mann wartete auf ihn, saß an einem Tisch hinter

einer offenen Tür. Nafai kannte diesen Raum. Hier waren er und seine Brüder Gaballufix gegenübergetreten, hier war Nafai das eine oder andere Wort entglitten, das Elemaks schwierige Verhandlungen um den Index scheitern ließ. Nicht, daß Gaballufix sie nicht sowieso betrügen wollte. Doch die Tatsache blieb bestehen, daß Nafai unbedacht gesprochen und nicht begriffen hatte, daß Elemak, der scharfe Geschäftsmann, Schlüsselinformationen zurückhielt.

Einen Augenblick lang nahm Nafai sich vor, diesmal bedachter zu sein, Informationen zurückzuhalten, wie Elemak es getan hätte, und bei diesem Gespräch listig vorzugehen.

Dann sah General Muuzh auf, und Nafai sah ihm in die Augen und machte einen tiefen Brunnen des Zorns und Leidens und Stolzes und, ganz am Grund dieses Brunnens, eine scharfe Intelligenz aus, die jede Täuschung durchschauen würde.

Ist das der wirkliche Muuzh? Habe ich den echten Muuzh gesehen?

Und in seinem Herzen flüsterte die Überseele: Ich habe ihn dir gezeigt, wie er wirklich ist.

Dann kann ich diesen Mann nicht belügen, dachte Nafai. Was mir auch recht ist, weil ich kein guter Lügner bin. Ich habe nicht das Talent dazu. Ich kann nicht die tiefe Selbsttäuschung aufrecht halten, die ein erfolgreicher Lügner benötigt. Die Wahrheit steigt in meinem Geist an die Oberfläche, und so verrate ich mich mit jedem Wort, jedem Blick, jeder Geste.

Außerdem bin ich nicht hergekommen, um herauszufinden, ob meine Intelligenz in einem Wettstreit der General Vozmuzhalnoi Vozmozhnos gewachsen ist. Ich bin hierher gekommen, um ihm die Gelegenheit zu geben, uns auf unserer Reise zur Erde zu begleiten. Wie könnte er das wollen, wenn ich ihm etwas anderes als die Wahrheit sage?

»Nafai«, sagte Muuzh. »Bitte nimm Platz.«

Nafai setzte sich. Er bemerkte, daß auf dem Tisch vor dem

General eine Karte ausgebreitet war. Die Westküste. Irgendwo auf dieser Karte, tief in der südwestlichen Ecke, war der Bach, an dem Vater und Issib und Zdorab in ihren Zelten warteten und dem Heulen und Bellen einer Pavianherde lauschten. Zeigt die Überseele Vater, was ich nun tue? Hat Issib den Index, und fragt er, wo ich bin?

»Ich nehme an, du hast dich nicht gestellt, weil dein Gewissen dich überwältigt hat und du möchtest, daß dir der Prozeß wegen des Mordes an Gaballufix gemacht wird, damit du deine Schuld sühnen kannst.«

»Nein, Herr«, sagte Nafai. »Ich habe gestern abend geheiratet. Ich habe nicht den Wunsch, eingesperrt oder verurteilt oder getötet zu werden.«

»Gestern abend geheiratet? Und noch vor dem Morgengrauen gestehst du auf der Straße ein Kapitalverbrechen? Mein Junge, ich fürchte, du hast keine gute Wahl getroffen, wenn deine Frau dich nicht einmal eine Nacht lang halten kann.«

»Ich bin wegen eines Traums gekommen«, sagte Nafai.

»Ah – wegen *deines* Traums oder dem deiner Frau?«

»Wegen *deines* Traums, Herr.«

Muuzh wartete ausdruckslos.

»Ich glaube, du hast einmal von einem Mann geträumt, auf dessen Schulter ein pelziges Fluggeschöpf sitzt und dessen Bein eine Riesenratte umklammert, und Männer und Ratten und Engel kamen und haben sie angebetet, alle drei, und sie berührt und ...«

Doch Nafai fuhr nicht fort, denn Muuzh war aufgesprungen und durchbohrte ihn mit diesen tödlichen, gequälten Blicken. »Ich habe diesen Traum Plod erzählt, und er hat ihn dem Fürsprecher erzählt, also war er bekannt«, sagte Muuzh. »Und die Tatsache, daß du ihn kennst, verrät mir, daß du mit jemandem vom Hof des Imperators in Kontakt gestanden hast. Also höre mit dieser Verstellung auf und sage mir die Wahrheit!«

»Herr, ich weiß nicht, wer Plod oder der Fürsprecher sein könnte, und deinen Traum hat mir auch niemand vom Hof des Imperators erzählt. Ich habe ihn von der Überseele erfahren. Glaubst du etwa, daß die Überseele deine Träume nicht kennt?«

Muuzh setzte sich wieder, doch sein gesamtes Gehabe hatte sich verändert. Die Selbstsicherheit, die gelassene Zuversicht waren verschwunden.

»Bist du die Form, die Gott jetzt angenommen hat? Bist du die neue Inkarnation?«

»Ich?« fragte Nafai. »Du siehst doch, was ich bin – ich bin ein vierzehnjähriger Junge. Vielleicht etwas zu groß für mein Alter.«

»Und zu jung, um zu heiraten.«

»Aber nicht zu jung, um mit der Überseele zu sprechen.«

»Viele in dieser Stadt machen ein großes Aufheben darüber, mit der Überseele zu sprechen. Dir jedoch scheint Gott zu antworten.«

»Daran ist nichts geheimnisvoll, Herr. Die Überseele ist ein Computer – ein mächtiger, sich selbst erneuernder Computer. Unsere Vorfahren haben ihn vor vierzig Millionen Jahren installiert, als sie als Flüchtlinge vor der Vernichtung der Erde Harmonie erreichten. Sie haben sich genetisch verändert und ihre Kinder ebenso – bis hin zu uns, all diese Generationen später –, damit sie in den tiefsten Ebenen im Gehirn die Impulse der Überseele empfangen können. Dann haben sie den Computer darauf programmiert, jeden Gedankengang in uns und jede Handlung zu blockieren, die zu einer Hochtechnologie oder schneller Kommunikation oder schnellen Transportmitteln führen würde, damit die Welt für uns ein riesiger und unbekannter Ort bleibt und Kriege immer nur örtliche Auseinandersetzungen sein werden.«

»Bis ich kam«, sagte Muuzh.

»Deine Eroberungen gehen in der Tat weit über das hinaus, was die Überseele normalerweise erlauben würde.«

»Weil ich kein Sklave Gottes bin«, sagte Muuzh. »Welche Macht auch immer Gott oder dieser Computer hat, in mir ist sie schwächer, und ich habe ihr widerstanden und sie überwunden. Ich bin heute hier, weil ich zu stark für Gott bin.«

»Ja, sie hat uns gesagt, daß du das glaubst«, erwiderte Nafai. »Aber in Wirklichkeit ist der Einfluß der Überseele in dir noch stärker als in den meisten anderen Menschen. Wahrscheinlich in etwa so stark wie in mir. Wenn du es für angemessen hieltest und du dich ihrer Stimme öffnen würdest, könnte die Überseele mit dir sprechen, und du bräuchtest nicht mich, um zu hören, was ich dir sagen will.«

»Wenn die Überseele dir erzählt hat, daß sie in mir *stärker* ist als in den meisten anderen Menschen, hat dein Computer gelogen«, sagte Muuzh.

»Du mußt wissen, die Überseele interessiert sich eigentlich nicht für das Leben einzelner Menschen, bis auf die Tatsache, daß sie ein Zuchtprogramm durchgeführt hat, um Menschen wie mich zu schaffen – und dich natürlich. Als ich davon erfuhr, hat es mir nicht gefallen, aber das ist der Grund, weshalb ich überhaupt lebe oder weshalb meine Eltern zusammengebracht wurden. Die Überseele manipuliert Menschen. Das ist ihre Aufgabe. Sie hat dich fast ständig manipuliert.«

»Ich weiß, daß sie es versucht hat. Ich habe sie Gott genannt, du nennst sie Überseele, aber sie hat mich nicht beherrscht.«

»Sobald ihr bewußt wurde, daß du ihr widerstehen wolltest, hat sie die Dinge einfach umgedreht«, sagte Nafai. »Was immer sie von dir verlangte, hat sie dir verboten. Dann hat sie dafür gesorgt, daß du dich daran erinnerst, und du hast ihr fast perfekt gehorcht.«

»Eine Lüge«, flüsterte Muuzh.

Nafai bekam es mit der Angst zu tun, als er sah, welche Gefühle diesen Mann ergriffen hatten. Der General war eindeutig nicht an Gefühle gewohnt, die er nicht beherrschen konnte; Nafai fragte sich, ob er vielleicht warten sollte, bis er sich beruhigt hatte, bevor er fortfuhr. »Geht es dir gut?« fragte Nafai.

»Fahre fort«, sagte Muuzh scharf. »Ich kann alles hören, was ein Toter zu sagen hat.«

Das war eine so schwache Erwiderung, daß Nafai empört

war. »Oh, soll ich meine Geschichte jetzt abändern, weil du mir mit dem Tod drohst?« fragte er. »Glaubst du, ich wäre hierher gekommen, wenn ich Angst vor dem Tod hätte?«

Nafai sah, daß Muuzh eine Veränderung überkam. Als hätte er sich deutlich sichtbar an die Zügel gelegt. »Ich entschuldige mich«, sagte Muuzh. »Einen Augenblick lang habe ich mich wie jene Männer benommen, die ich am meisten verachte. Ich poltere eine Drohung heraus, um die Nachricht eines Boten zu verändern, der zumindest glaubt, daß er mir die Wahrheit erzählt. Aber ich kann dir versichern, was auch immer ich davon halten werde, wenn du heute stirbst, dann nicht wegen etwas, das du jetzt sagst. Bitte fahre fort.«

»Du mußt wissen«, sagte Nafai, »falls die Überseele wirklich will, daß du etwas vergißt, *wirst* du es auch vergessen. Mein Bruder Issib und ich hielten uns für sehr klug, als wir uns durch ihre Barrieren kämpften. Aber wir haben sie nicht bezwungen. Wir wurden einfach lästiger, als es der Mühe wert war. Die Überseele war es lieber, daß wir freiwillig in ihrem Sinne agieren, als daß sie uns ständig kontrollieren und manipulieren muß. Deshalb bin ich hier. Weil die Schwester meiner Frau in einem Traum gesehen hat, wie stark deine Verbindung mit der Überseele ist und wieviel Kraft du bei dem vergeblichen Versuch verschwendest, ihr zu widerstehen. Ich bin gekommen, um dir zu sagen, daß du dich nur von ihrer Kontrolle lösen kannst, indem du ihren Plan willkommen heißt.«

»Man kann nur siegen, indem man sich unterwirft?« fragte Muuzh mühsam beherrscht.

»Man kann nur *frei* sein, indem man den Widerstand aufgibt und das Gespräch sucht«, sagte Nafai. »Die Überseele ist die Dienerin der Menschheit, nicht ihre Herrin. Man kann sie überzeugen. Sie hört zu. Manchmal braucht sie unsere Hilfe. General, *wir* brauchen dich, wenn du nur mit uns kommen würdest.«

»Mit euch kommen?«

»Mein Vater wurde in die Wüste gerufen. Doch das ist nur der erste Schritt einer langen Reise.«

»Dein Vater wurde von den tückischen Ränken Gaballufix' in die Wüste getrieben. Ich habe mit Raschgallivak gesprochen, und mich kann man nicht täuschen.«

»Glaubst du wirklich, ein Gespräch mit Raschgallivak wäre ein Beweis dafür, daß du *nicht* getäuscht worden bist?«

»Ich würde es wissen, wenn er mich belogen hätte.«

»Aber was, wenn er geglaubt hat, was er dir gesagt hat, und es trotzdem nicht wahr ist?«

Muuzh wartete, ohne ihm zu antworten.

»Ich sage dir, der eigentliche Anlaß, der uns bewogen hat, zu einer bestimmten Stunde eines bestimmten Tages aufzubrechen, ist völlig unwichtig. Es war der Wille der Überseele, der Vater und mich und meine Brüder in die Wüste geholt hat, als erster Schritt unserer Reise.«

»Und doch bist du hier in der Stadt.«

»Ich habe es dir doch erklärt«, sagte Nafai. »Ich habe gestern abend geheiratet. Genau wie meine Brüder.«

»Elemak und Mebbekew und Issib.«

Nafai war überrascht und etwas verängstigt, daß Muuzh so viel über sie wußte. Aber er hatte sich entschlossen, die Wahrheit zu sagen, und dabei würde er nun bleiben. »Issib ist bei Vater. Er wollte mitkommen. Ich wollte, daß er mitkommt. Aber Elemak wollte nichts davon wissen, und Vater war seiner Meinung. Wir sind gekommen, um Frauen zu holen. Und Vaters Frau. Als wir eintrafen, hat Mutter gelacht und gesagt, sie würde uns niemals in die Wüste begleiten, ganz gleich, was der verrückte Wetschik vorhabe. Doch dann hast du sie unter Arrest gestellt und diese Gerüchte über sie verbreitet. Du hast sie praktisch von Basilika abgeschnitten, und nun begreift sie, daß sie hier nichts mehr tun kann, und deshalb wird auch sie mit uns in die Wüste gehen.«

»Du sagst, alles, was ich getan habe, war Teil des Plans der Überseele, deine Mutter zu ihrem Gatten zu führen, der in der Wüste in einem Zelt haust?«

»Ich sage, daß deine Absichten gebeugt wurden, damit sie den Plänen der Überseele dienen. So wird es immer sein, General, und so ist es schon immer gewesen.«

»Aber was, wenn ich mich weigerte, deiner Mutter zu erlauben, ihr Haus zu verlassen? Was, wenn ich dich und deine Brüder und eure Frauen dort unter Arrest hielte? Was, wenn ich Soldaten ausschickte, um Schedemei daran zu hindern, Keimlinge und Embryos für eure Reise zu sammeln?«

Nafai war verblüfft. Er wußte von Schedemei? Unmöglich – sie hätte es niemandem gesagt. Wozu war dieser Muuzh fähig, wenn er in eine fremde Stadt kommen und Dinge so schnell in Erfahrung bringen konnte, daß er erkannte, daß Schedemeis Sammeln von Keimlingen etwas mit Wetschiks Exil zu tun hatte?

»Du siehst«, sagte Muuzh, »wo ich herrsche, hat die Überseele keine Macht.«

»Du kannst uns unter Arrest halten«, sagte Nafai. »Aber wenn die Überseele zum Schluß kommt, daß wir gehen müssen, wirst du feststellen, daß du einen zwingenden Grund hast, uns gehen zu lassen. Also wirst du uns auch gehen lassen.«

»Wenn die Überseele will, daß du gehst, mein Junge, kannst du sicher sein, daß du *nicht* gehen wirst.«

»Du verstehst nicht. Den wichtigsten Teil habe ich dir noch nicht erzählt. Ob du nun glaubst, einen Zwist mit der Version der Überseele zu haben, die du Gott nennst, oder nicht, wichtig ist der Traum, den du hattest. Der von den fliegenden Tieren und den riesigen Ratten.«

Muuzh hörte zu, doch erneut konnte Nafai sehen, daß er zutiefst verwirrt war.

»Nicht die Überseele hat diesen Traum geschickt. Die Überseele versteht ihn nicht.«

»So. Dann war es ein bedeutungsloser Traum, ein ganz normaler Schlaftraum.«

»Keineswegs. Denn auch meine Frau hat von diesen Geschöpfen geträumt und ihre Schwester ebenfalls. Ihr drei habt davon geträumt, und es waren keine gewöhnlichen Träume. Euch allen kamen sie wichtig vor. Ihr habt gewußt, daß sie eine Bedeutung haben. Und doch sind sie nicht von der Überseele gekommen.«

Erneut wartete Muuzh.

»Es ist vierzig Millionen Jahre her, daß die Menschheit die Erde aufgegeben hat, die sie fast völlig zerstört hatte«, fuhr Nafai fort. »Die Erde hat genug Zeit gehabt, sich zu heilen. Neues Leben dort zu schaffen. Einen Ort, wo die Menschheit leben könnte. Viele Arten gingen verloren – deshalb sammelt Schedemei Keimlinge und Embryos für unsere Reise. Wir sind diejenigen, die die Fähigkeit haben, problemlos mit der Überseele zu sprechen. Wir sind diejenigen, die sich hier in Basilika versammelt haben, an diesem Tag, zu dieser Stunde, damit wir zu einer Reise aufbrechen können, die uns zurück zur Erde führen wird.«

»Abgesehen davon, daß die Erde, falls es sie überhaupt gibt, ein Planet ist, der einen weit entfernten Stern umkreist, zu dem nicht einmal Vögel fliegen können«, sagte Muuzh, »hast du noch immer nichts darüber gesagt, was diese Reise mit meinem Traum zu tun haben könnte.«

»Das *wissen* wir nicht«, sagte Nafai. »Wir können es nur vermuten, aber die Überseele glaubt, daß es stimmt. Irgendwie ruft uns der Hüter der Erde. Über die Lichtjahre zwischen uns und der Erde hinweg hat er nach uns gegriffen und ruft uns zurück. Nach allem, was wir erfahren haben, hat er sogar die Programmierung der Überseele verändert und ihr befohlen, uns zu versammeln. Die Überseele glaubte zu wissen, warum sie dies tat, doch erst vor kurzem hat sie den tatsächlichen Grund dafür erfahren. Genau, wie du erst jetzt den tatsächlichen Grund für alles erfährst, was du in deinem Leben getan hast.«

»Eine Nachricht in einem Traum, und sie kommt von jemandem, der Tausende von Lichtjahren von hier entfernt ist? Dann muß der Traum dreißig Generationen vor meiner Geburt abgeschickt worden sein. Das ist doch lächerlich, Nafai. Du bist viel zu klug, um das zu glauben. Ist dir nicht in den Sinn gekommen, daß die Überseele vielleicht *dich* manipuliert?«

Nafai dachte darüber nach. »Die Überseele belügt mich nicht«, sagte er dann.

»Aber du hast gesagt, mich habe sie die ganze Zeit über belogen. Also können wir nicht davon ausgehen, daß die Überseele sich strikt der Wahrheit verschrieben hat, nicht wahr?«

»Aber *mich* lügt sie nicht an.«

»Woher weißt du das?« fragte Muuzh.

»Weil sich das, was sie mir sagt ... *richtig* anfühlt.«

»Wenn sie *mich* dazu bringen kann, Dinge zu vergessen ... und das kann sie, es ist so oft passiert, daß ...« Muuzh hielt inne, hatte sich anscheinend entschieden, nicht in diese Erinnerungen einzutauchen. »Wenn sie *das* kann, kann sie *dich* doch auch zu der Annahme bringen, daß sich ihre Worte, wie du sagst, ›richtig anfühlen‹.«

Nafai hatte darauf keine sofortige Antwort parat. Er hatte seine Überzeugung nicht in Frage gestellt und wußte deshalb nicht, wieso Muuzh' Argumentation falsch war. »Ich stehe nicht allein da«, sagte er in dem Bemühen, solch einen Grund zu finden. »Auch meine Frau vertraut der Überseele. Und auch ihre Schwester. Sie hatten ihr Leben lang Träume und Visionen, und die Überseele hat sie nie belogen.«

»Ihr Leben lang Träume und Visionen?« Muuzh lehnte sich auf dem Tisch vor. »Mit wem genau bist du verheiratet?«

»Ich dachte, ich hätte es dir gesagt«, antwortete Nafai. »Mit Luet. Sie ist eine der Nichten in der Schule meiner Mutter.«

»Die Wasserseherin«, sagte Muuzh.

»Es überrascht mich nicht, daß du von ihr gehört hast.«

»Sie ist dreizehn Jahre alt«, sagte Muuzh.

»Zu jung, ich weiß. Aber sie war bereit zu tun, was die Überseele von ihr verlangt hat, genau wie ich.«

»Du glaubst, du könntest die Wasserseherin aus Basilika fortbringen und auf eine verrückte Reise in die Wüste mitnehmen, um einen uralten, legendären Planeten zu suchen?« fragte Muuzh. »Selbst, wenn *ich* dich nicht aufhalten würde ... glaubst du, die Bürgerinnen dieser Stadt würden das zulassen?«

»Ja, wenn die Überseele uns hilft, und die Überseele *wird* uns helfen.«

»Und die Schwester deiner Frau, welchen deiner Brüder hat sie geheiratet? Elemak?«

»Sie wird Issib heiraten. Er wartet im Zelt meines Vaters auf uns.«

Muuzh lehnte sich auf seinem Stuhl zurück und kicherte fröhlich. »Ich weiß nicht so recht, wer wen beherrscht«, sagte er. »Deinen Worten zufolge hat die Überseele eine ganze Reihe von Plänen, in denen auch ich eine kleine Rolle spiele. Ich hingegen habe den Eindruck, daß Gott alles so arrangiert, daß es mir in die Hände spielt. Bevor du hierher kamst, sah es so aus, als habe Gott endlich damit aufgehört, mein Feind zu sein.«

»Die Überseele war nie dein Feind«, sagte Nafai. »Es war *deine* Entscheidung, daraus einen Zwist zu machen.«

Muuzh erhob sich vom Tisch, ging um ihn herum, setzte sich neben Nafai und nahm seine Hand. »Mein Junge, das war das bemerkenswerteste Gespräch meines Lebens.«

Das trifft auch für mich zu, dachte Nafai, war aber zu erstaunt, um etwas zu sagen.

»Ich bin überzeugt davon, du nimmst den Wunsch, diese Reise antreten zu können, sehr ernst, aber ich kann dir versichern, daß man dich gründlich in die Irre geführt hat. Du wirst diese Stadt nicht verlassen, und das gilt auch für deine Frau und ihre Schwester und alle anderen Personen, die du mitnehmen willst. Das wirst du früher oder später einsehen. Wenn du es früher einsiehst – wenn du es *jetzt* einsiehst –, habe ich einen anderen Plan für dich, der dir besser gefallen wird als die Vorstellung, zwischen Felsen und Skorpionen herumzukriechen und in einem Zelt zu schlafen.«

Erneut wünschte Nafai sich, er wäre imstande, ihm zu erklären, warum er der Überseele folgen *wollte*. Warum er wußte, daß er der Überseele freiwillig folgte und vielleicht auch dem Hüter der Erde. Warum er wußte, daß die Überseele ihn nicht belog oder manipulierte oder beherrschte. Aber weil er weder die Worte dafür, geschweige denn die Gründe finden konnte, schwieg er.

»Deine Frau und ihre Schwester sind der Schlüssel zu

allem. Ich bin nicht hier, um Basilika zu erobern, ich bin hier, um Basilikas Treue zu gewinnen. Ich habe dich jetzt seit einer Stunde beobachtet, ich habe deiner Stimme gelauscht, und ich sage dir, du bist ein bemerkenswerter Junge. So ernst. So *ehrlich*. Und eifrig, und du meinst es gut, jeder, der nicht ganz blind ist, sieht, daß du niemandem schaden willst. Und doch bist du derjenige, der Gaballufix getötet und so die Stadt von einem Mann befreit hat, der zu einem Tyrannen geworden wäre, hätte er einen oder zwei Tage länger gelebt. Und zufällig bist du mit der einflußreichsten Frau in Basilika verheiratet, dem Mädchen, dem man in dieser Stadt Liebe und Respekt und Treue und Hoffnung entgegenbringt.«

»Ich bin mit ihr verheiratet, um der Überseele zu dienen.«

»Bitte sag das auch weiterhin, ich möchte, daß alle es glauben, und wenn du es sagst, klingt es erstaunlich wahr. Es wird kein Problem für mich sein, diese Geschichte in der Stadt zu verbreiten ... die Überseele hat dir befohlen, Gaballufix zu töten, um Basilika zu retten. Und du kannst sogar das Gerücht verbreiten, die Überseele habe auch *mich* hierher geführt, um die Stadt vor dem Chaos zu retten, das entstanden ist, nachdem die Schwester deiner Frau, die Entwirrerin, Raschgallivaks Macht zerstört hat. Siehst du denn nicht, daß alles so gut zusammenpaßt? Du und Luet und Huschidh und ich, von der Überseele geschickt, um die Stadt zu retten und Basilika zu neuer Größe zu führen. Wir alle handeln im Sinne der Überseele ... im Vergleich zu dieser Geschichte ist der Unsinn des Imperators, Gottes Inkarnation zu sein, doch geradezu bemitleidenswert kläglich.«

»Warum würdest du das tun?« fragte Nafai. Er sah keinen Sinn darin, daß Muuzh ihn als Held und nicht als Mörder hinstellen und eine Verbindung mit den drei Menschen eingehen wollte, die er in Rasas Haus gefangenhielt. Außer ...

»Was denkst du denn?« fragte Muuzh.

»Ich glaube, du bildest dir ein, *mich* anstatt Gaballufix als Tyrann von Basilika einsetzen zu können.«

»Nicht als Tyrann«, sagte Muuzh. »Als Konsul. Der Stadtrat bliebe bestehen und könnte weiterhin streiten und argumentieren und lamentieren. Du würdest lediglich den Befehl über die Stadtwache haben und dich um die äußeren Angelegenheiten kümmern; du würdest nur die Tore kontrollieren und dafür sorgen, daß Basilika mir treu bleibt.«

»Glaubst du, sie würden das nicht durchschauen und begreifen, daß ich eine Marionette bin?«

»Nur dann, wenn ich nicht gleichzeitig ein Bürger Basilikas werden würde und dein guter Freund und enger Verwandter. Aber wenn ich einer von ihnen werde, zu ihnen *gehöre*, wenn ich der General des Heeres von Basilika werde und all das, was ich tue, in deinem Namen tue, dann wird es sie nicht interessieren, wer wessen Marionette ist.«

»Rebellion«, sagte Nafai. »Gegen die Gorajni.«

»Gegen die grausamsten und korruptesten Ungeheuer, die jemals auf dem armen Antlitz von Harmonie gewandelt sind«, sagte Muuzh. »Ich werde ihren ungeheuerlichen Verrat und die Versklavung meines Volkes rächen, der Sotschitsija.«

»Auf diese Weise also wird Basilika zerstört werden«, sagte Nafai. »Nicht durch dich, sondern durch deine Rebellion.«

»Ich versichere dir, Nafai, ich *kenne* die Gorajni. In ihrem Kern sind sie schwach, und ihre Soldaten lieben mich mehr als ihren elenden Imperator.«

»Oh, das bezweifle ich nicht.«

»Wenn Basilika meine Hauptstadt ist, werden die Gorajni sie nicht zerstören. Nichts wird sie zerstören, denn ich werde siegreich sein.«

»Basilika bedeutet dir nichts«, sagte Nafai. »Die Stadt ist für dich nur ein Werkzeug, das dir im Augenblick nützlich kommt. Ich kann mir dich im Norden vorstellen, mit einem riesigen Heer, mit dem du das Heer besiegen willst, das Gollod verteidigt, die Stadt des Imperators, und in diesem Augenblick hörst du, daß Potokgavan die Gelegenheit genutzt und mit einem Heer an der Westküste gelandet ist. Komm zurück und verteidige Basilika, wird dein Volk dich bitten. Werde *ich* dich bitten. Wird Luet dich bitten. Aber du wirst zum Schluß kommen, daß dir noch ausreichend Zeit bleibt, dich später mit Potokgavan zu befassen, nachdem du die Gorajni besiegt hast. Also wirst du bleiben und dein Werk beenden, und im nächsten Jahr wirst du gen Süden ziehen und Potokgavan für ihre Greueltaten bestrafen, und du wirst in der Asche Basilikas stehen und um die Stadt der Frauen weinen. Vielleicht sind deine Tränen sogar ehrlich.«

Muuzh zitterte. Nafai konnte es in den Händen spüren, die die seinen hielten.

»Entscheide dich«, sagte Muuzh. »Was auch immer geschieht – entweder wirst du Basilika für mich beherrschen, oder du wirst in Basilika sterben, auch für mich. Eins jedoch ist sicher: Du wirst Basilika nie wieder *verlassen*.«

»Mein Leben liegt in den Händen der Überseele.«

»Antworte mir«, sagte Muuzh. »Entscheide dich.«

»Wenn die Überseele wollte, daß ich dir helfe, diese Stadt zu unterwerfen, würde ich zum Konsul werden«, sagte Nafai. »Aber die Überseele will, daß ich zur Erde zurückkehre. Also werde ich nicht Konsul sein.«

»Die Überseele hat dich erneut genarrt, und diesmal könntest du deshalb sterben«, sagte Muuzh.

»Die Überseele hat mich noch nie genarrt«, sagte Nafai. »Diejenigen, die ihr freiwillig folgen, belügt die Überseele niemals.«

»Von denen läßt sich die Überseele bei ihren Lügen niemals ertappen, das meinst du doch«, sagte Muuzh.

»Nein!« rief Nafai. »Nein. Die Überseele belügt mich nicht, weil ... weil alles, was sie mir jemals versprochen hat, in Erfüllung gegangen ist. Alles ist wahr geworden.«

»Oder sie hat dich das vergessen lassen, was nicht in Erfüllung gegangen ist.«

»Wenn ich zweifeln wollte, könnte ich endlos zweifeln«, sagte Nafai. »Aber irgendwann muß man aufhören, Fragen zu stellen, und handeln, und zu diesem Zeitpunkt muß man darauf vertrauen, daß etwas wahr ist. Man muß handeln, als wäre es wahr, und so entscheidet man sich dafür, das zu tun, woran man glaubt, weil die meisten Gründe dafür sprechen.

Man muß in der Welt leben, in der es die meiste Hoffnung für einen gibt. Ich folge der Überseele, ich *glaube* der Überseele, weil ich in der Welt leben will, die die Überseele mir gezeigt hat.«

»Ja, auf der Erde«, sagte Muuzh verächtlich.

»Ich meine damit keinen Planeten, ich meine ... ich will in der *Wirklichkeit* leben, die die Überseele mir gezeigt hat. In der Menschenleben Sinn und Bedeutung haben. In der es einen Plan gibt, der es wert ist, daß man ihm folgt. In der Tod und Leiden nicht vergeblich sind, weil etwas Gutes aus ihnen entstehen wird.«

»Du sagst damit nur, daß du dich selbst täuschen willst.«

»Ich sage, daß die Geschichte, die die Überseele mir erzählt, zu allen Fakten paßt, die ich kenne. *Deine* Geschichte, in der ich endlos getäuscht werden würde, kann diese Fakten ebenfalls erklären. Ich kann nicht beweisen, daß deine Geschichte nicht wahr ist – aber du kannst auch nicht beweisen, daß *meine* Geschichte nicht wahr ist. Also werde ich mich für die entscheiden, die mir lieber ist. Ich entscheide mich für die, die diese Wirklichkeit lebenswert macht, falls sie denn stimmt. Ich werde handeln, als wäre das Leben, auf das ich hoffe, das wahre Leben, und als wäre das Leben, das ich verabscheue – *dein* Leben, deine *Sicht* des Lebens – die Lüge. Und es *ist* eine Lüge. Du glaubst nicht einmal selbst daran.«

»Siehst du denn nicht ein, Junge, daß du mir genau dieselbe Geschichte erzählt hast, die ich dir erzählt habe? Daß die Überseele mich die ganze Zeit über getäuscht hat? Ich habe lediglich die kleine, verrückte Geschichte umgedreht, mit der du mich für dich gewinnen wolltest. In Wirklichkeit hat die Überseele uns beide zum Narren gehalten, und so können wir lediglich versuchen, für uns das beste Leben zu schaffen, das auf dieser Welt möglich ist. Wenn du glaubst, das beste Leben für dich und deine frischgebackene Frau wäre es, Basilika für mich zu beherrschen, Teil der Schöpfung des größten Reiches zu sein, das Harmonie je gesehen hat, dann biete ich dir dieses Leben an, und ich werde dir so treu sein, wie du mir treu bist. Entscheide dich jetzt.«

»Ich habe mich entschieden«, sagte Nafai. »Es wird kein großes Reich geben. Die Überseele wird es nicht dulden. Und selbst, wenn es solch ein Reich gäbe, würde es mir nichts bedeuten. Der Hüter der Erde ruft uns. Der Hüter der Erde ruft *dich*. Und ich bitte dich erneut, General Vozmuzhalnoi Vozmozhno, vergiß diesen bedeutungslosen Wunsch, ein Reich zu errichten oder dich zu rächen, oder was auch immer dich seit all diesen Jahren treibt. Komm mit uns auf die Welt, auf der die Menschheit geboren wurde. Setze deine Größe für eine Sache ein, die deiner würdig ist. Begleite uns.«

»Euch begleiten?« fragte Muuzh. »Ihr geht nirgendwo hin.« Muuzh erhob sich, ging zur Tür und öffnete sie. »Bringt diesen Jungen zu seiner Mutter zurück.«

Zwei Soldaten erschienen, als hätten sie vor der Tür gewartet. Nafai erhob sich von seinem Stuhl und ging zu Muuzh hinüber, der die Türöffnung halb blockierte. Sie sahen einander in die Augen. Nafai sah dort noch immer Zorn, der von nichts gedämpft worden war, was sich an diesem Morgen hier zugetragen hatte. Aber er sah auch Furcht, und die hatte vorher nicht in den Augen gestanden.

Muuzh hob die Hand, als wolle er Nafai ins Gesicht schlagen; Nafai zuckte weder zusammen, noch wich er vor dem Schlag zurück. Muuzh zögerte, und als seine Hand sich dann senkte, senkte sie sich auf Nafais Schulter, und dann lächelte Muuzh ihn an. In seinem Geist hörte Nafai die Stimme, die er als die der Überseele kannte: Ein Schlag ins Gesicht war das Zeichen für die Soldaten, dich zu ermorden. So viel Macht habe ich noch im Verstand dieses rebellischen Mannes; ich konnte seinen Schlag in ein Lächeln verwandeln. Aber in seinem Herzen will er dich töten.

»Wir sind keine Feinde, Junge«, sagte Muuzh. »Erzähl niemandem, was ich dir heute gesagt habe.«

»Herr«, sagte Nafai, »ich werde meiner Frau und ihrer Schwester und meiner Mutter und meinen Brüdern alles sagen, was ich weiß. Dort gibt es keine Geheimnisse. Und selbst, wenn *ich* es ihnen nicht sagen würde, würde die Überseele es ihnen verraten. Mit meiner Geheimhaltung würde ich lediglich ihr Vertrauen verlieren.«

In dem Augenblick, da er die Geheimhaltung ablehnte, sah Nafai, daß die Soldaten erstarrten und sich anschickten, ihn zu maßregeln. Doch wie auch immer das Zeichen aussah, auf das sie warteten, es kam nicht.

Statt dessen lächelte Muuzh erneut. »Ein schwacher Mann hätte mir versprochen, nichts zu sagen, und es dann doch gesagt. Ein ängstlicher Mann hätte mir versprochen, nichts zu sagen, und es dann nicht gesagt. Du bist weder schwach noch ängstlich.«

»Der General lobt mich zu sehr«, sagte Nafai.

»Es wäre eine Schande, wenn ich dich töten müßte«, sagte Muuzh.

»Es wäre eine Schande, wenn ich sterben müßte.« Nafai konnte kaum glauben, so respektlos geantwortet zu haben.

»Du glaubst wirklich, daß die Überseele dich beschützen wird«, sagte Muuzh.

»Die Überseele hat mein Leben heute schon gerettet«, sagte Nafai.

Dann drehte er sich um und ging, während ein Soldat vor ihm und einer hinter ihm ausschritt.

»Warte«, sagte Muuzh.

Nafai blieb stehen und drehte sich um. Muuzh schlenderte gemächlich den Gang entlang. »Ich begleite dich«, sagte Muuzh.

Nafai spürte es daran, wie die Soldaten nervös ihr Gewicht verlagerten, obwohl sie sich nicht ansahen: damit hatten sie nicht gerechnet. Das hatte nicht zu dem Plan gehört.

So, dachte Nafai. Vielleicht habe ich nicht erreicht, was ich erhofft habe. Vielleicht habe ich Muuzh nicht überzeugt, uns zur Erde zu begleiten. Aber *etwas* hat sich verändert. Etwas ist anders geworden, weil ich hierher gekommen bin.

Ich hoffe, es ist eine Veränderung zum Besseren.

Die Überseele antwortete in seinem Kopf: Das hoffe ich auch.

7

Töchter

DER TRAUM DER HERRIN

Rasa schlief nach den Eheschließungen schlecht. Sie hatte, wie man es von einer Lehrerin in Basilika erwartete, ihre bösen Vorahnungen für sich behalten, doch es belastete sie gefühlsmäßig, ihre liebe, schwache Dolja einem Mann zu geben, den Rasa so wenig ausstehen konnte wie Mebbekew, den Sohn des Wetschik. Sicher, der Junge war stattlich und charmant – Rasa war nicht blind, sie wußte genau, wie attraktiv er sein konnte –, und unter normalen Umständen hätte sie nichts dagegen gehabt, daß er Doljas erster Gatte wurde, denn Dolja war nicht dumm und hätte sich nach einem Jahr mit Sicherheit entschieden, den Vertrag nicht zu verlängern. Aber sobald sie in der Wüste waren, standen Verlängerungen nicht mehr zur Debatte. Wohin auch immer diese Reise sie führen würde – Nafais unwahrscheinlicher Theorie zufolge auf die Erde –, dort würde es nicht die gelassene Einstellung zur Ehe geben, die in Basilika vorherrschte, und obwohl sie sie mehr als nur einmal gewarnt hatte, wußte sie, daß zumindest Meb und Dolja ihren Warnungen nicht die geringste Beachtung schenkten.

Denn Rasa war natürlich davon überzeugt, daß Meb nicht beabsichtigte, Basilika zu verlassen. Durch die Ehe mit Dol hatte er nun ein Bleiberecht erworben – er war Bürger der Stadt, und so würde er über jeden Versuch, ihn aus Basilika zu bringen, nur lachen. Hätten keine Gorajni-Soldaten vor dem Haus gestanden, wäre Meb noch an diesem Abend mit Dolja verschwunden und hätte sich nie wieder blicken lassen, bis die anderen es aufgegeben und die Stadt verlassen hätten. So hielt im Augenblick nur die Tatsache, daß Rasa unter Hausarrest stand, Meb bei der Stange. Nun ja, so sei es. Die Überseele würde die Dinge regeln, wie sie es für richtig hielt, und Mebbekew war wohl kaum jemand, der ihre Pläne durchkreuzen konnte.

Meb und Dolja, Elja und Edhja ... Nun, sie hatte schon öfter mitansehen müssen, daß Nichten von ihr schlechte Ehen eingegangen waren. Hatte sie es nicht sogar bei ihren beiden Töchtern miterleben müssen? Nun ja, eigentlich hatte lediglich Kokor eine schlechte Wahl getroffen – Obring war lediglich anständiger als Mebbekew, weil er zu schwach und furchtsam und dumm war, um Frauen so geschickt wie Meb zu betrügen und auszubeuten. Sevet hingegen hatte eigentlich ziemlich gut geheiratet, und Vas' Verhalten während der letzten Tage hatte Rasa ziemlich beeindruckt. Er war ein guter Mann, und nachdem Sevet nun ihre Stimme verloren hatte, würde der Schmerz sie vielleicht in eine gute Frau verwandeln. Es waren schon seltsamere Dinge geschehen.

Doch als Rasa nach den Eheschließungen zu Bett ging und nicht einschlafen konnte, war es die Ehe zwischen ihrem Sohn Nafai und ihrer liebsten Nichte Luet, die sie bekümmerte und wachhielt. Luet war so jung und Nafai ebenfalls. Wie konnte man sie so früh als Mann und Frau zusammenfügen, obwohl ihre Kindheit doch längst noch nicht abgeschlossen war? Beiden war etwas Kostbares gestohlen worden. Und die naive Freude, mit der sie an die Sache herangingen und versuchten, sich unbedingt ineinander zu verlieben, brach Rasas Herz nur noch um so mehr.

Überseele, du mußt so viele Fragen beantworten. Ist deine Sache dieses Opfer wirklich wert? Mein Sohn ist erst vierzehn, doch deinetwegen hat er das Blut eines Menschen an den Händen, und nun teilen er und Luet ein Ehebett miteinander, während sie doch noch in einem Alter sind, in dem sie sich schüchterne Blicke zuwerfen und sich fragen sollten, ob sich eines Tages der jeweils andere in ihn oder sie verliebt.

Sie wälzte sich im Bett hin und her. Die Nacht war warm und dunkel – zwar standen die Sterne am Himmel, doch der Mond schien kaum, und die Lampen beleuchteten die Straßen, über die das Ausgangsverbot verhangen worden war, nur schwach. Sie konnte fast nichts in ihrem Zimmer sehen, wollte das Licht aber nicht einschalten; ein Dienstmädchen würde es sehen, glauben, sie bräuchte etwas, und diskret hereinkommen und sich erkundigen. Ich muß allein sein, dachte sie und blieb deshalb in der Dunkelheit liegen.

Was für Pläne schmiedest du, Überseele? Ich stehe unter Arrest, niemand kann mein Haus betreten oder verlassen. Muuzh hat mich von allem abgeschnitten, so daß ich nur ahnen kann, wem in Basilika ich vertrauen könnte und wem nicht, und deshalb muß ich hier warten, bis sich seine und deine Pläne entwickelt haben. Wer wird hier triumphieren, Muuzh mit seinem feindseligen Vorhaben oder du, Überseele?

Was willst du von meiner Familie? Was wirst du mit meiner Familie *tun*, mit denen, die mir am liebsten sind? Einigem davon stimme ich zu, wenn auch nur zögernd: der Ehe zwischen Njet und Lutja zum Beispiel. Was Issib und Huschidh betrifft, so werde ich zustimmen, wenn es soweit ist und Schuja einverstanden ist, denn ich habe mir immer gewünscht, daß Issib eine liebe Frau findet, die an seiner Zerbrechlichkeit vorbeisieht und den Mann in ihm entdecken will, den Gatten, der er sein könnte – und wer wäre besser dazu geeignet als meine mir teure Entwirrerin, meine stille, kluge Schuja?

Aber diese Reise in die Wildnis – wir sind nicht darauf vorbereitet und können uns hier in diesem Haus auch nicht darauf vorbereiten. Was unternimmst du bei all deinen Plänen in dieser Hinsicht? Sind dir die Dinge bei all dem, was nun vorgeht, vielleicht nicht etwas über den Kopf gewachsen? Hast du wirklich vorausgeplant? Bei Expeditionen wie dieser ist ein wenig Planung erforderlich. Wetschik und seine Jungs konnten von einem Augenblick zum anderen in die Wüste hinaus, weil sie alle Ausrüstung hatten, die sie brauchten, und über große Erfahrung mit Kamelen und Zelten verfügten. Hoffentlich erwartest du nicht, daß ich oder meine Mädchen dazu imstande sind!

Dann, etwas beschämt, weil sie die Überseele so geradeheraus angezweifelt hatte, murmelte Rasa ein wesentlich bescheideneres Gebet. Laß mich schlafen, betete sie und tauchte die Finger in das Gebetsbecken neben dem Bett. Gib mir jetzt Ruhe, und wenn es dir nicht zu viel ausmacht, zeige mir auch eine Vision von deinen Plänen für uns. Dann küßte sie das Gebetswasser von ihren Fingern.

Und dabei glitten weitere Worte durch ihren Kopf, wie ein schnoddriger Nachsatz zu ihrem Gebet. Und während du mir deine Pläne verrätst, liebe Überseele, habe keine Angst, mich um meinen Rat zu fragen. Ich habe einige Erfahrungen mit dieser Stadt, und ich liebe und begreife diese Menschen mehr und besser als du, und du hast bislang gar kein so gutes Werk getan; diesen Anschein hat es zumindest für mich.

Oh, verzeihe mir! rief sie stumm und beschämt.

Und dann: Ach, vergiß es. Und sie drehte sich auf die Seite, schlief ein und ließ ihre Finger in der schwachen Brise trocknen, die durch die Fenster in ihre Kammer wehte.

Endlich schlief sie – und träumte.

In ihrem Traum saß sie in einem Boot auf dem See der Frauen, und ihr gegenüber – am Steuer – saß die Überseele. Rasa hatte die Überseele zwar noch nie gesehen, aber schließlich war dies ein Traum, und so erkannte sie sie sofort. Die Überseele sah fast genauso aus, wie Wetschiks Mutter ausgesehen hatte – eine strenge Frau, aber nicht unfreundlich.

»Rudere weiter«, sagte die Überseele.

Rasa sah hinab und stellte fest, daß sie an den Rudern saß. »Aber ich habe nicht die Kraft dafür.«

»Laß dich überraschen.«

»Ich würde lieber nicht rudern«, sagte Rasa. »Ich würde lieber *deine* Aufgabe übernehmen. Du bist die Gottheit hier, du hast unbegrenzte Macht. *Du* ruderst. *Ich* steuere.«

»Ich bin nur ein Computer«, sagte die Überseele. »Ich habe weder Arme noch Beine. Du mußt das Rudern übernehmen.«

»Ich kann deine Arme und Beine sehen, und sie sind viel

stärker als meine. Überdies weiß ich nicht, wohin du uns führst. Ich kann nicht sehen, wohin wir fahren, weil ich dir gegenüber sitze und rückwärts rudere.«

»Ich weiß«, sagte die Überseele. »So hast du dein ganzes Leben verbracht, rückwärts sehend. Mit dem Versuch, eine ruhmreiche Vergangenheit wiederherzustellen.«

»Wenn du dies mißbilligst, habe doch wenigstens die Klugheit, wenn schon nicht den Anstand, die Plätze mit mir zu tauschen. Laß mich in die Zukunft sehen, während du zur Abwechslung einmal ruderst.«

»Ihr alle stoßt mich schon herum«, sagte die Überseele. »Allmählich bedauere ich, euch überhaupt gezüchtet zu haben. Wenn ihr mich zu gut kennt, verliert ihr den Respekt.«

»Das ist wohl kaum *unsere* Schuld«, sagte Rasa. »Wir können nicht Seite an Seite sitzen, dazu ist das Boot zu schmal, und wir werden kentern. Krieche zwischen meine Beine, dann wird das Boot nicht überlaufen.«

»Siehst du?« grollte die Überseele, als sie kroch. »Kein Respekt.«

»Ich respektiere dich«, sagte Rasa. »Ich habe nur keine Illusionen mehr darüber, daß du immer recht hast. Nafai und Issib behaupten, du bist ein Computer. Eigentlich ein Programm, das in dem Computer lebt. Also bist du nicht klüger als die, die dich programmiert haben.«

»Vielleicht haben sie mich programmiert, Klugheit zu lernen. Nach vierzig Millionen Jahren bin ich vielleicht von allein auf ein paar ganz gute Ideen gekommen.«

»Oh, davon bin ich überzeugt. Eines Tages mußt du mir eine davon zeigen – bislang hast du dich wirklich nicht so gut geschlagen.«

»Vielleicht *weißt* du einfach nicht, was ich schon alles getan habe.«

Rasa machte es sich im Heck des Bootes bequem und legte die Hand auf den Bug, und dann sah sie zu ihrer Zufriedenheit, daß die Überseele die Ruder ergriffen hatte und sich kräftig in die Riemen legte.

Doch das Boot machte nur einen kleinen Satz vorwärts und blieb dann stehen. Rasa sah sich um, um den Grund dafür herauszufinden, und stellte fest, daß sie sich gar nicht mehr auf Wasser befanden, sondern inmitten einer Einöde aus windgekräuseltem Sand.

»Nun, *damit* haben die Dinge sich aber wirklich nicht zum Besten gewendet«, sagte Rasa.

»Deine Steuermannkunst beeindruckt mich nicht besonders«, sagte die Überseele. »Hoffentlich erwartest du nicht, daß ich jetzt noch ernsthaft rudere.«

»*Meine* Steuermannkunst«, sagte Rasa. »*Du* hast uns doch in die Wüste gebracht.«

»Und du hättest es besser machen können?«

»Das will ich doch hoffen. Wo sind zum Beispiel die Kamele? Wir brauchen Kamele. Und Zelte! Genug für ... ach, wie viele sind wir? Elemak und Eiadh, Mebbekew und Dol, Nafai und Luet – und Huschidh natürlich. Das wären sieben. Und ich. Und dann nehmen wir lieber auch Sevet und Kokor mit und ihre Ehemänner, falls sie dazu bereit sind – das wären zwölf. Habe ich noch etwas vergessen? Ja, natürlich – Schedemei und all ihre Keimlinge und Embryos – wie viele Trockenbehälter? Ich weiß es nicht mehr – allein für ihr Projekt mindestens sechs Kamele. Und unsere Vorräte? Ich habe nicht die geringste Ahnung, wie ich die berechnen soll. Dreizehn Personen – da werden wir eine Menge hungriger Mäuler stopfen müssen.«

»Warum sagst du *mir* das?« fragte die Überseele. »Glaubst du etwa, ich hätte ein paar binäre Kamele und Zelte in meinem Speicher?«

»Aha, genau, wie ich dachte. Du hast überhaupt nichts für die Reise vorbereitet. Weißt du nicht, daß man nicht einfach so in die Wüste hinausmarschieren kann? Wenn du mir schon nicht helfen kannst, bringe mich wenigstens zu jemandem, der es kann.«

Die Überseele führte sie zu einem fernen Hügel. »Du bist so bestimmend«, sagte sie. »Würdest du dich freundlicherweise daran erinnern, daß *ich* der Wächter der Menschheit bin?«

»Das ist in Ordnung, solange du deine Aufgabe erledigst, während ich mich um die Menschen kümmere, die ich liebe. Wer wird sich um meinen Haushalt kümmern, wenn ich fort bin? Hast du jemals daran gedacht? So viele Kinder und Lehrerinnen, die von mir abhängig sind.«

»Sie werden alle nach Hause gehen. Sie werden andere Lehrerinnen oder Stellungen finden. Du bist nicht unentbehrlich.«

Sie hatten den Gipfel des Hügels erreicht – wie in allen Träumen konnten sie sich mitunter nur ganz langsam, mitunter aber auch ganz schnell bewegen. Als Rasa nun auf der Spitze des Hügels stand, sah sie, daß sie sich auf der Straße vor ihrem eigenen Haus befand. Sie hatte gar nicht gewußt, daß es von ihrer Straße aus einen Weg den Hügel hinab und direkt in die Wüste gab. Sie sah sich um, wollte herausfinden, über welchen Weg die Überseele sie hergeführt hatte, mußte jedoch feststellen, daß sie einem Soldaten direkt ins Gesicht sah. Zu ihrer Erleichterung war es kein Gorajni, sondern einder der Offiziere der Wache Basilikas.

»Herrin Rasa«, sagte er ehrfürchtig.

»Ich habe eine Aufgabe für dich«, sagte sie. »Die Überseele hätte es dir bereits mitgeteilt, doch sie hat sich entschieden, diese besondere Angelegenheit mir zu überlassen. Hoffentlich hast du nichts dagegen.«

»Ich möchte nur der Überseele dienen«, sagte er.

»Nun, dann hoffe ich, daß du erfolgreich sein und all diese Aufgaben anständig erledigen wirst, denn ich bin keine Expertin und muß mich auf deine Einschätzung verlassen. Wir werden dreizehn Personen sein.«

»Dreizehn Personen *wobei*?«

»Eine Reise in die Wüste.«

»General Muuzh hat euch unter Hausarrest gestellt.«

»Ach, darum wird sich die Überseele kümmern. Ich kann nicht *alles* erledigen.«

»Na schön«, sagte der Offizier. »Eine Reise in die Wüste. Dreizehn Personen.«

»Wir brauchen Kamele, auf denen wir reiten, und Zelte, in denen wir schlafen können.«

»Große Zelte oder kleine?«
»Wie groß ist groß, und wie klein ist klein?«
»Große Zelte können bis zu einem Dutzend Personen aufnehmen, aber die sind nicht einfach aufzustellen. Kleine Zelte sind für zwei Personen bestimmt.«
»Kleine«, sagte Rasa. »Alle werden zu zweit schlafen, bis auf ein Zelt für drei Personen, für mich und Huschidh und Schedemei.«
»Huschidh die Entwirrerin? Sie verläßt die Stadt?«
»Kümmere dich nicht darum, um welche Personen es sich handelt, das geht dich nichts an«, sagte Rasa.
»Ich glaube, Muuzh möchte nicht, daß Huschidh Basilika verläßt.«
»Er will auch nicht, daß ich die Stadt verlasse – noch nicht«, sagte Rasa. »Ich hoffe, du schreibst dir alles auf.«
»Ich kann es mir auch so merken.«
»Gut. Kamele zum Reiten und Zelte zum Schlafen und dann Kamele, die die Zelte tragen, und auch die Vorräte für ... oh, für wie viele Tage? Ich weiß es nicht mehr ... zehn Tage sollten reichen.«
»Das sind aber viele Kamele.«
»Ich kann nichts daran ändern. Du bist Offizier, du weißt doch bestimmt, wo es Kamele gibt und wie man sie sich besorgen kann.«
»Das weiß ich.«
»Und noch etwas. Zusätzlich ein halbes Dutzend Kamele, die Schedemeis Trockenbehälter tragen. Vielleicht hat sie sie aber auch schon selbst besorgt – du mußt dich bei ihr erkundigen.«
»Wann wirst du all das brauchen?«
»Sofort«, sagte Rasa. »Ich habe keine Ahnung, wann wir diese Reise antreten werden – wie du vielleicht gehört hast, stehen wir im Augenblick unter Hausarrest ...«
»Ja, das ist mir bekannt.«
»Aber wir müssen innerhalb von einer Stunde aufbrechen können, wenn es so weit ist.«
»Herrin Rasa, ich kann diese Dinge nicht ohne Muuzh'

Erlaubnis arrangieren. Er beherrscht jetzt die Stadt, und ich bin nicht einmal Kommandant der Wache.«

»Na schön«, sagte Rasa. »Ich gebe dir hiermit Muuzh' Erlaubnis.«

»Die kannst du mir nicht geben«, sagte der Offizier.

»Überseele?« sagte Rasa. »Ist es nicht an der Zeit, daß du eingreifst und etwas unternimmst?«

Augenblicklich erschien Muuzh persönlich neben dem Offizier. »Du hast mit Herrin Rasa gesprochen«, sagte er streng.

»Sie ist zu mir gekommen«, sagte der Offizier.

»Das ist in Ordnung. Hoffentlich hast du dir alles gemerkt, was sie gesagt hat.«

»Also befugst du mich, ihre Anordnungen auszuführen?«

»Das kann ich im Augenblick nicht«, sagte Muuzh. »Nicht offiziell, denn im Augenblick weiß ich noch nicht, ob ich möchte, daß du dies tust. Also mußt du alles sehr verstohlen durchführen, so verstohlen, daß noch nicht einmal ich davon erfahre. Hast du verstanden?«

»Hoffentlich bekomme ich keinen allzu großen Ärger, wenn du es doch herausfindest.«

»Nein, überhaupt nicht. Ich *werde* es nicht herausfinden, solange du nicht unvorsichtig bist oder es mir sagst.«

»Das ist eine Erleichterung.«

»Wenn die Zeit kommt, da ich den Beginn dieser Reise wünsche, werde ich dir befehlen, alle Vorbereitungen zu treffen. Du mußt nur sagen: Ja, Herr, es kann sofort erledigt werden. Bitte versetze mich nicht in eine peinliche Lage, indem du darauf hinweist, daß du schon seit Mittag daran arbeitest. Erwecke ja nicht den Anschein, meine Befehle kämen nicht aus dem Augenblick heraus. Hast du verstanden?«

»Sehr wohl, Herr.«

»Ich will dich nicht töten müssen, also bringe mich bitte nicht in eine peinliche Lage, ja? Vielleicht brauche ich dich später noch.«

»Wie du es wünschst, Herr.«

»Du darfst gehen«, sagte Muuzh.

Augenblicklich verschwand der Offizier der Wache.

Muuzh verwandelte sich augenblicklich in Rasas Traumbild der Überseele. »Damit wäre das wohl geregelt, Rasa«, sagte sie.

»Ja, das glaube ich auch«, sagte Rasa.

»Schön«, sagte die Überseele. »Du kannst jetzt aufwachen. Der echte Muuzh wird bald vor deiner Tür stehen, und du willst doch für ihn bereit sein.«

»Oh, vielen Dank auch«, sagte Rasa mehr als nur etwas verschnupft. »Ich habe kaum geschlafen, und du willst mich schon wieder aufwachen lassen?«

»Ich bin für den Zeitablauf nicht verantwortlich«, sagte die Überseele. »Wenn Nafai nicht wie ein Halbgescheiter in den frühen Morgenstunden losgelaufen wäre und noch vor Sonnenaufgang ein Gespräch mit Muuzh gefordert hätte, hättest du durchaus ausschlafen können.«

»Wie spät ist es denn?«

»Ich habe dir doch gesagt, wach auf und sieh auf die Uhr.«

Damit verschwand die Überseele, und Rasa war wach und sah auf die Uhr. Der Himmel draußen wurde gerade erst grau, und sie konnte nicht erkennen, wie spät es war, ohne aufzustehen und genau hinzusehen. Müde stöhnte sie auf und schaltete ein Licht an. Viel, viel zu früh, um aufzustehen. Aber so seltsam der Traum auch gewesen sein mochte, eine Wahrheit enthielt er: Jemand läutete an der Tür.

Das Personal wußte, daß es zu solch einer Stunde nicht befugt war, die Tür zu öffnen, bis Rasa selbst die Anweisung dazu gegeben hatte, doch es war überrascht, sie so schnell in die Halle kommen zu sehen.

»Wer?« fragte sie.

»Dein Sohn, Herrin Rasa. Und General Vozmozhno ... der General.«

»Öffne die Tür, und dann darfst du dich zurückziehen«, sagte Rasa.

Die Nachtglocke war nicht so laut, daß das ganze Haus davon aufgewacht wäre, und so war die Halle fast leer. Als die Tür geöffnet wurde, traten Nafai und Muuzh gemeinsam ein. Niemand sonst. Keine Soldaten – obwohl sie zweifellos auf der Straße warteten. Dennoch erinnerte Rasa sich unwillkürlich an zwei frühere Besuche von Männern, die geglaubt hatten, Basilika zu beherrschen. Sowohl Gaballufix als auch Raschgallivak hatten Soldaten mitgebracht, holographisch maskiert, aber weniger, um ihr Angst, als sich selbst Mut zu machen. Es war bedeutsam, daß Muuzh dieses Bedürfnis nach Begleitung nicht verspürte.

»Ich habe nicht gewußt, daß mein Sohn zu so früher Stunde unterwegs ist«, sagte Rasa. »Daher weiß ich deine Freundlichkeit zu schätzen, ihn zu mir nach Hause zu bringen.«

»Jetzt, da er verheiratet ist«, sagte Muuzh, »wirst du sein Kommen und Gehen nicht mehr so genau unter Beobachtung halten, nicht wahr?«

Rasa zeigte Nafai ihre Ungeduld. Was hatte er sich dabei gedacht, einfach zu erzählen, daß er gerade die Wasserseherin geheiratet hatte? Verfügte er nicht über die geringste Diskretion? Nein, natürlich nicht, oder er wäre nicht einmal draußen gewesen, um sich von Muuzh' Soldaten aufgreifen zu lassen. Hatte er etwa zu fliehen versucht?

Aber nein, da war doch etwas gewesen ... in dem Traum, ja, die Überseele hatte gesagt, daß Nafai wie ein Halbgescheiter losgezogen sei und um ein Gespräch mit Muuzh gebeten habe. »Hoffentlich hat er dir keine Unannehmlichkeiten bereitet«, sagte Rasa.

»Ein paar, wenn ich ehrlich bin«, sagte Muuzh. »Ich hatte gehofft, er könne mir dabei helfen, Basilika zu der Größe zu führen, die diese Stadt verdient, doch er hat diese Ehre zurückgewiesen.«

»Verzeih mir meine Unwissenheit, aber ich kann mir nicht vorstellen, wie mein Sohn eine Stadt zu Größe führen sollte, die bereits auf der gesamten Welt eine Legende ist. Gibt es irgendeine Stadt, die älter oder heiliger ist als Basilika? Gibt es irgendeine andere Stadt, in der so lange Frieden geherrscht hat?«

»Eine einzigartige Stadt, Herrin«, sagte Muuzh. »Eine einsame Stadt. Eine Stadt für Pilger. Doch bald, so hoffe ich, eine Stadt für Botschafter aus allen großen Königreichen der Welt.«

»Die zweifellos auf einem Meer aus Blut hierher segeln werden.«

»Nicht, wenn alles gut verläuft. Nicht, wenn ich die erwünschte Zusammenarbeit bekomme.«

»Von wem?« fragte Rasa. »Von mir? Von meinem Sohn?«

»Ich würde gerne, obwohl ich weiß, daß ich ungelegen komme, zwei deiner Nichten kennenlernen. Die eine von ihnen ist Nafais junge Braut. Die andere ist ihre unverheiratete Schwester.«

»Ich wünsche nicht, daß du sie kennenlernst.«

»Aber sie werden mich kennenlernen wollen. Glaubst du nicht auch? Da Huschidh sechzehn Jahre alt ist und damit dem Gesetz zufolge den Besuch empfangen kann, den sie empfangen möchte, und da Luet verheiratet ist und daher ebenfalls jeden Besuch empfangen kann, wirst du hoffentlich sowohl das Gesetz als auch die Höflichkeit respektieren und sie informieren, daß ich sie kennenzulernen wünsche.«

Obwohl Rasa ihn fürchtete, mußte sie ihn unwillkürlich auch bewundern – denn in einem Augenblick, da Gabja oder Rasch sich einfach aufgeplustert oder gedroht hätten, bestand Muuzh lediglich auf Höflichkeit. Er machte sich nicht die Mühe, sie an seine tausend Soldaten zu erinnern, an seine weltliche Macht. Er verließ sich einfach auf ihre guten Manieren, und sie war ihm hilflos ausgeliefert, denn das Recht war nicht eindeutig auf ihrer Seite.

»Ich habe das Personal fortgeschickt. Ich werde hier mit dir warten, während Nafai sie holt.«

Als Muuzh nickte, ging Nafai schnellen Schrittes zu dem Flügel des Hauses, in dem die frisch vermählten Ehepaare die Nacht verbracht hatten. Rasa fragte sich verschwommen, wann Elemak und Eiadh, Mebbekew und Dol aufstehen und was sie von der Tatsache halten würden, daß Nafai zu General Muuzh gegangen war. Vielleicht würden sie seinen Mut bewundern, doch Elemak würde ihn zweifellos wegen seiner Aufdringlichkeit verabscheuen, wegen seiner Neigung, sich in Angelegenheiten einzumischen, die ihn nichts angingen. Rasa hingegen verabscheute Nafais Unfähigkeit, sich daran zu erinnern, daß er nur ein Junge war, nicht – statt dessen fürchtete sie genau deshalb um ihn.

»Die Halle ist nicht sehr bequem«, sagte Muuzh. »Vielleicht gibt es ein Privatzimmer, in dem wir nicht von Frühaufstehern gestört werden.«

»Aber warum sollten wir uns in ein Privatzimmer begeben, wenn du noch nicht einmal weißt, ob meine Nichten dich empfangen werden?«

»Deine Nichte und deine Schwiegertochter«, sagte Muuzh.

»Eine noch neue Beziehung; doch sie könnte uns nicht einander näher bringen, als wir es schon sind.«

»Du liebst die Mädchen sehr«, sagte Muuzh.

»Ich würde mein Leben für sie geben.«

»Aber du hast trotzdem kein Privatzimmer, in dem sie einen fremden Besucher empfangen können?«

Rasa funkelte ihn wütend an und führte ihn zum Säulengang – zum abgetrennten Bereich, von dem aus man das Klippental nicht sehen konnte. Doch Muuzh machte keine Anstalten, sich auf die Bank zu setzen, auf die sie deutete. Statt dessen ging er zu der Balustrade hinter den Abschirmungen. Es war Männern verboten, dort zu stehen und diesen Anblick zu sehen; und doch wußte Rasa, daß der Versuch, es ihm zu verbieten, sie schwächen würde. Es wäre ... pathetisch.

Also erhob sie sich statt dessen, trat neben ihn und sah über das Tal hinaus.

»Du siehst, was nur wenige Männer gesehen haben«, sagte sie.

»Dein Sohn hat es gesehen«, sagte Muuzh. »Er trieb nackt auf den Wassern des Sees der Frauen.«

»Das war nicht meine Idee«, sagte Rasa.

»Die Überseele, ich weiß«, sagte Muuzh. »Sie führt uns so

verschlungene Pfade entlang. Meiner ist vielleicht der verschlungenste überhaupt.«

»Und in welcher Biegung befindest du dich gerade?«

»In der, die zu Größe und Ruhm führt. Zu Gerechtigkeit und Freiheit.«

»Für wen?«

»Für Basilika, wenn die Stadt es akzeptiert.«

»Wir *haben* Größe und Ruhm. Wir *haben* Gerechtigkeit und Freiheit. Wie kannst du glauben, daß irgendeine deiner Anstrengungen auch nur eine Winzigkeit zu dem hinzufügen könnte, was wir bereits haben?«

»Vielleicht hast du recht«, sagte Muuzh. »Vielleicht benutze ich Basilika nur, um *meinem* Namen Glanz hinzuzufügen, ganz am Anfang, da ich ihn noch brauche. Ist Basilikas Ruhm so gering und teuer, daß nicht ein kleiner Teil davon auf mich abfallen kann?«

»Muuzh, ich mag dich so sehr, daß ich fast das Entsetzen bedauere, daß mein Herz jedesmal ausfüllt, wenn ich an dich denke.«

»Warum? Ich will dir nicht schaden oder irgend jemandem, den du liebst.«

»Davor empfinde ich diesen Schrecken auch nicht. Sondern davor, was du meiner Stadt antun willst. Der ganzen Welt. Die Überseele wurde installiert, um einen Menschen wie dich zu verhindern. Du bist die Personifikation des Krieges, der Lust auf Macht, auf Vergrößerung.«

»Mit keinem anderen Lob hättest du mich stolzer machen können.«

Hinter ihnen erklangen Schritte. Rasa drehte sich um und sah Luet und Huschidh. Nafai blieb zurück.

»Komm zu deiner Frau und Schwägerin, Nafai«, sagte Rasa. »General Muuzh hat unseren uralten Brauch aufgehoben, zumindest für diesen Morgen, an dem die Sonne gerade hinter den Bergen aufgeht.«

Nafai gesellte sich zu ihnen, und sie nahmen ihre Plätze ein. Muuzh arrangierte sie leichter Hand und geschickt, indem er sich einfach mit dem Rücken zur Balustrade setzte, so daß er, als auch die anderen Platz nahmen, ihr Mittelpunkt, ihr Zentrum war.

»Ich bin heute morgen gekommen, um der Wasserseherin zu ihrer gestrigen Hochzeit zu gratulieren.«

Luet nickte ernst, obwohl sie – da war Rasa sich einigermaßen sicher – wußte, daß Muuzh wohl nicht diese Absicht hatte. Rasa hoffte jedoch, daß Nafai eine Vorstellung davon hatte, was der General beabsichtigte, und die Mädchen auf dem Weg hierher darüber informiert hatte.

»Eine erstaunliche Ehe, bei einem so jungen Mädchen«, sagte Muuzh. »Doch nachdem ich den jungen Nafai hier kennengelernt habe, weiß ich, daß du eine gute Wahl getroffen hast. Ein passender Gefährte für die Wasserseherin, denn Nafai ist ein tapferer und edler junger Mann. So edel sogar, daß ich ihn gebeten habe, für das Amt des Konsuls von Basilika zu nominieren.«

»Solch ein Amt gibt es nicht«, sagte Rasa.

»Es wird es wieder geben«, sagte Muuzh, »wie es es schon zuvor gegeben hat. Ein Amt, für das in Friedenszeiten kaum Bedarf besteht, das in einem Kriegsfall jedoch sehr nützlich ist.«

»Wenn du nur wieder gehen würdest, hätten wir auch keinen Krieg.«

»Das spielt kaum eine Rolle, denn dein Sohn hat die Ehre abgelehnt. Gewissermaßen ist es fast ein Glück. Nicht, daß kein hervorragender Konsul aus ihm geworden wäre. Das Volk hätte ihn akzeptiert, denn er ist nicht nur der Bräutigam der Wasserseherin, sondern hört auch selbst die Stimme der Überseele. Ein Prophet und eine Prophetin, gemeinsam in der höchsten Stadtkammer. Und denen, die befürchtet hätten, er wäre ein Schwächling, eine Marionette des Gorajni-Herrschers, hätten wir nur in Erinnerung zurückrufen müssen, daß Nafai schon lange, bevor der alte General Muuzh eintraf, aufgrund des direkten Befehls der Überseele mutig eine große Bedrohung der Freiheit Basilikas beendet und die Exekution eines gewissen Gaballufix vollzogen hat, der die Todesstrafe verdient hatte, weil er die Ermordung Roptats befohlen hatte. Oh, das Volk hätte Nafai bereitwillig akzeptiert, und er wäre ein kluger und fähiger Herrscher gewesen. Besonders, wenn Herrin Rasa ihm mit ihrem Rat zur Seite gestanden hätte.«

»Aber er hat abgelehnt«, sagte Rasa.

»Allerdings.«

»Welchen Grund gibt es also, uns weiterhin zu schmeicheln?«

»Weil es für mich mehr als nur einen Weg gibt, dasselbe Ziel zu erreichen«, sagte Muuzh. »Zum Beispiel könnte ich Nafai des feigen Mordes an Gaballufix beschuldigen und Raschgallivak als den Mann herausstellen, der heldenhaft versucht hat, in einer Zeit der Unruhen die Ordnung in der Stadt zu wahren. Wäre es nicht zu der bösartigen Einmischung einer Entwirrerin namens Huschidh gekommen, wäre es ihm wohl gelungen – denn jeder weiß, daß Raschgallivaks Hände nicht mit irgendwelchem Blut befleckt sind. Ganz im Gegenteil, er war der fähige Verwalter, der versucht hat, die Haushalte sowohl Wetschiks als auch Gaballufix' zusammenzuhalten. Während Nafai und Huschidh wegen ihrer Verbrechen vor Gericht gestellt werden, wird Raschgallivak zum Konsul der Stadt ernannt. Und natürlich nimmt er, wie es sein gutes Recht ist, die Töchter des Gaballufix unter seinen Schutz, nach Nafais Hinrichtung auch dessen Witwe und auch die Entwirrerin, nachdem man sie für ihr Verbrechen begnadigt hat. Der Stadtrat wird nicht wollen, daß diese armen Frauen auch nur noch einen Tag unter dem Einfluß der gefährlichen, selbstsüchtigen Herrin Rasa stehen.«

»Also sprichst du *doch* Drohungen aus«, sagte Rasa.

»Herrin Rasa, ich beschreibe Möglichkeiten, die durchaus eintreten könnten – Entscheidungen, die ich treffen kann und die mich so oder so zu dem Ziel führen, das ich erreichen *werde*. Basilika wird sich freiwillig mit mir verbünden. Basilika wird *meine* Stadt sein, bevor ich aufbreche, um die tyrannische Herrschaft des Gorajni-Imperators zu beenden.«

»Gibt es eine andere Möglichkeit?« fragte Huschidh ruhig.

»Ja, und vielleicht ist sie sogar die beste überhaupt«, sagte Muuzh. »Deshalb hat Nafai mich zu seinem Heim mitgenommen – damit ich vor die Entwirrerin treten und sie bitten kann, mich zu heiraten.«

Rasa war entsetzt. *»Dich zu heiraten!«*

»Trotz meines Spitznamens habe ich keine Frau«, sagte Muuzh. »Es ist nicht gut für einen Mann, zu lange allein zu sein. Ich bin dreißig Jahre alt – hoffentlich nicht zu alt für dich, um mich als deinen Gatten akzeptieren zu können, Huschidh.«

»Sie ist für meinen Sohn bestimmt«, sagte Rasa.

Muuzh drehte sich zu ihr um, und zum ersten Mal wurde seine Freundlichkeit durch eine scharfe, gefährliche Wut ersetzt. »Ein Krüppel, der sich in der Wüste versteckt, ein Männlein, das dieses hübsche Mädchen niemals als Gatten begehrt hat und auch jetzt nicht begehrt!«

»Du irrst dich«, sagte Huschidh. »Ich begehre ihn.«

»Aber du hast ihn nicht geheiratet«, sagte Muuzh.

»Das habe ich nicht.«

»Dann besteht kein legaler Hinderungsgrund für die Ehe zwischen uns«, sagte Muuzh.

»Nein.«

»Dringe in dieses Haus ein und töte uns alle«, sagte Rasa, »aber ich werde nicht zulassen, daß du dieses Mädchen gewaltsam nimmst.«

»Mache doch kein Drama daraus«, sagte Muuzh. »Ich habe nicht die Absicht, irgend etwas gewaltsam zu tun. Wie ich schon sagte, mir stehen mehrere Wege offen. Nafai kann jederzeit sagen: ›Ich werde der Konsul sein!‹, woraufhin Huschidh die schwere Last meines Heiratsantrags nicht mehr als so bedrückend empfinden wird – doch ich werde ihn nicht zurückziehen, wenn sie gern meine Zukunft mit mir teilen möchte. Denn ich versichere dir, Huschidh, möge kommen, was will, mein Leben wird ruhmreich sein, und der Name meiner Frau wird gemeinsam mit dem meinen ewig in allen Liedern darüber gesungen werden.«

»Die Antwort lautet nein«, sagte Rasa.

»Dir habe ich diese Frage nicht gestellt«, sagte Muuzh.

Huschidh sah von einem zum anderen, sagte aber nichts. Statt dessen sah sie wohl, so vermutete Rasa, nicht ihre Gesichter, sondern die Fäden der Liebe und Treue, die sie miteinander verbanden.

»Tante Rasa«, sagte Huschidh schließlich, »ich hoffe, du wirst mir verzeihen, daß ich deinen Sohn enttäusche.«

»Laß dich von ihm nicht einschüchtern«, sagte Rasa heftig. »Die Überseele wird nicht zulassen, daß er Nafai hinrichtet – das ist doch nur ein dummes Poltern.«

»Die Überseele ist ein Computer«, sagte Huschidh. »Sie ist nicht allmächtig.«

»Huschidh, es gibt Visionen, die dich mit Issib verbinden. Die Überseele hat euch füreinander bestimmt!«

»Tante Rasa«, sagte Huschidh, »ich kann dich nur bitten, Schweigen zu bewahren und meine Entscheidung zu akzeptieren. Denn ich habe Fäden gesehen, die mich mit diesem Mann verbinden und von denen wir nie vermutet haben, daß es sie gibt. Als ich hörte, sei Name sei Muuzh, habe ich nicht gedacht, ich sei die eine Frau, die das *Recht* hat, ihn bei diesem Namen zu nennen.«

»Huschidh«, sagte Muuzh, »ich hatte mich entschlossen, dich aus politischen Gründen zu heiraten, ohne dich zuvor gesehen zu haben. Doch ich habe gehört, daß du klug bist, und ich habe sofort gesehen, daß du schön bist. Jetzt habe ich erfahren, wie du denkst, und gehört, wie du sprichst, und ich weiß, daß ich dir nicht nur Macht und Ruhm bringen kann, sondern auch die zarten Gaben eines wahren Ehemannes.«

»Und ich werde dir die Hingabe einer wahren Ehefrau schenken«, sagte Huschidh, stand auf und ging zu ihm. Er griff nach ihr, und sie akzeptierte seine sanfte Umarmung und den Kuß auf ihre Wange.

Rasa war wie am Boden zerstört und konnte nichts sagen.

»Kann meine Tante Rasa die Zeremonie durchführen?« fragte Huschidh. »Wie ich annehme, möchtest du aus … politischen Gründen … sehr bald Hochzeit feiern.«

»Bald, aber Rasa kann die Zeremonie nicht abhalten«, sagte Muuzh. »Ihr Ruf ist im Augenblick nicht besonders gut, wenngleich ich davon überzeugt bin, daß sich dies bald nach der Hochzeit aufklären wird.«

»Kann ich einen letzten Tag mit meiner Schwester haben?«

»Du gehst du deiner Hochzeit, nicht zu deiner Beerdigung«, sagte Muuzh. »Du wirst noch viele Tage mit deiner Schwester haben. Aber die Hochzeit wird heute stattfinden. Zur Mittagsstunde. Im Orchester, damit die ganze Stadt ihr beiwohnen kann. Und deine Schwester Luet wird die Zeremonie durchführen.«

Es war zu schrecklich. Muuzh verstand es nur allzugut, alles zu seinem Vorteil zu wenden. Wenn Luet die Zeremonie abhielt, würde ihr Ansehen auf seine Ehe fallen. Muuzh würde als edler Bürger Basilikas akzeptiert werden, und sein Marionetten-Konsul war damit überflüssig geworden. Irgendwann würde man ihn selbst als Konsul vorschlagen, und Huschidh würde seine Gefährtin sein, die erste Dame Basilikas. Sie würde in ihrer Rolle glänzen und ihr in jeder Hinsicht würdig sein – einmal abgesehen davon, daß niemand diese Rolle übernehmen sollte und Muuzh Basilika mit seinem Ehrgeiz zerstören würde.

Basilika zerstören ...

»Überseele!« rief Rasa aus tiefstem Herzen. »Hast du das von Anfang an geplant?«

»Natürlich hat sie das«, entgegnete Muuzh. »Wie Nafai mir selbst erzählt hat, wurde ich von Gott selbst hierher geschickt. Aus welchem anderen Grund, wenn nicht, um eine Frau zu finden?« Er wandte sich wieder an Huschidh, die noch immer zu ihm aufsah, ihn noch immer mit der Hand am Arm berührte. »Meine liebe Herrin«, sagte Muuzh, »wirst du mich jetzt begleiten? Während deine Schwester sich auf die Zeremonie vorbereitet, müssen wir uns über vieles unterhalten, und du solltest bei mir sein, wenn wir heute morgen den Stadtrat über unsere Hochzeit informieren.«

Luet stand auf und ging zu ihm. »Ich habe nicht eingewilligt, bei dieser abscheulichen Farce mitzuspielen!«

»Lutja«, sagte Nafai.

»Du kannst sie nicht zwingen!« rief Rasa triumphierend.

Aber Huschidh, nicht Muuzh, antwortete ihr. »Schwester, wenn du mich liebst, wenn du mich je geliebt hast, dann bitte ich dich, komme zum Orchester und vollziehe die Zeremonie.« Huschidh betrachtete sie alle. »Tante Rasa, du mußt kommen. Und bringe deine Töchter und deren Gatten mit, und Nafai, bringe deine Brüder und deren Gattinnen mit. Bringt alle Lehrerinnen und Schülerinnen dieses Hauses mit, auch die, die nicht hier wohnen. Werdet ihr sie mitbringen, damit alle sehen, wie ich einen Mann nehme? Werdet ihr mir diese Höflichkeit erweisen, im Andenken an all meine glücklichen Jahre in diesem guten Haus?«

Die Formalität ihrer Ansprache, ihr abweisendes Benehmen brachen Rasa das Herz, und sie weinte, während sie zustimmte. Auch Luet versprach, die Zeremonie abzuhalten.

»Du wirst sie die Hochzeit doch besuchen lassen, nicht wahr?« fragte Huschidh Muuzh.

Er lächelte sie zärtlich an. »Eine Eskorte wird sie zum Orchester geleiten«, sagte er, »und dann wieder zurück nach Hause.«

»Um mehr bitte ich nicht«, sagte Huschidh. Und dann verließ sie den Säulengang an Muuzh' Arm.

Als sie fort waren, sank Rasa auf die Bank und weinte bitterlich. »Warum haben wir ihr all diese Jahre gedient?« fragte Rasa. »Wir sind nichts für sie. Nichts!«

»Huschidh liebt uns«, sagte Luet.

»Sie spricht nicht von Huschidh«, sagte Nafai.

»Die Überseele!« rief Rasa. Dann brüllte sie das Wort hinaus, als wolle sie es in die aufgehende Sonne schleudern. »Überseele!«

»Wenn du das Vertrauen in die Überseele verloren hast«, sagte Nafai, »habe wenigstens Vertrauen in Huschidh. Begreift ihr denn nicht, daß sie noch immer darauf hofft, die

Dinge würden sich so wenden, wir wir es gern hätten? Sie hat Muuzh' Angebot angenommen, weil sie irgendeinen Plan darin sah. Vielleicht hat die Überseele es ihr sogar befohlen. Daran habt ihr noch nicht gedacht?«

»Ich habe daran gedacht«, sagte Luet, »aber ich kann es mir kaum vorstellen. Die Überseele hat uns gegenüber keinerlei diesbezügliche Andeutungen fallen lassen.«

»Anstatt miteinander zu sprechen«, sagte Nafai, »und anstatt wütend zu werden, sollten wir dann vielleicht lieber lauschen. Vielleicht wartet die Überseele nur darauf, daß wir ihr unsere Aufmerksamkeit schenken, damit sie uns sagen kann, was vor sich geht.«

»Dann werde ich warten«, sagte Rasa. »Aber hoffentlich ist es ein guter Plan.«

Sie warteten, alle drei mit ihren eigenen Fragen in ihren Herzen.

Dem Ausdruck auf Nafais und Luets Gesichtern nach zu urteilen, bekamen sie ihre Antworten zuerst. Und während Rasa wartete, länger und immer länger, begriff sie, daß sie überhaupt keine Antwort bekommen würde.

»Hast du es gehört?« fragte Nafai.

»Nichts«, sagte Rasa. »Überhaupt nichts.«

»Vielleicht bist du zu wütend auf die Überseele, um etwas von ihr zu hören«, sagte Luet.

»Oder sie bestraft mich vielleicht«, sagte Rasa. »Gehässige Maschine! Was hatte sie zu sagen?«

Nafai und Luet sahen einander an. Also war die Nachricht nicht gut.

»Die Überseele hat die Lage nicht gerade unter Kontrolle«, sagte Luet schließlich.

»Es ist meine Schuld«, sagte Nafai. »Daß ich zum General gegangen bin, hat die Dinge mindestens um einen Tag beschleunigt. Er hatte bereits vor, eine von ihnen zu heiraten, aber er hätte die Lage noch mindestens einen Tag lang überdacht.«

»Ein Tag! Wieso macht ein Tag einen solchen Unterschied?«

»Die Überseele weiß nicht genau, ob sie ihren besten Plan so schnell in die Wege leiten kann«, sagte Luet. »Aber wir können Nafai nicht die Schuld dafür geben. Muuzh ist impulsiv und brillant und hätte dies vielleicht auch so getan. Vielleicht bedurfte es dazu gar nicht Nafais ...«

»Dummheit«, sagte Nafai.

»Kühnheit«, sagte Luet.

»Also sind wir dazu verdammt, als Muuzh' Werkzeuge hierzubleiben?« fragte Rasa. »Nun, er kann uns wohl kaum achtloser mißbrauchen, als die Überseele es getan hat.«

»Mutter«, sagte Nafai, und sein Tonfall war ziemlich scharf. »Die Überseele hat uns nicht mißbraucht. Ob Huschidh nun Muuzh heiratet oder nicht, wir werden trotzdem zu unserer Reise aufbrechen. Wenn sie als Muuzh' Frau endet, wird sie ihren Einfluß benutzen, um uns zu befreien – sobald seine Position in der Stadt gesichert ist, wird er keinen Bedarf mehr für uns haben.«

»*Uns?*« fragte Rasa. »*Uns* befreien?«

»Uns alle, die wir die Reise bereits geplant haben, sogar Schedemei.«

»Und was ist mit Huschidh?« fragte Rasa.

»Das ist der Überseele nicht möglich«, sagte Luet. »Wenn sie die Hochzeit nicht verhindern kann, wird Huschidh bleiben.«

»Ich werde die Überseele auf ewig hassen«, sagte Rasa. »Wenn sie der lieben Huschidh dies antut, werde ich der Überseele nie wieder dienen. Habt ihr mich verstanden?«

»Beruhige dich, Mutter«, sagte Nafai. »Hätte Huschidh ihn zurückgewiesen, hätte ich eingewilligt, Konsul zu werden, und Luet und ich wären zurückgeblieben. So oder so, es wäre auf jeden Fall geschehen.«

»Soll das etwa ein Trost für mich sein?« fragte Rasa verbittert.

»Ein Trost für *dich*?« fragte Luet. »Für *dich*, Herrin Rasa? Huschidh ist meine Schwester, meine einzige Verwandte – wohingegen dir noch alle Kinder bleiben, die du jemals auf die Welt gebracht hast, *und* dein Mann. Was verlierst du denn, verglichen mit dem, was ich verlieren werde? Doch siehst du mich weinen?«

»Du *solltest* weinen«, sagte Rasa.

»Ich werde auf dem ganzen Weg durch die Wüste weinen«, sagte Luet. »Aber jetzt bleiben uns noch ein paar Stunden, in denen wir uns vorbereiten müssen.«

»Oh, soll ich dir die Zeremonie erklären?«

»Das wird fünf Minuten dauern«, sagte Luet, »und die Priesterinnen werden mir sowieso helfen. Wir müssen die Zeit, die uns bleibt, dazu nutzen, für die Reise zu packen.«

»Für die *Reise*«, sagte Rasa verbittert.

»Wir müssen alles bereithalten, damit wir die Kamele in fünf Minuten beladen können«, sagte Luet. »Nicht wahr, Nafai?«

»Es besteht noch immer die Möglichkeit, daß alles ein gutes Ende nimmt«, sagte Nafai. »Mutter, jetzt ist nicht der richtige Augenblick, einfach aufzugeben. Mein ganzes Leben lang hast du stets standgehalten, ganz gleich, wie ernst die Lage war. Brichst du jetzt zusammen, da wir dich am dringendsten brauchen, um die anderen bei der Stange zu halten?«

»Erwartest du, daß *wir* Sevet und Vas, Kokor und Obring dazu bringen, für eine Wüstenreise zu packen?« fragte Luet.

»Glaubst du, Elemak und Mebbekew werden diese Anweisungen von *mir* entgegennehmen?« fragte Nafai.

Rasa trocknete ihre Augen. »Ihr verlangt zu viel von mir«, sagte sie. »Ich bin nicht so jung wie ihr. Ich bin nicht so elastisch.«

»Du kannst dich beugen, so tief es nötig ist«, sagte Luet. »Aber sag uns jetzt bitte, was wir tun sollen.«

Also schluckte Rasa ihren Kummer für den Augenblick herunter und nahm ihre alte Familienrolle wieder an. Innerhalb von ein paar Minuten war das gesamte Haus in Bewegung; das Personal packte und bereitete alles vor, die Schriftführer setzten Empfehlungsschreiben für jede Lehrerin auf, die zurückgelassen wurde, und Berichte über die Fortschritte der Kinder, damit alle problemlos neue Schulen finden konnten, nachdem Rasa fort und die Schule geschlossen war.

Dann ging Rasa den langen Korridor zu Elemaks Brautkammer entlang und bereitete sich auf die grausame Aufgabe vor, die zögernden Reisenden zu informieren, *daß* sie der Hochzeit beiwohnen würden, da Soldaten sie dorthin exkortieren würden, und *daß* sie sich auf eine Wüstenreise vorbereiten würden, da die Überseele aus irgendeinem Grund zu dem Schluß gekommen war, daß sie noch nicht genug gelitten hatten, bis sie sich draußen zwischen den Skorpionen befanden.

IM ORCHESTER UND NICHT IN EINEM TRAUM

Elemak hatte den Morgen nach seiner Hochzeit nicht gerade auf diese Weise verbringen wollen. Dies sollte eigentlich eine Mußezeit sein, in der man dösen und miteinander schlafen, sich unterhalten und gegenseitig aufziehen konnte. Statt dessen wurden überstürzte Vorbereitungen getroffen – hoffnungslos unzureichende Vorbereitungen, da sie sich angeblich auf eine Wüstenreise vorbereiteten und weder Kamele noch Zelte noch Vorräte hatten. Und es störte ihn sehr, wie schlecht sich Eiadh der veränderten Situation anpaßte. Während Mebbekews Dol augenblicklich kooperativ war – hilfsbereiter als Meb selbst, der alte Faulpelz –, verschwendete Eiadh Elemaks Zeit mit Protesten und Streitereien. Können wir nicht zurückbleiben und uns später zu ihnen gesellen? Warum müssen *wir* gehen, nur weil Tante Rasa unter Arrest steht?

Schließlich schickte er Eiadh zu Luet und Nafai, damit sie Antworten auf ihre Fragen bekam, während er das Packen überwachte und überflüssige Kleidung aussortierte – was bitterböse Streitereien mit Rasas Tochter Kokor zuf Folge hatte, die nicht begreifen konnte, wieso ihre leichten und provokativen Kleidchen in der Wüste nicht besonders nützlich sein würden. Schließlich war er explodiert, vor ihrer

Schwester und ihren beiden Gatten. »Hör zu, Kokor«, sagte er, »der einzige Mann, den du da draußen haben kannst, ist dein *Ehemann*, und wenn du *ihn* verführen willst, kannst du dein Kleid *ausziehen*.« Mit diesen Worten hatte er ihr Lieblingskleid ergriffen und es entzwei gerissen. Natürlich hatte sie getobt und geweint – doch später sah er, wie sie großzügig ihre Lieblingskleider verschenkte oder vielleicht gegen praktischere Kleidung eintauschte, denn Kokor besaß wahrscheinlich kein einziges nützliches Stück.

Als wäre die Mühsal des Packens nicht genug gewesen, kam danach noch der ärgerliche Zug durch die Stadt. Fürwahr, die Soldaten bemühten sich um Diskretion – keine feste Phalanx oder brutale Männer im Stechschritt. Doch es waren trotzdem noch Gorajni-Soldaten, und deshalb machten die Passanten – die meisten von ihnen waren ebenfalls auf dem Weg zum Orchester – einen Bogen um sie und gafften sie nur an. »Sie sehen uns an, als wären wir Verbrecher«, sagte Eiadh. Doch Elemak versicherte ihr, die meisten Gaffer würden sie wahrscheinlich für Ehrengäste mit einer militärischen Eskorte halten, worauf Eiadh sich dann einiges einbildete. Irgendwie störte es Elemak ein wenig, daß Eiadh so kindisch war. Hatte Vater ihn nicht gewarnt, daß jüngere Ehefrauen zwar einen schlankeren, leichteren Körper, aber auch einen ebensolchen Verstand hatten? Eiadh war einfach jung; Elemak konnte kaum erwarten, daß sie ernste Dinge auch ernst nahm oder auch nur begriff, was überhaupt ernst war.

Nun nahmen sie ihre Ehrenplätze ein, nicht oben auf den Bänken auf den Hängen des Amphitheaters, sondern unten im Orchester selbst, auf der rechten Seite der niedrigen Plattform, die in der Mitte der Bühne für die Zeremonie aufgebaut worden war. Sie stellten die Gäste der Braut dar; auf der anderen Seite saßen die des Bräutigams, zahlreiche Mitglieder des Stadtrats, aber auch Offiziere der Stadtwache Basilikas und ein paar – nur eine Handvoll – Gorajni-Offiziere. Es gab nicht das geringste Anzeichen für eine Gorajni-Herrschaft. Nicht, daß man deutlich darauf hinweisen mußte.

Elemak wußte, daß zahlreiche Gorajni-Soldaten und Mitglieder der Stadtwache diskret außer Sichtweite, aber nah genug postiert waren, um sofort eingreifen zu können, falls etwas Unerwartetes geschehen sollte. Falls zum Beispiel ein Attentäter oder auch nur ein Schaulustiger versuchen sollte, den freien Raum zwischen den Bänken und den Hochzeitsgästen auf der Plattform zu überwinden, würde er schnell einen Pfeil irgendwo in seinem Körper spüren, abgeschossen von einem der Soldaten in den Logen der Souffleure und Musiker.

Wie schnell die Dinge sich doch ändern, dachte Elemak. Erst vor ein paar Wochen bin ich von einer erfolgreichen Karawane nach Hause gekommen und habe mir vorgestellt, ich sei jetzt bereit, meinen Platz in Basilika einzunehmen. Gaballufix war damals für mich der mächtigste Mann der ganzen Welt, und meine Zukunft als Wetschiks Sohn und Gabjas Bruder kam mir in der Tat sehr hell vor. Seitdem ist nichts mehr auch nur einen oder zwei Tage lang gleichgeblieben. Hätte er vor einer Woche, als sein Körper und auch Geist in der Wüste vertrockneten, geglaubt, in nicht einmal einer Woche in Rasas Haus Eiadh heiraten zu können? Und hätte er sich auch nur gestern abend, als er und Eiadh der Mittelpunkt der Hochzeitszeremonie gewesen waren, vorstellen können, daß sie am Mittag des nächsten Tages auf einer Plattform sitzen und Nafai und Luet, die kindischen, elenden Anhängsel seiner Hochzeit, nun die Hauptpersonen sein würden, indem Luet die Zeremonie durchführte und General Muuzh sich mit Nafai schmückte?

Nafai! Ein Vierzehnjähriger! Und General Muuzh hatte *ihn* gebeten, dafür einzutreten, als Bürger Basilikas aufgenommen zu werden und ihm Huschidh zur Frau zu geben, als wäre Nafai irgendein wichtiger Mann in der Stadt. Nun ja, er war wichtig – aber nur als der Gatte der Wasserseherin. Niemand würde sich der Illusion hingeben, daß er diese Ehre aus sich heraus verdient hatte.

Wasserseherin, Entwirrerin ... Elemak hatte solchen Dingen nie große Beachtung geschenkt. Das Priestergewerbe mochte zwar profitabel sein, aber er brachte ihm nicht viel Geduld entgegen. Wie der törichte Traum, den Elemak in der Wüste gehabt hatte – es war so leicht, einen bedeutungslosen Traum in den Entwurf für eine Handlung zu verwandeln, weil es diese dämlichen Narren gab, die glaubten, die Überseele sei irgend ein edles Wesen und nicht bloß ein Computerprogramm, dessen Aufgabe darin bestand, Daten und Dokumente über Satelliten von einer Stadt zur anderen zu befördern. Sogar Nafai gestand ein, daß die Überseele nur ein Computer war, und doch erzählten er und Luet und Huschidh und Rasa ständig Geschichten darüber, daß die Überseele versuchte, die Dinge so zu arrangieren, daß die Eheschließung nicht stattfand und sie alle in der Wüste enden würden, bevor der Tag vorüber war, bereit für die Reise. Konnte ein Computerprogramm Kamele aus dem Nichts erscheinen lassen? Konnte es Zelte aus dem Staub wachsen lassen? Konnte es Felsen und Sand in Käse und Getreide verwandeln?

»Sieht er nicht tapfer und gut aus?« fragte Eiadh.

Elemak drehte sich zu ihr um. »Wer? Ist General Muuzh hier?«

»Ich meine deinen Bruder. Sieh doch.«

Elemak schaute zur Plattform und war nicht der Ansicht, daß Nafai besonders tapfer aussah. Eigentlich sah er sogar lächerlich aus, wie ein Junge, der sich gekleidet hatte, als wäre er ein Mann.

»Ich kann kaum glauben, daß er einfach zu den Gorajni-Soldaten gegangen ist«, sagte Eiadh. »Und mit General Vozmuzhalnoi Vozmozhno persönlich gesprochen hat – während alle anderen noch geschlafen haben!«

»Was war denn tapfer daran? Es war gefährlich und töricht, und sieh doch, wozu es geführt hat – daß Huschidh diesen Mann heiraten muß.«

Eiadh sah ihn verblüfft an. »Elja, sie heiratet den mächtigsten Mann auf der Welt! Und Nafai wird sein Berater sein.«

»Nur, weil er mit der Wasserseherin verheiratet ist.«

Eiadh seufzte. »Sie ist ein so unscheinbares, kleines Ding.

Aber diese Träume – ich habe auch schon versucht, Träume zu haben, aber niemand nimmt sie ernst. Erst gestern nacht hatte ich einen sehr seltsamen Traum. Ein haariger, fliegender Affe mit häßlichen Zähnen warf sich auf mich, eine Riesenratte schoß ihn mit Pfeil und Bogen aus dem Himmel – kannst du so etwas Dummes glauben? Kannst du mir sagen, warum *ich* keine Träume von der Überseele haben kann?«

Elemak hörte ihr kaum zu. Statt dessen dachte er darüber nach, daß Eiadh eindeutig neidisch war, weil Huschidh den mächtigsten Mann auf der Welt heiratete. Und wie sie Nafai für seine verdammenswerte Unverschämtheit bewunderte, mitten in der Nacht das Haus zu verlassen und General Muuzh aufzusuchen. Was hatte er damit erreichen können, außer, den Mann zu erzürnen? Es war reines Glück gewesen, daß Nafai jetzt auf dieser Plattform saß. Aber es ärgerte Elemak trotzdem, daß Nafai jetzt dort saß und alle Blicke Basilikas sich auf ihn richteten. Daß man leise über Nafai flüsterte, Nafai, den Gatten der Wasserseherin, den Schwager der Entwirrerin. Und wenn Muuzh sich als König einsetzte – o ja, das offizielle Wort dafür lautete *Konsul*, doch es bedeutete trotzdem dasselbe –, war Nafai der Schwager der Majestät und der Gatte der großen Frau, Elemak hingegen weiterhin nur ein Wüstenhändler. Oh, natürlich würden sie Vater wieder als Wetschik einsetzen, sobald Vater begriffen hatte, daß die Überseele doch nicht imstande war, irgend jemanden aus Basilika zu holen. Und Elemak würde erneut sein Erbe sein, aber was würde *dieser* Titel schon bedeuten? Am schlimmsten war die Tatsache, daß er seinen Rang und seine Zukunft als Geschenk von *Nafai* zurückbekommen würde. Das ließ ihn innerlich kochen.

»Nafai ist so *ungestüm*«, sagte Eiadh. »Bist du nicht stolz auf ihn?«

Konnte sie nicht aufhören, von Nafai zu sprechen? Bis zu diesem Morgen war Elemak der Meinung gewesen, mit Eiadh die beste Frau geheiratet zu haben, die es in dieser Stadt für einen Mann gab. Doch nun begriff er, insgeheim gedacht zu haben, sie sei die beste *erste* Ehefrau, die ein *jun-*

ger Mann nehmen konnte. Eines Tages würde er eine echte Frau brauchen, eine Gefährtin, und es bestand kein Grund zu der Annahme, daß Eiadh in solch eine Rolle hineinwachsen würde. Sie würde wahrscheinlich immer flach und leichtfertig bleiben, genau jene Eigenschaften behalten, die ihn anfangs so angezogen hatten. Als sie gestern nacht zu ihm gesungen hatte, mit einer einstudierten Leidenschaft in der kehligen Stimme, hatte er geglaubt, er könne ihrem Gesang ewig lauschen. Jetzt sah er zur Plattform und begriff, daß es wahrscheinlich Nafai war, der eine Ehe geschlossen hatte, die auch noch in dreißig Jahren Bestand haben würde.

Na schön, dachte Elemak. Da wir Basilika nun doch nicht verlassen werden, behalte ich Eiadh ein paar Jahre lang und schiebe sie dann freundlich ab. Wer weiß? Luet bleibt vielleicht nicht bei Nafai. Wenn sie älter wird, wünscht sie sich vielleicht einen *starken* Mann neben sich. Wir können diese ersten Ehen dann als kindische Phasen betrachten, die wir in unserer Jugend durchlaufen haben. Dann werde *ich* der Schwager des Konsuls sein.

Und was Eiadh betrifft ... nun ja, mit etwas Glück schenkt sie mir vielleicht einen Sohn, bevor wir miteinander fertig sind. Aber wäre das wirklich ein Glück? Soll mein ältester Sohn, mein Erbe, eine so oberflächliche Frau zur Mutter haben? Aller Wahrscheinlichkeit nach werden die Söhne meiner späteren Ehen, meiner reifen Ehen, wesentlich würdiger sein, meine Nachfolge anzutreten.

Dann, wie eine plötzliche Verdauungsstörung, kam die Erkenntnis, daß auch Vater so empfinden mochte. Schließlich hatte er als reifer Mann Herrin Rasa geheiratet, und Issib und Nafai waren die Söhne aus dieser Ehe. War Mebbekew nicht der wandelnde Beweis der unglücklichen Ergebnisse früher Ehen?

Aber nicht ich, dachte Elemak. Ich war nicht der Sohn einer leichtfertigen frühen Ehe. Ich bin ein Sohn, den er sich nicht einmal zu wünschen gewagt hätte – der Sohn seines Tantchens, Hosnis Sohn, der nur geboren wurde, weil sie den jungen Volemak so bewundert hatte, daß sie ihn in die Vergnügungen des Bettes einführte. Hosni war eine ehrbare Frau, und Vater vertraut mir und bewundert mich mehr, als es bei seinen anderen Kindern der Fall ist. Oder *hat* mich zumindest bewundert, bis er Visionen von der Überseele bekam und Nafai dies zu seinem Vorteil nutzen konnte, indem er vorgab, ebenfalls Visionen zu haben.

Elemak war voller Zorn – eine alte, tiefe Wut und eine heiße, neue Eifersucht wegen Eiadhs Bewunderung für Nafai. Doch am heißesten und tiefsten brannte seine Furcht, daß Nafai nicht so tat als ob, daß aus irgendeinem unbekannten Grund die Überseele tatsächlich Vaters jüngsten und nicht seinen ältesten Sohn als seinen wahren Erben erwählt hatte. Als die Überseele Issibs Stuhl übernommen und Elemak daran gehindert hatte, Nafai in diesem Hohlweg außerhalb der Stadt zu verprügeln, hatte die Überseele doch so etwas gesagt. Daß Nafai eines Tages seine Brüder führen würde ... darauf lief es jedenfalls hinaus.

Nun, liebe Überseele, dazu wird es nicht kommen, wenn Nafai stirbt. Hast du daran schon einmal gedacht? Wenn du mit *ihm* sprechen kannst, kannst du auch mit mir sprechen, und es wird langsam Zeit, daß du damit anfängst.

Ich habe dir den Traum der Gattinnen gegeben.

Der Satz erklang so deutlich in Elemaks Gehirn, als wäre er laut ausgesprochen worden. Elemak lachte.

»Worüber lachst du, Elja, Liebling?« fragte Eiadh.

»Darüber, wie leicht man sich selbst täuschen kann«, sagte Elemak.

»Die Leute sprechen ständig darüber, daß man sich selbst belügen kann, aber ich habe das nie verstanden«, sagte Eiadh. »Wenn du dich selbst belügst, weiß du doch, daß es eine Lüge ist, oder?«

»Ja«, sagt Elemak. »Du weißt, daß du lügst, und du weißt, was wahr ist. Aber manche Menschen verlieben sich in die Lüge und geben die Wahrheit völlig auf.«

Wie du es jetzt tust, sagte die Stimme in seinem Kopf. Du ziehst es vor, die Lüge zu glauben, daß ich weder zu dir noch zu sonst jemandem sprechen kann, und deshalb lehnst du mich ab.

»Küß mich«, sagte Elemak.

»Wir sind mitten im Orchester, Elja!« sagte sie, doch er wußte, daß sie ihn küssen wollte.

»Um so besser«, sagte er. »Wir haben gestern abend geheiratet – die Leute rechnen damit, daß wir alles andere um uns herum vergessen haben werden.«

Also küßte sie ihn, und er ließ sich in den Kuß fallen, bis in seinem Kopf nur noch Begierde vorhanden war. Als sie sich endlich voneinander lösten, erklang donnernder Applaus – die Leute hatten es bemerkt, und Eiadh war hocherfreut.

Natürlich schlug Mebbekew Dol augenblicklich vor, daß sie sich ebenfalls küßten, doch sie war vernünftig und lehnte es ab. Dennoch beharrte Mebbekew, bis sich Elemak vorbeugte. »Meb«, sagte er zu ihm, »ein Antiklimax ist immer schlechtes Theater – hast du mir das nicht selbst gesagt?«

Meb schaute wütend drein und gab die Idee auf.

Ich beherrsche die Dinge noch immer, dachte Elemak. Und ich werde *nicht* glauben, daß es Stimmen in meinem Kopf gibt, nur weil ich sie mir herbeiwünsche. Ich bin nicht wie Vater und Nafai und Issib, die entschlossen an eine Phantasievorstellung glauben, weil der Gedanke, ein höheres Wesen würde sich um alles kümmern, so warm und behaglich ist. Ich kann mich mit der kalten, harten Wahrheit befassen. Und für einen *echten* Mann reicht das immer aus.

Die Hörner erschallten. Auf den Minaretten, die das Amphitheater umgaben, begannen sie mit ihrem klagenden Schreien. Das waren uralte Instrumente, nicht die fein gestimmten Hörner der Theater oder Konzerte, und sie versuchten nicht einmal, irgendeine Harmonie zu erzeugen. Jedes Horn hielt eine gewisse Zeit einen Ton, lang und laut, bis dem Bläser dann der Atem ausging. Die Töne überlagerten einander, manchmal mit einer erbärmlichen Dissonanz, manchmal mit einem erstaunlichen Gleichklang; doch stets war es ein eindringliches, wundervolles Geräusch.

Es brachte die Gäste zum Schweigen, die sich auf den Bänken versammelt hatten, und ließ Elemak vor Erwartung zittern, wie jede andere Person im Orchester auch, wie er wußte. Die Hochzeit konnte beginnen.

Durstig stand am Tor von Basilika und fragte sich, warum die Überseele sie nun im Stich ließ. Hatte sie ihr nicht bei jedem Schritt des langen Weges von Potokgavan beigestanden? Sie war auf ein Kanalschiff getreten und hatte gebeten, mitfahren zu dürfen, und die Besatzung hatte sie ohne eine einzige Frage an Bord genommen, obwohl sie das Fahrgeld nicht entrichten konnte. In dem großen Hafen hatte sie dem Kapitän eines Freibeuterschiffs kühn gesagt, die Überseele verlange, sie schneller nach Rotküste zu bringen, als je ein Schiff gefahren sei, und er hatte gelacht und sich gebrüstet, solange er keine Fracht aufnähme, könne er es bei einem so gut stehenden Wind in einem Tag schaffen. In Rotküste war eine feine Dame auf der Straße von ihrem Pferd abgestiegen und hatte es Durstig angeboten.

Auf diesem Pferd erreichte Durstig das Tiefe Tor, und sie erwartete, sofort eingelassen zu werden, wie es bei Frauen stets der Fall war, ob sie nun Bürgerinnen waren oder nicht. Statt dessen wurde das Tor von Gorajni-Soldaten bewacht, und sie wiesen alle zurück.

»In der Stadt findet eine große Hochzeit statt«, erklärte ihr einer der Soldaten. »General Muuzh heiratet eine Dame aus Basilika.«

Ohne den Grund dafür zu kennen, wußte Durstig augenblicklich, daß sie wegen dieser Hochzeit hier war.

»Dann mußt du mich einlassen«, sagte sie, »denn ich gehöre zu den geladenen Gästen.«

»Nur die Bürgerinnen und Bürger Basilikas sind zu der Hochzeit eingeladen, und auch nur die, die sich bereits in den Stadtmauern befinden. Unsere Befehle lassen keine Ausnahmen zu, nicht einmal für stillende Mütter, deren Kleinkinder sich in der Stadt befinden, nicht einmal für Ärzte, deren Patienten in der Stadt im Sterben liegen.«

»Die Überseele hat mich eingeladen«, sagte Durstig, »und aufgrund dieser Autorität hebe ich jeden Befehl auf, den euch ein Sterblicher gegeben hat.«

Der Soldat lachte, aber nur leise, denn sie hatte laut gesprochen, und die Menge am Tor beobachtete sie und lauschte ihnen. Diese Leute waren ebenfalls abgewiesen worden und würden beim geringsten Anlaß verdrossen reagieren.

»Laß sie ein«, sagte einer der Soldaten, »wenn auch nur, um die Menge ruhig zu halten.«

»Sei kein Narr«, sagte ein anderer. »Wenn wir sie einlassen, müssen wir alle einlassen.«

»Sie alle wollen, daß ich die Stadt betrete«, sagte Durstig.

Die Menge murmelte ihre Zustimmung. Durstig wunderte sich darüber – daß die Bewohner Basilikas die Überseele so deutlich hören konnten, während die Gorajni-Soldaten taub für ihren Einfluß waren. Vielleicht war das der Grund, weshalb die Gorajni eine so böse Rasse waren, wie sie in Potokgavan gehört hatte: weil sie die Stimme der Überseele nicht hören konnten.

»Mein Gatte wartet in der Stadt auf mich«, sagte Durstig, obwohl sie erst, als sie ihre eigenen Worte hörte, auch wußte, daß sie der Wahrheit entsprachen.

»Dein Gatte wird warten müssen«, sagte ein Soldat.

»Oder sich eine Liebhaberin nehmen müssen«, sagte ein anderer, und sie lachten.

»Oder sich selbst befriedigen müssen«, sagte der erste, und sie johlten.

»Wir sollten sie einlassen«, sagte einer der Soldaten. »Was, wenn Gott sie erwählt hat?«

Augenblicklich zog einer der anderen Soldaten mit der linken Hand sein Messer und hielt es an den Hals desjenigen, der gesprochen hatte. »Du weißt, welche Warnung man uns gegeben hat. Wenn wir *wollen*, daß jemand die Stadt betritt, müssen wir es gerade bei dieser Person verhindern!«

»Aber sie muß dort sein«, sagte der Soldat, der für die Überseele empfänglich war.

»Sag noch ein Wort, und ich töte dich.«

»Nein!« rief Durstig. »Ich gehe. Das ist nicht das Tor für mich.«

In ihrem Inneren verspürte sie einen immer stärkeren Drang, die Stadt zu betreten; doch sie würde nicht zulassen, daß man diesen Mann tötete, weil sie trotzdem keinen Zutritt zur Stadt bekommen würde. Statt dessen zog sie das Pferd herum und ritt zurück durch die Menge, die sich vor ihr teilte. Sie schlug den steilen Pfad ein, der zum Karawanentor führte, machte sich jedoch nicht die Mühe, es am Markttor zu versuchen; sie ritt die Hohe Straße entlang, versuchte es jedoch auch nicht am Hohen Tor oder am Rauchfang-Tor. Sie führte ihr Tier schnell über den Dunklen Pfad, der sich durch tiefe Schluchten wand und dann die bewaldeten Hügel im Norden der Stadt hinaufführte, bis sie die Waldstraße erreichte – aber sie folgte ihm nicht zum Hinteren Tor hinab.

Statt dessen stieg sie ab, drang in das dichte Unterholz des Pfadlosen Waldes ein und eilte zum Privattor, von dem nur die Frauen wußten, das nur die Frauen benutzten. Es hatte sie eine Stunde gekostet, um die Stadt zu reiten, und sie hatte auch noch den langen Weg nehmen müssen – aber an der Ostmauer, die steil zu den Klippen und Abgründen hinabfiel, gab es keinen Weg, den ein Pferd hätte benutzen können, und es hätte viel länger gedauert, diese Strecke zu Fuß zurückzulegen. Nun schien der Wald selbst nach ihr zu greifen, sie festzuhalten, obwohl sie wußte, daß die Überseele jeden Schritt lenkte, den sie tat, damit sie den schnellsten Weg zum Privattor fand. Doch selbst, nachdem sie durch dieses Tor Einlaß gefunden hatte, mußte sie noch quer durch die Stadt, und sie hörte bereits, daß die Hörner mit ihrer klagenden Serenade begangen. Die Zeremonie würde in wenigen Augenblicken beginnen, und Durstig würde nicht dort sein.

Luet bewegte sich und sprach, so langsam sie konnte, doch während sie die einzelnen Schritte der Zeremonie vollzog, blieb ihr die Möglichkeit verwehrt, das zu tun, was sie in ihrem Herzen wünschte – die Hochzeit abzubrechen und Muuzh vor den versammelten Bürgern brandzumarken. Bestenfalls würde man sie lediglich von der Plattform drängen, noch bevor sie ein Wort sagen konnte, und eine pflichtbewußtere Priesterin würde die Aufgabe übernehmen; schlimmstenfalls würde sie tatsächlich ein paar Worte über die Lippen bringen, bevor sie dann von einem Pfeil aufgehalten werden würde, und dann würden Aufruhr und Blutvergießen folgen, und Basilika würde vielleicht noch vor dem nächsten Morgen zerstört sein. Doch was würde sie damit erreichen?

Also vollzog sie die Zeremonie – mit Bedacht, mit langen Pausen, ohne jedoch vollständig innezuhalten, ohne die geflüsterten Anweisungen der Priesterinnen zu ignorieren, die neben ihr standen und ihr alles vorsagten.

Doch trotz ihres eigenen inneren Aufruhrs konnte sie an Huschidh nichts als perfekte Ruhe ausmachen. War es möglich, daß Huschidh diese Ehe tatsächlich willkommen hieß, um ein Leben als Frau eines Krüppels zu vermeiden? Nein – Schuja war aufrichtig gewesen, als sie gesagt hatte, die Überseele habe sie mit dieser Zukunft ausgesöhnt. Ihre Ruhe mußte einem völligen Vertrauen in die Überseele entspringen.

»Sie tut recht daran, Vertrauen zu haben«, sagte eine Stimme – eigentlich ein Flüstern. Einen Augenblick lang dachte sie, es wäre die Überseele gewesen, doch dann begriff sie, daß Nafai zu ihr gesprochen hatte, als sie während der Blumenprozession an ihm vorbeigegangen war. Wie hatte er wissen können, welche Worte in diesem Augenblick nötig waren, um so perfekt ihre eigenen Gedanken zu beantworten? Hatte die Überseele eine noch engere Verbindung zwischen ihnen geschmiedet? Oder sah Nafai selbst so tief in ihr Herz, daß er wußte, was er nun zu sagen hatte?

Laß es wahr sein, daß Schuja aus gutem Grund der Überseele vertraut. Laß es wahr sein, daß wir sie nicht hier zurücklassen müssen, wenn wir zu unserer Reise in die Wüste aufbrechen, zu einem anderen Stern. Denn ich könnte es nicht ertragen, sie zu verlieren. Vielleicht werde ich irgendwann wieder Freude empfinden; vielleicht kann mein neuer Gatte mir ein Gefährte sein, wie Huschidh mir eine liebe Gefährtin war. Aber es würde immer ein Schmerz in mir sein, eine Leere, eine Trauer, die niemals ersterben wird, eine Trauer um meine Schwester, meine einzige Verwandte auf der Welt, meine Entwirrerin, die, als ich noch ein kleines Kind war, den Knoten knüpfte, der uns auf ewig verbindet.

Und dann war endlich der Augenblick gekommen, da sie die Eide ablegen mußten. Luets Hände ruhten auf ihren Schultern – auf Muuzh' Schulter, so hoch oben, so hart und groß und fremd, und auf Huschidhs Schulter, so vertraut, so zerbrechlich im Vergleich mit der des Mannes. »Die Überseele macht eine Seele aus der Frau und dem Mann«, sagte Luet. Ein Atemzug. Eine endlose Pause. Und dann die Worte, die sie einfach nicht aussprechen konnte, aber sagen mußte, und deshalb sagte sie sie. »Es ist vollbracht.«

Die Bürger Basilikas erhoben sich von ihren Sitzen, als hätten sie einen einzigen Körper, und jubelten und klatschten und riefen ihre Namen: Huschidh! Entwirrerin! Muuzh! General! Vozmuzhalnoi! Vozmozhno!

Muuzh küßte Huschidh, wie ein Ehemann eine Frau küßt – aber sanft, sah Luet. Dann drehte er sich um und führte Huschidh zum Rand der Plattform. Hundert, tausend Blumen schwebten in der Luft und flogen nach vorn; die, die die Gäste ganz hinten im Amphitheater geworfen hatten, wurden aufgehoben und erneut geworfen, bis die Blumen die freie Fläche zwischen der Plattform und der ersten Bankreihe bedeckten.

Inmitten des Tumults wurde Luet gewahr, daß Muuzh etwas rief. Da er ihr den Rücken zuwandte, konnte sie die Worte selbst nicht verstehen, nur sehen, daß er etwas sagte. Allmählich bekamen die Gäste auf der ersten Reihe mit, was er rief, und intonierten seine Worte als Sprechgesang. Erst jetzt begriff Luet, wie er seine eigene Hochzeit nun in einen klaren politischen Vorteil verwandeln wollte. Denn er sagte nur ein einziges Wort, wiederholte es immer und immer wieder, bis die gesamte Menschenmenge es aufgenommen hatte und mit unerträglich lauter Stimme rief.

»Basilika! Basilika! Basilika!«

Es ging ewig so weiter, ewig.

Luet weinte, denn sie wußte nun, daß die Überseele versagt hatte, daß Huschidh mit einem Mann verheiratet war, der sie niemals lieben würde, sondern nur die Stadt, die er als ihre Mitgift bekommen hatte.

Endlich hob Muuzh die Hände – die linke Hand höher, um Schweigen zu gebieten, während er mit der rechten noch Huschidhs Hand hielt. Er hatte nicht die Absicht, seine Verbindung mit *ihr* zu brechen, denn sie war seine Verbindung mit der Stadt. Langsam verstummte der Sprechgesang, und schließlich legte sich ein Vorhang des Schweigens über das Orchester.

Seine Rede war einfach, aber eloquent. Eine Beteuerung seiner Liebe für diese Stadt, seiner Dankbarkeit für das Privileg, Frieden und Ordnung wiederhergestellt zu haben, und nun auch seiner Freude, als Bürger willkommen geheißen zu werden, der Gatte dieser freundlichen und einfachen Schönheit einer wahren Tochter der Überseele zu sein. Er erwähnte auch Luet und Nafai und daß er sich geehrt fühlte, nun mit den besten und tapfersten Kindern Basilikas verwandt zu sein.

Luet wußte, was nun kommen würde. Die Abordnung des Stadtrats hatte sich bereits von ihren Plätzen erhoben und war bereit, vorzutreten und zu bitten, die Stadt möge Muuzh als Konsul akzeptieren, damit er Basilikas Heer führen und über die auswärtigen Angelegenheiten entscheiden könne. Man konnte mit einiger Sicherheit davon ausgehen, daß die Mehrheit des Volkes, überwältigt von der Ekstase und Erhabenheit des Augenblicks, die Entscheidung bejubeln würde. Erst später würden die Menschen begreifen, was sie getan hatten, doch selbst dann würden die meisten ihren Entschluß für klug und gut halten.

Muuzh' Rede näherte sich ihrem Ende – und es würde ein ruhmreiches Ende sein. Das Volk würde sie trotz seines nördlichen Akzents, der in anderen Zeiten lächerlich gemacht und verachtet worden wäre, gut aufnehmen.

Er zögerte. An einer unerwarteten Stelle seiner Rede. Einer unangemessenen Stelle. Aus dem Zögern wurde eine Pause, und Luet sah, daß er etwas oder jemanden betrachtete, den sie nicht sehen konnte. Also trat sie vor, und Nafai war augenblicklich neben ihr; gemeinsam taten sie die wenigen Schritte, die nötig waren, daß sie links von Muuzh standen, noch hinter ihm, aber nun imstande, ebenfalls zu sehen, was er sah.

Eine Frau. Eine Frau im einfachen Gewand einer Bäuerin aus Potokgavan – fürwahr ein seltsamer Aufzug für diesen Anlaß. Sie stand am Fuß der mittleren Treppe, die zum Amphitheater hinaufführte; sie machte keine Anstalten, die Treppe hinaufzusteigen, so daß weder die Bogenschützen der Gorajni noch die beiden basilikanischen Wachen hinter ihr Anstalten machten, sie aufzuhalten, bis jetzt zumindest.

Denn der General hatte nichts gesagt, und die Soldaten wußten nicht, was sie tun sollten – sollten sie die Frau ergreifen und davonzerren?

»Du«, sagte Muuzh. Also kannte er sie.

»Was tust du?« fragte sie. Ihre Stimme war nicht laut, und doch konnte Luet sie deutlich verstehen. Wieso konnte sie sie so deutlich verstehen?

Weil ich ihre Worte im Geist eines jeden Anwesenden hier wiederhole, sagte die Überseele.

»Ich heirate«, sagte Muuzh.

»Es hat keine Eheschließung gegeben«, sagte sie – erneut leise, und erneut wurde sie von allen gehört.

Muuzh deutete auf die Gemeinde der Gäste. »Sie alle haben es gesehen.«

»Ich weiß nicht, was sie gesehen haben«, sagte die Frau. »Aber ich sehe einen Mann, der die Hand seiner Tochter hält.«

Unter den Gästen hob sich Gemurmel.

»Gott, was hast du getan«, flüsterte Muuzh. Doch nun trug die Überseele auch *seine* ganz leise Stimme in ihre Ohren.

Nun trat die Frau vor, und die Soldaten machten keine Anstalten, sie aufzuhalten, denn sie begriffen, daß hier etwas viel Größeres geschah als lediglich ein Attentat.

»Die Überseele brachte dich zu mir«, sagte sie. »Zweimal hat sie dich zu mir geführt, und beide Male habe ich Töchter empfangen und auf die Welt gebracht. Aber ich war nicht deine Frau. Statt dessen war ich der Körper, den die Überseele benutzen wollte, um *ihre* Töchter zu gebären. Ich brachte die Töchter der Überseele zur Herrin Rasa, die die Überseele auserwählt hatte, sie großzuziehen und zu unterrichten, bis der Tag gekommen war, sie als ihre eigenen Kinder auszuweisen.«

Die Frau drehte sich zu Rasa um, deutete auf sie. »Herrin Rasa, kennst du mich? Als ich zu dir kam, war ich nackt und schmutzig. Erkennst du mich jetzt?«

Tante Rasa erhob sich zitternd. »Du bist diejenige, die sie mir gebracht hat. Zuerst Huschidh, dann Luet. Du hast mir gesagt, ich solle sie großziehen, als wären es meine eigenen Töchter, und das habe ich getan.«

»Sie waren nicht deine Töchter. Sie waren nicht meine Töchter. Sie sind die Töchter der Überseele, und dieser Mann – der von den Gorajni Vozmuzhalnoi Vozmozhno genannt wird – ist der Mann, den die Überseele zu ihrem Muuzh erwählt hat.«

Muuzh. Muuzh. Das Flüstern breitete sich in der Menge aus.

»Die Eheschließung, die ihr heute gesehen habt, fand nicht zwischen diesem Mann und diesem Mädchen statt. Sie war nur die Stellvertreterin ihrer Mutter. Er ist der Gatte der Überseele geworden! Und da dies die Stadt der Mutter ist, ist er auch der Gatte Basilikas geworden! Ich sage dies, weil die Überseele mir die Worte in den Mund legt! Jetzt müßt ihr es sagen! Ganz Basilika muß es sagen! Gatte! Gatte!«

Sie nahmen den Sprechgesang auf. Gatte! Gatte! Gatte! Und dann, allmählich, veränderte er sich, zu einem anderen Wort mit derselben Bedeutung. Muuzh! Muuzh! Muuzh!

Während die Menge das Wort intonierte, schritt die Frau zu der niedrigen Plattform. Huschidh ließ Muuzh' Hand los und trat vor, kniete vor der Frau nieder; Luet tat es ihr gleich, zu verblüfft, um zu weinen, zu sehr erfüllt mit Freude darüber, was die Überseele getan hatte, um Huschidh vor dieser Ehe zu bewahren, zu sehr erfüllt mit Trauer, diese Frau, die ihre Mutter war, niemals gekannt zu haben, zu sehr erfüllt mit Staunen über die Offenbarung, daß dieser Fremde aus dem Norden, dieser schreckliche General, ihr Vater war.

»Mutter«, sagte Huschidh – und sie konnte weinen, vergoß ihre Tränen auf die Hand der Frau.

»Ich habe euch geboren, ja«, sagte die Frau. »Aber ich bin nicht eure Mutter. Die Frau, die euch großgezogen hat, *sie* ist eure Mutter. Und die Überseele, die dafür gesorgt hat, daß ihr geboren werdet, sie ist eure Mutter. Ich bin nur die Frau eines Bauern aus den Naßlanden Potokgavans. Dort leben die Kinder, die *mich* Mutter nennen, und ich muß zu ihnen zurückkehren.«

»Nein«, flüsterte Luet. »Dürfen wir dich nur einmal sehen?«

»Ich werde mich immer an euch erinnern«, sagte die Frau. »Und ihr werdet euch an mich erinnern. Die Überseele wird diese Erinnerungen in euren Herzen bewahren.« Sie streckte eine Hand aus und berührte Huschidhs Wange und die andere, um Luet zu berühren und ihr übers Haar zu streicheln. »So schön. So würdig. Wie sie dich liebt. Wie eure Mutter euch jetzt liebt.«

Dann drehte sie sich um und ging – verließ die Plattform, schritt die Rampe hinab, die zu den Umkleideräumen unter dem Amphitheater führte, und war fort. Niemand sah, wie sie die Stadt verließ, obwohl schnell Geschichten von seltsamen Wundern und ungewöhnlichen Visionen entstanden, von Dingen, die sie angeblich getan hatte, aber unmöglich hatte tun können, als sie Basilika an diesem Tag verließ.

Muuzh sah ihr nach, als sie sich umdrehte und ging und all seine Hoffnungen und Pläne und Träume mitnahm; sie nahm sein gesamtes Leben mit. Er erinnerte sich so deutlich an die Zeit, die er mit ihr verbracht hatte – sie war der Grund, weshalb er niemals geheiratet hatte, denn für welche andere Frau konnte er empfinden, was er für sie empfunden hatte? Damals war er überzeugt gewesen, daß er sie liebte, obwohl Gott dies nicht wollte, denn hatte er nicht jenes starke Verbot empfunden? War er nicht, als sie damals bei ihm gewesen war, immer wieder aufgewacht, ohne sich an sie erinnern zu können, und hatte er nicht Gottes Barrieren in seinem Geist überwunden und sie bei sich behalten und geliebt? Es war, wie Nafai gesagt hatte – sogar seine Rebellion war von der Überseele gesteuert worden.

Ich bin Gottes Narr, Gottes Werkzeug, wie alle anderen auch, und als ich glaubte, eigene Träume zu haben, selbst über mein Schicksal entscheiden zu können, hat Gott meine Schwäche bloßgestellt und mich vor allen Bürgern der Stadt gebrochen. Ausgerechnet dieser Stadt – Basilika. Basilika.

Huschidh und Luet erhoben sich am Rand der Bühne von ihren Knien; Nafai trat zu ihnen, als sie sich zu Muuzh umdrehten. Sie mußten ganz nah an ihn herantreten, damit er sie über die Sprechchöre der Menge verstehen konnte.

»Vater«, sagte Huschidh.

»Unser Vater«, wiederholte Luet.

»Ich habe nicht gewußt, daß ich Kinder habe«, sagte Muuzh. »Ich hätte es wissen müssen. Ich hätte mein eigenes Gesicht sehen müssen, als ich euch ansah.« Und es stimmte – nun, da die Wahrheit bekannt war, war die Ähnlichkeit offensichtlich. Ihre Gesichter hatten nicht die normalen Züge der basilikanischen Schönheit angenommen, da ihr Vater den Sotschitsija entstammte, und nur Gott konnte wissen, woher ihre Mutter kam. Doch auf eine seltsame, exotische Art und Weise *waren* sie wunderschön. Sie waren wunderschön und klug und stark. Er konnte stolz auf sie sein. Während seine Laufbahn beendet war, konnte er stolz auf sie sein. Während er vor dem Imperator floh, der bestimmt wissen würde, was er mit dieser abgebrochenen

Hochzeit zu erreichen versucht hatte, konnte er stolz auf sie sein. Denn sie waren das einzige, was er geschaffen hatte und was Bestand haben würde.

»Wir müssen in die Wüste ziehen«, sagte Nafai.

»Ich werde keinen Widerstand mehr leisten.«

»Wir brauchen deine Hilfe«, sagte Nafai. »Wir müssen sofort aufbrechen.«

Muuzh warf einen Blick auf die Gäste, die auf seiner Seite der Plattform zusammengekommen waren. Bitanke. Jetzt mußte Bitanke ihnen helfen. Er winkte ihm, und Bitanke erhob sich und ging zu ihm.

»Bitanke«, sagte Muuzh. »Du mußt alle Vorbereitungen für eine Wüstenreise treffen.« Er wandte sich an Nafai. »Wie viele werdet ihr sein?«

»Dreizehn«, sagte Nafai, »wenn du dich nicht doch noch entschließt, uns zu begleiten.«

»Komm mit uns, Vater«, sagte Huschidh.

»Er kann uns nicht begleiten«, sagte Luet. »Sein Platz ist hier.«

»Sie hat recht«, sagte Muuzh. »Ich könnte niemals auf eine Reise für Gott gehen.«

»Zumindest«, sagte Luet, »wird er bei uns sein, weil sein Same Teil von uns ist.« Sie berührte Nafais Arm. »Er wird der Großvater all unserer Kinder sein und auch der von Huschidhs Kindern.«

Muuzh wandte sich wieder an Bitanke. »Dreizehn Personen. Kamele und Zelte, für eine Wüstenreise.«

»Ich werde alles bereit haben«, sagte Bitanke. Doch Muuzh entnahm seinem Tonfall, seiner zuversichtlichen Haltung und der Tatsache, daß er keine Fragen stellte, daß Bitanke von dieser Anweisung nicht überrascht war.

»Du hast es schon gewußt«, sagte Muuzh. Er sah die anderen an. »Ihr habt es von Anfang an so geplant.«

»Nein, Herr«, sagte Nafai. »Wir haben nur gewußt, daß die Überseele versuchen wird, diese Ehe zu verhindern.«

»Glaubst du, wir hätten geschwiegen«, fragte Luet, »wenn wir gewußt hätten, daß wir deine Töchter sind?«

»Herr«, sagte Bitanke, »du mußt dich doch daran erinnern, daß du mir gemeinsam mit Herrin Rasa befohlen hast, die Kamele und Zelte und Vorräte bereitzustellen.«

»Wann habe ich dir so etwas gesagt?«

»In meinem Traum letzte Nacht«, sagte Bitanke.

Das war der vernichtende Schlag. Gott hatte ihn völlig zerstört und war sogar so weit gegangen, sich in dem prophetischen Traum eines anderen Mannes für ihn auszugeben. Er fühlte diese Niederlage wie eine schwere Last auf seinen Schultern; sie zwang ihn zu Boden.

»Herr«, sagte Nafai, »wieso bildest du dir ein, daß du zerstört worden bist? Hörst du nicht, was sie singen?«

Muuzh lauschte.

Muuzh, sagten sie. Muuzh. Muuzh. Muuzh.

»Siehst du denn nicht, daß du jetzt stärker bist denn je zuvor, obwohl du uns alle gehen läßt? Die Stadt gehört dir. Die Überseele hat sie dir gegeben. Hast du denn nicht gehört, was deine Mutter gesagt hat? Du bist der Gatte der Überseele und von Basilika.«

Muuzh hatte sie gehört, ja, doch zum ersten Mal in seinem Leben – nein, zum ersten Mal, seit er sie vor so vielen Jahren geliebt hatte, hatte er nicht sofort daran gedacht, welchen Vor- oder Nachteil ihre Worte ihm bringen könnten. Er hatte nur gedacht: Meine Liebe wurde von Gott manipuliert; meine Zukunft wurde von Gott zerstört; ich gehöre ihm, und er hat mich zugrunde gerichtet, und ich werde ihm auch weiterhin gehören.

Nun begriff er, daß Nafai recht hatte. Hatte Muuzh nicht in den letzten paar Tagen gespürt, daß Gott es sich vielleicht anders überlegt hatte und nun *für* ihn arbeitete? Dieses Gefühl hatte sich als richtig erwiesen. Gott wollte seine gerade erst gefundenen Töchter wegen eines unmöglichen Auftrags in die Wüste führen, doch abgesehen davon hatten Muuzh' Pläne noch Bestand. Basilika gehörte ihm.

Muuzh hob die Hände, und die Menge – deren Gesang bereits nachgelassen hatte, in erster Linie wohl aus reiner Erschöpfung – verstummte.

»Wie groß ist die Überseele!« rief Muuzh.

Sie jubelten.

»Meine Stadt!« rief er. »Ah, meine Braut!«

Sie jubelten erneut.

Er wandte sich an die Mädchen. »Habt ihr eine Ahnung«, sagte er leise, »wie ich euch aus der Stadt bringen kann, ohne daß es so aussieht, als würde ich meine eigenen Töchter ins Exil schicken, oder als würdet ihr vor mir fliehen?«

Huschidh sah Luet an. »Die Wasserseherin kann es.«

»Ach, vielen Dank«, sagte Luet. »Plötzlich kommt es auf mich an?«

»Ja, allerdings«, sagte Nafai. »Du kannst es.«

Luet zog die Schultern hoch, drehte sich um und ging zum Rand der Plattform. Die Menge war wieder verstummt und wartete. Luet war noch mit dem Verstärkersystem des Orchesters verbunden, doch das spielte kaum eine Rolle – die Menge war so geeint, dermaßen auf die Überseele eingestimmt, daß sie hören würde, was auch immer sie ihr sagen wollte.

»Meine Schwester und ich sind genauso erstaunt, wie ihr es seid. Wir haben niemals gewußt, wer unsere Eltern sind, denn obwohl die Überseele unser ganzes Leben lang mit uns gesprochen hat, hat sie uns nicht gesagt, daß wir ihre Töchter sind, nicht auf diese Weise, nicht so, wie ihr es gerade erfahren habt. Nun hören wir ihre Stimme, und sie ruft uns in die Wildnis. Wir müssen zu ihr gehen und ihr dienen. Doch sie gibt euch dafür ihren Gatten, unseren Vater. Sei ihm eine gute Braut, Basilika!«

Es erklang kein Jubel, nur ein lautes, summendes Gemurmel. Sie warf mit der Befürchtung, daß sie alles verdarb, einen Blick über die Schulter zurück. Doch es lag nur an ihrer Unerfahrenheit, Menschenmengen zu manipulieren – Muuzh wußte, daß sie ihre Sache gut machte. Deshalb nickte er und bedeutete ihr, sie solle fortfahren.

»Der Stadtrat hat unseren Vater bitten wollen, Konsul von Basilika zu werden. Wenn diese Entscheidung zuvor klug war, ist sie nun doppelt klug. Denn wenn die Taten der Überseele bekannt werden, werden die Nationen der ganzen Welt auf Basilika eifersüchtig sein, und dann ist es nur gut, einen solchen Mann zu haben, der der Welt gegenüber unsere Stimme sein und uns vor den Wölfen schützen wird, die uns überfallen werden!«

Nun erklang Jubel, doch er legte sich schnell wieder.

»Basilika, im Namen der Überseele, willst du Vozmuzhalnoi Vozmozhno als deinen Konsul haben?«

Das war es, erkannte Muuzh. Sie hatte ihnen endlich eine klare Frage gestellt, die sie beantworten konnten, und es war die Antwort, von der er gewußt hatte, daß sie kommen würde, ein lauter Schrei der Zustimmung aus hunderttausend Kehlen. Viel besser noch, nicht vom Stadtrat kam dieser Vorschlag, sondern die Wasserseherin bat sie, seine Herrschaft zu akzeptieren, und zwar im Namen Gottes. Wer konnte sich ihm jetzt noch widersetzen?

»Vater«, sagte sie, als der Jubel verklungen war. »Vater, wirst du eine Segnung durch die Hände deiner Töchter akzeptieren?«

Was hatte das zu bedeuten? Was hatte sie denn jetzt vor? Muuzh war einen Augenblick lang verwirrt. Bis er begriff, daß sie dies nicht für die Menge tat. Sie tat dies nicht, um die Ereignisse zu manipulieren und zu kontrollieren. Sie sprach aus ihrem Herzen; sie hatte heute einen Vater gefunden und würde ihn heute auch wieder verlieren, und deshalb wollte sie ihm zum Abschied ein Geschenk machen. Also nahm er Huschidhs Hand, und sie traten vor; er kniete zwischen ihnen nieder, und sie legten die Hände auf seinen Kopf.

»Vozmuzhalnoi Vozmozhno«, begann sie. Und dann: »Unser Vater, unser lieber Vater, die Überseele hat dich hierher gebracht, damit du diese Stadt zu ihrem Schicksal führst. Die Frauen Basilikas haben ihre Gatten Jahr für Jahr, doch die Stadt der Frauen blieb diese ganze Zeit über ehelos. Nun hat die Überseele eine Wahl getroffen, Basilika hat endlich einen würdigen Mann gefunden, und du wirst ihr einziger Gatte sein, solange diese Mauern stehen. Aber bei all den großen Ereignissen, die du sehen wirst, bei all den Menschen, die dich in den kommenden Jahren lieben und die dir folgen werden, wirst du dich an uns erinnern. Wir segnen dich, damit du dich an uns erinnerst und in der Stunde deines Todes unsere Gesichter in deiner Erinnerung siehst und die Liebe, die deine Töchter dir entgegenbringen, in deinem Herzen spürst. Es ist vollbracht.«

Sie verließen die Stadt durch das Rauchfang-Tor, und Muuzh stand neben Bitanke und Raschgallivak und verabschiedete sie mit einem militärischen Gruß. Muuzh hatte sich bereits entschlossen, Bitanke zum Kommandanten der Stadtwache zu ernennen, und Rasch würde der Gouverneur der Stadt sein, wenn Muuzh mit seinem Heer unterwegs war. Sie zogen im Gänsemarsch an ihm vorbei, und an der winkenden, weinenden und jubelnden Menge, die sich dort versammelt hatte – drei Dutzend Kamele in ihrer Karawane, beladen mit Zelten und Vorräten, Reitern und Tockenbehältern.

Das Jubeln verklang in der Ferne. Die heiße Wüstenluft schlug auf sie ein, als sie auf die Felsebene hinabstiegen, auf der die schwarzen Überreste von Muuzh' Täuschungsfeuern noch wie die Pockennarben einer schrecklichen Krankheit sichtbar waren. Noch immer bewahrten alle ihr Schweigen, denn Muuzh' bewaffnete Eskorte ritt neben ihnen, um sie auf ihrem Weg zu beschützen – und dafür zu sorgen, daß keiner der zögernden Reisenden umkehrte.

So ritten sie bis zum Anbruch der Dunkelheit, als Elemak entschied, wo sie die Zelte aufschlagen würden. Die Soldaten übernahmen die Arbeit für sie, doch auf Elemaks Anweisung zeigten sie vorsichtig jenen, die noch nie ein Zelt aufgeschlagen hatten, wie es gemacht wurde. Obring und Vas und die Frauen schauten entsetzt drein bei dem Gedanken, diese Arbeit demnächst selbst tun zu müssen, doch Elemak ermutigte sie, und alles lief glatt.

Doch als die Soldaten umkehrten, salutierten sie nicht Elemak, sondern der Herrin Rasa und Luet der Wasserseherin und Huschidh der Entwirrerin – und aus Gründen, die Elemak nicht einmal ansatzweise verstand, Nafai.

Sobald die Soldaten davongeritten waren, begann der Streit.

»Mögen Käfer in eure Nasen und Ohren kriechen und eure Gehirne fressen!« schrie Mebbekew Nafai an – und Rasa und alle, die in Hörweite waren. »Warum mußtet ihr *mich* auf diese selbstmörderische Karawane mitnehmen?«

Schedemei war nicht weniger wütend, nur ruhiger. »Ich habe nie eingewilligt, euch zu begleiten. Ich wollte euch nur *lehren*, wie man die Embryos wiederbelebt. Ihr hattet kein *Recht*, mich zu zwingen, euch zu begleiten.«

Kokor und Sevet weinten, und Obring unterstrich Mebbekews Toben mit leiserem Grollen. Nichts, was Rasa, Huschidh oder Luet sagten, konnte sie beruhigen, und als Nafai den Mund öffnete, um etwas zu sagen, warf Mebbekew ihm Sand ins Gesicht und ließ ihn keuchend und spukkend stehen – und stumm.

Elemak sah sich das alles an, und als er dann zur Ansicht gelangt war, daß sich ihr Zorn erschöpft hatte, trat er in die Mitte der Gruppe. »Ganz gleich, was wir tun, meine geliebten Mitreisenden«, sagte er, »die Sonne ist untergegangen, und es wird bald sehr kalt werden. In die Zelte, und seid leise, damit ihr in der Nacht keine Wüstenräuber anlockt.«

Natürlich bestand keine Gefahr, von Räubern überfallen zu werden, hier, so nah bei Basilika und mit so vielen Reisenden. Außerdem vermutete Elemak, daß die Gorajni-Soldaten ihr Lager ganz in der Nähe aufgeschlagen hatten und in wenigen Minuten bei ihnen sein konnten, um sie zu beschützen, falls dies nötig sein sollte. Und natürlich, um sie daran zu hindern, nach Basilika zurückzukehren.

Aber sie waren keine Männer der Wüste, wie Elemak einer war. Wenn ich nach Basilika zurückkehren will, sagte er stumm zu den unsichtbaren Gorajni-Soldaten, werde ich nach Basilika zurückkehren, und selbst *ihr*, die größten Soldaten auf der Welt, werdet mich nicht daran hindern können, werden nicht einmal wissen, daß ich mich an euch vorbeigeschlichen habe.

Dann ging Elemak zu seinem Zelt, in dem Eiadh auf ihn wartete. Sie weinte leise vor sich hin, doch schon bald vergaß sie ihre Tränen. Elemak hingegen vergaß seinen Zorn nicht. Er hatte nicht getobt wie Mebbekew, hatte nicht geheult oder gejammert oder gegrollt oder gestritten. Aber das bedeutete nicht, daß er weniger wütend war als die anderen. Doch wenn er handelte, würde sich etwas daraus ergeben.

Muuzh war vielleicht nicht imstande gewesen, gegen die Ränke und Pläne der Überseele standzuhalten, doch das bedeutet nicht, daß es *mir* ebenfalls unmöglich ist, dachte Elemak. Und dann schlief er ein.

Über ihnen zog langsam ein Satellit hinweg; eine Nadelspitze aus Sonnenlicht, das über den Horizont fiel, spiegelte sich auf ihm. Eins der Augen der Überseele, die alles sahen, was geschah, alles empfingen, was die Menschen dachten, die unter seinen Einflußkegel gerieten. Als einer nach dem anderen einschlief, beobachtete die Überseele ihre Träume, wartete eifrig und voller Hoffnung auf eine verborgene Nachricht vom Hüter der Erde. Doch in dieser Nacht gab es keine Visionen von haarigen Engeln, von Riesenratten, keine Träume, nur die zufälligen Zündungen dreizehn schlafender menschlicher Gehirne, bedeutungslose Geschichten, die sie vergessen würden, sobald sie erwachten.

Epilog

General Muuzh' Plan hatte den erhofften Erfolg. Er vereinigte die Städte der Ebene und Seggidugu, und Tausende von Gorajni-Soldaten desertierten und liefen zu ihm über. Die Truppen des Imperators schmolzen zusammen, und noch vor dem Ende des Sommers waren die Sotschitsija-Lande befreit. Diesen Winter verbrachte der Imperator im verschneiten Gollod, während seine Spione und Botschafter versuchten, Potokgavan zu überreden, ein Heer zusammenzustellen und Muuzh den Dolchstoß in den Rücken zu verpassen.

Doch Muuzh hatte dies vorhergesehen, und als die Potoku-Flotte eintraf, wurde sie von General Bitanke und zehntausend Soldaten empfangen, Männer und Frauen einer Miliz, die er selbst ausgebildet hatte. Die meisten Potoku-Soldaten starben im Wasser, und ihre Schiffe wurden verbrannt, und ihr Blut ließ mit jeder Welle, die sich am Strand brach, rote Gischt zurück. Und im Frühling fiel Gollod, und der Imperator starb durch eigene Hand, bevor Muuzh ihn töten konnte. Muuzh stand im Sommerpalast des Imperators und verkündete, daß es keine Inkarnation Gottes auf Harmonie gab und nie gegeben hatte – abgesehen von einer unbekannten Frau, die ihm als Körper der Überseele erschienen war und dem Gatten der Überseele zwei Töchter geboren hatte.

Muuzh starb im nächsten Jahr an einem Giftpfeil der Potoku, als er die überflutete Hauptstadt von Potokgavan belagerte. Drei Verwandte aus dem Stamm der Sotschitsija, ein halbes Dutzend Gorajni-Offiziere und Raschgallivak von Basilika beanspruchten seine Nachfolge. Im Verlauf der anschließenden Bürgerkriege fielen drei Heere über Basilika her, und die Einwohner flohen. Trotz Bitankes kühner Verteidigung fiel die Stadt. Ihre Mauern und Gebäude wurden niedergerissen, und die jeweiligen Kriegsgefangenen warfen die Steine in den See der Frauen, bis es keine Steine mehr gab und der See breit und flach war.

Im nächsten Sommer legten nur noch alte Straßen davon Kunde ab, daß es hier einmal eine Stadt gegeben hatte. Und obwohl einige wenige Priesterinnen zurückkehrten und neben dem See der Frauen einen kleinen Tempel erbauten, vermischte sich das heiße und das kalte Wasser nun tief unter der neuen Oberfläche des Sees, und deshalb stieg kein heiliger Nebel mehr auf, und deshalb war dieser Ort nicht mehr so heilig. Nur wenige Pilger kamen.

Die ehemaligen Bürgerinnen Basilikas ließen sich überall auf der Welt nieder, doch viele von ihnen erinnerten sich noch daran, wer sie waren, und gaben die Geschichten weiter, Generation um Generation. Wir stammen aus Basilika, erklärten sie ihren Kindern, und deshalb lebt die Überseele noch in unseren Herzen.

ENDE

Band 24 174

Greg Egan

Quarantäne

Deutsche Erstveröffentlichung

Am 24. November 2034 geschieht das Unfaßbare. Eine riesige Barriere versperrt unser Sonnensystem, und die Sterne erlöschen.
Wir schreiben das Jahr 2068: Für den Privatdetektiv Nick Stavrianos ist der sternenlose Himmel bereits eine Alltäglichkeit geworden. Außerdem hat er andere Sorgen. Er muß die junge Laura finden, ein Mädchen, das trotz einer schweren Gehirnschädigung aus einem Pflegeheim entwichen ist. Die Spur führt nach Hongkong, ins Zentrum der Genforschung. Doch bevor er Laura findet, wird Nick selbst gefangengenommen und von skrupellosen Forschern programmiert. Und dann erkennt er, daß zwischen dem verschwundenen Mädchen und der Barriere ein unglaublicher Zusammenhang besteht . . .

GREG EGAN, *ein junger australischer Autor, setzt einen neuen Meilenstein der SF. QUARANTÄNE ist ein visionärer Roman, der phantastische biotechnologische Entwicklungen der Zukunft vorwegnimmt und sie mit einer packenden Detektivgeschichte verbindet.*

BASTEI LÜBBE

Sie erhalten diesen Band im Buchhandel, bei Ihrem Zeitschriftenhändler sowie im Bahnhofsbuchhandel.